Petra Hartlieb
Freunderlwirtschaft

Petra Hartlieb

Freunderlwirtschaft

Kriminalroman

DUMONT

Von Petra Hartlieb sind bei DuMont außerdem erschienen:
Meine wundervolle Buchhandlung
Weihnachten in der wundervollen Buchhandlung
Wenn es Frühling wird in Wien
Sommer in Wien
Herbst in Wien

Das bei der Produktion dieses Buches entstandene CO_2 wurde durch die Finanzierung von Klimaschutzprojekten kompensiert:
climate-id.com/17531-2110-1001/de

2. Auflage 2024
© 2024 DuMont Buchverlag, Köln
Alle Rechte vorbehalten
Umschlaggestaltung: Lübbeke Naumann Thoben, Köln
Satz: Angelika Kudella, Köln
Gesetzt aus der Minion Pro
Druck und Verarbeitung: CPI books GmbH, Leck
Gedruckt auf säurefreiem und chlorfrei gebleichtem Papier
Printed in Germany
ISBN 978-3-8321-8201-4

www.dumont-buchverlag.de

Auch wenn Sie glauben, dass Ihnen in diesem Roman einiges bekannt vorkommt, möchte ich betonen: Die Geschichte ist zur Gänze von mir ausgedacht.

Die einzige Überlebende

Juni 1992, Linz

Alma wurde gegen neun Uhr wach, lag in ihrem Bett und horchte in die Stille, die über dem Haus lag. Kein Geräusch war zu hören, kein Klappern des Geschirrs, kein lautes Mozart-Violinkonzert, mit dem der Vater am Wochenende versuchte, die Töchter aus dem Bett zu scheuchen. Kein Geruch nach Kaffee und Toast, und als nach einer Viertelstunde noch immer niemand zum Frühstück rief, stellte Alma sich vor, ein schreckliches Unglück wäre über die Menschheit hereingebrochen, und sie wäre die einzige Überlebende auf Erden. Oder aber ihre Familie wäre entführt worden, und aus irgendeinem Grund hätte man sie vergessen, und sie konnte nun tun und lassen, was sie wollte, obwohl sie erst zwölf Jahre alt war. Alma liebte solche Tagträume. Was würde sie tun, wenn sie völlig ungestört wäre? Zunächst würde sie zwei Weißbrotscheiben dick mit Nougatcreme bestreichen und sich damit vor den Fernseher setzen. Keiner würde sich über Krümel oder Schokoflecken auf dem Sofa beschweren, ihr Vater würde keinen Vortrag über Karies halten, und sie könnte stundenlang im Schlafanzug vor der Glotze sitzen. Aber nein, das war kindisch, wäre sie wirklich die einzig Überlebende, würde sie sich selbstverständlich aufmachen, die Welt zu retten oder zumindest Spuren von Leben zu finden.

Aber was, wenn nur ihre Eltern weg wären? Dann würde sie wohl in ein Heim kommen oder zu Opa und Oma nach Tirol, obwohl die wahrscheinlich viel zu alt wären, um ein Kind aufzuziehen. Ihre eigenen Eltern waren ja schon ziemlich alt!

Vielleicht könnte sie dann mit Maria hier wohnen, die große Schwester war ja fast schon volljährig. War das erlaubt? Nun stand Alma doch auf, ging über den schmalen Flur ins Zimmer ihrer Schwester. Obwohl Maria ihr vor einem Jahr strikt verboten hatte, ohne anzuklopfen einzutreten, öffnete Alma leise die Tür. Die Vorhänge waren nicht zugezogen, und die Sonne knallte durch das Fenster in ein perfekt aufgeräumtes Zimmer, leerer Schreibtisch, kein Kleiderhaufen auf dem Teppich. Auf dem Bett lag die faltenlose Tagesdecke, die Kuscheltiere saßen in einer ordentlichen Reihe am Kopfende und schienen Alma anzusehen. Hier hatte heute Nacht niemand geschlafen.

Alma dachte an den heftigen Streit, den Mutti gestern Nachmittag mit Maria gehabt hatte. Wieder einmal ging es um die Pflichten im Haushalt, um Sauberkeit und Ordnung und darum, dass Maria sich ihren Abend in die Haare würde schmieren können, wenn ihr Zimmer in so einem Zustand war. Danach hatte ihre große Schwester wütend und dadurch anscheinend höchst effizient ihr Reich in einen Top-Zustand versetzt. Hatte aufgeräumt und gesaugt, das Bett frisch bezogen und es mit der Tagesdecke bedeckt. Nicht mal eine Stunde hatte sie dafür gebraucht, und als sie fertig gewesen war, hatte sie sich an den oberen Treppenabsatz gestellt und gebrüllt: »Oberbefehlshaber Sturmbannführer, fertig zur Zimmerabnahme!«

Die Mutter war seufzend die Stiegen raufgegangen und hatte einen Blick durch die Tür geworfen. »Na siehst du, Maria. Geht doch«, hatte sie gemurmelt. »Um Mitternacht bist du daheim. Verstanden?«

»Jawohl, Herr Sturmbannführer! Ich wiederhole: Mitternacht.«

Alma wusste bisher nicht, dass es die Gesichtsfarbe »grau« gab. In ihrem großen Buntstiftkasten gab es einige Schattierungen rosa und eine Farbe, die war mit »Hautfarben« beschriftet. In der Straßenbahn sah man auch öfter Menschen mit dunkler

Hautfarbe, und als sie kleiner gewesen war, hatte sie sie angestarrt, bis die Mutter ihr einen unsanften Stoß gab.

Nun saß Dorit Oberkofler mit grauem Gesicht am Küchentisch. Sie trug einen Bademantel über ihrem Nachthemd, obwohl es im Haus warm war. Ihre Hände lagen nebeneinander auf der Tischplatte, und als sie Alma bemerkte, riss sie den Kopf herum und sprang auf: »Weißt du was? Hat sie dir erzählt, wo sie hingegangen ist?«

»Wer?«

»Na, deine Schwester!«

»Ja, sie wollte zu Sabine. Videos schauen. Warum? Was ist denn los?«

»Sie ist nicht da.« Die Mutter stieß den Satz hervor, und es lag so viel Angst in ihrer Stimme, dass Alma augenblicklich zu weinen begann. »Wie, sie ist nicht da? Hat sie bei Sabine übernachtet?«

»Da ist sie nicht! Vati hat schon angerufen.« Die Mutter hatte Alma bei den Schultern gepackt und schüttelte sie. »Wenn du was weißt … du musst es uns sagen!«

»Aber ich weiß nichts. Wo ist denn Vati?«

»Im Wohnzimmer. Am Telefon. Er ruft alle Freundinnen an.«

Vom Rest des Tages wusste Alma nicht mehr viel. Es war wie ein Traum, immer wenn sie versuchte, sich genauer zu erinnern, verschwamm alles. Sie saß mit den Eltern im Wohnzimmer, ihr Vater hatte die gesamte Klassenliste abtelefoniert, niemand wusste, wo Maria steckte oder am Abend gewesen war.

Ihre beste Freundin Sabine hatte unter heftigem Weinen gestanden, dass sie gar nicht bei ihr gewesen sei, es auch gar nicht vorgehabt habe. Sie habe nur als Alibi herhalten sollen.

»Und du weißt nicht, wohin sie wollte?« Der Vater sprach leise, die Kiefer fest zusammengepresst, eine Haarsträhne hing ihm ins verschwitzte Gesicht. Alma beobachtete ihn, seine leise

Stimme war unheimlich, und sie wünschte, er würde ins Telefon brüllen wie sonst auch, wenn er wütend war.

Stattdessen warf er das Telefon auf die Kommode, strich sich die Haare aus der Stirn und vergrub das Gesicht in den Händen.

»Hans! Was ist? Was sagt die Sabine?« Die Mutter legte den Arm um seine Schulter, eine Geste des Trostes, dabei war ihr Gesicht ebenfalls vor Angst verzerrt.

»Sabine sagt was von einem Freund. Einen, den sie nicht kennt. Und Maria wollte mit ihm auf ein Feuerwehrfest, irgendwo außerhalb.«

»Was machen wir jetzt?«

»Wir rufen die Polizei.«

Der Vater saß kerzengerade auf dem Sofa, die Mutter hatte sich im großen Lesesessel mit untergeschlagenen Beinen zusammengefaltet, und Alma hatte das Gefühl zu ersticken. Niemand sagte ein Wort. Alma beobachtete die Staubpartikel, die im Sonnenlicht durchs Wohnzimmer schwebten, und ihr fiel auf, dass die Blätter des großen Gummibaums von einer grauen Schicht bedeckt waren. Von draußen drangen die Stimmen der Nachbarskinder hinein, sie warfen einen Ball gegen das Garagentor und zählten dabei laut mit. Die Eltern, die sich sonst immer über den Lärm der Kinder beschwerten, schienen es nicht wahrzunehmen. Niemand hob den Kopf, als Alma aufstand, um in ihr Zimmer zu gehen.

Dann endlich begann die Suche nach Maria. Zunächst eher zögerlich, die Polizei war davon überzeugt, dass sie abgehauen war und spätestens in ein paar Tagen wieder vor der Tür stehen würde. Doch Alma spürte, dass das nicht stimmte. Nie würde ihre große Schwester verschwinden, ohne ihr Bescheid zu sagen. Und warum auch? In zwei Wochen war die Matura vorbei, Maria wurde im August achtzehn, und dann konnte sie tun, was sie wollte. Warum sollte sie jetzt weglaufen?

»Ich kann nicht in die Schule gehen«, sagte Alma, als ihre Mutter am Montag um sieben Uhr früh die Vorhänge aufzog. Maria war seit sechsunddreißig Stunden verschwunden.

»Bist du krank?« Die Mutter legte Alma die Hand auf die Stirn. »Fieber hast du jedenfalls keines.« Als Alma sich zur Wand drehte und die Decke über den Kopf zog, verließ die Mutter das Zimmer, ohne auf einem Schulbesuch zu bestehen.

In dieser Position verbrachte die Zwölfjährige den Großteil der nächsten Tage und verfolgte die Ereignisse zu Hause wie durch eine Nebelwand. Die Eltern telefonierten sich immer wieder durch Marias gesamten Freundeskreis, doch niemand wusste etwas über den ominösen Freund, von dem Sabine erzählt hatte. Der Vater kopierte Zettel mit Marias Foto und hängte sie mithilfe der Nachbarn im gesamten Viertel auf, und als in den Lokalnachrichten ein Aufruf nach Hinweisen aus der Bevölkerung gesendet wurde, saß Alma zwischen den Eltern auf dem Sofa vor dem Fernseher. Der Mutter rannen die Tränen übers Gesicht, und der Vater presste seine Kiefer so fest zusammen, dass man es knirschen hörte, nur Alma saß unbeweglich zwischen ihnen und fühlte sich wie gelähmt.

In den nächsten Tagen herrschte im Hause Oberkofler hektische Betriebsamkeit. Polizisten gingen aus und ein, der Vater fuhr mit dem Auto immer wieder die Umgebung ab, während die Mutter das Telefon bewachte.

Alma lag die meiste Zeit in ihrem Bett und döste vor sich hin. Niemals zuvor hatte der Vater erlaubt, dass seine Töchter tagsüber im Bett lagen, doch nun war alles anders, die Eltern schienen ihre zweite Tochter komplett vergessen zu haben.

Eines Nachmittags klopfte es zaghaft an ihre Zimmertür, die Mutter schob den Kopf durch den Spalt. »Alma?«

»Was ist?« Alma tat, als würde sie mit irgendetwas auf dem Schreibtisch beschäftigt sein, in Wirklichkeit hatte sie einfach nur aus dem Fenster gestarrt.

»Da ist jemand, der dich sprechen will.« Sie öffnete die Tür, trat zur Seite und ließ die Frau eintreten.

»Ich bin Chefinspektor Susanne Kramer. Darf ich reinkommen?« Und zu Almas Mutter gewandt sagte sie: »Ich würde gerne kurz allein mit Ihrer Tochter sprechen.«

Frau Oberkofler zog die Tür von außen zu, und Alma stand vom Stuhl auf, setzte sich aufs Bett.

»Haben Sie meine Schwester gefunden?« Sie umschlang die Knie mit ihren Armen.

»Nein, leider. Deshalb wollte ich mit dir reden.«

Die Frau trug helle, weite Jeans und ein gestreiftes T-Shirt, die blonden Haare hatte sie zu einem dicken Zopf geflochten. Sie sah nicht aus wie eine Polizistin, eher so, wie Alma sich eine Schwedin vorstellte, ein Model aus dem Ikea-Katalog.

»Glaubst du, dass Maria weggelaufen ist?« Susanne Kramer hatte sich zu ihr auf die Bettkante gesetzt, und Alma rutschte ein wenig an die Wand.

»Niemals ist die weggelaufen. Warum denn auch? Sie war ja eh schon fast weg.«

»Wie meinst du das?«

»Na ja, Maria hat sich schon alles ganz genau überlegt. Wollte im Sommer zum Studieren nach Wien ziehen. Ich glaube, sie hatte sogar schon mit zwei Freundinnen ausgemacht, in eine WG zu ziehen.«

»Und deine Eltern?«

»Na, die waren natürlich dagegen. Das ist Maria aber egal. Die macht immer, was sie will.«

»Hast du eine Idee, wo sie am Samstagabend hingegangen sein könnte?«

»Ich weiß nicht. Ich glaube, sie hat einen Freund.«

»Warum glaubst du das?«

»Ich weiß auch nicht. Sie ist viel fortgegangen in letzter Zeit, und früher hat sie mir immer erzählt, wohin sie geht.«

»Und an diesem Abend? Wusstest du, dass sie gar nicht zu Sabine wollte?«

»Das dachte ich mir schon.«

»Was dachtest du dir schon?«

»Na, dass sie nicht zur Sabine wollte ...«

»Warum dachtest du das?«

»Sie hat sich so schön angezogen. Und geschminkt.«

»Hast du sie gefragt?«

»Ja, ich hab sie ein bisschen verarscht und so was Ähnliches gesagt wie: Wow, machst du dich jetzt für die Bine schön?«

»Und? Sie hat wirklich nichts erzählt?«

»Nein! Sie ist ganz grantig geworden und hat mich aus dem Zimmer geschmissen.«

»Hast du eine Idee, wo sie sein könnte?«

»Nein. Sie?«

»Leider nicht.«

»Sie werden sie finden, oder?«

»Alma, ich weiß es nicht. Erzähl mir doch noch mal ein bisschen von ihrem Verhältnis zu euren Eltern. Wie ist denn das?«

»Na ja, nicht so gut. Der Papa ist recht streng. Maria hat ihn manchmal einen alten Nazi genannt.«

»Ich frag dich jetzt was, und die Antwort bleibt unter uns. Okay?«

»Okay?« Alma zog den Kopf noch ein wenig weiter zwischen die Schultern.

»Könnte dein Papa deiner Schwester etwas getan haben? Oder vielleicht auch dir?«

»Wie meinen Sie das? Was getan?«

»Na ja, irgendwas, was ihr nicht wollt?«

»Ich hab ja schon gesagt, dass er sehr streng ist. Er schimpft viel, und manchmal hat er Maria auch in ihrem Zimmer eingesperrt.«

»Sonst noch was?«

»Früher hat er ihr manchmal eine Ohrfeige gegeben. Und mir auch.«

»Früher?«

»Ja, Maria hat irgendwann zurückgeboxt. Seitdem macht er das nicht mehr.«

»Sonst nichts?«

»Nein, sonst nichts.«

»Schau mal, hier ist meine Karte, okay? Da steht meine Telefonnummer drauf, du kannst mich jederzeit anrufen. Wenn dir etwas einfällt, aber auch, wenn du jemanden zum Reden brauchst. Verstanden?«

»Verstanden.« Alma legte die Karte unter das Kopfkissen und blieb unbeweglich sitzen, als die Polizistin das Zimmer verließ.

Es ist besser, du gehst jetzt

Nach ein paar Wochen fielen die Eltern mehr oder weniger in ihren Alltag zurück. Der Vater verschwand um acht Uhr morgens in Anzug und Krawatte in seine Zahnarztpraxis, und die Mutter begann das ohnehin makellose Haus von oben bis unten zu putzen, das Telefon nahm sie in jedes Zimmer mit.

Der jährliche Adria-Urlaub wurde abgesagt, den Versuch, Alma in ein Pfadfinderlager zu verfrachten, hatte diese erfolgreich abgewehrt, und so verbrachte sie die großen Ferien auf der Terrasse oder lag auf dem Bett. Stundenlang hielt sie sich in Marias Zimmer auf, las in den Büchern der großen Schwester. Manches verstand sie nicht, und manches war so gruselig, dass sie nachts nicht schlafen konnte. Und die CD von Wolfgang Ambros, die in Marias Stereoanlage steckte, spielte sie Hunderte Male ab, obwohl sie sich vor Kurzem noch über Marias Musikgeschmack lustig gemacht hatte.

Als es an der Tür klingelte, reagierte Alma zunächst nicht, doch wer auch immer davorstand, blieb hartnäckig, also öffnete sie.

»Hallo, Alma. Wie geht es dir?« Die Polizistin sah müde aus.

»Geht so.«

»Sind deine Eltern da?«

»Nein. Papa ist in der Praxis und Mama Tante Herta besuchen. Die kommt aber bald. Wollen Sie reinkommen und warten?«

»Nein danke. Sagst du ihnen, dass sie mich anrufen sollen?«

»Ja, mach ich. Gibt es was Neues?«

»Sag ihnen einfach, sie sollen sich rasch bei mir melden.«

Ein Spaziergänger hatte den Körper im Wald gefunden, besser gesagt sein Hund, den er unerlaubt von der Leine gelassen hatte und der im Dickicht verschwunden war. Der Schäferhund gab seltsam hohe Laute von sich, und als sein Besitzer sich durchs Gestrüpp gekämpft hatte, saß das Tier vor einem halb verscharrten Körper. Die Farbe des T-Shirts konnte man kaum noch erkennen, und der Rock war zerrissen, doch die Polizei hatte sofort den dringenden Verdacht, dass es sich bei der Leiche um die seit zwei Monaten abgängige Maria Oberkofler handelte.

Sie lag inmitten eines Waldstücks, ungefähr zehn Kilometer nördlich von Linz. Eine kleine Schotterstraße führte zu einer Lichtung, anscheinend war sie da mit dem Auto hingebracht worden. Reifenabdrücke konnte man keine mehr sichten, zu oft hatte es in den letzten Wochen geregnet, aber an Stellen, wo der Weg fast zugewachsen war, waren Zweige und Farne abgeknickt. Dann war der Körper noch ungefähr fünfzig Meter ins Innere des Waldes gezogen worden. Auf der Stirn hatte sie eine Platzwunde, und die Schädeldecke am Hinterkopf war gesprungen. Vermutlich war sie auf einen großen Stein gestürzt und hatte sich dabei die tödliche Verletzung zugezogen. Ob sie Alkohol im Blut hatte oder unter dem Einfluss von Drogen stand, konnte man nach so langer Zeit nicht mehr feststellen. Unter den Fingernägeln hatte sie Blut und Hautpartikel, es war augenscheinlich, dass das Mädchen in einen Kampf verwickelt gewesen war. Sie war nicht vergewaltigt worden, hatte aber Hämatome an den Oberschenkeln und im Brustbereich.

Alma wusste im Nachhinein nicht mehr, wie all diese Informationen in ihren Kopf gekommen waren, weder ihre Eltern noch die Polizei hatten Details erzählt. Vermutlich hatte sie an Türen gelauscht, heimlich Zeitungsartikel gelesen oder sich vieles nur ausgedacht, aber sie wusste alles über ihre tote Schwester. Und sah sie jede Nacht deutlich vor sich, halb nackt mit blutverklebtem Haar, leeren Augenhöhlen, die Augäpfel längst von Tieren gefressen, und aus der Mundhöhle krochen Würmer und Maden.

Die Mutter blieb eine Woche lang im Bett, den Haushalt führte Tante Herta. Hin und wieder hörte Alma ein lautes Schluchzen aus dem elterlichen Schlafzimmer, ein Klagen wie von einem verwundeten Tier. Der Vater ging jeden Tag in seine Praxis, so als wäre nichts geschehen. Tante Herta stellte Alma das Essen hin, setzte sich schweigend zu ihr, und manchmal strich sie ihr seufzend übers Haar. Niemand im Haus nahm den Namen der toten Tochter in den Mund, und keiner sprach mit Alma. An das Begräbnis hatte sie keinerlei Erinnerung, vermutlich hatte ihr der Vater ein starkes Beruhigungsmittel verabreicht.

Drei Tage bevor die Schule wieder anfing, fand Alma die Visitenkarte der Polizistin auf ihrem Nachtkästchen. Darauf war die Adresse der Polizeidienststelle. Alma wusste, wo das war, und ohne jemandem Bescheid zu geben, holte sie ihr Fahrrad aus der Garage und fuhr die steile Straße den Froschberg runter.

»Womit kann ich helfen, junge Dame? Hast du deine Eltern verloren?« Der Polizist am Eingang sah sie neugierig an. Alma ärgerte sich. Sie war zwar klein für ihr Alter, trotzdem sah sie nicht aus wie ein verloren gegangenes Kind.

»Ich möchte bitte zu Frau Kramer.«

»Ja, und wer bist du?«

»Mein Name ist Alma Oberkofler. Ich bin die Schwester eines Mordopfers.« Dieser Satz fühlte sich seltsam an, Schwester eines Mordopfers, so hatte sie noch nie jemand genannt, das hatte sie noch nie ausgesprochen.

»Und was willst du von Frau Inspektor Kramer?«

»Ich muss mit jemandem reden.«

Sie musste lange warten. Irgendwann kam ein Polizist, lächelte ihr zu und fragte, ob sie etwas zu trinken wolle. Als sie höflich ablehnte, brachte er ihr trotzdem einen Pappbecher mit Kakao.

»Entschuldige, dass du so lange warten musstest, ich …« Die Polizistin sah älter aus, als Alma sie in Erinnerung hatte, ihr Zopf war unordentlich, und sie wirkte, als hätte sie lange nicht geschlafen.

»Das ist kein Problem. Es macht mir nichts aus, wenn ich warten muss.« Alma wusste nicht, wohin sie ihren Kakaobecher stellen sollte, und blickte sich um.

»Komm mit in mein Büro. Was kann ich denn für dich tun?«

Und dann erzählte Alma, dass niemand mit ihr über ihre tote Schwester Maria sprach, dass die Eltern so taten, als wäre nichts passiert, und dass sie das einfach nicht aushalten könnte. Susanne Kramer sah sie lange aus ihren müden Augen an, dann sagte sie: »Du bist ein kluges Mädchen. Und du hast deine Schwester sehr gern gehabt, oder?«

»Ja, und deswegen muss ich wissen, was passiert ist.«

»Das kann ich dir leider nicht genau sagen.«

»Aber wie ist sie in diesen Wald gekommen? Wo ist der, der mit dem Auto gefahren ist? Mit wem hat sie gekämpft?« Alma war aufgesprungen und hatte dabei den Pappbecher umgestoßen. Der Kakao lief über den Schreibtisch, die Polizistin holte ein paar Taschentücher aus der Schublade und begann ruhig, die Flecken aufzuwischen. »Das macht nichts! Mach dir keine Sorgen, das ist nur Schmierpapier. Ich glaube, es ist besser, du gehst jetzt nach Hause. Ich kann dir leider nicht mehr sagen. Und ich kann deine Schwester auch nicht mehr lebendig machen.«

Wie wenn jemand die Luft aus ihr rausgelassen hätte, sank Alma wieder auf den Stuhl. »Aber … der Typ, bei dem sie im Auto saß, man muss doch wissen, wer das war?«, stieß Alma hervor.

»Kein Aber. Glaub mir, es ist besser so. Weißt du, was? Ich lass dich von einem Kollegen im Streifenwagen heimbringen.«

»Nicht nötig. Ich bin mit dem Fahrrad da«, sagte Alma, sprang auf und rannte aus dem Zimmer. Die Tür warf sie mit einem lauten Knall zu.

Ein guter Beruf

Vier Jahre später

»Ich will Polizistin werden.«

Alma war sechzehn, als sie diesen Satz beim sonntäglichen Frühstück laut aussprach. Ein einfacher Satz aus vier Wörtern, trotzdem hatte sie ihn in Gedanken tagelang ausprobiert. Verschiedene Arten der Betonung, andere Wörter versucht. Nun klang er schroff und etwas atemlos, und die Reaktion der Eltern war schlichtweg enttäuschend. Der Vater steckte die Stoffserviette in den Kragen seines Oberhemdes und köpfte mit einer schwungvollen Bewegung sein Ei, die Mutter hob eine Augenbraue und sagte: »Wie oft haben wir dir schon gesagt, dass *ich will* hässlich ist. Es heißt: *Ich möchte.*«

»Ja, Mutti, ich weiß. Es gibt aber einen Unterschied zwischen *ich will* und *ich möchte.* Und ich *will* Polizistin werden.«

»Papperlapapp.« Nun wandte sich auch der Vater von seinem Frühstücksei ab und lächelte Alma an. »Du übernimmst meine Praxis, das ist doch schon alles ausgemacht. Polizistin. Ts, was ist das denn für ein Beruf!«

»Ein ziemlich guter Beruf. Ich habe mir schon alles rausgesucht: Nach der Matura bewerbe ich mich an der Polizeischule.«

»Und dann gehst du Strafzettel verteilen oder was?«, schnaubte der Vater und massakrierte seine Semmel.

»Was ist so schlecht daran, Strafzettel zu verteilen?«

Der Vater lächelte mitleidig, faltete die Stoffserviette und verließ den Frühstückstisch. Die Mutter blickte Alma vorwurfsvoll an. »War das wirklich notwendig?«

»Irgendwann musste ich es ihm ja sagen, oder?«

»Das ist doch nicht dein Ernst, Alma. Wer will denn Polizist werden?« Die Mutter begann mit hektischen Bewegungen, den Tisch abzuräumen.

»Ich, Mama. Ich will Polizistin werden.«

Nach diesem Gespräch wurde das große Haus am Linzer Froschberg zu vermintem Gebiet. Hans Oberkofler unternahm noch ein paar Versuche, seine Tochter umzustimmen, doch Almas Entschluss stand fest, und sie ließ sich weder durch gutes Zureden noch von der Drohung, sie nach der Schule nicht mehr zu finanzieren, beeindrucken.

Als er realisiert hatte, dass Almas Berufswunsch nicht nur eine pubertäre Laune, sondern bitterer Ernst war, sprach Hans Oberkopfler nur noch das Nötigste mit seiner Tochter. Sie begegneten sich oft tagelang nicht, außer es ließ sich nicht vermeiden. Ja, Alma dachte nicht im Traum daran nachzugeben. Diese letzten zwei Jahre würde sie es hier aushalten. Irgendwann bezog sie das verlassene Zimmer ihrer toten Schwester, es war größer als ihr eigenes und lag im ersten Stock, und die Eltern nahmen es schweigend zur Kenntnis. Hier zog sie sich zurück, wenn sie nicht in der Schule oder beim Sport war. Der Vater arbeitete noch mehr als sonst, und die gemeinsamen Mahlzeiten wurden meist schweigend eingenommen. Im Herbst schrieb sich Alma in einem Karateverein ein und ging manchmal bis zu dreimal die Woche trainieren. Die Mutter huschte zwischen den verfeindeten Parteien hin und her und versuchte, wenigstens ein bisschen Normalität aufrechtzuerhalten.

Der Postlerschlüssel

So einen Zentralschlüssel dürfte er gar nicht besitzen. Schließlich konnte man heute einfach klingeln, es gab inzwischen überall eine Gegensprechanlage. Nicht so wie früher, als in Wien die Haustüren um neun Uhr abgesperrt wurden. Wenn man keinen Telefonanschluss hatte, gab es nach 21 Uhr keine Chance mehr auf Besuch, daran konnte sich Manfred noch sehr gut erinnern. An dieses Gefühl der Einsamkeit, wenn man allein in seiner Bude saß und wusste, es *konnte* niemand mehr vorbeikommen. Wahrscheinlich verbrachte er deswegen die meisten Nächte noch immer im *Hexenkeller* in der Nähe seiner kleinen Wohnung. Da an der Theke war man wenigstens nie allein.

Irgendwann hatte ihm sein Freund Peter diese Schlüsselkarte gegeben, *Postlerschlüssel* hieß das immer noch, obwohl es an den meisten Adressen längst kein Schlüssel mehr war, sondern eine Magnetkarte. Ein Glücksfall für ihn, denn oft genug waren Klingeln defekt oder die Leute öffneten einfach nicht. So wie jetzt.

Türnummer 14, und natürlich war der Lift ebenfalls nur mit Schlüssel zu benutzen. Ausschließlich für Hausbewohner. Auch dafür müsste es einen Zentralschlüssel geben, dachte Manfred und stieg die Treppen hoch. In jedem Stock befanden sich jeweils zwei Wohnungstüren; er rechnete sich aus, dass er wieder mal bis unters Dach musste, um seine Lieferung abzugeben. Für seine sechsundfünfzig Jahre war er immer noch fit, nur wenn er zu schnell die Treppen stieg, spürte er seine Lunge. Er mochte es nicht, wenn er der Kundschaft heftig schnaufend gegenüberstand, deswegen ging er immer langsam und gleichmäßig. Es war die letzte Wohnung, dem Altbau aus der Gründerzeit hatte man gleich zwei Stockwerke draufgesetzt, und auf den oberen Etagen gab es jeweils nur noch eine Wohnungstür. Natürlich war kein Name auf dem Klingelschild, lediglich eine verschnörkelte 14 zeigte, dass er richtig war.

Er klingelte erneut, wartete, dann drückte er noch mal länger auf den Knopf. Keine Reaktion. Mein Gott, wie er das hasste! Es passierte nicht oft, ärgerte ihn aber jedes Mal maßlos. Warum bestellten die Leute etwas zu essen und waren dann nicht zu Hause? Wahrscheinlich hatte der Kunde von unterwegs geordert – den Leuten konnte es ja nicht schnell genug gehen – und war noch nicht zu Hause. Und seine Wartezeit bezahlte wieder einmal niemand. Falls überhaupt jemand kam. Keine Lieferung – kein Trinkgeld. Er holte das Handy aus der Jackentasche, wollte noch mal Auftraggeber und Adresse überprüfen. Vielleicht hatte er sich in der Hausnummer geirrt oder war doch im falschen Stockwerk. Dann erst bemerkte er, dass die Wohnungstür einen Spalt offen stand.

Eine Leiche im Achten

»Wir haben einen bedenklichen Todesfall.«

Robert Kolonja legte nachdrücklich den Hörer aufs Telefon, streckte seinen Rücken durch und seufzte tief. Gerade war er dabei gewesen, den PC runterzufahren und seine Stifte in der oberen Schreibtischschublade zu verstauen, als er den Anruf vom Journaldienst entgegennahm. Alma Oberkofler kam von der Toilette zurück und wischte sich ihre feuchten Hände an den Jeans ab. Es war ihr vierter regulärer Arbeitstag, auch sie wollte gerade das Büro verlassen.

»Na, das ging ja flott. Was wissen wir?«

Zum 1. April hatte Alma Oberkofler den Job in der Wiener Mordgruppe angetreten und ihr Büro bezogen, seit vier Tagen war sie alleinverantwortlich. Die letzten zwei Wochen hatte sie an der Seite ihrer Vorgängerin Anna Habel verbracht, zum Glück gab es keinen aktuellen Fall. Gemeinsam waren sie alte Akten durchgegangen, Habel hatte sie über offizielle und inoffizielle Strukturen im Büro aufgeklärt und darüber, in welchen Lokalen in fußläufiger Nähe man den besten Mittagstisch bekam. Die beiden Frauen hatten sich auf Anhieb verstanden, und Alma Oberkofler wunderte sich, dass Anna Habel als schwierig galt. Sie fand sie umgänglich und freundlich, auch wenn man sie definitiv nicht als charmant bezeichnen konnte. Aber Anna Habel kam wie sie aus Oberösterreich, da war man eben nicht charmant. Nun zog die Kollegin also nach Berlin, und Alma übernahm ihre Stelle.

»Eine Leiche im Achten. Männlich, keines natürlichen Todes gestorben. Fuhrmanngasse.«

»Ok, dann wollen wir mal.« Alma stand auf und warf ihrem Kollegen einen aufmunternden Blick zu. Oder soll ich den Babic mitnehmen?«

»Nein, passt schon«, brummte Kolonja und nahm seine Glock aus dem Waffenschrank.

Mit Anna Habels Dienststelle hatte sie nicht nur deren Schreibtisch übernommen, sondern auch die beiden Kollegen, Robert Kolonja und Tarik Babic. Die beiden hätten unterschiedlicher nicht sein können: Kolonja stand knapp vor der Pensionierung und war im Kopf schon mehr in seinem Schrebergarten als im Büro, wohingegen Tarik Babic erst seit zwei Monaten in der Abteilung war. Die Sicherheitsakademie hatte er mit Bestnoten abgeschlossen, seinen Dienst als Streifenpolizist abgearbeitet und selbstverständlich die E2a-Prüfung abgelegt. Nun war er fünfundzwanzig, saß am Schreibtisch der Abteilung *Leib und Leben* und träumte von spektakulären Fällen.

Anna Habel hatte sie gewarnt: »Vor dem musst du dich in Acht nehmen, das ist ein kleiner Streber. Sobald der sich sicher fühlt, sägt er an deinem Sessel.«

Zu ihr war der junge Kollege bemüht freundlich, aber Alma verstand, was ihre Kollegin meinte. Babic war immer der Erste im Büro und der Letzte, der nach Hause ging. Stets wirkte er schwer beschäftigt, auch wenn sich die Arbeit gerade in Grenzen hielt.

»Babic, du hältst hier die Stellung, ich fahr mit der Oberkofler … ääh … Verzeihung, mit der Frau Chefinspektor zum Tatort«, rief Kolonja seinem jungen Kollegen zu, und es schien fast, als würde ihn das anspornen.

»Kann ich nicht mit? Ich fahr gern!« Babic hob den Kopf und schaute die beiden erwartungsvoll an.

»Nein danke, Herr Kollege, wir melden uns, sobald wir vor

Ort sind und Infos haben. Bleiben Sie erreichbar«, entschied Alma. Dabei fiel ihr wieder auf, wie seltsam es war, dass sie Kolonja duzte und mit dem jungen Kollegen per »Herr Babic« war. Als Anna Habel ihr die beiden vorgestellt hatte, schüttelte Robert Kolonja ihre Hand und begrüßte sie mit den Worten: »Servus, ich bin der Robert Kolonja, kannst gern Kolonja zu mir sagen«, während sich der junge Kollege mit einem schmallippigen »Tarik Babic, freut mich« vorstellte.

»Jawohl, selbstverständlich«, hörte sie ihn beim Verlassen des Büros leise sagen.

In der Fuhrmanngasse war bereits großes Aufgebot. Zwei Streifenwagen, das Auto der Spurensicherung und ein Rettungswagen versperrten die schmale Gasse, und einer der uniformierten Kollegen hatte sich an der Ecke Josefstädter Straße/Fuhrmanngasse postiert, um den Verkehr umzuleiten. Hinter der Polizeiabsperrung standen die üblichen Schaulustigen.

Kolonja grüßte einen jungen Uniformierten, der zur Seite trat und ihm die Tür aufhielt.

»Moment, gnä' Frau. Hier können'S jetzt nicht rein.« Alma war ein paar Meter hinter Kolonja, und der Streifenpolizist stellte sich ihr in den Weg.

»Geh, Weinmeister, das ist die neue Chefin«, lachte Kolonja. »Darf ich vorstellen, Alma Oberkofler, seit ersten April macht sie den Job von der Habel.«

»Entschuldigen Sie bitte, Frau Chefinspektor! Herzlich willkommen. Das Opfer befindet sich auf der ersten Etage des Dachgeschosses, Türnummer 14.«

»Wurde die Identität bereits festgestellt?« Alma nickte ihm kurz zu und bemühte sich um einen sachlichen Ton.

»Ja, hat man Ihnen das nicht gesagt?«

»Was denn?«

»Na, es ist die Wohnung von Max Langwieser.«

»*Der* Max Langwieser?«
»Jawohl, *der* Max Langwieser.«
»Und ist er auch das Opfer?«
»Ich fürchte, ja.«

Kolonja war nach fünf Stockwerken ziemlich außer Atem und blieb am Treppenabsatz vor der Türnummer 14 stehen. Er stützte seine Hände auf die Knie, beugte sich heftig atmend vornüber und murmelte: »Na servus. Wenn das wirklich der Minister ist, dann beginnt jetzt eine schwierige Zeit.«

Obwohl Alma sofort ein Bild des jungen Politikers vor ihrem geistigen Auge hatte, fiel ihr nicht ein, welchem Ressort er vorstand. Die letzte Regierungsumbildung war noch nicht lange her, ständig gab es Veränderungen, irgendwann war sie ausgestiegen. Nur Innenminister war er nicht, das wusste sie mit Sicherheit.

Eine Kollegin von der Spurensicherung überreichte ihnen an der Tür die Plastiküberzieher für Schuhe und Haare und führte sie in einen lichtdurchfluteten Vorraum.

»Hallo, ich bin Barbara Führer. Babsi. Sie müssen die neue Anna Habel sein!«

Barbara Führer war groß und schlank, und aus ihrem weißen Schutzanzug leuchteten die blauesten Augen, die Alma je gesehen hatte. Sie fand sie auf Anhieb sympathisch.

»Hallo, freut mich. Ich bin Alma Oberkofler. Gerne Alma«, hörte sie sich sagen und wunderte sich über sich selbst. Normalerweise blieb sie in beruflichen Zusammenhängen lieber beim Sie, wenn man sich nicht gerade ein Büro teilte. Aber diese junge Frau blickte ihr so freundlich entgegen, da wäre es ihr fast absurd vorgekommen, sie beim Nachnamen anzusprechen.

»Was haben wir?«

»Leiche, männlich. Todeszeitpunkt ist noch nicht lange her. Höchstens zwei Stunden, vielleicht weniger. Tod durch stumpfe

Kopfverletzung, anders gesagt, der junge Mann ist vermutlich gegen einen scharfkantigen Glastisch gefallen. Ob ihm das ganz allein gelungen ist, müssen wir erst rausfinden.«

Die Leiterin der Spurensicherung führte sie in ein großes, spärlich eingerichtetes Wohnzimmer: zwei große graue, rechtwinkelig zueinander stehende Sofas, mittig ein niedriger Tisch aus Glas. Und auf dem sandfarbenen Teppich dazwischen lag der Tote auf dem Rücken, den Blick starr nach oben gegen die Decke gerichtet, ein Bein unnatürlich verdreht. Nun fiel es Alma wieder ein: Max Langwieser war Minister für Landwirtschaft und Tourismus. Ein etwas unscheinbarer junger Mann, Alma erinnerte sich an seine roten Backen, er sah ein wenig aus, als käme er direkt vom Bauernhof oder von der Skipiste. Diese Wangen waren nun blass und eingefallen.

»Warum liegt der so? So liegt man doch nicht, wenn man fällt!«

»Ein Essenslieferant hat ihn gefunden. Und der hat vorbildlich gecheckt, ob man noch erste Hilfe leisten kann. Dabei hat er ihn umgedreht.«

»Wo ist der?« Alma blickte sich um.

»Sitzt mit den Kollegen in der Küche.«

»Könnte es ein Unfall gewesen sein?«

»Theoretisch schon. Aber warum sollte jemand einfach so gegen einen Tisch fallen? Gestürzt in der eigenen Wohnung?«

»Alkohol? Drogen?«

»Meine liebe Kollegin. Wir sind zwar toll, aber keine Zauberer! Gib mir zwei Stunden. Aber siehst du das?« Barbara Führer zeigte auf ein paar blaue Flecken am rechten Arm. »Sieht aus, als hätte ihn jemand fest gepackt. Die sind aber definitiv älter.«

»Wie alt?«

»Na, du bist ja eine ganz Ungeduldige«, Babsi schenkte ihr einen blitzblauen Augenaufschlag. »Nicht sehr alt, aber auch nicht ganz frisch. Vielleicht ein paar Tage.«

Ein Polizist kam aus einer der hinteren Türen in den Raum und grüßte militärisch. »Guten Abend, Frau Chefinspektor, Herr Kolonja. In der Küche sitzt Manfred Maurer, ein Bote von *Food & Bike*. Er hat den Toten gefunden, um … warten Sie«, er blickte auf seinen kleinen Notizblock, »19:15 Uhr. Laut seiner Aussage stand die Tür offen, und weil niemand auf sein Klingeln reagiert hat, ist er rein. Wir haben ihn vernommen und seine Personalien aufgenommen. Er ist schon recht ungeduldig, würde gerne nach Hause gehen.«

»Ich rede kurz mit ihm, dann kann er gehen. Er hat wohl nichts damit zu tun.«

»Ja, ich dachte nur … wir halten ihn noch ein wenig auf. Wegen der Presse. Ich mein, weil der Tote ja …«, sagte der uniformierte Kollege.

Na servus, dachte Alma und straffte die Schultern. Ihr erster Fall im neuen Job, und dann musste es gleich ein hochrangiger Politiker sein.

»Danke, das haben Sie gut gemacht.« Mit diesen Worten ließ Alma den Polizisten stehen.

Ein untersetzter, grauhaariger Herr mit Schnauzer saß am Küchentisch und blickte ihr ostentativ schlecht gelaunt entgegen. Manfred Maurer sah nicht aus wie der typische Botenfahrer. Alma scannte kurz die Küche. Auch die sah aus wie aus einem Möbelkatalog. Und zwar nicht von einem der Möbelhäuser, in denen Alma unlängst ihre Bücherregale besorgt hatte.

»Guten Tag. Manfred Maurer?«

»Ja, der bin ich. Das habe ich aber Ihrem Kollegen auch schon gesagt. Und alles andere auch. Kann ich jetzt gehen?«

»Ja, sofort. Ist alles in Ordnung? Brauchen Sie psychologische Betreuung?«

»Wieso?« Maurer sah sie an, als würde er an ihrem Verstand zweifeln.

»Na ja, schließlich haben Sie gerade einen Toten gefunden.«

»Ich hab zehn Jahre als Sanitäter gearbeitet. Da müssen Sie schon mehr auffahren, dass ich einen Psychologen brauche.«

»Und warum jetzt als Essensauslieferer?«

»Ich wüsste nicht, warum ich Ihnen das erzählen sollte.«

»Natürlich nicht. Entschuldigen Sie, es hat mich einfach interessiert.«

»Schon okay.«

Die Kommissarin zog einen der Stühle heran und setzte sich an den Tisch. »Ich weiß, Sie haben schon mit meinem Kollegen gesprochen, aber würden Sie es mir auch noch mal erzählen? Bitte.« Sie lächelte ihn freundlich an, und er lehnte sich zurück.

»Ich hab geklingelt, einmal, zweimal. Keine Reaktion. Dann hab ich bemerkt, die Tür steht offen. Also hab ich sie ein wenig weiter aufgemacht und gerufen.«

»Und? Haben Sie etwas gehört? Ein Geräusch?«

»Nein. Nichts. Ich weiß auch nicht, warum ich rein bin. Wahrscheinlich war ich neugierig, wie so einer wohnt.«

»Was meinen Sie?«

»Wie? Sie wissen doch, wer das ist, oder?« Er deutete mit dem Kopf in Richtung Wohnzimmer.

»Ja, und Sie wussten es auch?«

»Zuerst nicht. Ich schau mir ja meistens nur die Straßennamen und Hausnummern an. Aber als sich keiner gerührt hat, hab ich noch mal auf den Namen geschaut, und da ist es mir dann aufgefallen.«

»Und dann?«

Manfred Maurer verdrehte die Augen. »Erst bin ich ins Vorzimmer und hab gerufen. Nachdem sich immer noch nichts rührte, bin ich ein Stück weiter rein. Ich dachte, der regt sich sicher auf, wenn ich nicht liefere. Das war ziemlich teures Sushi.«

»Sie haben einfach eine fremde Wohnung betreten? Noch dazu, wo Sie gewusst haben, dass es die eines Ministers ist?«

»Ach, jetzt hören Sie doch auf! Sie wollen doch nicht sagen, dass ich etwas damit zu tun habe?«

»Natürlich nicht, ich versuche nur zu verstehen, warum Sie so gehandelt haben.« Alma schob ihm sein unberührtes Glas Wasser hin und nickte ihm zu. »Da, trinken Sie einen Schluck.«

»Sie werden mir das eh nicht glauben. Aber ich hab gespürt, dass da was nicht stimmt.«

»Wie meinen Sie das?«

»Na ja, ich hab ja gesagt, dass ich viele Jahre Sanitäter war. Da hab ich auch immer gespürt, wenn wir zu spät gekommen sind.«

»Dann waren Sie wahrscheinlich ein guter Sanitäter. Einer mit Gefühl.«

»Mag sein. Jedenfalls hab ich von da hinten«, er nickte wieder in Richtung Wohnzimmer, »leise Musik gehört. Und da lag er.«

»Was genau haben Sie gesehen? Beschreiben Sie bitte jedes Detail!«

»Ein großes Wohnzimmer mit teuren Möbeln. Und auf diesem hellen Teppich lag ein Körper, das war der einzige Farbfleck in diesem Raum. Zwischen Sofa und Couchtisch, seltsam verdreht, mit dem Gesicht nach unten in einer Blutlache. Ich hab gar nicht darüber nachgedacht, es war wie ein Reflex: Ich bin hin, hab ihn umgedreht und seinen Puls gefühlt. Da war aber nichts mehr. Die Musik war übrigens Mozart, Klaviersonaten, das kenne ich, hat meine Ex ständig gehört.«

»Und dann?«

»Na, dann hab ich mich aufs Sofa gesetzt und die Polizei angerufen. Aber das hab ich wirklich alles schon dem Kollegen erzählt.«

»Haben Sie im Treppenhaus etwas gesehen oder gehört? Ist Ihnen jemand begegnet?«

»Nein, niemand.«

»Wie sind Sie ins Stiegenhaus gekommen? Der Tote wird ja nicht auf den Türöffner gedrückt haben?«

»Ich habe so eine Karte, mit der man die Haustür aufmachen kann.« Er rutschte ein wenig nervös auf seinem Stuhl hin und her, und als Alma nicht reagierte, sagte er: »Ich weiß es, das ist nicht ganz legal. Aber es erleichtert mein Leben sehr.«

»Haben Sie unten vor dem Haus jemanden gesehen?«

»Na ja, da waren mehrere Leute, ich mein, das ist ja eine belebte Gegend, da sind immer viele unterwegs.« Manfred Maurer blickte nachdenklich an die Decke, schien sich ernsthaft um seine Erinnerung zu bemühen und schüttelte dann den Kopf. »Mir ist ein Audi aufgefallen auf der anderen Straßenseite, Sie wissen schon, so ein fetter SUV, der fast nicht in die Parkspur passt. Da saß einer drinnen und hat telefoniert.«

»Können Sie den beschreiben?«

»Nein. Ich hab ihn nur kurz gesehen, als er das Fenster runtergelassen und einen Zigarettenstummel rausgeworfen hat.«

»Kennzeichen?«

»Nein. Ich merk mir doch nicht die Kennzeichen irgendwelcher Autos.«

»Okay. Sie können jetzt gehen. Wenn Ihnen noch mehr einfällt, dann rufen Sie sofort an, vielleicht laden wir Sie auch ein, und Sie müssen sich ein paar Fotos anschauen. Ein Kollege wird Sie an den Journalisten unten vorbeischleusen. Und, Herr Maurer, es wäre schön, wenn Sie nicht mit der Presse reden würden.«

»Warum sollte ich?«

»Na ja, immerhin ist der Tote ja kein Unbekannter.«

»Da müssen Sie keine Angst haben, Frau Inspektor, ich halt mich da raus. Politik interessiert mich schon lange nicht mehr.«

Er stand auf, stellte sein Wasserglas auf die fleckenlose Spüle, rückte den Stuhl an den Tisch und blickte sich dann unschlüssig um. »Was mach ich jetzt mit dem Sushi?«

»Zurückbringen?«, schlug Alma vor.

»Die schmeißen es bloß weg. Wär schade drum. Ich lass es

Ihnen da, es ist vom besten Japaner der Stadt. Sie haben sicher eine lange Nacht, dann haben Sie wenigstens eine ordentliche Mahlzeit.«

Als der Essenslieferant weg war, ging Alma zurück ins Wohnzimmer. Neben der Tür war nun der Beamte, der vorher unten an der Haustür gestanden hatte, sein Blick war auf einen unsichtbaren Punkt an der Wand gegenüber gerichtet.

»Wir schauen uns mal um, bevor es hier so voll ist, dass wir nicht mehr durchkommen. Schicke Wohnung, oder?« Alma betrachtete nachdenklich den großen Fernseher und überlegte kurz, ob die weiße Wand auf der gegenüberliegenden Seite mit einem großen Bild besser aussehen würde. Konnten sich die Bewohner einfach noch nicht für eines entscheiden, oder war diese Leere gewollt?

»Kommt ihr mal?« Die Stimme von Barbara Führer kam aus dem hinteren Teil der Wohnung, und Robert Kolonja und Alma Oberkofler machten sich auf die Suche nach der Kollegin.

Barbara Führer war im Badezimmer, auch dieser Raum wirkte unbenutzt, nahezu steril. Hellgraue Steinfliesen, ein Spiegel ging über die gesamte Breitseite, ein quaderförmiges weißes Waschbecken. Alma sah auf einen Blick, dass die Utensilien auf dem schmalen Bord einer Frau zuzuordnen waren. Makeup, Schminkpinsel, mehrere Lippenstifte. In einem Glas eine einzelne Zahnbürste. Gerade als sie ihre Beobachtung mit Kolonja teilen wollte, hielt ihr Barbara Führer einen kleinen Mülleimer vor die Nase. Und darin befanden sich, neben gebrauchten Abschminkpads und Wattestäbchen, braun gefärbte Taschentücher.

»Blut?«, fragte sie.

»Yep. Und zwar ziemlich viel. Und auch wenn ich es noch nicht untersucht habe, fresse ich einen Besen, wenn es das vom Herrn Minister ist. Es ist auch schon älter.« Sie packte alles in einen Plastiksack, in den anderen kam die Zahnbürste. »Wohnt noch jemand hier?«

»Keine Ahnung, aber ich nehme es an. Langwieser sah nicht so aus, als hätte er sich jeden Morgen geschminkt.«

Kolonja zog sein Handy aus der Hosentasche. »Herr Babic? Sind Sie noch im Büro? Gut. Können Sie bitte nachschauen, wer an der Adresse des Fundorts alles gemeldet ist?« Eine kurze Pause, dann bedeckte er sein Telefon kurz mit der Hand. »Hat er schon«, flüsterte er. »Hm, ja, okay. Moment, ich schreib es mir auf.« Kolonja zog sein Notizbuch hervor und wollte sich am Rand des Waschbeckens aufstützen, doch Babsi Führer scheuchte ihn weg. »Spinnst du? Wir haben hier noch keine Spuren aufgenommen.«

Er hockte sich hin, legte den Notizblock auf sein Knie und kritzelte ein paar Namen. »Gut, danke! Halten Sie die Stellung, das könnte eine lange Nacht werden. Wir melden uns.«

»Und? Wer wohnt hier?« Alma blickte ihm neugierig über die Schulter.

»Also: Max Langwieser kennen wir ja schon, er wohnt hier seit ungefähr einem Jahr. Eigentumswohnung.«

»Nicht schlecht!« Babsi Führer pfiff durch die Zähne. »Augen auf bei der Jobwahl.«

»Ebenfalls hier gemeldet seit 1. Juli vergangenen Jahres«, Kolonja blickte auf seinen Zettel, »Jessica Pollauer, geboren 5.9.1995 in Oberwart. Arbeitet in der Presseabteilung des Wirtschaftsministeriums. Eine Mobilnummer hab ich auch.«

»Her damit! Ich ruf sie an.«

Alma tippte die Nummer in ihr Handy und schaltete den Lautsprecher an. Die Mobilbox sprang sofort an: »Hier ist die Mobilbox von Jessica Pollauer. Ich kann Ihren Anruf momentan nicht entgegennehmen, rufe aber gerne zurück.«

»Frau Pollauer? Guten Tag. Hier ist Alma Oberkofler, Landeskriminalamt Wien. Ich bitte umgehend um einen Rückruf.«

»Tja, und jetzt?« Kolonja blickte sich ratlos um. Was machen wir jetzt? Das ist ja nicht irgendwer.«

»Ich nehme an, in spätestens zehn Minuten haben hier alle wichtigen Kollegen ihren Auftritt«, antwortete Alma. »Der Generaldirektor für die öffentliche Sicherheit, der Chef vom BVT und sicher noch ein paar andere, die wir noch gar nicht kennen.«

»Heißt das BVT jetzt nicht *Direktion Staatsschutz und Nachrichtendienst*?«

»Ja, aber das macht es auch nicht weniger mühsam.«

Da hörten sie auch schon Stimmen, und wie auf ein Stichwort betraten alle gleichzeitig die Wohnung; es war ein wenig wie auf einer Theaterbühne: Die Kollegen der Tatortgruppe, die begannen, Fotos aufzunehmen, der Generaldirektor für die öffentliche Sicherheit, gefolgt von einem großen, breitschultrigen Herrn, dessen dunkles Haar nach hinten gegelt war und der aussah, als würde er jede freie Minute für den Ironman trainieren. Er streckte Alma die Hand hin, drückte sie fest und stellte sich vor. »Guten Abend, Frau Kollegin. Freut mich, dass wir uns kennenlernen, wenn auch die Umstände eher unerfreulich sind. Ich bin David Blumauer, Leiter der DSN, Sie wissen schon, das ist das neue BVT. Was haben wir denn?«

Alma fasste die dürftigen Informationen zusammen, und als ihr Blick auf Kolonja fiel, sah sie die große Müdigkeit in seinen Augen, er wirkte, als würde er am liebsten jetzt sofort in den vorzeitigen Ruhestand gehen.

»Oberste Priorität ist es, die Dame des Hauses zu finden, vielleicht meldet sie sich ja noch«, kommentierte Blumauer und warf einen kurzen Blick auf den toten Minister.

Schließlich kam auch noch der Beamte der MA 15, um den Tod offiziell festzustellen. Er kniete sich vor den reglosen Körper, fühlte den Puls, legte ein Stethoskop auf den Brustkorb und stand unter ostentativem Stöhnen wieder auf. »Die vorgefundene Person weist mit dem Leben nicht zu vereinbarende Verletzungen auf«, schrieb er in ein Formular, das er umständlich aus einer Aktentasche gezogen hatte, stempelte es ab und setzte eine Unterschrift darunter. Dann tippte er sich an die Stirn, deutete eine Verbeugung an und verschwand mit den Worten: »Meine Damen, der Tote steht zu Ihrer Verfügung. Auf Wiedersehen.«

Ein kaputtes Handy
und ein Haufen Bargeld

Jessica fuhr die Triester Straße stadtauswärts, vorbei an Tankstellen, Fast-Food-Restaurants und Hochhäusern. Für sie war das hier wie ein Zwischenreich, ein Ort, der aus Zeit und Raum gefallen zu sein schien, und immer wenn sie diese Strecke fuhr, hatte sie das Gefühl, nicht in Wien zu sein. Das empfand sie aber nur, wenn sie die Stadt verließ, beim Zurückkommen war sie immer voller Freude und Erwartung. Zumindest früher, als sie noch studiert hatte, konnte sie es gar nicht erwarten, wenn sie nach einem Besuch in ihrem Heimatort wieder zurück in ihr »Erwachsenenleben« kam, doch seit ein paar Monaten legte sich immer öfter dieses Stressgefühl auf ihre Brust, wenn sie nach einem Wochenende bei den Eltern im Burgenland wieder zurückfuhr. Immer öfter sehnte sie sich nach der Ruhe in ihrem Heimatdorf und hatte dann sofort ein schlechtes Gewissen: Sie war noch jung, stand am Anfang ihrer Karriere, wie konnte ihr da jetzt schon alles manchmal zu viel sein? So hatte sie auch heute Abend automatisch die Südautobahn angesteuert, nachdem sie fluchtartig ihre Wohnung verlassen hatte. Den direkten Weg zu ihren Eltern.

Erst an der Shopping City Süd, das riesige Einkaufszentrum und somit das Paradies ihrer Jugend, wurde der dichte Verkehr weniger, und Jessica fuhr am rechten Fahrstreifen exakt hundert Stundenkilometer. Das Handy, das neben ihr auf dem Beifahrersitz lag, klingelte seit dem Matzleinsdorfer Platz in regelmäßigen Abständen, dazwischen meldeten unterschiedliche Signaltöne das Eintreffen von SMS und Whatsapps. Jessica fuhr weiter.

Niemals wieder würde sie den Anblick des leblosen Körpers vergessen, den unnatürlich verdrehten Arm, die grellroten Blutflecken, die auf dem hellen Teppich wie eines dieser modernen Gemälde wirkten, über die Max sich immer lustig gemacht hatte. Er sah so ... so tot aus. Oder hatte er doch noch gelebt?

Am nächsten Schild, das sie passierte, stand: »Traiskirchen 10 km«. Traiskirchen war in ihrer Kindheit einfach nur ein Ort gewesen, in dem der Vater eine gute und günstige Autowerkstatt kannte, doch seit über fünf Jahren hatte der Ortsname für sie eine andere Bedeutung. Die eines überfüllten Flüchtlingsheims, das sie zwar nie von innen gesehen hatte, das in ihrer Vorstellung aber ungefähr so schlimm aussah wie ein Gefängnis in einer amerikanischen Netflix-Serie. Wie hieß die Freundin noch gleich, mit der sie damals nach Traiskirchen gefahren war? Valeria? Valentina? Wann eigentlich war die aus ihrem Leben verschwunden? Damals waren sie ganz eng gewesen, und nachdem sie in den Fernsehnachrichten die Bilder aus dem Flüchtlingsheim gesehen hatten, packten sie am nächsten Tag ihr kleines Auto mit Decken, Kinderkleidern und Hygieneartikeln voll und fuhren einfach los. In das Innere des Geländes ließ man sie nicht, sie mussten ihre Spenden an der Mauer ausladen, und Jessica erinnerte sich an die Männer, die versuchten, die Hilfsgüter aus dem Auto zu zerren. Und da waren diese zwei Kinder, direkt hinter dem Zaun, vielleicht vier, fünf Jahre alt, Jessica kannte sich mit Kindern nicht so gut aus. Sie standen da und schauten mit großen Augen zu ihr herüber, das Mädchen hatte dunkle, dicke Zöpfe, das wusste sie noch, und der Junge trug eine viel zu große Trainingsjacke, auf der *Bayern München* stand. Und dann hob der Junge die Hand und winkte ihr zu, und das Mädchen streckte seinen Arm durch die Zaunstäbe wie ein kleiner Affe im Zoo. Hübsch waren sie und gleichzeitig so armselig. Eines Abends, sie hatten ein paar Gläser Wein getrunken, hatte sie Max von dieser Fahrt nach Traiskirchen erzählt, von diesem Gefühl der Ohnmacht und von den beiden Kindern. Er hatte aufgelacht: »Ach, du bist so naiv, Jess. Damals sind so große Fehler gemacht worden, man hätte diese Leute niemals über die Grenze lassen dürfen.«

»Ja, aber was hätte man denn mit ihnen machen sollen? Es waren Flüchtlinge, sie hatten nichts außer dem, was sie tragen konnten! Ich hab es selbst gesehen!« Die Bilder der jungen Männer, die sich damals drohend vor Valeria/Valentina und ihr aufgebaut und in ihrer hart klingenden Sprache die Sachen aus dem Kofferraum eingefordert hatten, schob sie bei diesem Gespräch mit Max rasch weg.

»Ja, eh! Aber nicht nur. Schau doch mal, was wir uns mit diesen Massen ins Land geholt haben«, sagte Max damals und nahm noch einen großen Schluck Wein. »Afghanen, die mit Heroin dealen, Syrer, die für den IS arbeiten, und Kinder, die kein Wort Deutsch können und mit Kopftuch in unseren Schulen sitzen. Ist es das, was wir wollen?«

Dann kamen irgendwann die Tränen. Nicht einfach nur Tränen, es war mehr ein hysterisches Schluchzen, das direkt aus ihrer Kehle drang. Hatte sie bis hierher das Gefühl gehabt, das Auto einigermaßen im Griff zu haben, blickte sie nun auf ihre zitternden Hände und wunderte sich selbst, wie man so Auto fahren konnte. Als ein Schild einen Parkplatz in 500 Metern ankündigte, trat sie auf die Bremse und fuhr von der Autobahn, stellte den Motor ab, legte den Kopf auf das Lenkrad und versuchte, ihre Atmung unter Kontrolle zu bringen.

Als Studentin hatte sie manchmal geraucht, immer nur,

wenn sie zu viel getrunken hatte, und nie hatte es ihr wirklich geschmeckt. Jetzt hätte sie gerne geraucht. Sie würde sich da auf diese mit Graffiti vollgeschmierte Bank setzen, eine Zigarette aus der Packung nehmen und in die Nacht rauchen. Helfen würde es nicht, aber vielleicht würde es sie beruhigen.

Welch Ironie der Geschichte, dass sie nun gerade in der Nähe von Traiskirchen auf einem Autobahnparkplatz saß und überlegte, wie ihr Leben weitergehen sollte. Eine Fluchtgeschichte der anderen Art.

Sie wählte die Kurzwahl der Sprachbox und hielt sich das Handy ans Ohr.

Die erste Nachricht war von Max und mehrere Stunden alt: »Hallo Jess. Ich bin am Weg nach Hause. Hab Sushi bestellt von einem wirklich guten Japaner. Bussi, bis gleich.«

Die zweite Nachricht war von einer unbekannten Nummer, eine freundliche Männerstimme, die sie beim Namen nannte und klang, als würden sie sich gut kennen. »Hi Jess. Das war wirklich keine gute Idee, das musst du doch selber zugeben. Oder? Noch kannst du dich für ein gutes Leben entscheiden. Du bist doch ein kluges Mädchen, oder?«

Sie drückte auf die Zwei, um die Nachricht noch einmal abzuhören, konzentrierte sich. Kannte sie die Stimme? Die dritte Nachricht klang sachlich: »Frau Pollauer? Guten Tag. Hier ist Alma Oberkofler, Landeskriminalamt Wien. Ich bitte umgehend um einen Rückruf unter dieser Nummer.« Jessica öffnete die SMS: Meldest du dich bitte? Geh an dein verdammtes Telefon. Wir können doch über alles reden, und weglaufen ist keine Lösung.

Wie lange sie auf diesem Parkplatz im Auto gesessen und immer wieder diese Nachrichten abgehört hatte, konnte sie später nicht mehr rekonstruieren. Sie beobachtete mehrere Lkws, die in die Bucht fuhren und wieder verschwanden, einen weißen Volvo, aus dem ein Mann ausstieg und in gut sichtbarer

Entfernung in die Büsche pinkelte, und als er ein paar Schritte auf ihr Auto zukam, bekam sie plötzlich keine Luft mehr. Er hatte sie gar nicht gesehen, stieg wieder in sein Auto, doch Jessica brauchte lange, um ihre Atmung wieder unter Kontrolle zu bekommen.

Und dann war es ihr völlig klar: Sie konnte nicht zu ihren Eltern fahren, schließlich würde man sie da als Erstes vermuten. Jessica scrollte durch die Kontakte und schrieb sich die Handynummer ihrer Mutter auf einen kleinen Zettel. Dann stieg sie aus dem Auto, betrachtete ein wenig wehmütig das Telefon und warf es mit aller Kraft auf den Asphalt. Sie verspürte einen fast körperlichen Schmerz, als sie das Display brechen sah, wann war sie das letzte Mal länger als zehn Minuten von ihrem Mobiltelefon getrennt gewesen? Fast tausend Euro hatte das Ding gekostet, na gut, es wurde eh vom Ministerium bezahlt, aber trotzdem. Sie setzte sich wieder auf den Fahrersitz, startete den Motor und fuhr mit dem linken Vorderreifen über das iPhone. Jessica bildete sich ein, es knirschen zu hören.

Nun begann ihr Verstand zu arbeiten. Geld. Sie brauchte Bargeld. Schließlich hatte sie genug Krimis gelesen und genug Sonntagabende *Tatort* geschaut, um zu wissen, dass die Spuren immer über das Handy oder über die Kartenzahlungen und Geldabhebungen liefen. In ihrem Portemonnaie befanden sich fast 1800 Euro, die Buchhaltung hatte ihr die letzte Spesenabrechnung am Vormittag bar ausgezahlt. Doch wenn sie wirklich einige Zeit von der Bildfläche verschwinden musste, würde sie damit nicht auskommen.

Die nächste Ausfahrt war Bad Vöslau, sie würde es wohl schaffen, ohne Google Maps die Innenstadt zu finden, auch das Navi hatte sie nicht in Betrieb genommen. Wie viel Bargeld konnte man vom Geldautomaten abheben? Jessica erinnerte sich, dass es im Foyer der eigenen Bank bedeutend mehr war.

Der Ortskern war wie ausgestorben, und sie fuhr die wenigen

Straßen ab, und da, mitten am Stadtplatz, prangte das schwarzgelbe Logo ihrer Hausbank, ein tröstliches Licht in der Dunkelheit. Neben ihrem eigenen Konto hatten Max und sie ein gemeinsames, von dem Miete und Betriebskosten und Einkäufe für den Haushalt abgebucht wurden, Jessica wusste den Kontostand nicht, sie würde auf jeden Fall versuchen, von beiden das Maximum abzuheben.

Ein paar Minuten später hatte sie 9000 Euro mehr in der Tasche, jede der Karten hatte exakt 4500 Euro ausgespuckt. Sie dachte an das dicke Kuvert voller Scheine, das sich im Tresor hinter dem Bild in Max' Schlafzimmer befand. Das könnte sie gut gebrauchen, aber nun war es unerreichbar.

Krautrouladen

Die Leiche war abtransportiert worden, und Babsi Führer hatte grünes Licht für die Spurensicherung gegeben. Alma versuchte die vielen Menschen auszublenden, die an allen Ecken der Wohnung fotografierten, Fingerabdrücke nahmen, Schränke und Schubladen öffneten, als könnte sich da drinnen jemand verstecken, und ging langsam durch die Wohnung. Kolonja schickte sie zurück ins Büro, irgendjemand musste sich schließlich um den aufgeregten Polizeipräsidenten kümmern, den sie nach einigen Diskussionen aus einer Opernvorstellung hatten rausholen lassen. »Fahr du schon mal vor und beschwichtige den Präsidenten. Sag ihm, es gebe keinen Verdacht auf einen terroristischen Akt. Nichts. Nada. Sonst fahren die gleich das ganz große Programm auf.«

»Was machst du noch hier?«

»Ich schau mich um. Nur so. Überall meine Nase ein bisschen reinstecken, solange die Spuren noch frisch sind.«

»Passt. Unser netter Kollege macht sich auch schon auf den Heimweg, er nickte mit Kopf in Richtung des gut gebauten Staatsschutzchefs, der ein wenig unschlüssig im geräumigen Vorzimmer stand. Ich lass dir auf jeden Fall den Weinmeister da, der kann dich dann mit zurücknehmen.«

»Okay. Und bitte versucht, diese Frau zu finden. Elternhaus, Liebhaber, beste Freundin, die muss ja irgendwo sein. Wartet auf jeden Fall im Büro, du und der Babic. Ich brauch nicht lange.«

Kolonja sah sie traurig an. »Heute hätte meine Frau Krautrouladen gemacht. Mein Lieblingsessen.«

»Die schmecken eh aufgewärmt am besten«, lachte Alma, doch da fiel ihr ihre eigene Verabredung ein, eine Essenseinladung bei ihrer neuen Nachbarin Julia. Die hatte sie komplett vergessen.

Ihr Telefon zeigte zwei Anrufe in Abwesenheit, vor zehn Minuten der Präsident, gut, der konnte warten, bis Kolonja da war, und eine unbekannte Nummer, wahrscheinlich irgendein Journalist, schließlich war die Polizeiabsperrung vor dem Haus nicht zu übersehen. Oder die Presse war gleich von einem der Streifenkollegen verständigt worden, ein Leck gab es immer irgendwo.

Julia hatte nicht angerufen, und trotz des schlechten Gewissens war Alma fast ein wenig beleidigt. Sie schrieb eine Whatsapp: Sorry, echten Toten als Einstand ... kann nicht weg. Sei nicht böse, melde mich morgen. Gute Nacht.

Unmittelbar darauf kamen ein Zwinkersmiley und ein Daumen hoch und danach noch ein Satz: Kein Problem, Gulasch ist eh aufgewärmt am besten.

»Frau Kollegin?« Der Ironman war doch noch mal ins Wohnzimmer zurückgekommen und räusperte sich. »Ich werde dann mal aufbrechen, okay? Sie haben ja alles im Griff.«

»Klar, kein Problem. Ich bin hier auch gleich fertig.«

David Blumauer überreichte ihr eine Visitenkarte. »Ich bin jederzeit erreichbar. Wenn Sie etwas Neues haben, rufen Sie bitte sofort an.«

»Jawohl.«

»Ich melde mich morgen früh! Oder ein Kollege.«

Ohne Verabschiedung ging er am Polizisten an der Tür vorbei und verschwand im Treppenhaus.

Alma lächelte den Beamten an. Der verzog keine Miene.

»Ich brauch auch nicht mehr lange. Zehn Minuten, okay? Könnten Sie mich nachher in die Kaserne bringen? Wie war doch gleich ihr Name, Herr Kollege?«

»Weinmeister, Frau Chefinspektor. Selbstverständlich steh ich zu Ihrer Verfügung.«

Alma Oberkofler schlenderte zwischen den Kollegen von der Spurensicherung durch die Räume. Wer lebte hier? Wie lebte man hier? War es eine Schlafwohnung, oder wurden hier auch Partys gefeiert? Wurde gekocht, geliebt, getrunken? Lebte man hier überhaupt, oder war es mehr ein Steuerabschreibungsobjekt? Was konnte so eine Wohnung kosten? Frisch renoviert, mindestens hundertfünfzig Quadratmeter groß, mit Blick über den 8. Bezirk? Zwei Millionen? Alma wusste es nicht.

Sie begann im Vorzimmer, das bis auf ein bescheiden gefülltes Bücherregal so gut wie leer war. An der Garderobe hingen eine Jeansjacke und ein grauer Mantel, davor stand ein Paar Laufschuhe auf einer Kokosmatte. Eine Tür führte ins Wohnzimmer, den Raum, in dem Langwieser gefunden worden war. Zwei Schlafzimmer, dahinter jeweils ein Bad, alles verbunden durch einen Schrankraum, der wohl als Ankleidezimmer diente. Auf der einen Seite hingen Hemden, nach Farben sortiert, von weiß über zartes rosa, hellblau bis hin zu einem kräftigen Ultramarin. Mit ein klein wenig Abstand drei karierte Flanellhemden, als würden sie sich schämen, mit den anderen auf einer Stange zu hängen. Die Anzüge sahen nicht aus, als würden sie vom Billig-Textilanbieter stammen, die gefalteten Unterhosen und gerollten Socken in den Schubladen überraschten Alma nicht mehr. Hier lebte ein Ordnungsfanatiker.

Die andere Seite des Ankleidezimmers war eindeutig der weibliche Teil. Auch hier dominierten Business-Kostüme in gedeckten Farben, wurden aber immer wieder von bunten Blusen oder Pullovern gestört, die wie hingemalte Farbtupfer wirkten. Diese Seite war bei Weitem nicht so ordentlich wie jene des männlichen Mitbewohners. Nichts war nach Farben sortiert, ein Kleid war halb vom Bügel runtergerutscht, und eine rote Bluse lag auf dem Boden. Eine Lade war halb herausgezogen, und BHs und Slips lagen durcheinander. Entweder lebte da jemand sein anarchisches Ich als Opposition zum Ordnungsfanatiker gegenüber aus, oder aber die Person hatte es sehr eilig gehabt.

Je länger sich Alma in der Wohnung aufhielt, desto weniger hatte sie das Gefühl, dass hier wirklich jemand gelebt hatte. Also, natürlich hatte man hier geschlafen, geduscht und Zähne geputzt und vielleicht sogar manchmal gekocht, aber trotzdem sah es aus wie in einer Musterwohnung. Nichts lag rum, alles wirkte drapiert, die aufgefächerten Magazine auf dem Sideboard, ein paar Briefe auf einer Anrichte, selbst die benutzte Espressotasse auf der Spüle sah aus wie eine Installation.

»Gehen Sie doch auch mal durch die Wohnung, Herr Weinmeister«, forderte sie den Beamten auf, der immer noch schweigend an der Tür stand. »Und dann sagen Sie mir, was Ihnen auffällt.«

»Ich weiß nicht, soll ich nicht hier stehen bleiben und aufpassen?«

»Wer soll denn da kommen, nein, ich pass schon auf. Gehen Sie ruhig.« Langsam ging der uniformierte Beamte ins Innere der Wohnung, und als er wiederkam, sah er Alma erwartungsvoll an.

»Und?«, fragte sie ihn.

»Viel Geld. Guter Geschmack. Allein die Musikanlage kostet so viel wie ein Kleinwagen.«

»Echt? So teuer?«

»Na, wie ein billiger japanischer, aber trotzdem.«

»Und sonst?«

»Also, bei mir daheim ist es nie so ordentlich.«

»Bei mir auch nicht«, lachte Alma. »Sonst noch was?«

»Ich glaube, es ist aufgeteilt in eine weibliche und eine männliche Hemisphäre. Schlafzimmer, Badezimmer, Schrankraum.«

»Bingo. Guter Beobachter, Herr Weinmeister. Vielleicht sollten sie sich bei der Kripo bewerben!«

»Na, schau ma mal, aber das würde jedem auffallen. Wie in einer Wohngemeinschaft ist das hier getrennt, nur ein bisschen zu ordentlich.«

»Ob sie die Vorräte im Kühlschrank auch getrennt haben?«, lachte Alma und blickte sich ein letztes Mal um. »So, ich glaube, ich bin hier fürs Erste fertig, wir überlassen den Kollegen das Feld und schauen, ob die Nachbarn etwas gehört oder gesehen haben.«

»Wir beide?« Der junge Kollege stand stramm, und kurz dachte Alma, er würde gleich salutieren.

»Jawohl, wir beide. Wir fangen oben an.«

»Jawohl, Frau Inspektor.«

Lediglich drei Bewohner öffneten ihnen die Tür: ein junger Mann, der aus seinem Ärger über die späte Störung kein Geheimnis machte; eine alte Frau, deren Fernseher so laut aus dem Hintergrund dröhnte, dass sie Mühe hatte, Alma zu verstehen, und ein asiatisch aussehender älterer Herr, der auf Weinmeisters Frage, ob er etwas gehört habe, stirnrunzelnd auf den Polizeiausweis schaute und immer wieder »Tourist ... I am tourist ... Airbnb ...« stammelte.

»Haben Sie heute am frühen Abend irgendwas gehört? Einen Streit vielleicht, Krach im Treppenhaus?«, fragte Alma den ungehaltenen jungen Mann aus dem zweiten Stock, der ein wenig aussah, als wäre er selbst Teil der gut aussehenden Regierungsmannschaft.

»Ich bin erst vor einer halben Stunde nach Hause gekommen, fragen Sie Ihre Kollegen da unten auf der Straße. Die hätten mich fast nicht durchgelassen. Außerdem hab ich mit Politik nichts am Hut. Das interessiert mich alles nicht.«

»Wie kommen Sie denn darauf, dass das was mit Politik zu tun hat?«

»Na ja, das ist ja wohl offensichtlich, dass es um den da oben geht.« Er warf einen vielsagenden Blick nach oben.

»Kannten Sie ihn? Oder seine Lebensgefährtin?«

»Wenn man dreimal grüßen im Treppenhaus als *Kennen* bezeichnen kann, dann kannten wir uns.« Er schob die Tür ein wenig zu. »War's das?«

»Ja, hier ist meine Karte. Wenn Ihnen noch was einfällt, rufen Sie bitte an.« Alma schaffte es gerade noch, ihre Visitenkarte durch den Spalt zu schieben, dann war die Tür auch schon zu. Und auch die alte Dame war nicht sehr ergiebig. Den Fernseher hatte sie zwar leiser gestellt, das änderte jedoch wenig an ihrem Hörvermögen. Sie erzählte mit leuchtenden Augen vom netten Herrn Langwieser, der immer höflich gegrüßt habe, und seiner ausgesprochen hübschen Verlobten, die ihr sogar einmal die Einkaufstaschen hochgetragen habe, denn sie habe keinen Zugang zum Lift. Dass der nette junge Mann tot war, konnte sie gar nicht fassen. »Ein Unfall?«, fragte sie.

»Das ist noch unklar«, antwortete Alma und gab auch ihr eine Karte.

#tierwohl

Drei Wochen vorher

Jessica hatte sich auf den Abend gefreut, sie hatten beide keinen Termin und sich zum Kochen »verabredet«, wie Max lachend gesagt hatte. In der gemeinsamen Wohnung verabreden, das klang ein wenig wie der Tipp einer Paartherapeutin, wenn man sich entfremdet hatte. Max hatte eingekauft, Steaks und Salat und eine Flasche Wein, keine aus dem elterlichen Betrieb, irgendwas Teures, Französisches.

Jessica kam nach Max heim, und als sie die Tür aufschloss, plätscherten ihr die Klänge eines Mozartklavierkonzerts entgegen, Max' absolute Lieblingsmusik. Er stand in der Küchentür, trug eine Schürze mit dem Aufdruck *Chef de la cuisine* und hielt ein großes Messer in der Hand. »Könntest du noch schnell zum Bäcker springen und ein Baguette kaufen?«, begrüßte er sie, und Jessica zog die Jacke wieder an. »Mach ich, aber dann muss ich noch heiß duschen, ich bin komplett durchgefroren.«

»Geht sich aus, ich warte mit den Steaks. Wollen wir nach dem Essen *The Crown* weiterschauen?«

»Ja, okay. Wenn du magst.« Jessica versuchte ihre Enttäuschung zu verbergen, eigentlich hatte sie gehofft, sie würden sich einfach mal wieder unterhalten, miteinander reden, nicht immer nur zwischen Tür und Angel über die Arbeit.

Beim neuen Bäcker an der Ecke ergatterte sie das letzte Baguette, und wieder einmal erschrak sie, als der freundliche junge Mann den Preis nannte: Sechs Euro zwanzig für ein Brot – ihre Eltern hätten dafür lediglich ein Kopfschütteln übrig.

Auf einem Holzbrett warteten die Steaks, bedeckt mit Kräutern und grobem Salz, daneben stand eine weiße Steingutschüssel mit buntem Salat, der Rotwein atmete in einer Karaffe. Jessica legte das hellbraune, mit weißem Mehl bestreute Brot auf die Arbeitsplatte und betrachtete das Stillleben. Es war einer jener Momente, in denen sie eine große Zufriedenheit verspürte. Sie hatte es geschafft: diese Wohnung, diese Küche, das schöne Essen; sie war erwachsen, die schäbige Einrichtung und die Schnitzel vom Billigdiscounter ihrer Kindheit lagen endgültig hinter ihr. Sie zückte ihr Handy, um ein Foto zu machen, das brachte sicher ein paar Likes auf ihrem Instagramkanal. Hübsch angerichtetes Essen mit ein paar Hashtags wie #feierabend, #tierwohl, #landwirtschaftsministerium und bloß nicht vergessen, Max zu taggen. Das Handy hatte nur noch ein Prozent, und Jessica kramte in ihrer Handtasche nach dem Ladekabel. Vergeblich, das war wohl im Büro geblieben. Sie musste sich endlich ein zweites besorgen, nachdem eines kaputtgegangen war und sie das Kabel nun ständig zwischen Arbeit und Zuhause hin- und herschleppte.

Nachdem Jessica kurz an Max' Schlafzimmertür geklopft hatte, trat sie gleich darauf ein. »Kann ich mir dein Ladekabel...?« Mitten im Satz verstummte sie, er stand neben dem Bett und drehte sich rasch zur Wand. Doch nicht rasch genug, Jessica sah das dicke Bündel Geldscheine in seiner Hand, anscheinend war er im Begriff, es in den eingemauerten Tresor zu legen.

»Was ist das?«

»Was soll das schon sein. Geld, das siehst du doch.«

»Ja, aber warum hast du so viel Geld zu Hause?«

Er legte die Scheine in den Tresor und schloss ihn. Dann drehte er sich schwungvoll zu ihr und grinste sie mit seinem entwaffnenden Bubenlächeln an. »Ach, das ist nur eine kleine Vorauszahlung auf mein Erbe, ich muss das mal kurz zwischenparken, bevor ich es aufs Konto einzahle.«

Jessica sah ihn skeptisch an; er nahm sie in den Arm und flüsterte ihr ins Ohr:»Weißt eh, die Steuer muss auch nicht alles wissen. Und jetzt geh schnell duschen, ich hau die Steaks in die Pfanne. Ich bin am Verhungern!«

Jessica fragte nicht nach, doch der Appetit war ihr vergangen, und später auf dem Sofa waren ihre Gedanken so gar nicht bei der jungen Elisabeth und den Vorbereitungen zu ihrer Krönung.

Am nächsten Tag war Max in die Spätnachrichten eingeladen, und Jessica schaltete den Fernseher ein.

Bernhard Zabel befragte ihn zu einem neuen Maßnahmenkatalog zum Tierwohl, nachdem eine der Undercover-Organisationen Bilder von halb toten Ferkeln in Umlauf gebracht hatte, die zwischen Kadavern in einem Container herumkrabbelten. Jessica schnürte es fast die Kehle zu, dennoch zwang sie sich, aufmerksam zuzuhören. Max erklärte ruhig und sachlich, dennoch mit Empathie, dass er ebenfalls tief betroffen sei, dass das ein verabscheuungswürdiger Einzelfall sei und es dringenden Reformbedarf gebe.»Sehen Sie, man kann solche weitreichenden Veränderungen nicht von heute auf morgen umsetzen. Ich persönlich esse nur noch Bio-Fleisch, wenn überhaupt«, sagte er und lächelte dem von ihm gehassten Moderator freundlich entgegen. Gut sah er aus, er trug keine Krawatte, hatte den obersten Hemdknopf lässig geöffnet, und der Dreitagebart, den sie schon immer unheimlich sexy fand, passte zu den wachen blauen Augen. Doch sein gutes Aussehen würde nichts helfen, wenn sein bedauernswerter Pressesprecher morgen in Richtung Bauernbund und Viehwirtschaft diese Ich-esse-kaum-Fleisch-Aussage relativieren musste.

Sie hatte es nicht geplant, aber irgendetwas ließ sie vom Sofa aufstehen, in Max' Schlafzimmer gehen und die Tastenkombination des Safes eintippen. Er hatte ihr die Nummern nie gesagt, doch Jessica kannte seine Angewohnheit, immer die gleiche Zahlenkombination zu verwenden: den Geburtstag seiner Mutter. Und auch hier funktionierte es. Sie nahm das Geldbündel raus, warf es aufs Bett und zählte es hastig durch, obwohl sie wusste, dass Max für den Weg vom Fernsehsender nach Hause mindestens eine halbe Stunde brauchen würde. Es waren exakt 58 800 Euro, sie stapelte das Geld wieder ordentlich und band es mit dem Gummiband zusammen. Dann schrieb sie eine Notiz, *Du warst gut. Ich bin sehr müde. Kuss*, legte den Zettel auf den Couchtisch und ging ins Bett.

Sushi statt Schnitzel

Im Büro saßen Polizeipräsident Klausberger, Robert Kolonja und Tarik Babic am runden Besprechungstisch, jeder einen Laptop vor sich. Zwischen ihnen, in der Mitte des Tisches, stand eine halb geplünderte Plastikplatte mit Sushi in allen Farben und Formen. Als Alma die Tür öffnete, war Kolonja gerade dabei, sich ein großes Thunfisch-Sushi in den Mund zu stecken.

»Guten Abend allerseits. Ja, darf man denn das?«

»Wasch denn?«, nuschelte Kolonja, Klausberger telefonierte konzentriert, und Babic blickte kurz von seinem Bildschirm auf.

»Na, ist das nicht Vernichtung von Beweismitteln? Und außerdem: Wenn ihr das ganze Sushi aufesst, können wir nicht mehr überprüfen, ob es vergiftet war.«

Kolonja hustete und sah sie erschrocken an.

»Der Herr Minister hatte das Sushi ja gar nicht angerührt, also keine Panik«, sagte Alma und nahm sich ein in Sesam gewälztes Maki.

»Das ist doch auch irgendwie ein Sinnbild für die neue Politik, oder?« Kolonjas Blick glitt über die bunte Platte.

»Was meinst du? ... Hm, aber echt gut ... sollten wir uns öfter gönnen«, erwiderte Alma und nahm sich gleich noch ein Stück.

»Na ja, früher waren doch das Sinnbild des österreichischen Politikers – ich sage mit Absicht: Politikers – Schnitzel, Bier und Schweinsbraten. Die jetzigen tragen Sportschuhe zu Designeranzügen, schmieren sich Gel in die Haare und essen halt Sushi statt Schnitzel.«

»Und statt Bier oder Spritzwein dopen sie sich mit Koks oder MDMA«, ergänzte Tarik Babic. Die Runde sah ihn erstaunt an. »Wie kommst du denn darauf?«, fragte Kolonja.

»Ich hab einen Freund, der ist beim Gift, und der hat mal fallen lassen, dass der Kanzler und seine Freunde gerne feiern. Und zwar nicht nur mit legalen Rauschmitteln.«

»Interessant«, sagte Alma, »würden Sie vielleicht in der Spurensicherung Bescheid sagen, dass sie die Wohnung auf alle Fälle auch auf Drogen untersuchen sollen?«

»Pass mal schön auf, dass du keine falschen Gerüchte in Umlauf bringst. Sonst versetzen sie dich nach St. Pölten«, grinste Kolonja, da warf der Polizeipräsident den Telefonhörer auf den Apparat und lehnte sich mit einem tiefen Seufzer zurück. »Ein Minister! Das gibt's ja nicht! Wenn das die Presse morgen früh erfährt, dann geht der Zirkus los. Frau Kollegin, was ist Ihr erster Eindruck?«

»Massive Kopfwunde, der Schädel ist regelrecht eingedellt. Er ist mit ziemlich großer Wucht gegen seinen teuren Designerglastisch gestürzt. Die Frage ist natürlich, ob er einfach ein Tollpatsch war oder ob jemand nachgeholfen hat. Ersteres wäre natürlich fein, dann wäre es ein Unfall, und wir wären raus. Das glaub ich aber nicht.«

»Das wäre auch zu schön, um wahr zu sein. Was ist mit dieser Dame, die da wohnt?«

»Wir versuchen, sie zu erreichen«, sagte Tarik Babic. »Bisher leider erfolglos. Ihre Eltern haben wir schon kontaktiert, die haben keine Ahnung, wo sie sein könnte. Sollen wir sie zur Fahndung ausschreiben?«

»Na ja, nur weil sie mit dem Opfer zusammengelebt hat, ist sie nicht unbedingt tatverdächtig. Obwohl wir es hier leider nicht mit einem normalen Opfer zu tun haben«, seufzte der Polizeipräsident. »Wie heißt sie noch mal?«

»Jessica Pollauer«, kam es, wie aus der Pistole geschossen

aus dem Mund vom Kollegen Babic. »Bei einem Toten im häuslichen Umfeld ist es doch zu achtzig Prozent eine Beziehungstat, oder etwa nicht?«

»Ja, schon, aber im Normalfall haben wir dann eine tote Frau und einen Mann, dem wieder einmal die Sicherungen durchgebrannt sind«, erwiderte Alma und nahm sich noch eins der kleinen Kunstwerke von der Sushi-Platte.

»Das ist jetzt aber schon ein wenig Klischee, oder?« Babic hob angriffslustig das Kinn.

»Meine Kollegen, beruhigen Sie sich! Bitte! Haben wir das Handy des Verstorbenen? Vielleicht finden wir darauf ja Hinweise für einen Streit?«

»Leider Fehlanzeige. Kein Notebook, kein Handy. Wir haben ein iPad gefunden, natürlich passwortgesichert. Ist in der Spurensicherung.«

»Nachbarn? Irgendjemand etwas gehört, gesehen?«

»Leider nein.«

»Ich klingle jetzt den Staatsanwalt aus dem Bett, und wir organisieren eine Handypeilung für beide Geräte, einmal Langwieser, einmal Pollauer. Und eine Fahndung nach Pollauer.« Der Polizeipräsident seufzte tief, als würde er sich die ganze Arbeit gerade bildlich vorstellen. »Wer hat Journaldienst?«

Alma blickte in den Computer: »Hutter. Thomas Hutter.«

»Na wunderbar, dann haben wir die Funkzellenabfrage noch vor morgen früh. Der ist ein Kampfterrier«, erklärte er Alma, die ihn fragend ansah.

Sie aßen die letzten Reste des Sushis, und als Alma auf die Uhr blickte, war es fast Mitternacht. »Innenminister?«, warf sie in die Runde.

Klausberger nickte müde: »Hab ich natürlich angerufen. Er informiert den Kanzler und die Wirtschaftsministerin.«

»Warum die Wirtschaftsministerin?« Alma unterdrückte ein Gähnen.

»Jeder Minister hat eine Vertretung, wenn er verhindert ist. Und Magdalena Scherbaum ist die Vertretung von Max Langwieser, der ja wohl verhindert ist. Ach ja, und dann hab ich unserem Pressesprecher eine Nachricht geschickt, der hat sein Handy abgedreht und sicher eine richtige Freude, wenn er morgen früh aufwacht. Vielleicht schaffen wir es, das Ganze noch ein wenig zurückzuhalten, wenigstens bis zum Mittagsjournal, spätestens dann haben wir die Pressemeute am Hals.«

Wie auf ein geheimes Zeichen hin klingelte Almas Handy, sie erkannte die unbekannte Nummer von vorhin.

»Oberkofler?«

»Guten Tag. Oder besser gesagt: gute Nacht. Wir kennen uns noch nicht persönlich, mein Name ist Carla Behammer vom *Konkret*, Innenpolitik. Stimmt es, dass Minister Langwieser tot ist?«

»Woher haben Sie diese Information? Und woher haben Sie meine Nummer?«

»Stimmt es, oder stimmt es nicht?«

»Kein Kommentar«, seufzte Alma.

Die Journalistin ignorierte die Antwort und stieß nach: »Und? Wissen wir schon was?«

»Wen meinen Sie denn mit *wir*? Wissen *Sie* denn schon was?«

»Sie haben Humor, das gefällt mir. Ich freu mich auf ein Kennenlernen! Aber Spaß beiseite: Gibt es Anzeichen auf Fremdverschulden?«

»Kein Kommentar.«

»Vielleicht ein Anschlag?«

»Kein Kommentar.«

»Eine Beziehungstat?«

»Ebenfalls kein Kommentar. Wenn Sie mir sagen, woher Sie Ihre Informationen mitten in der Nacht bekommen haben, dann sag ich Ihnen vielleicht auch etwas.«

»Leider nein.«

»Dann müssen Sie, wie Ihre Kollegen auch, auf die Pressemitteilung morgen im Laufe des Vormittags warten. Ich wünsche Ihnen eine erholsame Nacht, Frau … wie war doch gleich der Name?«

»Behammer. Carla Behammer. Sie können mich gerne Carla nennen. Wir werden uns sicher bald kennenlernen.«

»Na, ich freu mich drauf. Aber jetzt gehen wir alle schlafen, heute passiert nichts mehr.«

Alma drückte den Anruf weg und sah ihre Kollegen fragend an. »Wie geht das so schnell? Warum weiß diese Journalistin quasi zeitgleich mit uns, dass es einen Toten gibt?«

»Einen toten Minister, muss man anmerken«, meinte Klausberger. »Ein toter Jugo in Ottakring würde sie nicht aus dem Bett holen.«

»Oder eine tote Frau«, meinte Tarik Babic nachdenklich und sah Alma erwartungsvoll an. Das sollte wohl ein Friedensangebot sein, auf das Alma nicht einging.

Nachdem sich der Polizeipräsident verabschiedet hatte, blieben die drei noch im Büro. Sie durchforsteten Datenbanken, gaben die Namen Max Langwieser und Jessica Pollauer in Suchmaschinen ein und kopierten sämtliche Artikel über die beiden. Es war fast zwei Uhr morgens, als Alma erschöpft den Kopf auf die Arme legte. »Wir machen Schluss für heute. Spurensicherung und Gerichtsmedizin laufen, die Ministerkarriere können wir auch morgen noch nachlesen, und es wird eh ein harter Tag. Also: Aufbruch!«

»Lohnt sich gar nicht mehr heimzufahren«, murmelte Kolonja und streckte sich.

Alma lachte. »Vielleicht gibt es noch Krautrouladen«, sagte sie und schaltete den Computer aus.

Zu Hause schlug ihr der Geruch von frischer Farbe entgegen, und im kleinen Vorzimmer stapelten sich Umzugskisten an der Wand. Sie hatte sich fest vorgenommen, in den nächsten Tagen alles auszupacken, allmählich nervte sie die Unordnung. Aber mit diesem prominenten Toten würde daraus wohl nichts werden.

Was für Pech kann man denn haben? Gleich im ersten Monat nicht einfach nur einen erstochenen Zuhälter und den Frauenmord, den du in Zeiten wie diesen einmal pro Monat fix einplanen kannst. Nein, ihr legte man gleich einen toten Minister vor die Füße.

Wahrscheinlich hatte Kolonja recht, und der Staatsschutz würde ihnen den Fall innerhalb der nächsten Stunden abnehmen. Obwohl Alma davon ausging, dass es sich nicht um einen politischen Mord handelte. Wer sollte den Landwirtschaftsminister beseitigen wollen? Greenpeace? Irgendwelche radikalen Ökobauern? Ein Pharmakonzern?

Immerhin stand der Wasserkocher bereits an seinem Platz neben der Spüle; sie brühte sich eine Tasse Kräutertee auf, stieg unter die Dusche, in der Hoffnung, dass es ihren schmerzenden Rücken entspannen würde, und schlüpfte in ein altes T-Shirt von Antti, schwarz, mit dem Emblem einer finnischen Band. Natürlich war es gewaschen, trotzdem hüllte sie sein Geruch ein, und eine Welle von Sehnsucht floss durch ihren Körper. Im Bett checkte sie ihr Handy. Er hatte mehrere Nachrichten geschickt, die letzte um 1:30 Uhr. Ein Kuss-Smiley und ein Gute Nacht.

Der Shoppingcenterparkplatz

So lange am Stück war Jessica noch nie Auto gefahren, sie hatte Mühe, ihre trockenen Augen offen zu halten. Wie genau sie von Bad Vöslau auf die Westautobahn gekommen war, wusste sie nicht mehr, sie war einfach immer den Schildern in Richtung Autobahn gefolgt. Und irgendwann war sie auf der A1, einer Strecke, die sie kannte und die so etwas wie Sicherheit und Beständigkeit ausstrahlte. St. Pölten, St. Pölten Süd, Melk, Pöchlarn, Ybbs, Amstetten … Sie war immer weiter in Richtung Westen gefahren, und als sie an der Form der Verkehrszeichen erkannte, dass sie in Deutschland war, war sie auch schon wieder in Österreich. Am sogenannten »Deutschen Eck« wurde nicht kontrolliert. Nicht mehr. Sie erinnerte sich an die großen Fluchtbewegungen 2015, als im Verkehrsfunk auf Ö3 kilometerlange Staus durchgesagt wurden. Heute war alles wie ausgestorben.

Kurz nach Kufstein war es drei Uhr früh, und der Tank lief auf Reserve, vierhundert Kilometer lagen hinter ihr. Wenn sie jetzt eine Tankstelle anfuhr, volltankte und sich einen Kaffee kaufte, würde sich jeder noch so unaufmerksame Angestellte an sie erinnern. Außerdem gab es an allen Tankstellen Kameras. Jessica dachte an eine Diskussion, die sie vor vielen Jahren mit einem Studienkollegen geführt hatte, der sich damals fürchterlich über die Zunahme des Überwachungsstaats aufgeregt hatte. »Aber warum ist das so schlimm?«, hatte sie damals dagegengehalten. »Wenn ich mir nichts zuschulden kommen lasse, dann ist es mir doch egal, ob sie wissen, wo ich bin oder wann ich wo war.«

Nun, jetzt war es ihr nicht egal, sie brauchte Zeit, um nachzudenken. Und dabei wollte sie weder erkannt noch gefilmt werden.

Bei der Abfahrt *Innsbruck Ost* setzte sie ordnungsgemäß den Blinker und hielt sich genau an die vorgegebene Geschwindigkeitsbegrenzung, obwohl sie allein auf der Autobahn war. Vor ihr lag der leere Parkplatz eines Einkaufszentrums, und dieser Anblick machte sie fast glücklich. Natürlich zählten menschenleere Parkplätze nicht zu Jessicas Lieblingsorten, doch nun würde das der Ort sein, an dem sie zur Ruhe kommen konnte. Sie konnte nicht mehr. Keinen einzigen Kilometer konnte sie mehr fahren. Also würde sie jetzt einfach hier irgendwo am Rande des Parkplatzes das Auto abstellen, hoffen, dass kein Nachtwächter seine Runde drehte, und ein wenig die Augen schließen. Nach ein paar Stunden Schlaf würde die Welt eine andere sein, sie würde wissen, was zu tun wäre. Jessica kippte die Lehne so weit wie möglich nach hinten, legte die Jacke über ihren Oberkörper und schloss die Augen. Obwohl sie so erschöpft war, schlief sie nicht sofort ein, in ihren Ohren klang das Brummen des Motors nach, ihr rechter Fuß stand in Gedanken immer noch auf dem Gaspedal, und auf ihren geschlossenen Lidern rauschten die Leitplanken der Autobahn vorbei.

Ein Todesfall zum Denken

Alma hatte den Wecker auf sechs Uhr gestellt, drückte aber im Halbschlaf so oft die Schlummertaste, dass es bereits kurz vor sieben war, als sie hochschreckte. Sie füllte die kleine Bialetti mit Kaffee und überlegte, in die Dusche zu steigen, entschied sich dann aber für eine kurze Gesichtswäsche. *Nuttenwäsche* hatte ihre beste Freundin auf der Maturareise damals dazu gesagt. »Einmal mit dem Waschlappen unter beide Arme, danach zwischen die Beine.« Manche Dinge vergaß man wohl nie.

Bist du schon wach? Antti schickte eine Nachricht, und sie tippte zurück: Wach ist etwas übertrieben. Du?

Kannst du schon reden?

Kann es versuchen. Aber ohne Bild ;-)

Da rief er auch schon an, und als sie sein *Hyvää huomenta* hörte, musste sie erst mal schlucken. Am liebsten wäre Alma auf der Stelle in den Zug gestiegen und zu ihm gefahren, in sein sicher noch warmes Bett geschlüpft und hätte wilden Sex gehabt. Oder wäre einfach nur an seiner Schulter eingeschlafen.

»Guten Morgen. Ich vermisse dich«, seufzte sie.

»Ich dich auch.«

»Ich fürchte, aus dem Wochenende wird nichts.«

»Warum?«

»Bedenklicher Todesfall.«

»Das verstehe ich nicht ... ein Todesfall zum Denken?«

»Ja, im weitesten Sinne ist es das.« Alma lachte. »Ein Todesfall, über den man viel nachdenken muss.«

Antti war Finne, Professor für Mathematik und lernte seit fünf Jahren Deutsch. Zunächst nur aus Interesse, er erzählte immer, dass es sein Ziel sei, die Bibel der Mathematiker *Gödel, Escher, Bach,* in der Originalsprache zu lesen. Drei Jahre lang hatte er in Helsinki einen Deutschkurs besucht, um dann einen Sprachkurs auf Sylt zu buchen. Zwei Wochen intensiv, danach würde er zwar nicht in der Lage sein, dieses Buch zu lesen, aber vielleicht konnte er zumindest ein wenig Konversation darüber führen. Und auf Sylt hatten sich Alma und Antti kennengelernt, das war vor fast drei Jahren.

»Gehen Sie mindestens drei Wochen in Krankenstand, am besten sogar vier«, hatte ihr Vorgesetzter damals gesagt, und Alma hatte sich zunächst heftig dagegen gewehrt. Sie, die, seit sie ihre Ausbildung beendet hatte und der Linzer Polizei angehörte, noch nie mehr als zwei Tage am Stück gefehlt hatte, sollte nun drei Wochen krankmachen? Obwohl ihr nichts fehlte?

Sie fühlte sich doch lediglich ein wenig abgeschlagen, müde und antriebslos, und dass sie Nacht für Nacht in ihren Träumen die Tote im Auto vor sich sah, würde von selbst wieder aufhören. Sie träumte die Bilder hyperrealistisch, den leuchtend roten Lack des Autos, auf der Rückbank ein besticktes Kissen, auf dem in buntem Kreuzstich *Herzilein* stand. Am Beifahrersitz saß dieses Mädchen, fast noch ein Kind. Lara Schönhuber, fünfzehn Jahre alt und tot.

Alma und ihre Kollegin waren als Erste am Tatort gewesen. Miriam sicherte die Umgebung mit ihrer Waffe, während Alma auf den Pkw zugeschlichen war. Der Fahrersitz war leer, und Alma öffnete die Autotür auf der Beifahrerseite. Niemals würde sie diesen Blick vergessen: Die Augen des Mädchens waren weit aufgerissen und schienen sie direkt anzustarren, der Mund sah aus, als würde sie gleich einen Laut des Erstaunens ausstoßen. Ihr hellgrünes T-Shirt war zerrissen, man sah ihre kleinen Brüste; Alma unterdrückte den Impuls, sie zu bedecken. Der kurze Rock war bis zur Taille hochgeschoben und gab den Blick auf die Hämatome an den Innenseiten der Oberschenkel frei. An der linken Schläfe hatte das Mädchen eine klaffende Wunde, das Blut war schon geronnen und zog sich in einer dunklen Spur hinab zu ihrer Schulter.

Alma führte ihre Arbeit ruhig und schematisch aus, Schritt für Schritt, wie sie es in ihrer Ausbildung gelernt hatte, und schon nach wenigen Stunden fasste man drei junge Männer, einer von ihnen war noch nicht mal achtzehn. Beim Verhör gaben sie an, Lara Schönhuber habe sie gereizt, sei mit ihnen freiwillig in den Wald gefahren und habe dann doch nicht gewollt. Sie hätten sich verarscht gefühlt, und als der Älteste sagte: »Wir wollten uns ja nur holen, was sie versprochen hatte«, musste Alma kurz den Raum verlassen. Auf der Toilette neben dem Verhörraum übergab sie sich, wusch sich danach das Gesicht mit kaltem Wasser. Eine junge Polizeischülerin betrat den Vorraum des Klos, musterte Alma im Spiegel und fragte schüchtern: »Alles okay? Kann ich Ihnen helfen?«

»Alles okay. Ich glaub, ich hab was Schlechtes gegessen«, antworte Alma und band sich die Haare zusammen.

Doch zwei Wochen später litt sie immer noch an Schlaflosigkeit, aus Angst vor ihren Träumen zappte sie die halbe Nacht durch die Fernsehkanäle, um am nächsten Tag völlig übermüdet ihren Dienst anzutreten. Und dann, es war ein heißer Nachmittag, und die Hitze lag wie ein nasses Handtuch über der Stadt, verlor Alma plötzlich die Nerven. Sie ging durch den Flur in eine andere Abteilung, als sich ihr ein breitschultriger Mann in den Weg stellte und verlangte, endlich von irgendjemandem angehört zu werden: Er würde schon über eine halbe Stunde warten und habe sich überhaupt nichts zuschulden kommen lassen. Alma bat ihn, sich wieder zu setzen und noch ein wenig Geduld zu haben, da pflanzte er sich vor ihr auf, beschimpfte sie als blöde Bitch und dreckige Hure, und bevor der uniformierte Beamte eingreifen konnte, hatte Alma ihn mit dem Taser zu Boden gestreckt. Dann zog sie die Waffe und zielte auf den sich windenden Körper.

»Krankenstand oder wie auch immer Sie es nennen wollen«, sagte ihr Vorgesetzter und stellte ihr ein Disziplinarverfahren in Aussicht, falls sie sich dem widersetzen würde.

Alma wusste nicht mehr, wie sie damals auf Sylt gekommen war, wahrscheinlich hatte sie einfach keine Lust auf Italien oder Spanien. Dolce Vita und Sonnenschein – das passte definitiv nicht zu ihrer Stimmung. Viel besser erschien ihr eine Nordseeinsel: Nieselregen, Wind und rundherum das aufgewühlte graue Meer. Zumindest in ihrer Vorstellung war das so, doch in den fünf Tagen, in denen sie viel schlief, am Strand spazieren ging oder durch die Dünen joggte, schien ununterbrochen die Sonne von einem blitzblauen Himmel.

In einem Strandcafé in Westerland setzte sich ein großer blonder Mann mit einer runden Brille an ihren Tisch, nachdem er in holprigem Deutsch gefragt hatte, ob hier noch frei sei. Misstrauisch blickte Alma sich um, warum musste er gerade hier sitzen, gab es wirklich keine anderen Plätze?

»Es war really nichts anderes frei«, erzählte er jedem, der sie über ihr Kennenlernen ausfragte. »Aber ich war sehr happy, sie sah so ... wie sagt man ... interesting aus.«

»Ich war überhaupt nicht interesting. Müde war ich und depressiv, und außerdem hatte ich eine riesige Sonnenbrille auf. Du konntest mich also gar nicht sehen«, lachte Alma dann immer. Sie unterhielten sich in einer Mischung aus schlechtem Deutsch (er) und schlechtem Englisch (sie), und er bestand darauf, ihren Kaffee und den Kuchen zu bezahlen. Und als Alma sich auf den Weg zu ihrem Bungalow machte, schlug er die gleiche Richtung ein, und sie gingen gemeinsam über den Strand.

Zufällig lagen ihre beiden kleinen Häuschen in den Dünen direkt nebeneinander.

»Wieder ein tote Frau?« Antti riss sie aus ihren Gedanken.

»Nein. Diesmal nicht. Ein Mann. Aber nicht irgendein Mann, leider war er Minister.«

»Perkele!«

Das Wort hieß »Teufel« und war definitiv Almas Lieblingsschimpfwort auf Finnisch. »Du sagst es. Ich glaube, das ist alles ziemlich kompliziert. Oder auch ganz einfach, wir werden sehen.«

»Am Wochenende komme ich, mir egal, ob du durcharbeiten musst. Ich koch für dich und nehm dich in Arme.«

»In den Arm«, verbesserte Alma, und Antti lachte: »Nein, in beide!«

Can't Get You Out of My Head

Leider war die Welt nicht klarer, als Jessica wieder aufwachte, lediglich die Sicht war besser, denn die Sonne schien auf den Parkplatz, der sich nach und nach mit Autos füllte. Erschrocken stellte sie die Sitzlehne gerade und blickte auf die Uhr. Fünf vor neun, sie hatte über fünf Stunden tief und fest geschlafen, ihr Mund war völlig ausgetrocknet, sie musste dringend aufs Klo. Wann hatte sie eigentlich das letzte Mal etwas gegessen?

Nach und nach kamen die Erinnerungen an die letzte Nacht, sie sah Max vor sich, wie er neben dem Couchtisch lag, überall das Blut. So viele Stunden war sie mehr oder weniger ruhig und überlegt geblieben. Doch nun füllten sich ihre Augen mit Tränen, und dann brach der Damm. Erst als ein paar Jugendliche nahe an ihrem Auto vorbeigingen und eines der Mädchen neugierig ins Fenster schaute, schaffte Jessica es, mit ein paar tiefen Atemzügen ihren Weinanfall zu stoppen.

Sie trank den letzten Rest Wasser aus ihrer Flasche, putzte sich die Nase und griff in ihre hintere Hosentasche, um das Handy rauszuziehen, doch da war keines. Ein kurzer Anflug von Panik, doch dann fiel ihr ein, dass es zertrümmert auf einem Autobahnparkplatz bei Traiskirchen lag. Es war wie ein Phantomschmerz, als fehlte ein Körperteil, plötzlich war sie getrennt von etwas, mit dem sie ihr halbes Leben fest verbunden gewesen war. Kein Handy bedeutete keine Kontakte – sie konnte keine einzige Nummer auswendig. Sie konnte keine Nachrichten verfolgen, hatte keine Information darüber, was in der Welt passierte, aber auch keinerlei Aufmunterungen in Form von Likes oder Herzchen.

Der Frühlingshimmel sah aus wie eine Fototapete. Es wäre schön, jetzt Musik zu hören, dachte Jessica, doch auch ihre gesamte Musiksammlung lag am Autobahnparkplatz von Traiskirchen. Hatte sie jemals das Autoradio verwendet? Auf Ö3 erkannte sie die letzten Klänge von Kylie Minogues *Can't Get You Out of My Head,* dann die Stimme des Nachrichtensprechers, Reinhard Haslinger hatte heute Dienst. Im Radio klang seine Stimme streng und unnahbar, doch eigentlich war er ein netter Kerl. Aus alter Gewohnheit hörte sie beim Innenpolitikteil besonders genau zu, auch wenn die große Kampagne erst für nächsten Monat geplant war. Erst als Haslinger beim Kulturteil und damit am Ende der Sendung angekommen war, fiel es ihr auf. Keine Meldung über Max. Ein Minister war tot, und sie brachten nichts in den Nachrichten? Hieß das, dass sie ihn noch nicht gefunden hatten? Lebte er etwa noch? Oder lag er noch immer zwischen Sofa und Couchtisch in seinem eigenen Blut? Nein, das konnte nicht sein, schließlich hatte sie ja diese Oberhuber, oder wie die Polizistin hieß, schon angerufen. Also hielten sie die Meldung bewusst unter Verschluss.

Darüber würde sie später nachdenken, jetzt brauchte sie erst einmal dringend ein Klo, warmes Wasser, um sich zumindest Gesicht und Hände zu waschen, und einen Kaffee. Wehmütig dachte sie an ihr schönes Badezimmer mit der Regendusche und den flauschigen Badetüchern, an ihre Küche mit der Jura-Kaffeemaschine und dem Bio-Crunchy-Müsli.

Im Schnellrestaurant herrschte bereits reger Betrieb, anscheinend frühstückten viele Leute nicht mehr zu Hause, sondern begannen den Tag mit Burger und Pommes. Aus dem Toilettenspiegel blickte ihr ein blasses Gesicht mit dunklen Augenringen entgegen, die Haare hingen strähnig über die Schultern, und ihre Wangen waren voll roter Flecken.

Obwohl es ein ganz normaler Wochentag war, war das Einkaufszentrum bereits gut besucht. »Keiner will mehr arbeiten«, hatte Max des Öfteren festgestellt, und wenn er schlecht drauf war oder zu viel getrunken hatte, lag dabei Verachtung in seiner Stimme. »Das Arbeitslosengeld ist viel zu hoch, wo bleibt denn da der Anreiz, sich einen Job zu suchen?«

Jessica versuchte dagegenzuhalten, erinnerte sich an die Diskussionen, die sie mit ihrem Vater geführt hatte, und wenn sie dann einwarf, dass der Grund für die mangelnde Arbeitsmoral vielleicht die niedrigen Löhne und schlechten Arbeitsbedingungen seien, nannte Max sie spöttisch *seine kleine Marxistin*.

Jessica war schon lange nicht mehr shoppen gewesen, als Jugendliche war das kurze Zeit eine ihrer Lieblingsbeschäftigungen gewesen, auch wenn sie nie viel Taschengeld zur Verfügung gehabt hatte. Sie dachte an die verbummelten Nachmittage im Einkaufszentrum von Oberwart, wo sie mit ihrer besten Freundin Manu Stunden damit verbracht hatte, dreißig Euro bestmöglich auszugeben. Einmal im Jahr war sie mit der Mama ins Outlet nach Parndorf gefahren und hatte sich aussuchen dürfen, was immer sie wollte. Doch seit sie im Ministerium arbeitete, hatte sie keine Zeit mehr fürs Einkaufen. Der eine oder andere Spontankauf in der Innenstadt auf dem Weg zu einem Termin, meistens überteuerte Klamotten aus kleinen Boutiquen, bei denen sie gar nicht auf den Preis achtete, wenn sie ihre Kreditkarte hinhielt. Und immer hatte sie beim Kauf ein Gefühl der trotzigen Genugtuung, »Das gefällt mir, und ich kann es mir leisten«, und danach das schlechte Gewissen, das Im-Kopf-Ausrechnen, wie lange ihre Mutter damals an der Supermarktkasse hätte sitzen müssen, um sich so etwas kaufen zu können. Die Dinge, die sie fürs tägliche Leben brauchte, Unterwäsche, Jeans, T-Shirts, einen neuen Föhn ... bestellte sie im Internet, sie war eine viel beschäftigte Frau.

»Ich brauche bitte ein Handy. Eines ohne Vertrag.«

Der junge Verkäufer mit dem Hipster-Bärtchen, der aussah, als würde er am Wochenende Felswände raufklettern, taxierte sie kurz. »Gerne, was darf es denn sein?«

»Na ja, irgendein Smartphone halt.« Jessicas Telefon, das am Autobahnparkplatz wahrscheinlich schon mehrmals überfahren worden war, war natürlich das neueste iPhone, gerade mal zwei Monate alt.

»Gut, was willst denn ausgeben?«

»Egal, ich will einfach ein gutes Handy. Ich hab mein altes … äh … verloren.«

»Willst du deine Nummer behalten?«

»Nein, ich hab doch gesagt, dass ich eines ohne Vertrag will.« Warum duzte sie dieser Naturbursche eigentlich, sie sah zwar jung aus, aber auch nicht gerade wie fünfzehn.

»Komm, ich zeig dir ein paar.«

Sie warf einen kurzen Blick auf die Geräte, die aufgereiht im Regal lagen, und entschied sich dann doch für genau das Modell, von dem sie sich vor ein paar Stunden getrennt hatte. »Ich nehm das. Und eine Prepaidkarte dazu, bitte. Und dann hätte ich gerne noch ein Tablet.« Dann fiel ihr ein, dass sie zwar Max' Laptop im Auto hatte, aber kein Ladekabel. »Ein Ladekabel für ein MacBook bräuchte ich auch noch.«

Noch ein abschätziger Blick des Naturburschen, inzwischen hatte sie sein Namensschild gelesen und so etwas wie Ahmed Alshaker entziffert, also doch kein eingeborener Bergführer.

Auch das Tablet hatte sie rasch ausgesucht, und als der Tiroler Ahmed beides aus den versperrten Schubladen holte und ihr in die Hand drücken wollte, zögerte er kurz und sagte: »Ich bring dich zur Kasse damit.«

»Okay. Ich schaff das aber schon allein.«

»Sicher, aber ist ja nichts los, passt schon.«

Sie war die Einzige an der Kasse, anscheinend war es doch

zu früh, um teure elektronische Geräte zu erwerben, und ihr Berater blieb stehen, als wollte er sichergehen, dass sie die Geräte auch wirklich bezahlte. Jessica fragte sich, ob der Elektrokonzern mit Verkäuferprämien arbeitete.

»Das sind 2259 Euro«, sagte das junge Mädchen an der Kasse und drehte das Bankomatgerät in ihre Richtung.

»Danke, ich zahle bar.« Jessica blätterte einen Stapel Hunderteuroscheine auf das Laufband. Sie hörte, wie Ahmed Irgendwer hinter ihr durch die Zähne pfiff, drehte sich um und funkelte ihn an: »Ist noch was?«

»Nein, nein, passt schon, schönen Tag wünsch ich dir und viel Spaß damit. Servus.«

»Für die SIM-Karte brauch ich bitte einen Ausweis«, sagte die Kassiererin und kaute gelangweilt auf ihrem Kaugummi.

»Ausweis? Warum?« Jessica nahm das Wechselgeld entgegen.

»Gesetz. Seit ein paar Jahren schon.«

»Okay, dann hol ich mir die Karte später. Ich hab meinen Ausweis vergessen.«

Dieser Satz kam ihr selbst so unglaubwürdig vor, dass sie sich zwingen musste, der Frau in die Augen zu schauen. Hoffentlich hatte sie noch eine lange Schicht vor sich und konnte sich nach dem Wochenende nicht mehr an sie erinnern.

Jessica ging noch ein wenig durch das große Einkaufszentrum, kaufte sich einen großen Café Latte und ein Kipferl und wählte sich mit dem iPad ins WLAN des Centers. Seltsam war das, so ein leeres Gerät in der Hand zu halten, keine Kontakte, kein Facebook, kein Insta, keine Fotos. Sie hatte auch keinen Zugriff auf ihren Kalender und wusste natürlich keines ihrer Passwörter auswendig. Sie googelte »Nachrichten Österreich« und rief dann die Webseite des Landwirtschaftsministeriums auf. Nirgends ein Hinweis auf Max.

In der Sanitäranlage der Shoppingmall war zum Glück noch niemand, und immerhin kam das warme Wasser in einem starken Strahl, am liebsten hätte sie sich ausgezogen und zumindest den Oberkörper gewaschen. Jessica trug immer noch die hellblaue Bluse, die sie gestern im Büro anhatte; sie war nicht nur komplett zerknittert, sie hatte auch einen dunklen Fleck im Brustbereich. Das musste Blut sein. Mein Gott, sie hatte Blut auf der Bluse.

Eine Jugendliebe

Kolonja sah müde aus und so, als hätte er die Nacht hier verbracht, und Alma bemerkte, dass er dieselben Kleider wie am Tag zuvor trug. Vielleicht hatte er aber auch einfach einen Schrank voll von identischen schmutzig-weißen Hemden.

Tarik Babic hingegen wirkte wie das blühende Leben. Glatt rasiert, frisch gewaschenes Haar und gebügeltes Hemd, die kurze Nacht hatte keinerlei Spuren bei ihm hinterlassen. Das Glück der Jugend, dachte Alma, biss in ihr Sandwich, spülte den Bissen mit einem großen Schluck Automatenkaffee runter und sah ihre Kollegen erwartungsvoll an: »Irgendwelche Neuigkeiten?«

»Nicht wirklich. Von seiner Verlobten fehlt leider weiterhin jede Spur. Ich habe hier eine Liste mit Langwiesers engsten Mitarbeitern im Ministerium.«

»Danke.« Alma verkniff sich die Frage, wie lange er schon im Büro war, und fragte stattdessen: »Verwandte?«

»Ja, im Burgenland. Ein Dorf namens Grafenbruck, circa zwanzig Kilometer südlich von Oberwart. Vater, Mutter, keine Geschwister. Weinbauern. Sein Onkel ist Bürgermeister.«

»Wurden sie schon verständigt?«

»Jawohl, wir haben einen Kollegen aus Güssing hingeschickt. Und auch zu Familie Pollauer. Der Kollege müsste sich bald melden.« Nun war auch Kolonja aufgewacht.

»Vielleicht ist Jessica Pollauer ja inzwischen da. Eventuell gab es einen Streit, und sie ist zurück zu Mami und Papi. Wissen wir denn, dass sie seine Verlobte war?« Alma blätterte den dünnen

Schnellhefter durch, den ihnen Babic in dreifacher Ausfertigung auf die Tische gelegt hatte.

»Ja, auch da hab ich etwas gefunden, warten Sie, ich schick Ihnen den Link.«

Auf ihrem Bildschirm baute sich die Seite eines Boulevardmagazins auf, die Headline war in Schnörkelschrift gehalten und lautete: *Das Glück fand er in der Heimat.*

Im Artikel ging es um Jugendliebe, gemeinsame Parteiarbeit im Burgenland und wie es endlich zwischen den beiden gefunkt hatte, nach so langer Zeit des politischen Engagements. Auf einem Foto präsentierte die junge Frau einen Verlobungsring, ein dezent-geschmackvolles Schmuckstück, das sicher teurer war, als es auf den ersten Blick aussah. Jessica Pollauer lachte glücklich in die Kamera, hatte ein offenes, freundliches Gesicht und wirkte sympathisch. Das zweite Foto war in der gemeinsamen Wohnung aufgenommen worden, Alma erkannte das schiefergraue Sofa und den Glastisch, der Max Langwieser zum Verhängnis geworden war. Datiert war die Homestory auf August letzten Jahres.

»Glaubt ihr, es ist schon jemand im Ministerium?« Alma blickte auf die große Wanduhr. »Wir fahren da jetzt einfach hin.«

Sie waren gerade dabei, das Büro zu verlassen, da kam der Anruf der Gerichtsmedizin. Wie erwartet war Max Langwiesers Tod das Ergebnis eines Sturzes gegen die scharfe Tischkante, er war mit großer Wucht dagegengeprallt. Darüber hinaus wies sein Leichnam weder Spuren eines Kampfes noch sonst irgendwelche Auffälligkeiten auf. Ob Fremdeinwirkung im Spiel war oder er gestolpert und dagegengefallen war, konnte man nicht sagen, und auf Almas Frage nach dem toxikologischen Gutachten hin vertröstete sie der Gerichtsmediziner auf später.

»Sind wir also so schlau wie vorher«, stellte Alma fest.

»Damit ist die Frau wohl aus dem Rennen, oder?«, fragte Kolonja und drehte seinen Bildschirm, auf dem noch immer das

Bild des frisch verlobten Paars zu sehen war, in Almas Richtung. »Ich mein, diese zierliche Frau hätte wohl nicht die Kraft, jemanden mit so einer Wucht gegen einen Tisch zu stoßen.«

»Ist das nicht ein wenig sexistisch?«, sagte Babic und schaute erwartungsvoll zu Alma, die die Bemerkung ignorierte.

»Guten Morgen, meine Herrschaften!« Die Tür flog auf, und ein Mann mit vollem weißen Haar und Dreitagebart betrat den Raum. »Wir hatten noch nicht das Vergnügen.« Er reichte Alma die Hand und schüttelte ihren ganzen Arm. »Ich bin Thomas Hutter, der leitende Staatsanwalt. »Was gibt es Neues? Haben wir die Funkzellenauswertung der beiden Handys schon?«

»Äh, nein. Guten Morgen, freut mich, Sie kennenzulernen, Herr Staatsanwalt. Läuft die Anfrage an den Mobilfunkanbieter denn schon?«

»Schon? Sie belieben zu scherzen, Frau Kollegin. Ich habe um drei Uhr morgens jemand aus dem Bett geholt und noch immer nichts vorliegen. Na, die können was erleben!«

Der Staatsanwalt ließ sich auf einen der Schreibtischstühle fallen und fischte sein Handy aus der Sakkotasche. »Kann ich bitte einen Kaffee haben? Schwarz, ohne Zucker«, sagte er, während er durch seine Anrufliste scrollte.

»Guten Morgen, Frau Innerberger. Hier ist die Staatsanwaltschaft Wien, Thomas Hutter. Ich glaube, wir hatten noch nicht das Vergnügen.« Er bedankte sich mit einem Kopfnicken für den Kaffee, den Kolonja ihm reichte, trank einen Schluck und zog eine Grimasse. »Ja, Ihr Kollege heute Nacht, der Herr ... warten Sie ... der Herr Fischl, also, der hat mir zugesagt, die Handy-Ortung innerhalb von zwei Stunden auf den Tisch zu legen. Auf meinen Tisch, wohlgemerkt.« Er hörte seiner Gesprächspartnerin zu, nickte verständnisvoll und blickte verträumt aus dem Fenster. Plötzlich knallte seine Faust auf die Schreibtischplatte, alle im Raum zuckten zusammen, und er sagte mit betont freundlicher Stimme: »Frau Innerberger, ich verstehe Sie vollkommen. Aber Sie müssen mich auch verstehen. Und nun hören Sie bitte genau zu. Wenn ich nicht innerhalb der nächsten dreißig Minuten genau weiß, wo besagte Geräte in den letzten vierundzwanzig Stunden eingeloggt waren, dann wird der Nächste, der Sie anruft, der Innenminister sein. Und der ist nicht so umgänglich wie ich. Ich glaube, wir verstehen uns, oder?« Er beendete das Gespräch, nicht ohne Frau Innerberger einen wunderschönen Tag gewünscht zu haben. Dann lächelte er freundlich in die Runde. »So, das sollte wohl klappen. Ich würde sagen, Sie durchleuchten jetzt einmal das nähere Umfeld, sprich Ministerium und Familie, gleichzeitig konzentrieren wir uns auf die Verlobte. Weil wir nach wie vor nicht wissen, ob es nicht doch ein Unfall war, halten wir den Ball einstweilen flach. Meine Herrschaften, sollten Sie noch etwas brauchen, ich bin rund um die Uhr zu erreichen. Ah ja, und mit dem Innenminister habe ich in einer halben Stunde einen Termin, um den brauchen Sie sich also nicht zu kümmern. Der Kanzler wurde selbstverständlich informiert, er war auf dem Weg nach Brüssel und versucht, so schnell wie möglich retour zu kommen.« Und so schnell, wie er aufgetaucht war, war er auch schon wieder verschwunden. Zurück blieben eine halb leere, noch dampfende Kaffeetasse und ein vager Männerduft.

»Also gut, wir fahren ins Ministerium und befragen seine engsten Mitarbeiter. Das Wirtschaftsministerium, in dem Frau Pollauer arbeitet, befindet sich ja praktischerweise im gleichen Gebäudekomplex. Vielleicht hat sie einfach nur bei einer Freundin übernachtet, ihr Handy verloren und sitzt nichts ahnend am Schreibtisch.«

»Das glauben Sie doch selbst nicht«, sagte Kolonja ernst, und Alma schüttelte den Kopf: »Nein.«

Gerade als sie zur Tür rauswollten, klingelte das Telefon auf Almas Schreibtisch, sie lief zurück und nahm den Hörer ab. »Ah, der Herr Kollege aus Güssing! Und? Haben Sie jemanden angetroffen? Warten Sie, ich stelle Sie auf laut, dann können die Kollegen mithören.«

»Jawohl, Frau Gruppeninspektor. Wir, also meine Kollegin, die Gerti, also die Gertrude Podersdorfer und ich, waren zuerst bei den Eltern des Opfers. Herr und Frau Langwieser.«

»Wie haben sie die Nachricht aufgenommen?«

»Nicht gut, Frau Gruppeninspektor. Die Erni, also die Frau Langwieser, die ist komplett zusammengebrochen, wir haben einen Psychologen angefordert, aber das dauert ein bisserl, der kommt aus Eisenstadt. So etwas haben wir hier nicht.«

»Und der Vater?«

»Na ja, wissen Sie, der Vater, also der Ernst, das ist halt einer, der zeigt seine Gefühle nicht so.«

»Wie meinen Sie das? Immerhin ist sein einziger Sohn tot!«

»Ja, eh, er hat uns mit großen Augen angeschaut und ist dann in seinen Weinkeller verschwunden.«

Alma hatte sofort ein inneres Bild des Ehepaars Langwieser vor Augen und blickte nachdenklich über die Aktenstapel auf ihrem Schreibtisch.

»Frau Gruppeninspektor? Sind Sie noch da?«

»Ja, entschuldigen Sie bitte, Herr Kollege. Wie war noch gleich Ihr Name?«

»Feilmüller. Feilmüller.«

»Gut, Herr Feilmüller. Und haben Sie bei der Familie Pollauer jemanden angetroffen?«

»Jawohl, Herrn und Frau Pollauer.«

»Irgendeine Spur von der Tochter?«

»Negativ.«

»Gut, ich danke Ihnen. Bitte halten Sie sich zur Verfügung, Herr Kollege.«

»Selbstverständlich, Frau Inspektor.«

Die Touristin

Die junge Frau im Bürooutfit, die einen großen Wanderrucksack über den Parkplatz trug, wurde von niemandem beachtet. Im Rucksack befanden sich ein paar T-Shirts, drei Sets Unterwäsche, zwei Wanderhosen und zwei Shorts, Sportschuhe und Hygieneprodukte. Jessica setzte sich auf den Rücksitz ihres Autos, riss sämtliche Preisetiketten von den Kleidungsstücken, zog sich ein frisches T-Shirt und eine Wanderhose an. Auf einen Unterwäschewechsel verzichtete sie, zu viele Menschen waren inzwischen unterwegs. Sie stopfte alles andere in den Rucksack, das neue Tablet ganz nach unten, den Laptop von Max ins hintere Fach. Die schmutzige Bluse faltete sie ordentlich und legte sie auf den Beifahrersitz, ebenso den engen Rock. Dann versperrte Jessica das Auto, steckte den Schlüssel in die Hosentasche und begab sich auf die Suche nach einer Busstation. Ihr Plan war es, erst mal ins Zentrum zu fahren, sich für eine Nacht ein Hotelzimmer zu nehmen, zu duschen, richtig zu schlafen, und dann würde sie entscheiden, was sie tun würde. Die Buslinie R führte zum Innsbrucker Hauptbahnhof, das Ticket kaufte sie im Bus, und dann zwängte sie sich zwischen eine Gruppe Mädchen, die im breitesten Tiroler Dialekt ihre getätigten Einkäufe besprachen. Jessica nahm den großen Rucksack ab und setzte sich erschöpft hin. Sie beobachtete die jungen Menschen und fühlte sich sehr alt.

Erst als sie beim Innsbrucker Bahnhof aus dem Bus stieg, fielen ihr die Berge auf, die die Stadt wie hohe Wände umgaben. Faszinierend, aber auch ein wenig bedrohlich.

Am Bahnhofsvorplatz war eine kleine Geschäftszeile. Dönerladen, Wettcafé, Drogeriemarkt, Hotel *Zur Nordkette* und ein Handyshop.

»Guten Morgen! Was kann ich für Sie tun?« Der junge Mann hinter dem Tresen trug einen dunkelblauen Turban und lachte sie mit blendend weißen Zähnen an. *SIM-Karten, Handyreparatur, Akkutausch, Hüllen für alle Marken* stand mit großen bunten Klebebuchstaben am Schaufenster, und Jessica bestaunte den wilden Kulturen-Mix. Ein Windspiel aus Bambus erzeugte eine Klangkaskade, im Fenster neben der Tür stand eine asiatische Winkekatze, und über dem Ladentisch hing ein großes blaues Amulett, »das Auge der Fatima«, das Menschen vor dem bösen Blick schützen sollte. Jessica wusste nicht mehr, woher sie diese Information hatte.

»Guten Morgen. Ich brauch bitte eine SIM-Karte für mein Handy.« Sie schenkte dem jungen Mann ihr freundlichstes Lächeln.

»Ja, natürlich, Missis. Sogar im Angebot, dreißig Gigabyte nur neunzehn Euro neunzig. Super Preis!«

»Toll, die nehme ich. Können Sie die Karte gleich einlegen?«

»Ja, natürlich, Missis. Mach ich gleich fertig! Brauch ma noch Schutzhülle, so schönes, neues Telefon?«

»Ja, gerne, suchen Sie eine aus!«

»Rosa? Gelb? Rot? Nur zehn Euro.«

»Egal, was Sie haben.«

»Ja, natürlich, Missis. Bitte noch Ihren Ausweis für die SIM-Karte.«

»Oje, das ist jetzt aber blöd. Wissen Sie, mir wurde heute Nacht alles gestohlen. Die Tasche, in der alles drin war. Handy, Papiere, Karten ... Nur das Geld hatte ich zum Glück in der Jackentasche.«

»Oh my goodness! Wirklich schlechte Zeiten gerade, viele böse Menschen, oder? Was mach ma denn da?«

»Ich weiß auch nicht, ich brauch halt ganz dringend ein Handy.« Jessica schaute dem jungen Mann in die Augen und schob einen Hunderteuroschein über den Ladentisch. Er blickte zurück, lächelte noch ein wenig breiter, nahm das Geld, ohne nach unten zu schauen, entgegen und ließ es in seiner Jackentasche verschwinden. »Sie haben Glück, Missis, hab ich zufällig noch eine registrierte Karte hier und brauch ich nicht mehr.« Er nahm eine SIM-Karte aus der Schublade, schob sie in das neue iPhone und überreichte es ihr.

Eine Minute später stand Jessica mit einem angemeldeten Mobiltelefon am Bahnhofsvorplatz und fühlte sich ein wenig wie die Heldin in einem Spionagefilm. Verwegen und abgebrüht, fast musste sie lachen.

Auch im Hotel würde sie zum Einchecken einen Pass brauchen, doch wenn es einmal geklappt hatte, konnte sie es ja ein zweites Mal versuchen. Es sah billig und abgewohnt aus, vielleicht nahm man es mit der Ausweispflicht hier auch nicht so genau.

»Grüß Gott, haben Sie ein Zimmer frei?« Wieder zauberte sie sich ihr Marketing-Lächeln ins Gesicht.

»Ja, wie lange wollen Sie denn bei uns bleiben?« Das Lächeln wurde erwidert. Jessica war froh, dass sie ihre zerknitterte Bluse mit dem Blutfleck gegen dieses Freizeitoutfit getauscht hatte. Anscheinend sah jede Tirolerin oder jede Touristin in Tirol so aus.

»Wahrscheinlich nur eine Nacht, aber ich hab ein Problem.«

»Na?« Die Dame schob ihre Brille ins Haar und sah Jessica neugierig an.

»Ich hab meinen Pass nicht dabei.«

»Führerschein reicht.«

»Hab ich leider auch nicht. Mir wurde die Bauchtasche mit meinen Papieren gestohlen.«

»Na geh, das ist aber schlecht.«

»Aber ich zahl gleich im Voraus. Bar. Was kostet denn ein Zimmer?«

»Sechsundsechzig Euro. Mit Frühstück.«

»Okay, darf ich Ihnen achtzig bezahlen, weil es so günstig gelegen ist und Sie so freundlich sind? Wissen Sie, mir tut mein Rücken so weh, und ich kann den Rucksack keine Minute länger tragen. Und morgen kommt mein Mann und holt mich ab, weil ich ja alle meine Karten und Ausweise verloren hab.«

»Na gut, aber den Meldezettel müssen'S schon ausfüllen.« Sie schob Jessica ein Klemmbrett mit Meldezettel und Kugelschreiber hin.

»Selbstverständlich fülle ich den aus. Ich danke Ihnen!«

Manuela Mittermeier schrieb sie in das Namensfeld, den Namen ihrer allerbesten Freundin, zumindest bis sie nach Wien gezogen war, und plötzlich überfiel sie eine heftige Sehnsucht nach Manu. Manu, mit der sie ganze Nächte durchgequatscht hatte, das erste Mal geraucht und einmal hatten sie sich sogar geküsst, aber nur, um für den Ernstfall zu üben. Wie lange hatten sie sich nicht gesehen? Manu war nie weggegangen aus Grafenbruck, hatte vor zwei Jahren geheiratet, und selbstverständlich war Jessica ihre Trauzeugin. Doch dann war der Kontakt nach und nach eingeschlafen. Nur hin und wieder hatte Jessica noch auf einen Kaffee vorbeigeschaut, wenn sie bei den Eltern war. Die ehemals besten Freundinnen hatten sich immer weniger zu erzählen, lebten in zwei komplett verschiedenen Welten. Jessica fühlte sich in der unordentlichen Wohnküche mit den Möbeln vom Discounter und den Spitzenvorhängen immer unwohler, und als dann Tobias auf die Welt kam, konnte man mit Manu nur noch über Windeln, Schnuller und Stillen reden.

»Ist alles in Ordnung?« Die Dame an der Rezeption holte sie zurück in die Realität, und Jessica füllte den Rest des Meldezettels aus. Irgendeine ausgedachte Straße im 10. Bezirk, keine

Innsbrucker Hotelangestellte würde den Wiener Stadtplan im Kopf haben.

»Ja, alles gut. Ich bin nur ein bisschen durcheinander, wissen'S eh, wegen der Dokumente.«

»Wo kommen Sie denn her?« Sie zog den Block heran und studierte Namen und Adresse. »Ah, aus Wien. Sehr gut. Na, dann erholen Sie sich mal ein bisschen. Zimmer 23, im zweiten Stock, Lift ist leider kaputt. Wann wollen Sie frühstücken?«

Inzwischen hatte Jessica den nächsten Hunderteuroschein aus der Hosentasche gezogen und auf den Tresen gelegt, die Frau an der Hotelrezeption nahm ihn an sich und machte keinerlei Anstalten, das Wechselgeld rauszugeben. Man verstand sich.

Das Zimmer sah ein wenig aus wie jenes, in dem sie mit ihren Eltern zwei Nächte in Budapest übernachtet hatte, doch damals war sie zehn. Dunkelblaue Badezimmerfliesen und ein hellblaues Waschbecken bildeten einen originellen Kontrast zum grünen Duschvorhang. Im schmalen Zimmer stand ein Einzelbett – ein größeres hätte auch gar keinen Platz gehabt –, die Wand war in einer Farbe gestrichen, die man nur Senfgelb nennen konnte. Das Fenster ging auf die stark befahrene Straße und war so schlecht isoliert, dass Jessica zweimal kontrollierte, ob es wirklich geschlossen war. Sie zog sich aus, stieg in die Dusche, wobei sie versuchte, den Plastikvorhang nicht zu berühren, und betete still um warmes Wasser. Sie wurde erhört, wenige Sekunden später prasselte ein heißer, starker Strahl auf Kopf und Schultern. Auf das in Plastik verpackte Duschgel verzichtete sie, zum Glück hatte sie eines gekauft. Sie wickelte sich in ein zerschlissenes Badetuch, kroch ins Bett und schlief auf der Stelle ein.

Auf glattem Parkett

Das Bundesministerium für Landwirtschaft, Tourismus und Regionen, wie es offiziell hieß, war in einem riesigen Gebäude am Stubenring untergebracht, und als sie direkt davor parkten, hielt Alma einen Moment inne und schaute ehrfurchtsvoll die imposante Fassade empor.

»War mal das Kriegsministerium, darum ist es so groß«, erklärte Babic ein wenig lehrerhaft für sein Alter. »Und der Sitz von zwei weiteren Ministerien, Wirtschaft und Soziales.«

»Nicht schlecht«, antwortete Alma, »wenn auch etwas überdimensioniert für dieses kleine Land.«

»Wir möchten gerne ins Büro von Minister Langwieser«, teilte Alma an der Security-Hürde mit.

»Haben Sie einen Termin?« Ein etwas geringschätziges Lächeln begleitete die Frage des Pförtners.

»Brauchen wir nicht«, sagte Alma und zeigte ihren Ausweis. Der Beamte griff zum Telefon.

Ein paar Minuten später standen sie in überraschend profanen Büroräumen, und eine freundliche Vorzimmerdame bat sie, Platz zu nehmen. Herr Doktor Pedure werde gleich Zeit für sie haben. Tee oder Kaffee lehnten sie ab, obwohl Alma eigentlich schon wieder einen Koffeinnachschub gebraucht hätte.

»Guten Morgen, kommen Sie gleich weiter in mein Büro, bitte hier entlang, kann ich Ihnen etwas anbieten? Kaffee, Tee, Orangensaft oder einen frisch gepressten Obstsaft, wir sind hier schließlich das Landwirtschaftsministerium, bei uns gibt es alles frisch.«

Alma und Kollege Babic folgten dem aufgeregten Herrn in ein großräumiges Büro und blieben abwartend stehen.

»Oh, entschuldigen Sie bitte, ich habe mich gar nicht vorgestellt … mein Name ist Walter Pedure, ich bin der Kabinettschef von Herrn Minister Langwieser … und Sie sind?« Er wandte sich mit ausgestreckter Hand an Tarik Babic, der, obwohl er sichtbar in der zweiten Reihe stand, anscheinend sofort als Chef identifiziert wurde. Das war wohl dem akkuraten Haarschnitt samt passendem Bärtchen und einem gut sitzenden Anzug zu verdanken. Oder der Tatsache, dass er ein Mann war. Alma trat einen Schritt vor. »Guten Morgen. Alma Oberkofler, Leiterin der *Abteilung Leib und Leben*.« Falls Pedure überrascht war, konnte er das gut verbergen.

»Wollen wir nicht Platz nehmen?« Er deutete auf eine kleine Sitzgruppe, wartete höflich ab, bis die beiden saßen, und setzte sich dann auf die äußerste Kante des Sessels.

»Wie Sie bereits wissen, ist Max Langwieser heute Nacht ums Leben gekommen«, eröffnete Alma das Gespräch.

Pedure schluckte so heftig, dass Alma sich zusammenreißen musste, nicht auf seinen Adamsapfel zu starren.

»Ja, der Innenminister hat mich angerufen. Ich habe dann Frau Minister Scherbaum verständigt, sie ist die Vertreterin von Max … äh … Herrn Minister Langwieser. Wissen Sie denn schon etwas über die Todesursache?« Seine Stimme klang gepresst.

»Wir erwarten das offizielle Obduktionsergebnis zu Mittag. Wann haben Sie den Herrn Minister das letzte Mal gesehen?«

»Gestern Abend. Er ging so gegen halb sechs, hatte keine Termine mehr im Haus. Vorher war er noch kurz bei mir.

»Wissen Sie, wo er hinwollte? Hat er gesagt, was er vorhatte?«

»Nein. Er hat nur erwähnt, dass er noch etwas Dringendes

erledigen musste, aber nicht was. Ich hab auch nicht nachgefragt. Er ist ja immer erreichbar, wenn was ist.«

»Versuchen Sie sich zu erinnern«, schaltete sich Babic ein. »Wollte er gleich nach Hause gehen? Oder noch jemanden treffen? Hat er gesagt, dass er Besuch erwartet?« Die Stimme des jungen Polizisten klang streng, er sah Pedure prüfend an. Der runzelte die Stirn, schien nachzudenken.

»Er wollte etwas zu essen bestellen, ich glaube, Sushi. Ja, es war Sushi, er hat mich noch nach dem Namen von diesem Nobel-Japaner in der Naglergasse gefragt, kennen Sie den? Und er hat erwähnt, dass Jessica, das ist seine Verlobte, Sushi liebt, also nehme ich an, er hatte vor, mit ihr zu Abend zu essen.«

Tarik Babic schrieb eifrig in sein Notizbuch, und Alma dachte unwillkürlich an die große Platte mit den kleinen Sushi-Kunstwerken, die sie vor ein paar Stunden vertilgt hatten. Da straffte Walter Pedure seine Schultern und fragte: »Aber was bedeutet das, dass Sie zu mir kommen? Dann war es wohl kein Herzinfarkt, oder? Ich mein, *Leib und Leben*, das heißt ja wohl Mordkommission, oder?«

»Da haben Sie recht. Aber bisher wissen wir noch nicht, ob es ein Mord war. Wir wissen nur, dass Herr Langwieser keines natürlichen Todes gestorben ist. Über die näheren Umstände können wir noch nichts sagen. Ist Ihnen in den letzten Tagen irgendetwas aufgefallen? War Herr Langwieser anders als sonst? Nervös? Besonders gestresst?«

»Ich weiß nicht, nein, ich glaube nicht.«

»Wie ist er denn gestern nach Hause gekommen? Er hat doch sicher einen Chauffeur.«

»Ja, aber den hat er gestern Nachmittag nach Hause geschickt.«

»Warum?«

»Das kam vor, vielleicht hatte er nach einem langen Tag im Ministerium das Bedürfnis, allein einen Spaziergang zu machen.«

»Wie würden Sie die Beziehung zwischen Herrn Langwieser und Frau Pollauer beschreiben?«

»Warum? Was ist mit Jessica? Sie hat doch nichts mit dem Tod von Max zu tun, oder?«

»Herr Doktor Pedure, beantworten Sie bitte einfach unsere Fragen«, brachte sich Tarik Babic wieder ins Gespräch. Auf der Stirn des Kabinettschefs bildete sich eine kleine Falte, er mochte es wohl nicht, wenn ihn jemand maßregelte.

»Die beiden waren ein Herz und eine Seele. Sie kannten sich ja schon ewig. Ich würde sagen, es war die große Liebe.«

»Wann haben Sie Frau Pollauer das letzte Mal gesehen?«

»Keine Ahnung. Ah, warten Sie! Vor ungefähr einer Woche. Da gab es eine Sitzung der beiden Ministerien bezüglich der Agrarförderung. Danach sind wir noch essen gegangen. Den genauen Termin kann ich gern in meinem Kalender nachsehen.«

»Das wäre freundlich. Ist Ihnen da irgendetwas aufgefallen? Waren die beiden angespannt, zerstritten?« Tarik Babic spielte die Rolle des unsympathischen Polizisten ziemlich überzeugend, dachte Alma. Und es funktionierte: Walter Pedure warf ihr einen Hilfe suchenden Blick zu und fragte: »Sagen Sie, Frau Kommissarin, Jessica ist doch nichts zugestoßen? Und sie hat doch nichts mit Max' Tod zu tun, oder?«

Alma lächelte ihn an: »Ich danke Ihnen. Wir hätten bitte gerne die Handynummern sämtlicher Mitarbeiter. Und ich hätte da noch eine Frage: Wissen Sie, ob der Minister einen Laptop besaß?«

»Jeder hat einen Laptop, oder?« Walter Pedure schaute sie fragend an.

»Ja, eigentlich schon. Und ein Mobiltelefon.«

»Ich versteh nicht ganz, was Sie meinen?«

»Wir haben weder einen Laptop noch ein Handy in der Wohnung gefunden. Können Sie sich das erklären?«

»Nein, natürlich nicht.« Pedure stand auf. »Kann ich Ihnen sonst noch irgendwie helfen?«

»Wenn sie uns bitte im Wirtschaftsministerium ankündigen könnten, wir würden da gleich im Anschluss vorbeischauen.«

»Selbstverständlich!« Pedure holte sein Handy aus der Hosentasche. »Wenn ich sonst noch was tun kann …«

»Wissen Sie, wann der Kanzler erwartet wird?«

»Er ist in Brüssel und kommt natürlich so rasch wie möglich zurück, ich muss nachfragen, wann das sein wird.« Pedure blickte auf die schwere Uhr an seinem Handgelenk.

»Eine Frage noch: Man liest immer wieder, dass der Kanzler und Max Langwieser befreundet waren, stimmt das?«

»Ja, seit ihrem Studium. Sie haben sich bei der Einführungsvorlesung kennengelernt.« Inzwischen sah Walter Pedure nicht mehr aus wie frisch aus dem Kosmetiksalon. Auf seinem blassen Gesicht breiteten sich rote Flecken aus, die Krawatte hatte er gelockert, sein Hemdkragen schnürte ihn sichtlich ein.

»Herr Pedure?« Alma war bereits an der Tür und drehte sich noch einmal um.

»Ja?« Der Kabinettschef hatte seine gute Erziehung vergessen und war nicht mal aufgestanden.

»Dieses Gespräch bleibt bitte vorerst in diesem Raum. Um elf«, sie blickte auf ihre Uhr, »also in einer Stunde, gibt es eine Pressekonferenz, dann bricht eh der Sturm los.«

»Ja, natürlich. Eine Frage noch, sein Laptop? Sein Handy? Das war wirklich nicht in der Wohnung? Hier im Büro sind sie nämlich auch nicht.«

»Ja, wir haben nichts gefunden. Lediglich ein iPad.«

»Das ist eine Katastrophe!« Pedure war jetzt doch aufgesprungen.

»Was genau ist eine Katastrophe?«

»Na ja, wenn die Daten in die falschen Hände gelangen. Es könnten sensible Daten drauf sein.«

»Wir melden uns.«

»Okay. Aber was sag ich den Kollegen? Dem nächsten Termin in einer halben Stunde? Dem Molkereiverband?« Walter Pedures selbstbewusstes Auftreten war dahin, er klang wie ein Schüler, der seine Lehrerin um Rat fragte.

»Dem sagen Sie ab. Der Minister ist krank, hat einen unaufschiebbaren Termin, was auch immer, Ihnen wird schon was einfallen.«

Magdalena Scherbaum, die Bundesministerin für Digitalisierung und Wirtschaftsstandort, wie die genaue Bezeichnung lautete, war eine resolute Endfünfzigerin, die politisch am äußeren rechten Rand der konservativen Regierung stand und daraus auch kein Geheimnis machte. Bisher war sie in der Regierung nicht besonders aufgefallen; Alma erinnerte sich lediglich an ein Interview in den Abendnachrichten, wo sie dermaßen nicht im Thema war, dass es sogar Alma bemerkt hatte, und die hatte mit Wirtschaft nichts am Hut.

Dank Pedures Anrufs standen die Türen des Wirtschaftsministeriums weit offen, und Alma und ihr junger Kollege wurden sofort zur Ministerin durchgelassen. Diese sprang hinter ihrem Schreibtisch hervor und reichte zunächst Alma, dann Tarik Babic die Hand. Hinter ihr läuteten mehrere Telefone gleichzeitig, was sie aber nicht zu irritieren schien.

»Guten Morgen. Was gibt es denn Neues? Mein Gott, ich bin erschüttert, ich weiß gar nicht, wie wir ohne ihn ...« Und nein, sie habe keine Ahnung, und nein, der Herr Kollege Langwieser sei ein durch und durch korrekter Kollege gewesen, und nein, sie hätten sich nicht so gut gekannt, er sei ja eine andere Generation gewesen. »Aber sehr begabt, ein geborener Politiker!« Sie rang die Hände wie eine Schauspielerin, die eine Trauerszene vor einem Grab spielte, ihre Stimme und Mimik deuteten aber kaum auf große Verzweiflung hin.

»Und Jessica Pollauer? Die arbeitet hier, oder?«
»Frau Pollauer? Ja, in der Presseabteilung, warum?«
»Woher kannten Sie sie?«
»Wie meinen Sie?«
»Na ja, warum hat sie den Job in Ihrem Kabinett bekommen?«
»Max Langwieser hat sie empfohlen. Er kannte sie von früher und schwor auf sie.«
»Haben Sie sie heute schon gesehen?«
»Ich? Nein, wir haben um vierzehn Uhr ein Meeting mit dem Büro.«
»Können Sie nachfragen, ob sie schon im Haus ist?«
»Natürlich, Moment. Aber sagen Sie mir vielleicht endlich, was los ist?«
»Jessica Pollauer ist abgängig. Die Fahndung nach ihr läuft.«

Nach einem kurzen Telefongespräch bestätigte die Ministerin, dass Jessica Pollauer nicht in ihrem Büro war, um darauf mit belegter Stimme zu sagen: »Frau Pollauer ist ein sehr verlässlicher Mensch. Sie hat noch nie gefehlt, ohne sich abzumelden. Am besten ist es, Sie gehen rüber in das Büro der Pressestelle, Jessicas Kollegin weiß vielleicht mehr.«

»Guten Morgen, was kann ich für Sie tun?« Hannah Smith sah aus wie eine Tänzerin, Designerin oder aber auch Schauspielerin kurz vor dem Durchbruch, keinesfalls wie die Pressereferentin einer Rechtsaußenministerin. Kurzes schwarzes Haar, dunkelroter Lippenstift, schwarzer Rolli mit Dreiviertelärmeln, dazu passende schwarze Culotte-Hose und als Kontrapunkt knallrote Sneakers. Sie blickte ihnen fragend entgegen. »Haben Sie einen Termin mit Frau Pollauer? Die ist leider noch nicht da.«

»Ja, also nein.« Tarik Babic eröffnete das Gespräch. »Wir sind schon wegen Frau Pollauer hier, wir wüssten gerne, wo sie ist.«

»Das weiß ich auch nicht, es ist eigentlich nicht ihre Art, zu spät zu kommen. Und in zehn Minuten hat sie einen Termin. Sie wird sicher gleich da sein.«

»Das glaube ich nicht.« Babic legte seine Stirn in Falten, als würde er die Unannehmlichkeiten, die sie hier hereinbrachten, bedauern. »Können wir uns setzen und in Ruhe unterhalten?«

Falls Hannah Smith überrascht war, ließ sie es sich nicht anmerken. Sie deutete auf eine kleine Sitzgruppe. »Kaffee?«

»Oh, ja, sehr gerne.«

Die junge Frau sprach ein paar Sätze in ihr Telefon, und kurze Zeit später standen drei Espressi auf dem Tisch.

Tarik Babic und Alma Oberkofler berichteten in einer Kurzversion vom Auffinden des toten Landwirtschafts- und Tourismusministers und vom Verschwinden seiner Verlobten, Jessica Pollauer.

Frau Smith wirkte erschrocken, aber durchaus gefasst.

»Wie gut kennen Sie Jessica Pollauer?«

»Na ja, sie ist meine Vorgesetzte, ich bin aber noch nicht lang da, erst seit vier Monaten. Karenzvertretung.«

»Haben Sie mit ihr auch über Privates gesprochen? Zum Beispiel über ihre Beziehung zu Max Langwieser?«

»Eher wenig …« Smith schien einen Moment nachzudenken, dann nickte sie nachdrücklich. »Eigentlich gar nicht. Ich hab damals aus der Presse erfahren, dass sie sich verlobt hatten. Sie glauben aber doch nicht, dass Jessica etwas mit dem Tod des Ministers zu tun hat?«

»Wir glauben noch gar nichts. Wir würden nur gerne wissen, wo sie ist. Wann haben Sie sie das letzte Mal gesehen?«

»Gestern Nachmittag. Ich bin früher gegangen, ich hatte einen Zahnarzttermin.«

»Und ist Ihnen irgendwas aufgefallen? War sie anders als sonst?«

Hannah Smith trank einen Schluck von ihrem Espresso, dann stand sie auf und schenkte sich ein Glas Wasser ein. »Jetzt, wo

Sie mich fragen, ja. Aber schon seit ein paar Tagen. Sie war irgendwie nervös, nicht so ganz bei der Sache.«

»Wie meinen Sie das?«

»Keine Ahnung. Genauso, wie ich es eben gesagt habe. Nervös und nicht bei der Sache. Am Dienstag hatte sie einen Abendtermin kurzfristig abgesagt, das macht sie sonst eigentlich nie. Und dann, ich glaube, es war der Mittwoch, da kam sie erst zu Mittag. Sie hatte Kopfschmerzen.«

»Und haben Sie über irgendwas gesprochen, das mit Max Langwieser zu tun hat?«

»Ja, tatsächlich, irgendwann in dieser Woche haben wir über eine Sache geredet, die in sein Ressort fällt. Ich hab mir das gemerkt, weil es mir seltsam vorkam. Wie gesagt, Jess hat sonst nie über ihn oder seine Arbeit geredet.« Hannah Smith setzte sich auf die vordere Kante des Sofas, ihre Körperhaltung deutete darauf hin, dass sie das Gespräch jetzt gerne beenden würde.

»Und was war das?« Auch Babic wurde ein wenig ungeduldig, und Alma warf ihm einen beschwichtigenden Blick zu.

»Sie fragte mich nach einem bestimmten Projekt, mit dem die Kolleginnen von drüben gerade zu tun haben.«

»Mit *drüben* meinen Sie das Landwirtschafts- und Tourismusministerium?«

»Ja, Sie haben vielleicht davon gehört. Es war vor einigen Wochen groß in den Medien. Dieses Hotel- und Gondelprojekt im Pfitztal.«

Alma hatte keine Ahnung, wovon Hannah Smith sprach, und machte sich eine Notiz. »Was genau hat Jessica Pollauer gefragt?«

»Sie wollte wissen, ob ich wüsste, wie es dieser jungen Aktivistin ging, diese Emma Irgendwie, die abgestürzt ist und im Koma liegt. Und dann haben wir darüber geredet, dass wir die Pressekolleginnen drüben im Landwirtschaftsministerium um die Kommunikationsarbeit in dieser Sache nicht beneiden.«

»Warum, glauben Sie, wollte Frau Pollauer mit Ihnen darüber reden?«

»Das weiß ich auch nicht. Ich glaube, es ging ihr nahe.«

»Gibt es jemanden im Haus, mit dem Jessica Pollauer befreundet war? Jemand, mit dem sie Privates besprechen würde?«

»Ich glaube nicht. Sie ist immerhin die Verlobte eines Regierungsmitglieds. Und der wiederum ist ... Entschuldigung ... war einer der besten Freunde des Kanzlers. Das ist schon eine eigene Stellung, oder?«

»Ja, da haben Sie wohl recht.« Alma dachte darüber nach, wie es wäre, wenn Tarik Babic eine Affäre mit dem Polizeipräsidenten hätte.

»Warum lächeln Sie so vielsagend?« Hannah Smith sah sie irritiert an.

»Oh, entschuldigen Sie, es ist nichts. Darf ich Sie etwas Privates fragen?« Alma war im Begriff aufzustehen, auch Tarik Babic sprang auf. »Mögen Sie Ihren Job?«

»Was ist das für eine Frage?«

»Na ja, irgendwie wirken Sie so, wie soll ich sagen, so wenig konservativ.«

»Sagen wir mal so: Das ist sicher nicht die Stelle, auf der ich alt werde. Ich bin auch ein bisschen überqualifiziert: Ich spreche fünf Sprachen, und hier hab ich, na ja ... eher mit Provinzmedien zu tun ... Sie glauben aber nicht, dass Jessica den Max ... Ich meine ... Sie sind doch von der Mordkommission?«

»Dafür gibt es momentan keine Anhaltspunkte. Wir wissen nicht, warum sie verschwunden ist, und haben keine Ahnung, wo sie sein könnte.«

»Tja, da kann ich leider auch nicht helfen, und ich fürchte, ich muss dann auch wieder zurück an meinen Schreibtisch.«

»Natürlich. Falls Jessica Pollauer doch noch kommt oder sich bei Ihnen melden sollte, rufen Sie mich bitte sofort an. Und können Sie mir Ihre Nummer geben, falls ich noch Fragen habe?«

Die junge Frau und Alma tauschten ihre Karten, dann drückte Hannah Smith auf eine Taste an ihrem Telefon, und Sekunden später erschien ein junger Mann, der Alma und ihren Kollegen schweigend zum Ausgang brachte. Da standen die beiden, im Schatten des Radetzky-Denkmals, blickten auf den zäh dahinfließenden Verkehr am Stubenring und hingen kurz ihren Gedanken nach.

Schlechte Erinnerungen

Babic las die Liste der sichergestellten Gegenstände aus Langwiesers Wohnung vor: »Ein Portemonnaie, offen auf einer Anrichte, zwanzig Euro Bargeld, sämtliche Karten, also eine Diners, eine American Express, eine EC-Karte, ÖAMTC-Mitgliedsausweis, Fitnessclub und so weiter, alle ausgestellt auf Max Langwieser. Ein iPad, passwortgeschützt. Außerdem ist in der Wohnung ein versperrter Safe hinter einem billigen Kunstdruck von Marc Chagall.«

»Den wir öffnen sollten.«

»Moment mal, noch wissen wir nicht einmal, ob es ein Unfall war. Das dauert ein wenig, bis wir da eine Genehmigung haben.«

»Und wo ist sein Laptop? Und sein verdammtes Handy? Apropos, was macht eigentlich diese Handyortung? Vielleicht ja doch ein Raubüberfall. Wir wissen zum Beispiel nicht, ob er eine teure Uhr trug oder ob er viel Bargeld in der Wohnung hatte.« Kolonja seufzte.

»Wir wissen nur, dass die Wohnungstür nicht gewaltsam aufgebrochen wurde«, sagte Alma, »also hat der Täter entweder geklingelt, und Langwieser hat ihm geöffnet, oder aber er hatte einen Schlüssel.«

»Oder *sie* ... hatte einen Schlüssel!« Tarik Babic wiederholte zum fünften Mal, dass er von einer Beziehungstat überzeugt war und sie diese Jessica finden müssten. Dringend.

»Selbstverständlich müssen wir sie finden.« Alma hatte das Gefühl, sie drehten sich im Kreis.

»Wir wissen ja nicht mal, ob sie an dem Abend in der Wohnung war, oder? Niemand im Haus hat sie gesehen.« Kolonja ging die Liste der Hausbewohner durch, man hatte bisher nicht mehr erreicht als in der Nacht davor. Anscheinend waren die meisten Wohnungen im Haus kurzfristig vermietet und standen außerhalb der Touristensaison leer.

»Könnte sie entführt worden sein?« Tarik Babic sprach Almas Gedanken laut aus.

»Darüber hab ich auch schon nachgedacht, und wie wir leider wissen, ist eine verschwundene Frau nicht selten eine tote Frau. Aber haben wir Indizien?«, erwiderte sie nachdenklich.

»Was ist mit den blutigen Taschentüchern im Bad?«, hakte er nach.

»Erstens wissen wir noch nicht, ob es ihr Blut ist. Zweitens kann ich mir kaum vorstellen, dass jemand eine Frau niederschlägt, das Blut mit Taschentüchern aufwischt und die dann ordentlich im Mülleimer entsorgt.«

»Tja, da haben Sie recht, klingt alles ein wenig wie in einem Agatha-Christie-Roman. Bald werden wir wissen, zu wem das Blut gehört.«

»Auf gut Deutsch heißt das aber, dass wir für die Presse nicht mehr Informationen haben als den Tod des Landwirtschaftsministers.« Kolonja war hörbar erleichtert, dass nicht er Leiter der Abteilung war und demnach nicht vor die Mikrofone treten musste.

»Ja, sieht wohl so aus. Und dass er nicht am plötzlichen Herztod gestorben ist. Aber im Ernst jetzt, seine Verlobte ist unsere einzige Spur. Die kann doch nicht einfach wie vom Erdboden verschluckt sein.«

»Ich rufe jetzt die Eltern an. Gebt ihr mir die Nummer?«

»Ist alles im Dokument gespeichert«, sagte Babic, beugte sich an Alma vorbei über ihren Schreibtisch und öffnete die Datei.

»Pollauer?« Die Stimme am Telefon klang verwaschen, als wäre jemand aus einem tiefen Schlaf gerissen worden. Alma blickte auf die Uhr, es war zehn.

»Guten Morgen, entschuldigen Sie die Störung, mein Name ist Alma Oberkofler von der Polizei aus Wien.« Alma vermied das Wort Kriminalpolizei, sie wusste, dass das auf viele beängstigend wirkte. »Ich wollte mich erkundigen, ob Sie inzwischen etwas von Ihrer Tochter gehört haben.«

Schweigen.

»Frau Pollauer? Können Sie mich hören?«

»Ja, entschuldigen Sie bitte. Ich habe eine Beruhigungstablette genommen und bin wohl am Sofa eingenickt. Leider hat Jessica sich nicht gemeldet.«

»Die Eltern von Herrn Langwieser, hatten Sie mit ihnen Kontakt?«

»Ja, ich habe sie angerufen und ihnen mein Beileid ausgesprochen. Mein Mann ist unterwegs, was Dringendes erledigen, der kommt aber gleich wieder. Was ist denn eigentlich passiert? Der Georg, also ich meine der Herr Inspektor Feilmüller, hat nur gesagt, dass der Max tot ist, und gefragt, ob die Jessi bei uns ist.«

»Frau Pollauer, bevor Sie es gleich aus den Medien erfahren, sag ich es Ihnen lieber jetzt, auch wenn es am Telefon nicht passend ist.«

»Oh, mein Gott! Jessica ist doch nicht auch … haben Sie sie gefunden?« Die Stimme kippte, war jetzt aber ganz klar, Alma konnte förmlich spüren, wie die Frau am anderen Ende der Leitung ihren ganzen Körper anspannte.

»Nein, aber ich muss Ihnen leider mitteilen, dass Ihr zukünftiger Schwiegersohn, Max Langwieser, möglicherweise aufgrund eines Gewaltverbrechens gestorben ist.«

»Was? Was sagen Sie da?«

»Er hatte eine schwere Kopfverletzung mit Todesfolge. Frau Pollauer? Sind Sie heute den ganzen Tag zu Hause?«

»Ja, natürlich bin ich daheim. Und mein Mann ist Mittag wieder da.«

»Gut, Frau Pollauer, dann komm ich mit einem Kollegen heute Nachmittag vorbei. Passt es so gegen drei?«

»Ja, natürlich! Aber was ist mit meinem Kind? Ist Jessi … Wieso war sie denn nicht zu Hause? Wo ist sie?«

»Wir wissen im Moment nicht, wo sich Ihre Tochter aufhält. Deswegen möchte ich gerne persönlich mit Ihnen sprechen. Ich bin sicher, es wird sich alles klären. Und falls sie sich meldet, egal wie, Anfruf, SMS, Whatsapp, rufen Sie mich bitte sofort an!«

»Mein Gott, ich bin ganz durcheinander, Frau … Inspektor … was soll ich denn tun?«

»Sie tun jetzt erst mal gar nichts, behalten Ihr Telefon im Auge und machen mir bitte eine Liste mit Jessicas engsten Freunden. Orte, die sie gerne mag. Alles, was Ihnen einfällt, ist wichtig.«

Alma blieb noch eine Weile sitzen, und obwohl die Verbindung längst unterbrochen war, hielt sie den Telefonhörer ans Ohr gepresst. Sie dachte an den Samstag vor fast dreißig Jahren, an dem sich ihr Leben schlagartig verändert hatte. Den Samstag, an dem ihre Schwester verschwunden war.

Die kooperative Fallbearbeitung

»Guten Morgen! Oder besser gesagt Mahlzeit.« Der groß gewachsene Mann, der in der Tür stand, sah aus wie ein Darsteller aus einem Film über die Jahrhundertwende. Stefan Zweig, dachte Alma, oder Arthur Schnitzler.
Er trug einen etwas zu großen beigen Trenchcoat und einen grau-schwarz-braun karierten Wollschal, das dunkle Haar war kurz geschnitten, trotzdem konnte man die Locken erahnen. Ein dichter, ebenfalls dunkler Schnurrbart teilte das Gesicht in zwei Hälften.
»Grüß Gott? Wie können wir Ihnen helfen? Wie sind Sie hier hereingekommen?«, fragte Alma.
»Ich war so frei …« Der Mann streckte in einer entschuldigenden Geste seine Hände aus. »Gestatten, Werner Althuber, ich bin Abteilungsleiter im Landesamt für Verfassungsschutz und wurde Ihnen im Fall Langwieser zur Seite gestellt.«
»Zur Seite gestellt«, wiederholte Alma und stand langsam auf. War es schon so weit? Würden Sie bereits am zweiten Tag von der Geschichte abgezogen werden?
»Ja, zur Seite gestellt«, wiederholte der Besucher und lächelte sie freundlich an. »Meinen Chef, den Herrn Blumauer, haben sie ja schon kennengelernt, ab jetzt müssen Sie mit mir Vorlieb nehmen.«
Alma erinnerte sich an den kurzen Auftritt des Verfassungsschutzmannes in der Wohnung und versuchte sich die beiden Männer nebeneinander vorzustellen: Der durchtrainierte Iron-

man David Blumauer und daneben dieser lange, hagere Herr, der aussah, als wäre er direkt vom Burgtheater zu ihnen geschlendert.

»Ah, der Werner!« Kolonja war von der Toilette zurück und schlug dem Mann, der immer noch in der Tür stand, auf die Schulter. »Das ist ja ewig her! Wo steckst du denn immer?«

»Ja, weißt eh ... viel zu tun, darf ich denn reinkommen?«

»Ja klar.« Kolonja freute sich sichtlich, den Kollegen zu sehen, und begann die Zettel auf dem Besprechungstisch zu kleinen Stapeln zusammenzuschieben. »Setz dich doch! Kaffee?«

Tarik Babic und Alma Oberkofler blieben abwartend stehen, auch Althuber stellte sich hinter den Stuhl, der ihm von Kolonja angeboten worden war.

»Jetzt macht nicht so ein Gesicht!« Kolonja lachte. »Der Werner ist in Ordnung, wir kennen uns schon lange. Wie lange eigentlich?«

»Na ja, das müssen über zwanzig Jahre sein«, überlegte Werner Althuber laut. »Wir haben mal im Finale gegeneinander gespielt, weißt du noch?«

»Wie könnte ich das je vergessen! Haushoch hast du mich geschlagen!«

»Eishockey? Schach? Tennis?« Nun war auch in Alma Bewegung gekommen, und sie setzte sich endlich. Der Neuankömmling schien nur darauf gewartet zu haben und nahm ebenfalls Platz. Exzellente Kinderstube, dachte Alma.

»Tischtennis«, lachten beide, und nun musste auch Alma schmunzeln. Dieser Althuber war mindestens zwei Meter groß und äußerst hager, Kolonja war klein und rund, man konnte es nicht anders bezeichnen.

»Da schaust du, oder? Ja, und wir haben das damals durchaus ernst genommen im Polizeisportverein, aber das ist lange her«, sagte Kolonja.

»Und Sie übernehmen jetzt also den toten Langwieser?«, fragte Alma zögernd.

»Ich übernehme gar nichts. Kooperative Fallbearbeitung nennt man das. Wir werden doch nicht auf das Know-how Ihrer Abteilung verzichten. Für mich keinen Kaffee, bitte. Vielleicht ein Glas Wasser, wenn es keine Umstände macht. Was haben wir denn?«

»Tja, nicht viel.« Alma blieb vorsichtig, auch wenn er ganz nett zu sein schien, der Tischtennis spielende Kollege vom Staatsschutz.

»Wir wissen noch nicht einmal, ob ein Fremdverschulden vorliegt. Tödliche Kopfwunde durch einen Sturz auf den Glastisch.«

»Ich dachte, Glastische seien aus der Mode.«

»Nicht irgendein Glastisch. Design. Die Platte so dick wie Panzerglas.«

»Zeugen?«

»Bis jetzt keine.«

»Wer hat ihn gefunden?«

»Ein Pizzabote mit Sushi in der Tasche.«

»Haben Sie den überprüft?«

»Der ist harmlos.«

»Haben Sie ihn überprüft?« Althubers Tonfall änderte sich kein bisschen, als er die Frage wiederholte.

»Natürlich, wir haben ihn befragt und seine Personalien aufgenommen.«

Werner Althuber schrieb etwas in sein kleines schwarzes Notizbuch. Er sah ein wenig aus, als würde er Sherlock Holmes spielen, und etwas an dieser Geste löste in Alma eine gewisse Ungeduld aus. »Hören Sie, wir wissen nicht, ob er nicht einfach nur gestürzt ist. Und es gibt nichts, was zu diesem Zeitpunkt auf eine politische Tat hinweisen würde.«

»Wo ist die Verlobte des Ministers? Frau Jessica Pollauer.«

Da hat jemand seine Hausaufgaben gemacht, dachte Alma und sagte: »Zur Fahndung ausgeschrieben. Aber bisher keine Spur.«

»Handyortung?«
»Läuft.«
»Tja, viel haben wir also nicht für die Pressemeute.« Althuber stand auf, knöpfte sein Sakko wieder zu und schob den Stuhl ordentlich an die Tischkante.
»Sie kommen mit?« Alma sah auf die Uhr und stand ebenfalls auf.
»Ja, Frau Kollegin. Ich komme ab jetzt fast überallhin mit. Daran können Sie sich schon mal gewöhnen.«

Der Raum, in dem die Pressekonferenzen der Polizei abgehalten wurden, war von einer Schmucklosigkeit, dass es fast schon wieder inszeniert wirkte. Beige Wände, von denen man nicht wusste, ob sie schon immer diese Farbe hatten oder aber einfach im Laufe der Jahre nachgedunkelt waren. Ein kleines Fenster zum düsteren Kasernenhof, im Blickfeld ein einziger mickriger Baum, der selbst jetzt im Frühling aussah, als würde er nur mit großer Kraftanstrengung am Leben bleiben.

»Wir brauchen Sie als Gesicht der schlagkräftigen Kriminalpolizei«, meinte der Polizeipräsident, als Alma vorsichtig angefragt hatte, ob ihr Dabeisein nun, da Althuber mit von der Partie war, wirklich notwendig sei.

»Was soll ich überhaupt sagen? Dass wir schlicht keine Ahnung haben, was geschehen ist?« Einen Versuch war es wert, aber der Hofrat blieb unerbittlich. »Nun stellen Sie sich nicht dumm, Sie kommen aus der Nummer sowieso nicht raus. Und natürlich werden wir das so auf keinen Fall kommunizieren. Sie sagen etwas zur Todesursache – bitte nicht zu drastisch – und rufen die Bevölkerung dazu auf, sich zu melden, falls jemand was gesehen oder gehört hat. Ansonsten sagen Sie, dass wir uns darauf konzentrieren, seine Verlobte zu finden. Die muss ja irgendwo sein.«

So wenig drastisch wie möglich die Todesursache, *gegen*

scharfkantigen Glastisch gestürzt und sich den Schädel eingeschlagen, zu erzählen, der ist gut, dachte Alma, während sie auf der Toilette vergeblich versuchte, die dunklen Ringe unter ihren Augen zum Verschwinden zu bringen.

Im Presseraum waren alle Plätze besetzt, und hinten an der Wand standen all jene, für die es keinen Stuhl mehr gab. Auf dem Tisch waren die Mikrofone sämtlicher Sender aufgestellt, mehrere Kamerateams kämpften um den perfekten Platz für den richtigen Blickwinkel.

Der Pressesprecher der Landespolizeistelle Wien sah aus wie ein Maturant, wahrscheinlich war er mindestens dreißig, aber Alma hatte immer häufiger das Problem, dass sie das Alter jüngerer Menschen nicht mehr richtig schätzen konnte, irgendetwas zwischen zwanzig und vierzig war immer möglich. Er begrüßte die Anwesenden routiniert, genderte korrekt und stellte dann das Podium vor. Hofrat Klausberger eröffnete den Reigen.

»Sehr geehrte Damen und Herren, liebe Vertreter und Vertreterinnen der Medien. Heute Nacht wurde der Bundesminister für Landwirtschaft, Regionen und Tourismus, Magister Max Langwieser, tot in seiner Wohnung aufgefunden. Todesursache ist ein Schädel-Hirn-Trauma, hervorgerufen durch einen Sturz. Nähere Umstände erfahren Sie jetzt von der Kollegin Alma Oberkofler, Leiterin der Abteilung *Leib und Leben*, Landeskriminalamt Wien.«

Alma räusperte sich kurz, und sofort sprang ein Tontechniker nach vorne und justierte die Mikros. Sie war fast zwei Köpfe kleiner als Klausberger.

»Guten Morgen. Ja, wir verfolgen einige Spuren, es wäre aber noch zu früh, etwas Konkretes zu berichten«, sagte sie und dachte: Die einzige Spur, die wir verfolgen, ist spurlos verschwunden. Sie wiederholte im Grunde nur das, was der Pressesprecher bereits gesagt hatte: Schädel-Hirn-Trauma nach Sturz gegen einen Glastisch, ansonsten keinerlei Spuren von Gewaltanwendung, keine Hinweise auf einen Einbruch, alles Weitere unklar oder Bestand der Ermittlungen, deswegen müsse man verstehen, dass es vorerst keine weiteren Informationen geben könne und so weiter … »Wir ersuchen Sie, in Ihren Medien an eventuelle Zeugen und Zeuginnen zu appellieren, sich bei uns zu melden. Insbesondere suchen wir nach der Verlobten von Max Langwieser, Frau Jessica Pollauer, viele von Ihnen werden Sie kennen, Sie ist Pressesprecherin im Wirtschaftsministerium. Wir wären Ihnen sehr verbunden, wenn Sie einen Aufruf veröffentlichen würden, dass sie sich dringend bei uns melden soll.« Sie drehte sich um und betrachtete das Foto, das nun mittels Beamer an die Wand projiziert wurde. Ein Schnappschuss, der auf einem Ball vor ein paar Wochen aufgenommen worden war. Die junge Frau trug ein schwarzes Kleid mit tiefem Dekolleté. Als Foto in einem Vermisstenfall wirkte es geradezu grotesk, doch zurzeit hatten sie kein besseres zur Verfügung.

»Ist Frau Pollauer verdächtig?«

»War es eine Beziehungstat?«

»Ist es sicher, dass es kein Unfall war?«

»Könnte die Tat politisch motiviert sein?«

»Sind Sie sicher, dass es kein terroristischer Akt war?«

Werner Althuber hatte sich bisher im Hintergrund gehalten und trat nun an das Mikrofon. Sofort war der Tontechniker zur Stelle, fuhr das Mikro wieder nach oben.

»Bisher gibt es keinerlei Verdachtsmomente für einen terroristischen Akt, aber wir ermitteln selbstverständlich in alle Richtungen.«

»Wird das Landesamt für Verfassungsschutz den Fall übernehmen?« Den jungen Journalisten in der ersten Reihe kannte Alma aus dem Fernsehen, er gab sich große Mühe, in die Fußstapfen des für seine scharfen Fragen berühmten Anchormans zu treten.

»Dafür gibt es keinen Grund. Wir arbeiten nicht gegeneinander, sondern miteinander. Wir könnten nicht auf das Wissen des Ermittlungsdiensts verzichten. Haben Sie weitere Fragen?«

»Wann gibt es eine Stellungnahme vom Kanzler?«

»Das wird Ihnen das Büro des Kanzlers mitteilen«, übernahm Alma wieder, wobei sie sich nach dem Mikro streckte. Wenn sie ehrlich war, war es durchaus angenehm, nicht allein vor dieser Meute zu stehen. Den Rest der Konferenz über bewies Althuber ein ziemlich perfektes Gespür dafür, welche der Fragen er Alma überließ und welche er besser selbst übernahm.

Als Alma im Anschluss an die Konferenz als Letzte den Raum verlassen wollte, stellte sich ihr eine junge Frau in den Weg. »Frau Oberkofler? Entschuldigen Sie, wir haben heute Nacht telefoniert, ich bin Carla Behammer vom *Konkret*. Haben Sie noch eine Minute?«

»Es tut mir leid, wir stehen sehr unter Zeitdruck. Und ich habe alles, was ich bisher weiß, soeben erzählt.«

»Können Sie mir nicht einen kleinen Hinweis geben? In welche Richtung gehen die aktuellen Ermittlungen?«

»In alle Richtungen, Frau Behammer, in alle Richtungen.«

»Gibt es schon Obduktionsergebnisse?«

»Sie sind aber ungeduldig«, Alma versuchte, sich an der jungen Frau vorbeizudrängeln.

»Na ja, sonst hätte ich ja wohl meinen Job verfehlt«, lachte diese. »Könnte es ein Unfall gewesen sein? Vielleicht ein Sturz aufgrund von Alkohol oder Drogen?«

»Kein Kommentar. Und jetzt lassen Sie mich bitte durch.«

»Nimmt Ihnen der Staatsschutz den Fall ab?«

»Sie haben doch gehört, was der Kollege gesagt hat«, erwiderte Alma. »Wir arbeiten zusammen.«

»Aber Sie gehen fix nicht davon aus, dass es sich um einen Unfall handelt, oder?« Carla Behammer sah sie herausfordernd an und hielt ihr ein Handy unter die Nase.

»Helfen Sie mit, Frau Pollauer zu finden! Das wäre wichtig«, sagte Alma und schlüpfte an der Journalistin vorbei durch den Türrahmen in den muffigen Gang.

»Und wieder diese Fragen nach Drogen. Gibt es schon das toxikologische Gutachten?« Zurück im Büro sagte Alma den Satz unbestimmt in den Raum.

»Ja, hier ist ein vorläufiger Bericht, ein paar Untersuchungen stehen noch aus. Ein bisschen Alkohol, sonst nichts, was man schnell nachweisen könnte.« Kolonja überflog die Mail der Gerichtsmedizin.

»Ich wüsste gerne mehr über diese Drogengerüchte. Babic, Sie scheinen da doch unser Mann zu sein. Können Sie da noch mal nachbohren?«

»Ich werde meinen Freund im Suchtdezernat besuchen, vielleicht gibt es irgendwelche Aufzeichnungen. Der erzählt so was jedenfalls nicht einfach so.«

»Ja, bitte, das wäre ja vielleicht eine Spur.«

Kolonja schüttelte den Kopf. »Ich verwette die Krautrouladen meiner Frau, dass es keine Aufzeichnungen gibt, sollte es je einen Vorfall gegeben haben.«

»Wie meinst du das? Wenn ermittelt wurde, muss es auch einen Akt geben.« Alma sah ihren älteren Kollegen irritiert an.

»Jaja, träumt's nur weiter.«

»Frau Oberkofler, wir brauchen dringend Verstärkung!« Niemand hatte die kleine dunkelhaarige Frau bemerkt, die plötzlich in der Tür stand.

»Okay? Und Sie sind? Und Verstärkung wofür?«

»Ich bin Frau Güldür, Telefondienst.«

»Ah, ja, entschuldigen Sie bitte, ich habe mir nicht alle Namen gemerkt.«

»Das macht nichts. Aber wir sind nur zu zweit am Telefon,

und seit einer Stunde klingelt es durch, wir haben aktuell sechsundfünfzig Anrufe in der Warteschleife, inzwischen sicher schon sechsundsechzig. Wenn wir das alles ordentlich protokollieren sollen, dann brauchen wir noch ein paar Kollegen.«

»Ja, gut. Ich werde mich drum kümmern. Ist denn bereits etwas Brauchbares dabei?«

Frau Güldür verdrehte die Augen und verschwand so schnell, wie sie aufgetaucht war.

»So, Kollege Babic. Wir beide fahren jetzt ins Burgenland. Zur Familie Langwieser. Und davor besuchen wir Jessicas Eltern. Vielleicht versteckt sie sich ja doch in ihrem alten Kinderzimmer, und die Mutter lügt uns an.«

Babic sprang auf und riss seine Jacke vom Garderobenständer.

»Und ich?« Kolonja stand ratlos vor dem Whiteboard, an dem sie die wenigen Punkte notiert hatten.

»Du hast Kollegin Güldür gehört. Lass dir eine Leitung durchstellen.«

»Oh, mein Gott, ich muss mit den ganzen Wahnsinnigen telefonieren?«

»Ja, musst du. Und schreib alles ordentlich auf. Jeder Hinweis ist kostbar.«

Haben Sie diese Frau gesehen?

Jessica wachte mitten am Nachmittag auf und brauchte mehrere Minuten, um sich zu orientieren. Wie kam sie in das schmale Bett, was tat sie in diesem abgewohnten Zimmer? Als es ihr einfiel, schloss sie sofort wieder die Augen. Das konnte doch alles nur ein böser Traum sein! Wie konnte ihr Leben innerhalb von ein paar Tagen so den Bach runtergehen? Eigentlich war es doch gut gewesen, nicht unbedingt perfekt, aber eben auch nicht schlecht. Max hatte alles ruiniert! Sie war plötzlich so wütend, dass ihr übel wurde. Doch dann schob sich das Bild des leblosen Körpers vor ihr Auge, sie dachte an seine Eltern und an ihre eigenen, an die gemeinsame Wohnung, ihre Pläne, und ihre Wut verwandelte sich in Verzweiflung. Was sollte sie nur tun? Wie groß war die Gefahr?

Sie könnte jetzt einfach die Polizei anrufen, die würden sie beschützen, ihr einen Cobra-Beamten zur Verfügung stellen, ihr ermöglichen unterzutauchen. Was aber, wenn sie glaubten, sie hätte Max getötet oder ihn im Streit gestoßen, und er wäre auf die Tischplatte geknallt? Dann würden Ermittlungen eingeleitet werden, sie wäre die Verdächtige, und keiner würde ihr Personenschutz geben. Wie könnte sie beweisen, dass sie es nicht gewesen war? Und wer garantierte ihr, dass sie, sobald jemand erfuhr, wo sie war, nicht auch einen »Unfall« hätte? Wieder versuchte sie, die Nachricht auf ihrer Mailbox in ihren Gedanken abzurufen, versuchte sich an den genauen Wortlaut zu erinnern und ob sie die Stimme nicht doch kannte.

Der Fernseher an der Wand war ein großer, voluminöser Kasten, der nicht aussah, als würde er funktionieren, doch als Jessica die Fernbedienung drückte, flimmerte knisternd der Bildschirm auf. Werbung kurz vor den Siebzehn-Uhr-Nachrichten: Haftcreme für Zahnprothesen, ein Müsliriegel und die neue CD von Andreas Gabalier. Jessica lehnte sich gegen die Kissen und hatte das Gefühl, sie betrachtete Produkte aus einer vergangenen Zeit. Dann das Nachrichtenstudio und das sphärische Intro der Sendung.

Michael Lungitzer hielt seine Moderationskarten lässig in der Hand, stand wie üblich mit Stand- und Spielbein, und Jessica erinnerte sich an ihren kleinen Flirt mit ihm vor einem Jahr. Sie waren sogar auf einen Drink gegangen, er hatte sie eingeladen, mehr war nicht passiert. Zwar hatte sie schon die eine oder andere kleine Affäre gehabt, das war schließlich Teil des Deals zwischen Max und ihr, aber niemals mit einem Journalisten. Das hätte das ganze Konstrukt auffliegen lassen können.

»Spinnst du?«, hatte Max sie damals angefahren, und woher er bereits am nächsten Tag von ihrem Treffen mit Lungitzer wusste, hatte sie nie erfahren. Anscheinend hatte er überall seine Leute sitzen. »Du kannst doch nicht mit dem fortgehen. Willst du, dass der ganze ORF über uns tratscht? Ein bisschen mehr Diskretion, Schatz.«

Mein Gott, wie sehr sie dieses *Schatz* hasste, wie eine Verhöhnung klang es in ihren Ohren, und Max verwendete es normalerweise nur in der Öffentlichkeit. Oder dann, wenn er seine Überlegenheit ausdrücken wollte. Auf offiziellen Partys oder Empfängen, manchmal, wenn sie in ein Restaurant gingen, immer in dem Bewusstsein, dass jederzeit eine Kamera auf sie gerichtet sein könnte, legte er ihr seine Hand in den unteren Rücken und schob sie so ein bisschen vor sich her. Und dazu: *Schatz*.

Michael Lungitzer blickte ernst in die Kamera, dann blendete die Regie das Bild einer Haustür ein. Ihrer Haustür. Jessica schluckte. Es folgte eine etwas verwackelte Kamerafahrt durch ihr Treppenhaus. Danach wurde Max' offizielles Pressefoto eingeblendet, und der Moderator berichtete vom Tod des Ministers.

»Heute Mittag wurde bekanntgegeben, dass der Landwirtschaftsminister Magister Max Langwieser tot in seiner Wohnung aufgefunden wurde. Wie die Polizei in einer Pressekonferenz heute mitteilte, sind die Umstände noch völlig ungeklärt.«

Jessica stellte den Ton lauter und sah das Bild einer Frau mit dunklen, zusammengebundenen Haaren. Sie trug eine weiße Bluse und Jeans. Vor ihr standen unzählige Mikros. »Fakt ist, dass der Herr Minister mit einer tödlichen Kopfverletzung aufgefunden wurde«, sagte die Frau. »Er ist offenbar gegen einen Glastisch gestürzt. Alles Weitere ist Bestand der Ermittlungen.«

Jessica kannte die Stimme. Sie war die Polizistin, die sie letzte Nacht angerufen hatte, und anscheinend die leitende Ermittlerin. *Alma Oberkofler, Abteilung Leib und Leben,* unten im Bild war das Insert eingeblendet. *Leib und Leben,* dachte Jessica. Was für eine seltsame Formulierung, sie konnte sich nicht daran erinnern, das Wort *Leib* schon mal aktiv verwendet zu haben. Beim nächsten Bild krallte Jessica beide Hände in die Bettdecke. Sie selbst war auf dem Foto zu sehen, im schwarzen Abendkleid, das sie sich für den Technikerball gekauft hatte. Obwohl der Fotograf in einem Moment abgedrückt hatte, in dem sie gelacht hatte, sah sie älter aus, als sie war, gediegen und ein wenig bieder. Der Nachrichtensprecher sagte: »Die Landespolizei Wien und das Landesamt für Verfassungsschutz suchen dringend nach dieser Frau: Jessica Pollauer, 25 Jahre alt, blond, blaue Augen, ein Meter zweiundsiebzig groß. Jessica Pollauer ist die Lebensgefährtin des verstorbenen Max Langwieser und seit gestern Nacht aus der gemeinsamen Wohnung verschwunden. Vermutlich ist sie mit einem roten Mini Cabriolet unterwegs. Die Behörden bitten Frau Pollauer, sich dringend zu melden. Sollten Sie Hinweise über den Aufenthalt der Person haben, wenden Sie sich bitte an die nächste Polizeidienststelle, oder wählen Sie folgende Nummer.«

Die Übelkeit kam ganz plötzlich, und sie schaffte es gerade noch rechtzeitig auf die Toilette, wo sie über der verkalkten Kloschüssel kniete und Magensaft rauswürgte. Mein Gott, die meinen das ernst. Die suchen mich! Die fahnden nach mir wie nach einer Terroristin. Jessica drückte die Spülung, versuchte ihre Atmung wieder unter Kontrolle zu bringen. Meine erste Panikattacke, dachte sie nüchtern, nachdem sie die Stirn gegen die kalten Fliesen gelehnt hatte.

Nach ein paar Minuten war der Anfall vorbei. Sie zog sich am Waschbecken hoch, hielt erst ihr Gesicht in den Wasserstrahl, dann den ganzen Kopf, trank in großen Schlucken das eiskalte Wasser.

»Jessica«, sagte sie ernst zu ihrem Spiegelbild, »keine Panik. Du setzt jetzt deinen Verstand wieder ein.« Dann setzte sie sich, in Ermangelung einer anderen Sitzgelegenheit, aufs Bett. Im Fernsehen lief inzwischen die Vorabendtalkshow, die ihre Mutter nie verpasste. Sie schaltete den Ton ab, der Gärtner der Nation erklärte mit großen Gesten, wie man ein Hochbeet anlegte. Sollte sie sich doch bei der Polizei melden? Das Foto von ihr in den Nachrichten war beängstigend, aber die Kommissarin sah eigentlich recht sympathisch aus, fast ein wenig mütterlich. Wahrscheinlich wüsste die wirklich, was jetzt am besten zu tun wäre. Aber könnte sie ihr vertrauen? Außerdem kannte sie genug Geschichten über die Wiener Polizei. Sie würde keine Bewachung bekommen, offenbar war sie die Hauptverdächtige. Sicher hatten die schon ein Motiv, es war ja auch zu einfach: die Verlobte, die das Beziehungskonstrukt nicht mehr ertragen hatte, ein Streit, ein Stoß, eine panische Flucht. Vielleicht würde sie deswegen nicht wegen Mordes angeklagt, aber zumindest wegen Körperverletzung mit Todesfolge und ganz bestimmt wegen unterlassener Hilfeleistung. Das wäre für alle Beteiligten die einfachste Lösung. Nein, sie konnte nicht zur Polizei. Sie hätte keine Chance, weil niemand ihr die wahre Geschichte abkaufen würde, auch nicht diese nette Chefinspektorin. Aber was war eigentlich die wahre Geschichte?

Und plötzlich war es, als hätten diese Gedanken einen Schalter umgelegt, und Jessica begann, ihr weiteres Vorgehen zu planen. Ruhig und analytisch überlegte sie, welchen Schritt sie als Nächstes tun würde. Als Erstes beschloss sie, das Zimmer bis zum Abend nicht zu verlassen. Die Dame an der Rezeption wirkte durchaus so, als würde sie regelmäßig Nachrichten schauen. Und wenn die dann eins und eins zusammenzählte, würde sie ihren Gast ohne Ausweis auf Zimmer dreiundzwanzig hundertprozentig erkennen. Aber jede Schicht geht einmal zu Ende. Und dann gab es, wenn sie Glück hatte, einen unaufmerksamen Nachtportier.

Dörfliche Idylle

»Ich habe meine Kindheit am Neusiedlersee verbracht, also die Ferien meiner Kindheit, aber im Südburgenland war ich noch nie.« Tarik Babic sah aus dem Fenster.
»Wo sind Sie denn aufgewachsen?« Alma stieg auf seinen Small-Talk-Versuch ein.
»In Wien. Favoriten.«
»Echt? Ich kenn fast keine echten Wiener.«
»Das haben Sie nett gesagt, die meisten fragen mich, wo ich *wirklich* herkomme.«
»Wo kommen Sie denn *wirklich* her?«
»Geboren bin ich in Tuzla, das ist in Bosnien. Ich war ein Baby, als meine Eltern nach Wien geflohen sind.«
»Was machen Ihre Eltern?«
»Ach, die sind ein wandelndes Klischee. Hausmeister in Favoriten. Mein Tata repariert verstopfte Klos, meine Mama putzt.«
»Und der Sohn ist Polizist«, sagte Alma und hoffte, es war nicht die falsche Reaktion. »Da sind sie sicher stolz, die Eltern.«
»Geht so«, sagte Babic und wischte auf seinem Handy herum.

Das Navi hatte eine Stunde siebenunddreißig Minuten vorausberechnet, und sie standen exakt nach eineinhalb Stunden vor einem knallgelb gestrichenen Einfamilienhaus mit Blumenkästen an den Fenstern. Unter dem großen Carport standen zwei frisch gewaschene Autos, ein großer roter Kombi und ein grüner Fiat Panda.

Die Haustür, natürlich mit Blumenkranz, öffnete sich, noch bevor sie klingelten, und vor ihnen stand eine kleine Frau, die trotz des warmen Tages eine dicke, etwas ausgeleierte Strickjacke trug.

»Guten Tag, Frau Pollauer. Ich bin Alma Oberkofler, und das ist mein Kollege Tarik Babic. Dürfen wir kurz reinkommen?«

»Ja, natürlich, ich habe den Kaffee schon vorbereitet, und ein paar Kekse hab ich auch.« Sie öffnete die Tür nur ein kleines Stück, die Geste stand in deutlichem Kontrast zu ihren Worten: Diesen Besuch würde sie lieber nicht ins Haus lassen.

»Mein Mann kommt gleich, er ist im Keller und muss noch schnell was fertig machen. Kaffee?« Ohne die Antwort abzuwarten, schenkte sie ihnen jeweils eine Tasse ein und hob aufmunternd das Kännchen mit der Kaffeesahne hoch.

»Für mich bitte keine Milch, danke«, kam Alma ihr zuvor, und auch Tarik Babic hielt schützend seine Hand über die Tasse. »Für mich auch nicht, danke!«

Auf der Herfahrt hatten sie besprochen, dass es wohl ergiebiger wäre, wenn Tarik Babic die Gesprächsführung übernehmen würde, am Land würden die Leute wohl eher einen männlichen Beamten akzeptieren. Nachdem Frau Pollauer bereits zweimal Hilfe suchend zur Tür geblickt und dabei »Warten wir doch auf meinen Mann, er kommt gleich« gemurmelt hatte, nickte Alma ihrem Kollegen aufmunternd zu. Sie lehnte sich zurück und würde sich darauf konzentrieren, den Tonfall und die Gestik der Befragten zu beobachten.

»Das macht gar nichts, wenn ihr Mann ein bisschen später kommt, Frau Pollauer, wir reden danach auch noch mit ihm. Wir wollten ihnen natürlich noch unser Beileid aussprechen«, begann Babic das Gespräch.

»Ihr Beileid?« Die zarte Frau sprang auf und stieß fast ihre Kaffeetasse vom Tisch. Sehr geschickt, der Kollege, dachte Alma. »Was soll das heißen, Ihr Beileid! Sie haben Jessi doch nicht ...«

»Mein Gott, natürlich nicht, beruhigen Sie sich bitte.« Babic hob beschwichtigend die Hände. »Ich meine den Verlobten Ihrer Tochter! Sie wissen doch, dass man für ihn nichts mehr tun konnte.«

»Oh, natürlich. Wie dumm von mir.« Gerti Pollauer sank zusammen, als hätte ihr jemand die Luft ausgelassen. »Der arme Max. Wissen Sie schon, was passiert ist?«

»Dazu können wir leider nichts sagen. Wann haben Sie das letzte Mal etwas von Ihrer Tochter gehört?«

»Am Dienstagabend. Da hat sie uns angerufen und gesagt, dass sie am Samstag zum Mittagessen kommt.«

»War sie irgendwie anders als sonst? Wie klang sie?«

»Eigentlich ganz normal. Ich hab mich nur gewundert, weil sie sonst nie unter der Woche anruft. Sie hat ja immer so viel zu tun.«

»Seitdem haben Sie nichts mehr von ihr gehört?«

»Doch, gestern hat sie noch mal eine Sprachnachricht geschickt. Mit so einem lustigen Bild, wissen Sie, wo sich die gleiche Bewegung immer wiederholt. Ich hab vergessen, wie das heißt. Jessica hat oft so lustige Nachrichten geschickt.«

»Sie meinen ein GIF? Darf ich es sehen? Könnten Sie uns bitte die Sprachnachricht vorspielen?«

Gerti Pollauer holte ihr Smartphone aus der Jackentasche und hieb energisch auf das Display ein. Dann legte sie das Telefon auf den Tisch. Zu sehen war eine Prinzessin, die in einer Endlosschleife auf ein Schloss zulief, immer wenn sie es fast erreicht hatte, fing der Lauf von vorne an. Darunter war eine Sprachnachricht.

»Darf ich?« Babic wartete nicht auf die Antwort und drückte auf die Abspieltaste.

»*Hallo Mami! Machst mir einen Topfenstrudel? Ich freu mich schon, bin Samstag zum Mittagessen da. Hab dich lieb!*«

»Morgen ist Samstag. Ich hab den Strudel gemacht, vielleicht kommt sie ja einfach morgen?«

»Ja, das wäre schön. Aber wir versuchen seit vielen Stunden, ihre Tochter zu erreichen.«

»Ich ja auch. Und wissen Sie, Jessica hat normalerweise immer ihr Handy in der Hand. Immer! Und wenn sie nicht abheben kann, ruft sie zurück. Immer! Ich versteh das nicht!«

»Wie würden Sie denn die Beziehung zwischen Ihrer Tochter und Max Langwieser beschreiben?«

»Ach, die kennen sich schon so lange, seit der Schule. Aber erst vor Kurzem hat es gefunkt zwischen ihnen.«

Gerti Pollauer saß auf der Kante ihres Stuhls, in einer Hand knetete sie ein Taschentuch, mit der anderen fuhr sie sich immer wieder durch das schüttere graue Haar. Aber auch wenn sie nervös war, die Antworten kamen ohne Zögern.

»Frau Pollauer, entschuldigen Sie bitte die Frage, aber wussten Sie, dass Jessica und Max getrennte Schlafzimmer hatten?« Alma hatte sich vorgebeugt und beobachtete die Frau, die ihr gegenübersaß.

»Nein, das wusste ich nicht, wir waren bisher ja noch nie in ihrer Wohnung.«

»Ja, aber hat Jessica denn nichts erzählt?«, hakte Alma nach. »Sie stehen sich doch recht nahe, oder? Und warum waren Sie noch nie bei Ihrer Tochter auf Besuch?«

»Vielleicht hat sie es mal erwähnt. Aber das ist doch nichts Ungewöhnliches! Die beiden haben ja so viel gearbeitet, und Max ist oft so spät nach Hause gekommen, da ist das doch praktischer, wenn man zwei Schlafzimmer …«

»Grüß Gott, Sie sind die Polizisten aus der Stadt?« Ein korpulenter Mann stand im Türrahmen. Seine Erscheinung ließ das Zimmer plötzlich kleiner wirken. Gerti Pollauer sprang auf. »Möchtest du auch einen Kaffee, Walter?«

»Nein, du weißt doch, dass ich dann nicht schlafen kann. Bringst mir ein Bier?«

»Jawohl, ich hol dir eins. Die Herrschaften von der Polizei

haben gerade gefragt, warum wir Jessi und Max noch nie besucht haben. Das haben wir einfach noch nicht geschafft. Wissen Sie, wir fahren nicht so gerne in die Stadt. Der Verkehr am Gürtel, das ist ja verrückt, und die vielen Leute in der U-Bahn, das ist nichts für uns, gell, Walter.«

Tarik Babic wandte sich an Herrn Pollauer, der ein wenig unschlüssig im Türrahmen stand: »Guten Tag, mein Name ist Tarik Babic, das ist Chefinspektorin Alma Oberkofler. Darf ich fragen, wo Sie gerade herkommen?«

»Ich? Warum wollen Sie das wissen?« Er schaute Babic und Alma aus schmalen Augen an, sein Blick fast feindselig. Babic wartete ab, oft die beste Strategie, um eine Situation zu entschärfen oder jemanden zum Reden zu bringen. Und tatsächlich, Herr Pollauer atmete einmal tief aus und trat nun endlich ins Zimmer. »Ich war heute im Baumarkt. Musste Farbe umtauschen, und die habe ich gerade im Keller verräumt. Die Deppen hatten mir letzte Woche eine falsche eingepackt. Wir streichen die Garage neu.«

Alma spürte ihr Handy in der Hosentasche vibrieren und stand auf. »Entschuldigen Sie bitte, kann ich irgendwo in Ruhe telefonieren?«

»Ja, gehen Sie doch auf die Terrasse, da sind Sie ungestört.« Walter Pollauer zog die Spitzenvorhänge zurück und öffnete die Terrassentür.

Nach einem kurzen Telefonat mit Kolonja kehrte Alma wieder ins Wohnzimmer zurück. »Haben Sie eine Idee, was Ihre Tochter in Traiskirchen gemacht haben könnte?«

Das Ehepaar saß wieder mit großem Abstand auf dem Sofa, natürlich sprach Herr Pollauer: »Warum Traiskirchen? Was ist da?«

»Wir konnten Frau Pollauers Handy zurückverfolgen. Und in der Nähe von Traiskirchen war es das letzte Mal ins System eingeloggt. Und zwar gestern um circa zweiundzwanzig Uhr.«

»Traiskirchen. Ich kenne da niemanden, du, Walter?«

»Nein. Aber Traiskirchen liegt am Weg nach Grafenbruck. Vielleicht wollte sie ja zu uns fahren.«

»Mein Gott, wo kann sie nur sein?«, entfuhr es Gerti Pollauer.

»Ja, vielleicht war sie wirklich auf dem Weg zu Ihnen.« Tarik Babic nahm die Unterhaltung wieder auf. »Herr und Frau Pollauer, Sie beide sind ganz sicher, dass Ihre Tochter nicht hier ist?«

»Spinnen Sie?« Der Mann war angesichts seiner Körperfülle erstaunlich schnell auf den Beinen. »Glauben Sie, wir haben unser Kind im Keller versteckt, oder was?«

»Könnten wir einen Blick hineinwerfen?«

»In den Keller? Sie sind unverschämt! Und Sie haben sicher keinen ... wie heißt das noch gleich ... keinen ... Hausdurchsuchungsbefehl!«

»Nein, den haben wir nicht. Den können wir uns aber problemlos besorgen. Sehen Sie, wir wollen nur sichergehen ... Vielleicht gab es ja einen Unfall, ihre Tochter ist in Panik geraten und ...«

»Und hat sich hier in den Keller geschlichen, ohne dass wir es gemerkt haben? Na gut, kommen Sie. Ich zeig Ihnen den Keller und ihr Zimmer. Und dann verschwinden Sie bitte und suchen unser Kind!«

In den Kellerräumen konnte man beim besten Willen niemanden verstecken: Wände und Boden aus grauem Beton, an der Seite ein großes Regal mit Gartengeräten, Autoreifen und Werkzeug. Gegenüber eine kleine Stellage mit eingekochtem Gemüse, Marmelade und Konservendosen. Wenn Jessica sich nicht eingemauert hatte, dachte Alma, war sie definitiv nicht hier.

»Wo geht es da hin?« Babic deutete auf eine unauffällige Tür in der hinteren Ecke. Sie war im selben Grau gestrichen wie der Beton.

»Bitte schön, kommen Sie ruhig weiter!« Herr Pollauer versuchte, die Contenance zu bewahren, aber man konnte seine

Verärgerung deutlich hören. Schwungvoll riss er die Tür auf und trat zur Seite. »Bitte schön, vielleicht ist die Jessi ja mit dem Zug verreist!«

Vor ihnen erstreckte sich eine Modelleisenbahnlandschaft mit allem, was dazugehört: Züge, Häuser, kleine Seen, Berge, winzige Menschen und Tiere.

»Mein Hobby«, sagte Herr Pollauer, und seine Stimme klang nun sanfter, beinahe fröhlich. Anscheinend beruhigte ihn allein der Anblick dieser Miniaturwelt.

»Gut, ich danke Ihnen.« Alma ließ den Blick über das Spielzeug schweifen und wunderte sich, wie ein wuchtiger Mann mit so großen Händen solch filigrane Landschaften zusammenbauen konnte.

Jessicas Zimmer war anscheinend nach ihrem Auszug nicht verändert worden. Ein gemütliches Eckzimmer mit einem großen Fenster, vor dem ein gelber Vorhang hing, hellblau gestrichene Wände, ein Poster mit einer Volleyballszene über dem Bett, das mit einer Tagesdecke abgedeckt war. Der Schreibtisch war leer geräumt, in den Regalen standen die üblichen Jugendbuchklassiker, Taschenbücher und Reclamhefte.

»Wie oft kommt Jessica Sie besuchen?«, fragte Alma und strich mit dem Finger über die Schreibtischplatte. Komplett staubfrei.

»Ach, wissen Sie, früher, als sie noch studiert hat, kam sie oft. Aber seit sie im Ministerium ist, hat sie ja nicht mehr viel Zeit.« Gerti Pollauer klang ein wenig traurig, holte dann tief Luft und stellte sich aufrecht hin. »Ja, so ist das eben, die Kinder werden erwachsen, und wir müssen sie loslassen.« Sie legte Alma die Hand auf den Arm: »Sie finden meine Tochter, oder? Es wird ihr doch nichts passiert sein? Ach Gott, ich mach mir solche Sorgen! Sie war doch gerade so glücklich.«

Alma dachte wieder an die geteilte Wohnung. »Lassen Sie uns noch einmal über die Beziehung zwischen Ihrer Tochter und

Max Langwieser reden. Sie hat wirklich nie etwas über Probleme erzählt, irgendein Streit?«

»Es war die große Liebe«, schluchzte die Mutter, der Vater stand daneben und schwieg.

»Und wie sehen Sie das, Herr Pollauer?« Babic übernahm, und Walter Pollauer schaute ihn erstaunt an. »Ich red doch meinem Kind nichts drein. Sie ist ja erwachsen und wird schon wissen, was sie tut.«

»Na, das klingt jetzt aber nicht so, als wären Sie glücklich über die Wahl Ihrer Tochter.«

»Die Hauptsache ist ja wohl, dass *sie* glücklich ist, oder?«, brummte der Vater, und Jessicas Mutter sah ihn von der Seite her an. »Das ist doch jetzt auch gar nicht wichtig!« Tränen liefen ihr über die Wangen. »Wichtig ist nur, dass Sie Jessica finden! Vielleicht ist sie in Gefahr!«

»Wir geben unser Bestes, Frau Pollauer. Können Sie mir eine Liste mit Jessicas engsten Freunden machen?«

»Ja, aber die ist nicht lang. Ihre neuen Freunde kenne ich ja gar nicht. Und hier in Grafenbruck hat sie nicht mehr viele.«

Gerade als sie gehen wollten, klingelte es, und gleich darauf stand ein uniformierter Polizist im Vorzimmer, der verlegen seine Kappe in den Händen drehte.

»Georg, schön, dass du noch mal vorbeikommst!« Herr Pollauer begrüßte ihn herzlich, man kannte sich wohl besser.

»Entschuldigen Sie, ich bin der Georg Feilmüller. Wir haben heute schon telefoniert. Ich hab gehört, dass Sie hier sind, und wollte nur fragen, ob Sie eventuell noch meine Hilfe brauchen.«

»Der Kollege aus Güssing! Danke, aber wir sind hier fertig.«

»Wir wollten noch zur Familie Langwieser. Können Sie uns begleiten?«, fragte Alma, als sie vor den Autos standen.

»Ja klar, sehr gerne! Wissen Sie, die Jessi ist ja mit mir in die Schule gegangen, ich hab sie immer recht gern gehabt.«

»Na, Sie müssen nicht in der Vergangenheit von ihr reden, sie ist ja hoffentlich noch am Leben.«

»Oh, mein Gott, so hab ich das nicht gemeint!«, rief Feilmüller erschrocken aus. »Ich meinte nur, dass ich sie schon Jahre nicht gesehen habe. Seit sie in Wien lebt, hat sie kaum mehr Kontakt zu uns gehabt. Eigentlich schon, seit sie ins Gymnasium gegangen ist und für die Partei vom Max gearbeitet hat. Ich glaube, wir waren ihr dann zu provinziell. Dabei war sie damals ja selbst noch da.« Er lachte traurig. »Soll ich vorfahren zu den Langwiesers? Ist ein bisschen außerhalb.«

Sie fuhren langsam durch das völlig ausgestorbene Straßendorf, und Alma war wie immer überrascht angesichts der Hässlichkeit dieser kleinen Ortschaften. Man stellt sich das Leben auf dem Land romantisch und pittoresk vor, doch nach den Kreisverkehren gibt es nichts außer Durchfahrtsstraßen, an denen sich die lang gezogenen Häuser aneinanderreihen, die großen Tore fest verschlossen, die Bänke vor den Häusern nur zur Zierde, niemand hier sitzt jemals vor den Häusern, das Leben spielt sich hinter den Gardinen und in den ummauerten Innenhöfen ab.

»Was wollte Jessica Pollauer in Traiskirchen?«, unterbrach Babic ihre Gedanken.

»Ich habe keine Ahnung, ah ja, und bevor ich es vergesse: Wir haben auch die Funkzellenabfrage von Langwiesers Telefon«, antwortete Alma.

»Und? Auch in Traiskirchen?«

»Nein. Das war das letzte Mal um kurz nach sieben eingeloggt. Und zwar im 8. Bezirk, also irgendwo rund um seine Wohnung. Danach nichts. Niente. Tot.«

Im Gegensatz zur Umgebung sah der Hof am südlichen Ortsrand aus wie ein Vorzeigeobjekt aus der Fremdenverkehrswerbung. Ein großes Haus, gestrichen in freundlichem Osterglockengelb mit dunkelgrünen Fensterläden. Alma sah die Geranien in den Blumenkästen, die spätestens im Mai hier überall wuchern würden, förmlich vor sich.

Georg Feilmüller hielt sich nicht mit Klingeln auf, er drückte die Türklinke nach unten, ignorierte den alten Hund, der sie müde anbellte und sich dann in eine Ecke verzog.

»Erni? Ernstl? Seid ihr da? Hier ist der Georg.«

Am Ende eines langen Flurs öffnete sich eine Tür, und ein Schatten stand im Gegenlicht. Erst als die Person ein Stück vortrat, erkannte Alma eine kleine alte Frau in einem dunklen Kleid, das ihr fast bis zu den derben Schuhen reichte, darüber eine Schürze, das Kopftuch unterm Kinn zusammengebunden. Tiefe Falten zogen sich durch ihr Gesicht, über die Schulter hing ihr ein dünner grauer Zopf. Alma schätzte sie auf mindestens achtzig.

Sie klammerte sich an Georg, der mit wenigen Schritten bei ihr war, und begann in einem unheimlichen und unverständlichen Singsang zu klagen. Der Dorfpolizist hielt ihre Hand fest, murmelte beruhigende Worte. »Teresia, beruhig dich. Wo sind denn der Ernstl und die Erni?«, fragte er schließlich.

Die Eltern von Max Langwieser saßen auf einem Ungetüm von Sofa und blickten den Hereinkommenden mit leeren Augen entgegen. Alma und Babic stellten sich vor und sprachen ihr Beileid aus. Georg Feilmüller blieb an der Tür stehen, an seinem Arm immer noch die alte Frau, Max Langwiesers Oma.

Diesmal übernahm Alma wieder die Gesprächsführung, doch viel war aus den beiden nicht herauszuholen. Nein, sie wüssten nichts. Und ja, sie hätten regelmäßig mit Max telefoniert. Und nein, sie wüssten nicht, ob er Feinde hatte, versicherten aber, dass jeder den Max gern gehabt hatte. Wirklich jeder. Der Blick der Mutter schwenkte zu einer kleinen Anrichte, auf der ein DIN-A4-Foto in einem billigen Rahmen stand, davor flackerte eine Kerze. Die Sonne strahlte so hell durch die Terrassentür, dass die Flamme kaum sichtbar war. Das Glas im Rahmen spiegelte.

»Darf ich?«, fragte Alma und nahm behutsam das Bild. Es zeigte Max Langwieser hinter einem großen Schreibtisch, die Tischplatte war fast leer, nur ein elegantes Notebook war zu sehen. Er lächelte ein wenig verlegen in die Kamera, hinter seinem Kopf hing ein riesiges Bild, auf dem eine Montafon-Kuh zu erkennen war. Sie war mit grellen Farben übermalt und streckte eine leuchtend orange Schnauze in Richtung Kamera. Der biedere österreichische Bundesadler im rechten oberen Bildausschnitt konterkarierte das moderne Gemälde.

»Hat er jemals erwähnt, dass er in Schwierigkeiten steckt?«, versuchte es Alma noch einmal und wandte sich dem Vater zu. »Privat oder auch beruflich? Er hat doch sicher mit Ihnen über seine Arbeit gesprochen. Ihr Sohn war doch recht jung für so einen verantwortungsvollen Job.«

»Ach, wissen Sie, der Maxi hat mir als kleiner Bub schon erklärt, wie man Landwirtschaft machen muss. Er war schon immer ein Macher.« Langwieser senior lächelte, dann wurde sein Gesicht wieder bitter. »Bei der Weinernte hat er nicht so gerne geholfen, aber er wusste immer, wie man das Ganze vermarktet, dass die Freiwilligen aus der Stadt kommen. Du musst ein Event draus machen, Papa, hat er immer gesagt.« Er schlug die Hände vors Gesicht.

»Hat er sich manchmal bei seinem Onkel Rat geholt? Der ist ja schließlich Bürgermeister und hat Erfahrung.« Alma hakte noch einmal nach.

»Die beiden mochten sich nicht besonders, wenn ich ehrlich bin. Max war eine andere Generation als der Kurt. Mein Bruder ist vom alten Schlag, quasi ein Kaiser. So war der Max nicht. Heutzutage sind die Politiker ganz nah dran am Bürger, alles transparent.«

»Hat sich Jessica bei Ihnen gemeldet?« Alle sahen irritiert zu Tarik Babic, er hatte bis auf ein paar Begrüßungsworte bisher nichts gesagt.

»Jessica? Nein. Ihre Mutter hat angerufen und ihr Beileid ausgesprochen.« Erni Langwieser nahm Alma das Foto ab und stellte es wieder zurück auf die Anrichte. Eigentlich interessant, dass die Eltern ein Foto ihres Sohnes als Minister aufgestellt hatten und keines von der Verlobung, dachte Alma, und laut sagte sie: »Und hat sie etwas über Jessica gesagt?«

»Dass niemand weiß, wo sie ist«, murmelte Erna Langwieser.

»Das stimmt leider. Wir wissen zur Zeit nichts über den Aufenthaltsort von Jessica Pollauer. Wissen Sie, ob es Probleme gab zwischen Ihrem Sohn und seiner Lebensgefährtin?« Alma richtete die Frage wieder an Erni Langwieser, sie war in dieser Beziehung augenscheinlich fürs Zwischenmenschliche zuständig.

»Nein, natürlich nicht. Sie waren ein Traumpaar. Das war die große Liebe, Jessica wäre für den Max durchs Feuer gegangen.«

»Und umgekehrt? Wäre Max auch für Jessica durchs Feuer gegangen?«

»Natürlich, die beiden hielten zusammen wie Pech und Schwefel.« Erni Langwieser nickte eifrig, als müsste sie den Satz noch unterstreichen.

»Und wie sahen Sie das, Herr Langwieser?«, fragte Tarik Babic.

»Ich sag Ihnen ehrlich, ich war immer gegen diese Beziehung. Jessica kommt aus einem roten Haushalt, wie soll das denn gut gehen?«

»Wie meinen Sie das? Sie meinen politisch?«

»Was denn sonst. Die Eltern, vor allem der Vater von der Jessi war ein unverbesserlicher Sozi: Und das weiß man doch, dass die Kinder dann nicht viel anders sind, wenn sie von klein auf indoktriniert werden. Und mein Max war ein aufrechter Konservativer. Einer, für den die alten Werte immer noch gezählt haben, trotz dieser ganzen türkisen Erneuerung.«

»Tja, anscheinend hat Ihr Sohn das nicht so eng gesehen«, antwortete Alma nachdenklich.

»Ja, und jetzt ist er tot«, stieß Ernst Langwieser hervor.

Aber wahrscheinlich nicht, weil er sich mit der Tochter eines Sozialdemokraten eingelassen hat, dachte Alma. »Es tut uns sehr leid«, sagte sie. »Wir tun alles, um herauszufinden, was geschehen ist. Falls Ihnen noch etwas einfällt oder Jessica sich aus irgendeinem Grund bei Ihnen meldet, sagen Sie uns bitte Bescheid.«

Sie waren schon auf dem Weg zum Auto, da lief ihnen der junge Polizist nach. »Entschuldigen Sie bitte, Frau Kollegin!«

»Herr Kollege Feilmüller, vielen Dank für Ihre Unterstützung, wenn wir noch was brauchen, melden wir uns.« Tarik Babic hatte bereits die Tür auf der Fahrerseite geöffnet und wollte einsteigen, da sagte Feilmüller leise. »Ich bin mit der Jessi in die Schule gegangen ... Oberstufe.«

»Ja, das sagten sie schon«, antwortete Alma, »auf dem Land kennen sich ja wirklich alle. Und? Haben Sie noch Kontakt zu ihr?«

»Nein, gar nicht. Aber ich wollte noch berichten, dass sie mir mal was erzählt hat, da war sie aber noch ganz jung. Sie hat noch hier gewohnt.«

»Was denn?«

»Über den Max. Es ist ... ein wenig delikat ...« Feilmüller zögerte. »Also, sie war ein bisschen betrunken und hat mit mir geflirtet. Ich fand sie immer super, die Jessi.«

»Und was hat Sie Ihnen erzählt?« Alma beugte sich gespannt vor.

»Also, sie hat erzählt, dass sie es mit Max versucht hat, aber dass er nichts für sie empfindet. Sie hat geweint und gesagt, sie sei hässlich und dumm, und sie war ganz fertig deswegen. Ich hab damals gehofft, ich kann sie trösten, wie gesagt, ich war sehr verliebt in sie.«

»Na, das hat sich wohl geändert, nun sind die beiden ja verlobt. Also waren verlobt.«

»Ja, und das hat mich eben auch gewundert.«

»Ist sonst noch was, Herr Kollege?« Babic war anscheinend etwas genervt von Georg Feilmüllers Geständnis und setzte sich ins Auto.

»Nein, ich dachte nur, das ist vielleicht wichtig.«

»Dass Jessica mit achtzehn mal eine kleine Selbstwertkrise hatte?«, erwiderte Babic und zog die Autotür zu.

»In solchen Häusern bekomm ich Atemnot«, sagte Alma, nachdem Tarik Babic das Auto gestartet hatte.

»Aber sind daran die Häuser schuld oder die Menschen, die in den Häusern leben?«, fragte Tarik Babic.

»Wahrscheinlich beides. In Kombination. Also ehrlich, da wäre mir eine versiffte Einzimmerwohnung mit nach Rauch stinkenden Tapeten in Favoriten lieber als diese Idylle hier.«

»Vorurteile?« Babic warf ihr einen spöttischen Seitenblick zu und startete das Auto.

»Entschuldige«, sagte Alma.

»Schon in Ordnung. Zurück ins Büro?«

»Wahrscheinlich. Oder halt, warten Sie. Wo ist denn die Liste, die uns Jessicas Mutter gegeben hat? Die mit ihren Freunden?«

»In Ihrer linken Hosentasche«, antwortete Babic und bog auf die Hauptstraße.

Alma fischte den Zettel aus der Tasche und faltete ihn auseinander. »Wir fahren noch zum Blumenweg 6«, sagte sie und tippte die Adresse in ihr Handy. »Sechs Minuten, da vorne links, dann scharf rechts.«

»Und was ist da?«

»Da wohnt eine Manuela. Angeblich die allerbeste Freundin.«

»Sagt wer?«

»Steht auf diesem Zettel. Mit Ausrufezeichen.«

Die Verwandlung

»Für ein natürliches Farberlebnis und so lebendig wie die Natur«, flötete eine Frauenstimme durch ihre Träume, und als Jessica die Augen öffnete, fiel ihr Blick auf den Fernseher an der Wand. Auf dem Bildschirm warf eine junge Frau die roten Locken schwungvoll über ihre Schultern. Jessica fühlte sich komplett zerschlagen, es war, als wäre sie nach einer durchfieberten Nacht aufgewacht. Sie stand nur auf, weil sie dringend aufs Klo musste. Im Bad blieb ihr Blick am Spiegel hängen. Und dann sah sie es: Obwohl ihr Gesicht vor Müdigkeit blass und ihre Haare strähnig waren, war sie eindeutig die Frau, die sie vor ein paar Stunden im Fernsehen gesehen hatte. Und ganz Österreich hatte diese Frau im Fernsehen gesehen, was wiederum bedeutete, dass ganz Österreich diese Frau erkennen würde. Sie musste ihr Aussehen verändern. Es gab zwar ein gewisses Risiko, dass auch die Hotelangestellte den Fernsehbericht gesehen hatte, doch dies schien klein im Vergleich dazu, mit unverändertem Aussehen weiterzureisen. Ein kurzer Blick auf die Uhr sagte Jessica, dass die Geschäfte noch eine halbe Stunde offenhalten würden, und so schlüpfte sie in den neu gekauften Pulli, zog die Kapuze tief in die Stirn und stieg langsam, Schritt für Schritt, die durchgetretene Treppe hinunter. Die Frau an der Rezeption blickte kurz auf und lächelte abwesend, Jessica nickte ihr zu und ging vorbei. Sie bemühte sich um eine aufrechte Haltung, hob das Kinn, straffte die Schultern, und schon stand sie draußen auf dem Platz vor dem Bahnhof. Zum Glück war der Drogeriemarkt gegenüber gut besucht, niemand nahm Notiz von ihr. Sie kaufte eine kleine Schere und ein billiges Haarfärbemittel mit der Produktbeschreibung *Einfach anzuwenden – Geringe Einwirkzeit – Kastanienbraun.*

Zurück im Hotel drehte sie die Haare zu einem Zopf und schnitt ihn mit der Schere ab. Es war mehr ein Säbeln als ein Schneiden, und bei ihrem Anblick im Spiegel kamen ihr erneut die Tränen. Niemals hatte sie ihre Haare kurz getragen, doch jetzt gab es kein Zurück mehr, und sie schnitt immer weiter, zuerst bis zum Kinn, dann raspelkurz.

Ohne die Gebrauchsanweisung des Haarfärbemittels durchzulesen, zog sich Jessica die beigepackten Plastikhandschuhe über und strich die zähe Paste auf den Kopf. Ihre Mama und ihre Tante Irma hatten sich immer gegenseitig die Haare gefärbt, ein Friseurbesuch war im knappen Haushaltsbudget nur selten drin gewesen. Jessica war immer fasziniert von den beiden Frauen, die vergnügt Kaffee tranken, während die Köpfe eng in Plastikfolie eingewickelt waren.

Nach einer halben Stunde nahm sie das Plastik vom Kopf, das Handtuch, das sie darübergewickelt hatte, war voll rostroter Flecken, der Badezimmerboden und das Waschbecken waren voller Haare. Aus dem Spiegelbild schaute ihr eine Fremde entgegen. Ein paar Fransen hingen ihr in die Stirn, hinter den Ohren standen Büschel ab, aber irgendwie sah es witzig aus. Seit sie denken konnte, war sie stolz auf ihre langen blonden Haare gewesen. Nun sah sie aus wie ein sechzehnjähriger Bub.

Manu

Manuela, Roland und Tobias stand auf einem selbst gebastelten Keramikschild, das mittig an der blauen Gartentür hing. Das Haus war orange gestrichen, Alma konnte kaum hinsehen. Eine üppige junge Frau mit einem Kleinkind auf der Hüfte öffnete die Tür und lächelte erwartungsvoll. Erst als sich die beiden als Wiener Kriminalpolizisten vorstellten, wurde sie ernst.

»Ja, natürlich kenne ich die Jessica«, sagte sie und setzte sich das Kind auf die andere Hüfte. »Ich hab's auch schon im Radio gehört. Und dann hab ich natürlich die Pressekonferenz angeschaut. Mein Gott, wie furchtbar, das mit dem Max!«

»Waren Sie mit Max auch befreundet?«

»Nein, nicht richtig. Ich mein, natürlich kannten wir uns alle, es ist ja ein kleiner Ort. Aber mit ihm hatte ich nie viel zu tun. Kommen Sie doch rein.«

Der Wohnbereich passte so gar nicht zur sauberen Fassade. Auf dem Tisch standen Teller mit angetrockneten Essensresten, halb leere Gläser und Tassen mit Tee- und Kaffeerändern, die offene Wohnküche sah aus, als wäre am Abend zuvor eine Party gefeiert worden und niemand hätte danach Ordnung gemacht.

»Entschuldigen Sie bitte das Chaos«, sagte Manuela und setzte das Baby auf eine Krabbeldecke. Es fing augenblicklich an zu jammern, und sie steckte ihm einen Keks in die kleine Faust. »Ich komm irgendwie zu nichts mit dem jungen Mann da. Und das mit dem Max hat mich völlig aus der Bahn geworfen. Wissen Sie schon was von der Jessi?«

»Nein, leider. Sie ist spurlos verschwunden. Wir wollten fragen, ob sie sich bei Ihnen gemeldet hat?«

»Bei mir?« Manu lachte bitter auf. »Ich bin wohl die Letzte, bei der sie sich melden würde.«

»Warum? Sind Sie nicht beste Freundinnen?«

»Wir waren mal beste Freundinnen. Aber seit die Jessi wichtig ist, sind wir ihr nicht mehr gut genug, gell, Tobias?« Sie beugte sich über das Kind und reichte ihm noch einen Keks.

»Wann haben Sie sich das letzte Mal gesehen?«

»Letztes Jahr im Sommer, bei der Taufe von Tobias.«

»Ist Jessica die Taufpatin?«

»Jessi?« Die junge Frau lachte laut auf. »Niemals. Ich glaub, sie hat ihn nicht ein einziges Mal auf dem Arm gehabt.«

Alma nahm ein paar Zeitschriften von einem Stuhl und setzte sich. »Ich darf doch, oder?«

»Natürlich! Kann ich Ihnen was anbieten? Kaffee?«

»Nein danke. Vielleicht ein Glas Wasser?«

Die junge Frau verschwand in die Küche, und das Kleinkind brüllte sofort los. Tarik Babic sah Alma hilflos an, die lächelte ihm aufmunternd zu. Er bückte sich, machte ein gurrendes Geräusch und hielt dem kleinen Tobias eine Rassel vors Gesicht, was diesen aber nicht zu beeindrucken schien. Er schrie unvermindert weiter.

»Sehen Sie, was ich meine? Ich brauch nur aus dem Zimmer zu gehen, und er fängt an zu brüllen. Ich kann mich nicht erinnern, wann ich das letzte Mal in Ruhe geduscht hab.« Sie setzte sich das Kind mit einer schwungvollen Bewegung wieder auf die Hüfte, der kleine Tobias zog mit geübtem Griff das T-Shirt seiner Mutter nach oben und steckte sich eine Brust in den Mund. Babic wandte den Blick verschämt ab, und Alma übernahm: »Leben Sie alleine mit dem Kind?«

»Nein, nein. Eh mit dem Roland zusammen. Aber der ist den ganzen Tag arbeiten und am Abend müde.«

»Wie würden Sie denn die Beziehung von Herrn Langwieser und Ihrer Freundin Jessica beschreiben?«

»Jessi war seit der Oberstufe in ihn verknallt, jetzt hat sie endlich erreicht, was sie wollte.« Manuela Mittermeier hatte sich inzwischen aufs Sofa gesetzt, ohne dem laut schmatzenden Kind die Brust wegzunehmen.

»Aber waren sie glücklich zusammen? Hatten sie eine innige Beziehung? Wollten sie Kinder kriegen? Jetzt kommen Sie schon, lassen Sie sich nicht alles aus der Nase ziehen!« Alma war aufgestanden und ging zwischen dem Chaos auf und ab. Natürlich traf es die junge Frau zu Unrecht, aber langsam packte Alma die Ungeduld.

»Ich sagte doch schon, wir haben kaum Kontakt. Aber warum fragen Sie das alles? Was ist denn mit ihr? Sie glauben doch nicht, dass die Jessi den Max …? Das glaub ich jetzt nicht.«

»Wir müssen Jessica einfach dringend finden.« Alma zog eine Visitenkarte aus der Tasche und hielt sie der jungen Frau hin. Das Baby griff danach.

»Da steht meine Handynummer drauf. Sobald Sie etwas von Ihrer Freundin hören, rufen Sie mich an. Verstanden?«

»Ja, natürlich.« Vorsichtig löste Manuela Mittermeier die Fingerchen des Kindes von der Karte, das umgehend zu protestieren begann.

»Egal zu welcher Uhrzeit. Es ist wirklich wichtig.«

»Ja, ich hab's kapiert.«

»Ich könnte so nicht leben«, seufzte Alma, nachdem sie schweigend auf die Hauptstraße gebogen waren.

»Müssen Sie auch nicht. Und für so ein kleines Kind sind Sie eh schon zu alt. Haben Sie eigentlich Kinder?«

»Das war jetzt nicht sehr nett, aber Sie haben ja recht. Nein, keine eigenen. Patchwork – ich glaube, man sagt jetzt Bonus-Kinder.«

»Wie alt?«

»Zwölf und vierzehn. Aber sie leben in Finnland, ich sehe sie nicht sehr oft.«

»Ist vielleicht eh besser«, murmelte Babic und fuhr schwungvoll durch den Kreisverkehr.

Im Büro trafen sie auf einen völlig entnervten Robert Kolonja, der, kaum hatten sie den Raum betreten, das Headset vom Kopf riss. »Ich sag's euch! Lauter Wahnsinnige! Ungefähr dreißig Leute, die Jessica Pollauer in den letzten zwölf Stunden gesehen haben, drei davon haben sogar mit ihr geschlafen, heute Nacht. Von denen, die hier anrufen und die Frau als blöde Bitch und Minister-Schlampe bezeichnen, erzähl ich euch gar nicht. Und einen Geständigen haben wir auch schon, er hat den Langwieser umgebracht, weil der die Vollspaltenböden für die Schweine nicht abschaffen will.«

»Doch ein politisches Motiv?«

»Ja sicher. Der Täter ist fünfundachtzig und lebt irgendwo in Osttirol. Von dort hat er auch angerufen.«

»Das ist dann wohl eine heiße Spur, der du nachgehen solltest.«

»Sehr witzig, ich hol jetzt den Polizeischüler aus der Sitte, der kann sich das genauso anhören.« Kolonja blickte seufzend auf die Uhr. »Wie lange machen wir heute?«

»Wir warten auf jeden Fall, bis der Kanzler aus Brüssel zurückkommt. Hat sich sein Büro schon gemeldet?« Alma ließ sich auf den Bürostuhl fallen.

»Ja, er kommt gegen achtzehn Uhr dreißig, hat man uns mitgeteilt. Er fährt direkt vom Flughafen ins Kanzleramt und wartet da auf uns«, antwortete Kolonja. »Und was machen wir bis dahin?« Er sah Alma erwartungsvoll an.

»Nach Hause gehen. Ich geh ja mit deinem Tischtennispartner zum Kanzler, der wird schon auf mich aufpassen.«

Tee und Veltliner

Alma hatte sich mit Werner Althuber im *Café Landtmann* verabredet. Sie blickte sich suchend um, da sprang er auch schon aus einer Nische und winkte ihr zu.

»Hallo, Frau Kollegin. Freut mich!«

»Ähem, ja. Mich auch.« Eigentlich wäre sie jetzt lieber zu Hause gewesen und hätte ein paar Umzugskartons ausgepackt, als mit einem Beamten der Staatspolizei im Kaffeehaus zu sitzen, aber bitte, wenn er so tat, als wäre das hier das reinste Freizeitvergnügen, wollte sie ihm die Laune nicht verderben.

»Haben Sie schon etwas gegessen?« Er schob ihr die Speisekarte hin. »Den Toast kann ich sehr empfehlen und die Sacherwürstel natürlich.«

»Geht sich das noch aus?« Alma warf einen Blick auf die Karte.

»Ja, wir sollen um achtzehn Uhr dreißig da sein, jetzt ist es sechs. Und ich hab gerade mit dem Chauffeur telefoniert, es gibt wohl einen kleinen Stau auf der Flughafenautobahn, er verspätet sich.«

Alma bestellte ein Mineralwasser und einen Schinken-Käse-Toast, Althuber orderte ein Achtel Grünen Veltliner. Als der Kellner die Getränke brachte, nahm Althuber einen Schluck von seinem Glas und atmete tief durch. »Sind Sie sicher, dass Sie keinen Wein wollen? Ein kleines Bier? Oder einen Aperol Spritz?«

»Ich trinke nie im Dienst«, sagte Alma und sah ihr Gegenüber fragend an. Nahm er es als Kritik auf?

Doch Althuber lachte und sagte: »Aber manchmal ist die Welt mit einem 0,2-Schimmer viel angenehmer, und der nächste Termin ist genau so eine Gelegenheit.«

»Kennen Sie ihn?« Alma öffnete vorsichtig das kleine Ketchup-Päckchen und passte auf, dass nichts auf ihre weiße Bluse spritzte.

»Mister Superstar? Nein. Ich kenne ihn nicht.«

»Na, ich bin gespannt.«

»Ich kann's kaum erwarten«, murmelte Werner Althuber und nahm gleich noch einen Schluck von seinem Veltliner.

Der junge Mann, der plötzlich an ihrem Tisch stand, hielt sich nicht mit Begrüßungsfloskeln auf. »Wenn Sie mir bitte folgen wollen, der Herr Bundeskanzler wäre jetzt für Sie da.«

Althuber schien nicht überrascht, Alma blickte sich nach dem Kellner um.

»Die Rechnung wurde schon beglichen, wir können gehen.«

Vor dem Kaffeehaus wartete eine schwarze Limousine mit laufendem Motor, der Fahrer sprang raus, öffnete eine der hinteren Türen, der junge Mann, der sie abgeholt hatte, die andere.

»Die paar Meter hätten wir auch zu Fuß gehen können«, flüsterte Alma ihrem Begleiter zu, als sie im Fond des Wagens Platz genommen hatten.

»Und morgen weiß dann die ganze Stadt, dass die Kriminalpolizei den Herrn Bundeskanzler besucht«, sagte Althuber in normaler Lautstärke, und der junge Mann auf dem Beifahrersitz sagte nichts.

Sie passierten eine kleine Gruppe Journalisten, die Poller, die vor ein paar Jahren im Zuge der Terrorismus-Bekämpfung installiert worden waren, sanken in den Boden, das Tor ging lautlos auf, und der Wagen fuhr in den Hof.

Der Schreibtisch des Kanzlers war bis auf ein MacBook völlig leer. Hinter ihm an der Wand hing ein riesiges Bild mit einer stilisierten Landkarte, Alma erkannte die Umrisse der Europäischen Union. Der Bundeskanzler blickte auf, klappte mit einer entschiedenen Handbewegung das Notebook zu und stand auf. Das ist der neue Stil, dachte Alma, ein komplett leerer Schreibtisch. Man bekleidet das höchste Amt im Land, und alles ist in einem Computer so groß wie ein Schnellhefter gespeichert.

»Stefan Fercher, freut mich, Sie kennenzulernen. Auch wenn die Umstände sehr tragisch sind.«

Er trug einen perfekt sitzenden Slim-fit-Anzug, dunkelblau, darunter ein hellblaues Hemd, den obersten Knopf geöffnet, keine Krawatte. Das Wort *leger* fiel Alma ein, und sie zuckte ein wenig zurück, als er ihre Hand in beide Hände nahm und einen Moment zu lange drückte. Der Kanzler war größer und schlanker, als sie ihn aufgrund der Fotos und Fernsehbeiträge eingeschätzt hätte.

Auch Althuber wurde mit einem herzhaften Händedruck begrüßt, und die beiden tauschten Begrüßungsfloskeln aus, so in der Art von: *Ich habe schon viel von Ihnen gehört – Schön, dass wir uns endlich persönlich kennenlernen – Wie geht es mit dem neuen Chef?* Er führte sie zu einem runden Besprechungstisch, auf dem drei Tassen und eine traditionelle japanische Teekanne standen. Fercher schenkte ihnen ungefragt dampfenden hellgelben Tee ein. Alma hatte das Gefühl, sich an einem Filmset zu befinden, bei dem großer Wert auf Casting und Ausstattung gelegt wurde.

»Was wissen wir denn schon?« Der Kanzler legte seine Hände vor sich auf die Tischplatte und sah Alma ernst an. Diese musste sich beherrschen, um nicht zu sagen: *Wir stellen hier die Fragen.* Und außerdem, was sollte das heißen: *wir?*

»Wir werden Sie gleich auf den neuesten Stand bringen, aber erst haben wir ein paar Fragen.«

»Sehr gerne.« Er lehnte sich entspannt zurück, seine ganze Körperhaltung drückte Ruhe und Überlegenheit aus.

»Wann haben Sie Herrn Langwieser das letzte Mal gesehen?«

»Gestern Vormittag, so gegen elf Uhr.«

»Worüber haben Sie gesprochen?«

Der Kanzler sah sie irritiert an. »Worüber haben wir gesprochen ...? Über alles Mögliche. Warum ist das wichtig?«

»War es ein privates Treffen oder ein berufliches?« Althuber hatte bisher gewirkt, als würde ihn dieses Gespräch nichts angehen, wie eine Spiegelung des Kanzlers lehne er entspannt in seinem Stuhl, die Augen auf das Bild an der Wand gerichtet. Nun kam diese Frage unerwartet, und Alma bemerkte auf Ferchers Stirn eine kleine Falte, die ihr zuvor nicht aufgefallen war. Ärgerte er sich? War er nervös? Oder einfach nur angespannt, immerhin war ein enger Freund von ihm gestorben. Dafür wirkte er ohnehin viel zu gefasst.

»Ach, wissen Sie, der Max und ich, wir kennen uns so gut und so lange, da kann man das nicht trennen. Das vermischt sich doch ständig. Sicher haben wir auch über Privates geredet, aber eigentlich ging es um diese Saatgutverordnung, die in Brüssel gerade diskutiert wird.«

»Hat er Ihnen etwas über private Probleme erzählt?«, ergriff Alma wieder das Wort, es fühlte sich gut an, mit Althuber den Ball hin- und herzuwerfen.

»Private Probleme? Was meinen Sie?«, fragte der Kanzler eine Spur zu laut. Irrte sie sich, oder verlor er gerade ein wenig die Contenance.

»Einen kurzen Augenblick«, murmelte er, als sein Handy klingelte. Er ging ran, blaffte »Ich kann jetzt nicht! Ich ruf zurück« hinein und warf das Mobiltelefon auf den Schreibtisch aus Glas, was ein unangenehmes Geräusch verursachte. »Entschuldigung, was war die Frage?«

»Hätte Ihnen Herr Langwieser erzählt, wenn er private Probleme gehabt hätte?« Althuber hatte die Frage etwas abgeschwächt. Sehr geschickt, dachte Alma. Und der Kanzler stieg darauf ein, runzelte erneut die Stirn und spannte die Finger zu einer Raute.

»Ja, ich denke doch. Wir standen uns wirklich nahe. Glauben Sie mir, es gab keine Probleme.«

»Wissen Sie, ob er Schulden hatte? Seine Wohnung war ja nicht gerade günstig.«

»Das kann ich mir eigentlich nicht vorstellen. Max hat immer fleißig gearbeitet, er hat schon in jungen Jahren gut verdient. Und kommt aus einer wohlhabenden Familie, über Geld haben wir nie geredet, also, ich meine über privates Geld. Sicher hatte er einen Kredit bei der Bank, aber das ist ja wohl kein Grund, sich in einen Glastisch zu stürzen, oder?«

Alma ging nicht darauf ein und fragte stattdessen: »Sie kennen doch auch seine Verlobte, oder? Hat er einen Streit erwähnt?«

»Die Jessica!« Fercher lachte auf, es klang fast ein wenig verächtlich. »Na klar kenn ich die Jessica! Ich sollte ja auch Max' Trauzeuge werden.«

»Und? Hatten die beiden Stress miteinander?«

»Worauf wollen Sie eigentlich hinaus? Sie glauben doch nicht, dass Jessi etwas mit seinem Tod zu tun hat? Das ist so dermaßen lächerlich.« Er stand von seinem Stuhl auf und ging ans Fenster. Ein paar Sekunden schaute er über den Heldenplatz, dann schlug er die Hände vors Gesicht. »Ich kann es gar nicht fassen. Ich mein ... das gibt's doch nicht. Wie kann jemand einfach so plötzlich tot sein? Es war doch ein Unfall, oder?« Perfekter Rollenwechsel, dachte Alma, vom souveränen Staatsmann zum trauernden Freund.

»Es ist zu früh, diese Frage zu beantworten«, sagte sie.

»Aber wo ist Jessica?« Der Kanzler hatte sich wieder umgedreht, lehnte am Fensterbrett und wirkte plötzlich gar nicht mehr so vital.

»Ja, das würden wir auch gerne wissen. Haben die beiden einmal etwas angedeutet? Fühlten sie sich bedroht? Verfolgt? Hat Max mal etwas in dieser Richtung erwähnt?«

»Ach, mein lieber Herr Major, Sie wissen doch am besten, wie wir beschimpft werden. Dafür, dass wir nur das Beste für unser schönes Land wollen, unsere eigenen Bedürfnisse hintanstellen, die Karrieren an den Nagel hängen. Die Medien verbreiten Halbwahrheiten, alle springen auf. Wissen Sie, wenn ich Drohungen ernst nehmen würde, würde ich nicht mehr aus dem Haus gehen.«

»Jaja, ich weiß, Herr Bundeskanzler.« Althuber wedelte ein wenig ungeduldig mit der linken Hand. »Deswegen haben Sie ja auch Personenschutz. Mich würde interessieren, ob Herr Langwieser etwas Konkretes erzählt hat, vielleicht über jemanden, der ihn oder die beiden bedroht hat.«

»Nein, mir ist nichts bekannt.«

Alma holte tief Luft und fragte: »Wissen Sie, ob Max Langwieser ein Alkoholproblem hatte oder Drogen konsumiert hat?«

Die Falte über der rechen Augenbraue des Kanzlers wurde noch ein wenig tiefer. »Haben Sie keinen Bericht aus der Gerichtsmedizin? Auf was wollen Sie hinaus?«

»Wir wollten gerne hören, was Sie denken. Als eine Person, die ihm nahestand.« Althuber war aufgestanden. Als hätte jemand einen Schalter umgelegt, veränderte sich Ferchers Tonlage. Das Ganze begann, Alma Spaß zu machen. »Was glauben Sie denn? Wie kommen Sie denn darauf! Max Langwieser hat sein Leben in den Dienst der Republik gestellt. Vielleicht hat er hin und wieder einmal etwas über seinen Durst getrunken, schließlich kommt er aus einer Weinbaudynastie, aber er war doch kein Junkie!«

»Das hab ich nicht behauptet. Aber es wäre doch verständlich, wenn jemand, der so einem massiven Druck ausgesetzt ist, hin und wieder mal Dampf ablassen muss.« Althuber strich sich mit dem Zeigefinger über den Oberlippenbart und lächelte den Kanzler freundlich an.

Der fuhr sich mit beiden Händen durchs gegelte Haar und wechselte abrupt das Thema. »Haben Sie eigentlich Mobiltelefon und Laptop inzwischen gefunden?«

»Warum fragen Sie das?« Alma erinnerte sich, dass das auch eine der ersten Fragen des Kabinettschefs Pedure gewesen war.

»Da sind sensible Daten drauf. Max, also Herr Langwieser, war ein wichtiger Teil dieser Regierung.« Wenn man ihn genau beobachtet, dachte Alma, bemerkt man seine Nervosität, auch wenn er nicht schlecht spielt.

»Wir haben lediglich ein iPad gefunden, das ist in der Spurensicherung. Kein Handy. Keinen Laptop. Wissen Sie etwas über den Verbleib der Geräte?«

»Nein, deshalb frage ich. Haben Sie noch Fragen? Ich hab einen vollen Terminkalender und jetzt einen Termin mit Langwiesers Stellvertreterin. Frau Minister Scherbaum haben Sie ja bereits kennengelernt.« Der Kanzler erhob sich und knöpfte den oberen Knopf seines Sakkos zu. Die drei Teetassen standen unberührt am Tisch.

»Natürlich, wir verstehen. Wenn Sie sich bitte zur Verfügung halten, wir haben sicher noch ein paar Fragen im Laufe der nächsten Tage. Planen Sie eine Reise?«

»Da müssen Sie meine Büroleitung fragen«, sagte der Kanzler lächelnd. »Peter Freudenschuss, er weiß über alle meine Termine Bescheid.«

»Gut, wir halten Sie natürlich auf dem Laufenden.«

Diesmal durften sie allein und zu Fuß das Haus verlassen, vor dem Bundeskanzleramt schlug ihnen ein kalter Wind entgegen, der Ballhausplatz, der zwischen dem Regierungssitz und der Hofburg lag, kanalisierte die Böen wie ein Kamin. Ein paar versprengte Journalisten standen immer noch wartend davor, der feiste Chef eines Privatsenders sprang auf sie zu, ignorierte Alma geflissentlich und hielt Werner Althuber sein rot-gelbes Mikro unter die Nase: »Herr Major, gibt es etwas Neues? Gibt es einen Verdacht auf Fremdverschulden? Was wollten Sie im Kanzleramt?«

Althuber wich ihm aus und bahnte sich einen Weg durch das Grüppchen. »Die Leiterin der Ermittlungen ist meine Kollegin hier, Frau Chefinspektor Alma Oberkofler.«

»Und was macht das Landesamt für Verfassungsschutz dann dabei«, grinste der Reporter.

»Tja, darauf müssen Sie schon selber kommen«, erwiderte Althuber und ließ ihn stehen.

»Na, jetzt können wir aber schon noch auf ein Glas Wein gehen? Oder müssen Sie noch arbeiten?«, wandte Althuber sich Alma zu.

»Nein, ich glaube, heute werden wir nicht mehr viel erreichen. Ehrlich gesagt bin ich auch hundemüde, aber vielleicht sollten wir uns noch abstimmen, wie es weitergeht. Dabei kann man ja auch ein Glas Wein trinken, oder?«

»Sicher! Wieder ins *Landtmann*?«

»Von mir aus.«

»Sind wir jetzt immer zu zweit unterwegs?«, fragte Alma, als der Kellner ihren Grünen Veltliner brachte.

»Wäre das so schlimm?«, fragte Althuber zurück und lächelte sie an. »Nein, Spaß beiseite. Ich glaube, das wird nicht nötig sein, oder?«

»Also, ich mach jetzt mal ein bisschen Wochenende, mein Kollege Babic hat Dienst. Und wenn diese verschwundene Verlobte nicht wäre, würde ich fast sagen, der Fall ist kein Fall mehr, oder?«

»Vielleicht flieht sie wirklich nur vor dem Presserummel?«

»Na ja, dann würde sie bei Papa und Mama im Burgenland

untertauchen. Aber so ganz von der Bildfläche zu verschwinden, mit ausgeschaltetem Handy und allem Drum und Dran, ich weiß nicht.« Alma hatte kaum etwas von ihrem Wein getrunken, Althuber leerte bereits sein Glas und hielt Ausschau nach dem Kellner.

»Ich würde mir den Essenslieferanten noch mal einbestellen.«

»Den? Warum denn?«

»Wir haben ihn überprüft. Er war bis vor einigen Jahren Mitglied in einer dieser radikalen Tierschutzorganisationen. Sie wissen schon, die, die Schlösser von Pelzgeschäften mit Superkleber zukleben oder in diese Schweinemastbetriebe einsteigen, um dann schockierende Filme ins Internet zu stellen.«

»Aha. Und? Ist er vorbestraft?«

»Er wurde zweimal angezeigt. Vor sechs Jahren wegen Widerstands gegen die Staatsgewalt und vor fünf Jahren als Teil einer Gruppe, die versucht hat, einen Hühnerstall aufzubrechen. Beide Male ist die Anklage mangels Beweisen fallen gelassen worden.«

»Tja, und warum sollte er jetzt einen Minister erschlagen?«

»Nicht irgendeinen Minister. Den Landwirtschaftsminister. Und zwar einen, der dafür bekannt war, beim Thema Tierschutz massiv auf der Bremse zu stehen.«

»Und wo war der Herr ... ich glaube, er heißt Maurer ... die letzten fünf Jahre? Ein Schläfer, na, ich weiß nicht ...«

»Und Jessica? Glauben Sie, dass sie es war? So instinktiv? Trauen Sie einer jungen Frau zu, ihren Verlobten gegen den Glastisch zu dreschen?«

»Ich weiß es nicht. Ich kenn sie ja nicht. Aber irgendwas ist seltsam mit den beiden, Sie haben doch auch die Wohnung gesehen, oder?«

»Nein, da war ich noch nicht an Bord. Wieso, was ist mit der Wohnung?«

»Die ist komplett zweigeteilt. In eine männliche und eine

weibliche Hemisphäre. Zwei Schlafzimmer, zwei Bäder, zwei Hälften im Kleiderschrank.«

Werner Althuber verschränkte die Hände hinter dem Kopf und schaute auf den Kronleuchter über ihm: »Das muss schön sein. Zwei Hälften. Keine Unordnung, kein Stören, man besucht sich, wenn man dazu Lust hat«, sagte er träumerisch. »Sind Sie eigentlich verheiratet, Frau Kollegin?«

»Nein, bin ich nicht.«

»Das heißt, Sie leben allein?«

»Teilweise.«

»Also auch eine geteilte Wohnung? Und beim Minister finden Sie es komisch?«

»Nein, bei mir ist es anders. Mein Partner lebt in Linz, und wir sehen uns nur am Wochenende.«

»Ach so, na, dann würde ich sagen, halte ich Sie nicht länger auf. Es ist schon spät.«

»Ja, ich muss eh noch mal ins Büro, wir können ja morgen mal telefonieren.«

»Das können wir auch am Montag. Außer es kommt Bewegung in die Sache, zum Beispiel wenn Frau Pollauer auftaucht, dann bitte telefonieren. Ansonsten wünsche ich ein schönes Wochenende, gehen Sie einfach, ich übernehme Ihre bescheidene Rechnung.«

Friends to Lovers

Alma schloss die Tür auf, kickte die Schuhe in eine Ecke und folgte dem intensiven Geruch nach Gulasch. Die Küche war tiptop aufgeräumt, keinerlei Spuren einer Kochsession, aus dem Wohnzimmer drang Musik, eine Frauenstimme, sie vermutete Joni Mitchell.

»Hallo? Jemand zu Hause?«

»Ja! Wir sind hier«, tönte es aus dem Wohnzimmer.

In Ermangelung einer Garderobe warf sie ihre Jeansjacke über einen Stapel Umzugskartons und ging ins Innere der Wohnung.

Antti stand auf einer Leiter vor dem großen Bücherregal, das heute Morgen noch leer gewesen war. Nun war es fast bis zur Hälfte gefüllt, und unter der Leiter stand Julia und reichte Antti ein Buch nach dem anderen. »Ransmayr gehört vor Sjöwall, habt ihr kein Alphabet in Finnland?«, fragte sie und drehte sich zu Alma um. »Ich hab mein Gulasch auf den Markt geworfen, bevor es schlecht wird, und nun erbarmen wir uns deiner Bücher«, begrüßte sie Alma.

»Das ist sehr nett, aber ich habe noch nicht mal meine Wäsche richtig weggeräumt.«

»Für Wäsche bin ich nicht zuständig, ich bin Buchhändlerin. Weißt du, ich kann durch Wände fühlen, wenn Bücher nicht richtig gehalten werden«, lachte sie.

Julia wohnte nicht nur einen Stock unter Alma, sie hatte auch ihren Buchladen im selben Haus. Und nachdem Alma die Wohnung ihrer Vorgängerin Anna Habel übernommen hatte, hatte sie die neue Nachbarin gleich mitgeliefert bekommen.

Eine halbe Stunde später saßen sie um den Tisch, jeder vor sich einen großen Teller Gulasch und ein Bier, und es fühlte sich gut an. Entspannt und vertraut, so als würden sie sich immer schon kennen, und auch der eher introvertierte Antti amüsierte sich über die Anekdoten der Buchhändlerin. »Ein Buch von einem Arzt ... das war im Fernsehen ... das müssen Sie doch kennen ... wissen Sie, das ist ganz neu ... also, wenn Sie das nicht kennen, dann bestell ich es mir im Internet«, kicherte sie, stand auf, ging zu Almas Kühlschrank und schaute rein.

»Der ist leer. Ich hatte keine Zeit, was einzukaufen.« Alma tunkte mit dem Rest ihrer Semmel die letzten Spuren ihres Gulaschs auf.

»Was du nicht sagst«, lachte Julia und schwenkte triumphierend eine Flasche Weißwein. »Wie gut, dass du eine Nachbarin hast, die sich um die Grundversorgung kümmert.«

»Hach, ich bin Anna Habel sehr, sehr dankbar, dass sie uns zusammengebracht hat. Und dass ich diese schöne Wohnung gefunden habe.« Alma lehnte sich zufrieden zurück und schob den Teller von sich.

»Na ja, von schön man sieht noch nicht so viel.« Antti blickte stirnrunzelnd auf das Chaos. »Da haben wir bisschen zu tun am Wochenende.«

»Na, schau'n wir mal, wie lange sie mich in Ruhe lassen«, sagte Alma und begann, die Spülmaschine einzuräumen.

»Ja, jetzt erzähl halt mal von deinem Minister«, sagte Julia, während sie hektisch die Küchenschränke durchforstete. »Sag mal, hast du keine Weingläser?«

»Natürlich hab ich Weingläser.«

»Und wo?«

Alma zeigte auf die Kartons, und Julia schüttelte den Kopf. »Ich geh schnell runter zu mir und hole welche. Und ein paar Kekse als Nachspeise. Aber dann erzählst du uns ein bisschen aus dem Leben der hohen Politik.«

Als Julia im Treppenhaus war, sagte Alma leise zu Antti: »Ist es okay, dass sie da ist?«

»Natürlich ist das okay.« Er lachte und zog Alma in seine Arme. »Sehr okay, sie ist sehr okay. Aber du musst müde sein. Wie sagt man? Todmüde?«

»Es geht schon. Mein Kopf ist ziemlich voll, aber ich glaube, Wein ist ein ganz gutes Rezept.« Sie lehnte ihre Stirn gegen sein Brustbein und sog den Geruch ein. Natürlich wusste sie, dass es lächerlich war, aber für sie roch Antti immer ein bisschen wie diese finnischen Wälder, die sie damals bei ihrer ersten Reise in seine Heimat so fasziniert hatten. Ein bisschen modrig und gleichzeitig frisch.

»Na, ihr Turteltauben. Soll ich euch doch lieber allein lassen?« Julia war wieder da und hielt geschickt drei langstielige Weingläser in der einen Hand, in der anderen eine mit Weihnachtsmännern verzierte Dose.

»Nein, nein, bloß nicht. Du würdest den Wein mitnehmen, oder?«

»Selbstverständlich würde ich den Wein mitnehmen.«

»Dann bleibst du bitte da!«

»Gerne. Und du erzählst uns was vom Langwieser!«

»Ich darf doch nicht über einen aktuellen Fall sprechen. Das weißt du doch.«

»Natürlich weiß ich das. Nicht richtig erzählen. Nur ein bisschen. Wie ist das denn, ist es überhaupt dein Fall? Ich mein, da gibt es doch ganz andere Stellen, die jetzt gefragt sind, oder? Staatspolizei und so?«

»Mein Gott, du bist ja gut informiert«, lachte Alma. »Aber es heißt schon längst nicht mehr Staatspolizei. Es heißt jetzt *Direktion Staatsschutz und Nachrichtendienst*, kurz DSN.«

»Ich hab nicht umsonst gefühlte viertausend Krimis gelesen.«

»Dann weißt du ja auch, dass die Kommissarin niemals über laufende Ermittlungen sprechen darf.«

»Ja, ich weiß aber auch, dass sie es trotzdem manchmal tut, natürlich nur mit ganz verschwiegenen Menschen. Weil die nämlich den Blick von außen haben. Und der sieht manchmal mehr.«

Und nach einem Glas Wein begann Alma zu erzählen, beschrieb die merkwürdige Wohnung, in der der Minister mit seiner Verlobten gelebt hatte, und erzählte von den beiden Familien im Südburgenland. Das waren schließlich keine Staatsgeheimnisse, darüber gab es Homestorys in Illustrierten. Julia und Antti hörten aufmerksam zu, fragten immer wieder nach, und Julia interessierte sich mehr für Jessica als für den toten Landwirtschaftsminister.

»Das ist doch klar, die hatten eine Scheinbeziehung.«

»Was ist das ... eine Seinbeziehung«, fragte Antti.

»Scheinbeziehung«, korrigierte Julia. »Eine Beziehung nur zum Schein. Das heißt, jemand spielt eine Beziehung vor.«

»Meinst du?« Alma steckte sich gedankenverloren einen Keks in den Mund.

»Klar, das passt doch perfekt zusammen. Die alte Sandkastenfreundin wird als große Liebe verkauft. *Friends to Lovers* heißt das heute, sehr beliebt im *Romantasy*-Bereich, aber ich will euch nicht langweilen. Jedenfalls ist das doch eine super Geschichte!«

»Du liest zu viele Romane. Warum sollten sie das tun? Was hat man davon?«

»Erstens kann man gar nicht genug Romane lesen, meine Liebe, aber wir zwei stehen ja noch ganz am Anfang. Und zweitens: Na, was glaubst du denn? Vielleicht weil das zum Image eines konservativen Politikers gehört«, sagte Julia.

»Geh, bitte! Wir sind doch nicht mehr in den Siebzigern. Jeder kann leben, wie er will.«

»Wirklich? Der Minister der Bauern, die konservativste Berufsgruppe in diesem konservativen Land, der noch dazu aus einer erzkonservativen Weinbaudynastie stammt? Glaubst du wirklich, der kann leben, wie er will?«

»Na ja, es gibt doch viele Menschen, die allein leben«, mischte sich jetzt auch Antti ins Gespräch, »das ist doch nicht schlimm.«

»Meine Güte, jetzt seid doch nicht so naiv. Wer weiß, vielleicht stand der Langwieser am Ende gar nicht auf Frauen, wollte aber nicht, dass die Öffentlichkeit das mitkriegt. Gibt's doch überall. Das wäre fix nicht gut für sein Image.« Julia schüttelte den Kopf.

»Also hat er sich mit seiner Jugendfreundin verlobt, und sie leben als perfektes Paar zusammen. Glücklich in zwei Wohneinheiten.«

»Okay, sagen wir, du hast recht. Aber warum sollte eine junge Frau im 21. Jahrhundert so etwas tun?«

»Geld? Ansehen? Verblendete Liebe?«

»Hm. Und wo ist sie jetzt?«

»Das musst du schon selber rausfinden«, lachte Julia. »Schließlich bist du die Kommissarin und ich die Buchhändlerin. Wo kämen wir denn da hin, wenn ich deinen Job machen würde?«

»Apropos Job, ich bin hundemüde, ich glaub, ich muss ins Bett. Ihr könnt aber gerne noch sitzen bleiben!«

»Kommt überhaupt nicht infrage! Ich stör doch nicht das junge Glück.« Julia stand auf und küsste beide zum Abschied. »Die Gläser hol ich morgen, gute Nacht.«

Über die Grenze

Die Rezeption war leer, ein kleines Nachtlicht brannte, und aus dem Raum dahinter drang leise Schlagermusik. Eine Minute später stand sie auf dem menschenleeren Platz vor dem Hotel, die Berge ragten in der Dunkelheit als bedrohliche Schatten hinter den Häusern auf, und es war empfindlich kalt. 4:31 Uhr würde ein Zug nach Zürich gehen, und da gab es einen internationalen Flughafen. Wenn alles gut ging, wäre sie in ein paar Stunden außer Landes, und es war zu hoffen, dass man in der Schweiz die österreichischen Nachrichten nicht so genau verfolgte.

Am Innsbrucker Bahnhof kampierte eine Gruppe Obdachloser auf Pappkartons und schmutzigen Schlafsäcken, vor ihnen standen ordentlich aufgereiht ein paar Bierflaschen. Ein schwarzweiß geflecketer Hund hob kurz den Kopf, als Jessica vorbeilief, und sah träge in ihre Richtung. Sie versuchte, ihrem Schritt etwas Forsches zu geben, so als wäre sie eine abenteuerlustige Interrail-Studentin, die nichts dabei fand, mitten in der Nacht mit einem großen Rucksack durch einen schlafenden Bahnhof zu gehen. Eine völlig neue Erfahrung. Als Jugendliche hatte ihr immer der Mut zu solchen Abenteuern gefehlt, auch die richtigen Freundinnen. In ihrer Klasse gab es eine, die gleich nach der Matura eine zweimonatige Reise durch ganz Europa unternommen hatte. Edith hieß sie, und sie war ganz allein aufgebrochen. Damals war Jessica neidisch gewesen, niemals hätte sie sich so etwas getraut. Fünfundzwanzig Jahre musste sie alt werden und ein abgeschlossenes Studium inklusive gut bezahltem Job in einem Ministerium haben, damit sie eine Abenteuerreise unternahm. Und plötzlich durchfuhr sie die Sehnsucht nach ihrer Mama wie ein Blitz. Warum war sie nicht einfach ins Burgenland gefahren, hatte mit den Eltern alles durchgesprochen und sich richtig ausgeschlafen. Sicher hätten sie eine Lösung gefunden. Noch war es nicht zu spät, noch konnte sie umkehren. Stimmte das? Jessica tippte die Nummer der Mutter ins Telefon und schrieb ihr eine Nachricht.

> hallo mama. macht euch keine sorgen, mir geht's gut. ich muss nur ein bisschen nachdenken und brauch zeit für mich. melde mich bald wieder. hab euch lieb. xxx Jessi.

Gleich darauf schaltete sie das Mobiltelefon aus und verstaute es in ihrem Rucksack.

Einer der Obdachlosen war wach geworden, setzte sich auf und winkte Jessica freundlich zu. Sie winkte zurück und suchte dann auf der großen Anzeigetafel das richtige Gleis. Der Ticketautomat überforderte sie völlig, sie suchte ewig nach den richtigen Tasten, wie lange schon hatte sie kein Zugticket mehr selbst gekauft? Überhaupt fuhr sie selten Zug, schließlich liebte sie ihr rotes Mini-Cabriolet, an das sie nun wehmütig dachte. Zum Glück konnte man am Automaten mit Bargeld bezahlen, sie schob einen Hunderter rein, und anstandslos wurden Ticket und Wechselgeld ausgespuckt.

Jessica sehnte sich nach Koffein und einem frischen Croissant, aber das musste wohl bis Zürich warten, keines der Cafés hatte offen. Auf der Bahnhofstoilette füllte sie ihre Trinkflasche, und in der Halle fand sie sogar einen Kaffeeautomaten. Das dünne Gebräu, das der Automat in ihren Plastikbecher spie, half zumindest ein bisschen beim Wachwerden.

Die wenigen Leute im Wagen nahmen keine Notiz von ihr, als sie sich auf einen Einzelplatz setzte. Entweder sie dösten, hatten Kopfhörer auf oder scrollten über die Displays ihrer Handys. Kurz nach der Stadtgrenze wünschte der Schaffner lautstark »einen wunderschönen guten Morgen« und kontrollierte die Tickets. Jessica bemühte sich, den Kopf nicht zu senken und seinem Blick standzuhalten. Hoffentlich hatte er gestern Abend keine Nachrichten gesehen. Hatte er wohl nicht, oder aber er stellte keinerlei Verbindung zwischen der Reisenden mit der schlecht geschnittenen Kurzhaarfrisur und der attraktiven jungen Frau her, deren Foto gestern über die Fernsehbildschirme flackerte.

Die weitere Fahrt verdöste Jessica, und knapp vor der Grenze wurde sie wieder nervös. Wie schon als Kind bei den Grenzkontrollen nach Ungarn, wo sie aufgeregt am Rücksitz beobachtete, wie ihr Vater schweigend die Pässe aus dem Fenster reichte. Einmal hatte ein ungarischer Grenzbeamter streng durch das hintere Seitenfenster geblickt, doch als er die kleine Jessica gesehen hatte, hatte er gelächelt und sie durchgewinkt.

Nun gab es keine Grenze mehr beziehungsweise wusste Jessica nicht, wo genau Vorarlberg endete und die Schweiz begann. Irgendwann gingen zwei Uniformierte durch den Zug, sie trugen Schutzwesten mit der Aufschrift *Grenzwachtkorps*. Jessica hatte ihre Jacke als Kopfpolster zwischen Zugfenster und Ohr eingeklemmt und öffnete die Augen einen schmalen Spalt. Einer der Grenzbeamten blickte sie kurz an, dann konzentrierten sich beide auf einen dunkelhäutigen Mann, der ein paar Plätze weiter saß.

Lediglich an den Verkehrsschildern konnte man erkennen, dass der Zug nun Österreich verlassen hatte.

Die erste Nachricht

Der Wein hatte wohl seinen Teil dazu beigetragen, dass sie schnell eingeschlafen war, aber auch dass es eine unruhige Nacht wurde. Alma träumte von einer Modelleisenbahn, die langsam über eine Europalandkarte fuhr, und obwohl die Karte senkrecht an der Wand hing, stürzte der Zug nicht ab. Irgendwo stand der Kanzler in einer gestreiften Pyjamahose und rief ihr etwas zu, was sie aber nicht verstehen konnte. Mitten in der Nacht war sie aufgewacht und musste dringend aufs Klo. Sie brauchte mehrere Minuten, um sich in der neuen Wohnung zu orientieren.

»Mitä etsit?«, fragte Antti schlaftrunken.

»Was heißt das?«, flüsterte Alma und tastete nach dem Lichtschalter.

»Was suchst du?«, murmelte Antti.

»Das Klo. Ich wusste kurz nicht, wo ich bin.«

Wieder im Bett war Alma hellwach und betrachtete im Schein der Straßenlampen den Mann neben ihr. Selbst im Schlaf sah er freundlich und zugewandt aus. Sie dachte an die zwei Schlafzimmer mit den großen Betten in Langwiesers Wohnung. Wie sehnsuchtsvoll Werner Althuber über diese Form des Zusammenlebens gesprochen hatte. Waren moderne Beziehungen so? Man lebte getrennt, und wenn man Lust hatte, besuchte man sich gegenseitig auf ein Stündchen oder auch mal für eine Nacht? So wie früher in den gehobenen Schichten, da gab es auch eigene Frauengemächer. Man ging sich auch nicht so schnell auf die Nerven und hörte den Partner weder schnarchen noch furzen.

Vielleicht war das gar nicht so schlecht für die Liebe, dachte sie und kuschelte sich an Antti, der sofort die Arme um sie schlang, kurz die Augen öffnete und zufrieden lächelte. Nein, für sie wäre das nichts, dann lieber gleich allein.

Sie musste gerade wieder eingeschlafen sein, als sie das brummende Handy erneut aus dem Schlaf riss. Alma wischte, ohne einen Blick auf das Display zu werfen, nach rechts. »Oberkofler«, flüsterte sie, warf einen Blick auf Antti, der sich die Decke über die Schulter zog, und verließ das Schlafzimmer.

»Frau Oberkofler? Sind Sie das?« Eine dünne Stimme drang an ihr Ohr.

»Ja? Wer spricht denn?« Alma hielt kurz den Atem an, konnte das die vermisste Verlobte sein?

»Hier spricht Gerti Pollauer.«

»Ja! Entschuldigen Sie, ich hab Sie nicht gleich erkannt. Gibt es was Neues von Ihrer Tochter? Hat Sie sich gemeldet?«

»Ja, bitte Entschuldigung, dass ich Sie so früh am Morgen anrufe, aber Sie haben ja gesagt, dass …«

»Ja, natürlich! Ich hab gesagt, Sie können mich jederzeit anrufen.«

»Ja, also ich habe eine SMS bekommen von Jessica!« Die Stimme brach, es folgte ein lautes Seufzen.

»Wirklich? Eine SMS?«

»Ja, sag ich doch!«

»Können Sie mir die SMS weiterleiten?«

»Ich weiß nicht, wie das geht.«

»Können Sie sie vorlesen?«

»Ja, aber ich hab ja das Handy jetzt am Ohr und telefoniere mit Ihnen, ich weiß nicht, wie ich das gleichzeitig mache.«

Alma holte tief Luft und schnitt eine Grimasse in Richtung Antti, der mit fragendem Gesichtsausdruck in der Tür stand. »Frau Pollauer. Sie haben doch auch noch ein richtiges Telefon, oder? Ich hab mir ja Ihre Nummer notiert.«

»Ja.«

»Sie legen jetzt auf, suchen die Nachricht, und ich rufe Sie am Festnetz an.

»Okay.«

hallo mama. macht euch keine sorgen, mir geht's gut. ich muss nur ein bisschen nachdenken und brauch zeit für mich. melde mich bald wieder. hab euch lieb. xxx Jessi

Die Nachricht war um 4:25 Uhr abgeschickt worden und natürlich nicht von Jessica Pollauers Rufnummer.

Tarik Babic schien nicht zu schlafen, wenn er im Bereitschaftsdienst war. Nach dem zweiten Klingeln nahm er ab, und seine Stimme klang, als hätte er gerade eine kalte Dusche hinter sich. Alma gab ihm die Rufnummer und Jessicas Textnachricht durch, und er versicherte putzmunter und freudig erregt, sich sofort darum zu kümmern. »Endlich geht hier mal was weiter! Lassen Sie mich nur machen, Frau Chefinspektor, das kriegen wir ganz schnell raus!«

Die Schweiz Lateinamerikas

Am Flughafen in Zürich bekam Jessica endlich den großen Caffè Latte und ein Croissant, das hier allerdings fast so viel kostete wie in Wien ein Mittagessen. Doch noch hatte sie genug Bargeld, und die Kellnerin nahm anstandslos ihre Euros. Am Bildschirm über dem Schnellrestaurant wurden die nächsten Abflüge in einer langen, sich immer wiederholenden Reihe angezeigt, und Jessicas Gedächtnis ratterte die zu den Städten passenden Staaten runter. Geografie hatte sie schon in der Volksschule interessiert, und im Hauptstädte-Raten war sie immer Klassenbeste gewesen.

Oslo, Tallinn, Chicago, San José, Tel Aviv.

»Costa Rica ist die Schweiz Lateinamerikas«, hatte ihre Bürokollegin Hannah Smith einmal gesagt, als sie in der Kantine eine Unterhaltung übers Reisen gehabt hatten.

Jessica konnte zum Gespräch nicht viel beitragen, ein paarmal war sie mit den Eltern in Ungarn gewesen und dann, als großer Höhepunkt, die Maturareise nach Griechenland, recht viel mehr hatte sie von der Welt bisher nicht gesehen.

Hannah hingegen war während des Studiums und auch danach weit gereist. Mit One-Way-Tickets und großem Rucksack durch Kambodscha und Vietnam, Algerien und Ägypten. Jessica erinnerte sich, dass Hannah sogar von einer Reise mit der Transsibirischen Eisenbahn gesprochen hatte. Und bevor sie im Landwirtschafts- und Tourismusministerium gelandet war, durfte sie im Auftrag einer Umweltorganisation nach Costa Rica reisen. Hannahs Erzählungen über die riesigen Ananasplantagen mit den schrecklichen Arbeitsbedingungen, dem aufgrund der Monokulturen völlig ausgelaugten Boden und dem großen Prozentsatz der Plantagenarbeiter, der früher oder später an Hodenkrebs erkrankte, waren Jessica im Gedächtnis geblieben. Seitdem kaufte sie keine Ananas mehr, weder frisch noch in Dosen. Doch dann hatte Hannah von dem Urlaub erzählt, den sie damals noch drangehängt hatte, von den freundlichen Menschen, den unkomplizierten Unterkünften und dem »Regenwald der Österreicher«. »Wenn ich untertauchen müsste, ich würde nach Costa Rica gehen«, hatte Hannah damals geschlossen, und sie hatten beide gelacht.

Und tatsächlich, die Einreisebestimmungen für Costa Rica waren moderat: Man brauchte kein Visum, jeder konnte in das Land einreisen, und die vier Jahre Spanisch, die sie in der Schule gelernt hatte, waren sicher hilfreich. Sie würde jetzt einfach mal abtauchen, ihre Gedanken sortieren und überlegen, wohin sie sich wenden könnte. Und in aller Ruhe Max' Laptop durchsuchen, versuchen, alles zu rekonstruieren und zu verstehen, bevor sie sich jemandem anvertraute. Wer weiß, vielleicht war ja alles ein großer Irrtum, und sie hatte ihm Unrecht getan? Aber dass Max tot war und sie bedroht worden war, war wohl kein Irrtum.

»Entschuldigen Sie bitte, gibt es noch einen Platz für den Flug nach San José?«

»Für heute?« Der Angestellte am Last-Minute-Schalter sah sie fragend an.

»Ja, heute. Mit der Maschine um dreizehn Uhr vierzig.«

»Ja, da hat es noch Plätze. Business?«

»Nein, Economy. Wie viel kostet das Ticket?«

»Tausendzweihundertachtzig Franken«, sagte er nach einem kurzen Blick auf den Monitor.

»Gut, ich nehme es.«

»Wann wollen Sie denn zurückfliegen?«

»Das weiß ich noch nicht, also bitte nur One Way.«

»Gerne, dann brauche ich bitte Ihren Pass und die Kreditkarte. Wie viel Gepäck haben Sie?«

»Ich zahle bar. Und ich habe nur Handgepäck. Kann ich in Euro bezahlen?«

Der junge Mann wandte den Kopf vom Bildschirm und musterte sie. Dann hob er kaum merklich die linke Augenbraue und nahm den Pass an sich. Ob sie schon eine internationale Fahndung eingeleitet haben?, dachte Jessica und bemühte sich, dem Mann hinter dem Schalter fest in die Augen zu schauen, als er das Passfoto mit der Realität abglich.

»Stehen Ihnen gut, die kurzen Haare«, sagte er und zwinkerte ihr zu. Jessica zwang sich zu einem Lächeln. »Danke.«

Er tippte eine Weile auf seiner Tastatur herum, sagte »Tausenddreihundertfünfzig Euro, bitte« und druckte das Ticket aus. Langsam zählte er die Scheine und gab ihr das Wechselgeld in Franken.

»Boarding Time ist um dreizehn Uhr, Gate E. Ich wünsche Ihnen einen guten Flug.«

Auf der Flughafentoilette wusch sich Jessica Gesicht und Oberkörper, dann spülte sie ein wenig wehmütig die neue SIM-Karte ins Klo. Sie hatte ihr Handy nach ihrer Nachricht an ihre Mutter sofort ausgeschaltet und nicht wieder angemacht. Ob sie geantwortet hatte? Jessica schluckte. Sie atmete tief durch, dann verließ sie das WC und schlenderte in Richtung Security-Check. Am Ende der langen Schlange stand eine junge Familie. Die Eltern sahen aus wie Teenager – sie trug ein weißes Männerunterhemd, unter dem ein blitzblauer BH hervorlugte, und eine rote Latzhose. Er hatte Dreads, und auf seinem T-Shirt waren bunte

Kritzeleien. Eines der blonden Kinder saß im Buggy und lutschte am Daumen, das andere, sie riefen es *Josy*, turnte zwischen den Absperrbändern herum. Jessica blieb dicht bei ihnen, die Familie war bunt und auffällig, neben ihnen fühlte sie sich geradezu unsichtbar.

»Das erste Mal Costa Rica?« Jessica fuhr zusammen. Die junge Frau hatte sich zu ihr gedreht und lächelte sie freundlich an.

»Äh, ja.«

»Wie schön! Es wird dir gefallen!« Sie setzte sich das kleine Mädchen auf die Hüfte und strich ihm eine Haarsträhne aus dem Gesicht.

»Ja, ich hab schon viel darüber gehört.«

»Karibik oder Pazifik?«

»Ach, ich weiß es noch nicht genau, ich schau mal, wo es mich so hintreibt.«

»Cool.«

Jessica lächelte. Cool. Dieses Wort hatte sie bisher noch nie mit sich in Verbindung gebracht. Aber vielleicht war das jetzt genau der richtige Zeitpunkt, cool zu werden.

»Grüezi wohl. Technische Geräte? Laptop? iPad?« Der Mann mit der blauen Uniform lächelte sie freundlich an, und Jessica versuchte, seinen Blick zu erwidern. Sie legte ihr neues Tablet und das Handy in die Plastikwanne, und dann fiel ihr Max' Laptop ein. Den hatte sie erfolgreich verdrängt, und nun steckte er am Boden ihres großen Rucksacks. »Sorry«, murmelte sie, trat aus der Schlange und packte all ihre Kleidungsstücke aus, um an das Gerät zu kommen. Ihr Herz klopfte bis zum Hals.

»Merci vielmals«, sagte der Securitybeamte und winkte sie durch.

»Ihr Flug 6745 nach San José steht nun zum Boarding bereit. Wir bitten die Gäste der Boarding-Gruppe A zuerst an den Schalter«, sagte die Stewardess, und Jessica stand langsam auf.

Der Flugbegleiter teilte Kopfhörer und Kissen aus, und Jessica klickte sich durch das Unterhaltungsprogramm. Actionfilme, diverse Serien, die ihr nichts sagten, und ein paar preisgekrönte Filme, die sie während des letzten Jahres allesamt verpasst hatte. Seit sie im Ministerium arbeitete, hatte sie fürs Kino keine Zeit mehr. Und wenn doch, war sie einfach zu müde.

Korvapuusti und eine erste Spur

Es war bereits halb zehn, als Antti ihr eine große Tasse Milchkaffee ans Bett brachte. Er war frisch geduscht und angezogen, sah aus wie das blühende Leben.

»Du bist eine einzige Provokation«, sagte Alma und wühlte sich aus der verschwitzten Bettwäsche.

»Ich war joggen. Sehr schönes Viertel ist das hier! Warum wir wohnen nicht in einer dieser Villen da hinten?« Wie ein Krankenpfleger, der kontrollieren wollte, ob die Patientin ihren Tee auch wirklich trank, setzte er sich zu ihr ans Bett.

»Man muss Ziele haben im Leben«, murmelte Alma und nahm einen großen Schluck. »Mhm, das ist gut. Könnte ich das ab jetzt regelmäßig bestellen?«

»Zurzeit leider nur Weekend-Service«, lachte Antti. »Wo kann man hier frühstücken gehen? Müssen wir, wenn ich an deinen Kühlschrank denke.«

»Ich glaube, am Kutschkermarkt. Preislich zwar eher für die Villenbesitzer, zu denen wir nicht gehören, aber was soll's.«

Im kleinen Café studierte Antti ewig die Karte, konnte sich nicht entscheiden, und Alma wusste, gleich würde er »Ich hätte gerne Korvapuusti« sagen.

»Ich hätte gerne ...«, sagte Antti seufzend und schlug die Karte zu.

»Korvapuusti«, sagte Alma, und beide lachten. »Aber schau, hier gibt es Porrigde mit Obst, das ist doch so ähnlich wie dein ...«

»Puuro.«

»Stimmt, Puuro.«

Alma bestellte das klassische große Frühstück, denn obwohl Antti gerne über österreichisches Frühstück nörgelte, wusste sie, dass er mitessen würde. Gerade als sie ihr weiches Ei köpfte, klingelte ihr Handy. Die Nummer des Büros.

»Oberkofler.«

»Tarik Babic. Entschuldigen Sie bitte die Störung.«

»Kein Problem, gibt es was Neues?«

»Ja, zwei Dinge. Erstens, das Auto von Jessica Pollauer wurde gefunden.«

»Großartig! Wo denn?«

»Kurz vor Innsbruck, auf einem Parkplatz. Einkaufszentrum DEZ.«

»Okay. Irgendwelche Spuren von Gewaltanwendung? Irgendwelche anderen Spuren?«

»Auf dem Beifahrersitz lagen ihre Bluse und ein Rock. Auf der Bluse sind Blutflecken. Ist alles schon im Labor. Der Tank ist so gut wie leer, und der Wagen stand auf einem Parkplatz, auf dem man nur zum Einkaufen stehen darf. Ordentlich versperrt. Deswegen ist er auch aufgefallen. Der Wachdienst hat die Polizei verständigt, die haben die Nummerntafeln gecheckt und bei uns angerufen.«

»Wie sieht's mit der Handyortung aus?«

»Leider noch nichts. Die haben irgendwas von einem Serverausfall gesagt. Wahrscheinlich erst nach dem Wochenende.«

»Mist. Soll ich ins Büro kommen?« Alma sah Antti über den Tisch bedauernd an, der hob die Achseln und lächelte ihr zu.

»Ich glaube, das ist nicht nötig. Die Kollegen in Innsbruck geben es in die Spurensicherung, und das dauert ja sowieso ein paar Tage.«

»Meinen Sie? Na gut. Zur Fahndung ist sie ja eh ausgeschrieben, die Frage ist, ob wir international nach ihr suchen lassen. Was war die zweite Neuigkeit?«

»Der Herr Doktor Klammer hat angerufen, der Obduktionsbericht vom Langwieser wäre fertig.«

»Sehr gut. Und was sagt er uns?« Alma warf Antti einen entschuldigenden Blick zu.

»Nicht viel. Tod durch Kopfverletzung und … warten Sie … ich lese Ihnen vor.«

»Ach, wissen Sie was, ich ruf den Herrn Klammer selbst an. Vielleicht ist er ja da, dann spaziere ich vorbei. Ich muss den eh mal kennenlernen. Schicken Sie mir die Nummer?«

»Das ist sicher nicht notwendig«, meinte Babic, dann schob er nach: »Aber natürlich ganz wie Sie meinen.«

»Ich werde aus dem Kollegen nicht schlau«, sagte Alma nachdenklich, als sie das Handy weggelegt hatte.

»Aus welchem?« Antti rührte in seiner Kaffeetasse.

»Na, aus diesem Tarik Babic. Er ist so ein Streber. Aber irgendwie auch gut. Apropos Streber: Ist es okay, wenn ich noch mal für eine Stunde verschwinde?«

»Klar, ich kann weiter Kisten auspacken, ist kein Problem. Wo musst du hin?«

»Auf die Gerichtsmedizin. Ich wollte mir den toten Minister noch mal anschauen, bevor er für immer verschwindet.«

»Was, hast du gesagt, ist dein Kollege, wie war Wort? Streber?«

»Sag ich ja, ich bin auch eine Streberin«, lachte Alma und wählte die Nummer, die Tarik Babic ihr geschickt hatte. »Außerdem ist es so ein schöner Frühlingstag, da kann ich doch einen kleinen Spaziergang in die Sensengasse machen.«

»Ich kann mir mehr romantische Ziele vorstellen«, sagte Antti, »aber erst musst du essen.«

»Ja, natürlich bin ich da, Frau Kollegin. Der Tod hat kein Wochenende«, rief der Chef der Gerichtsmedizin fröhlich ins Telefon, und Alma bemühte sich, ihr Frühstück nicht runterzuschlingen.

Eine Dreiviertelstunde später stand sie vor einer Holztür mit einem Fenster aus Milchglas. *Gerichtsmedizin* stand am Klingelschild, unschuldig und harmlos sah das aus, fast wie *Müller* oder *Mayer*.

Ein junger Mann in weißem Arbeitsmantel öffnete die Tür und blickte sie durch dicke Brillengläser fragend an. »Ja, bitte?«

»Ich habe einen Termin bei Herrn Doktor Klammer«, sagte Alma, und er blickte sie neugierig an. »Sind Sie die neue Habel?«

»Wenn Sie so wollen«, seufzte Alma. Das würde sie wohl noch öfter hören.

Am Gang kam ihr ein groß gewachsener Mittvierziger entgegen – oder war er älter? Offenbar weitete sich Almas Unfähigkeit, das Alter von Menschen zu schätzen, immer mehr aus.

»Grüße Sie! Sie sind die neue Kommissarin? Mein Name ist Felix Klammer, es freut mich, dass Sie es hierherschaffen. Es ist mir eine Ehre.«

»Na ja, Ehre ist ein bisschen viel. Ich dachte, es schadet ja nichts, wenn wir uns persönlich kennenlernen, oder?«

»Ganz und gar nicht! Haben Sie sich schon eingelebt? Da haben Sie sich ja gleich was Schönes ausgedacht.« Er lachte. »Ich mein, einen toten Minister als Einstand hat nicht jeder. Oder *jede*, um genau zu sein! Nach der Habel nun Sie, da kann man sich ja auch mit der Sprache ein bisschen Mühe geben.«

»Nett von Ihnen. Auf den Minister hätte ich jedenfalls gut verzichten können, das ist nicht gerade das, was man einen sanften Start nennt.«

»Da haben Sie recht. Möchten Sie ihn noch mal sehen, oder gehen wir in mein Büro und trinken einen Kaffee?«

»Beides vielleicht. Erst sehen, dann Kaffee?«

»Gut, eine Frau der Entscheidung, das gefällt mir. Wir sind auch fertig mit dem Herrn Minister, der Bericht liegt schon in Ihrem Büro.« Er wies ihr den Weg und öffnete schwungvoll eine große Tür.

Max Langwieser lag nackt auf der Nirosta-Liege, seine Brust war mit großen Stichen zusammengenäht, und unwillkürlich musste Alma an eine gefüllte Gans denken. Sein Körper war durchtrainiert, schmale Hüften, flacher Bauch, kein Gramm Fett war zu sehen. Der obere Teil des Schädels lag schief auf dem Kopf, es wirkte ein wenig, als trüge er ein verrutschtes Toupet. Über das linke Auge fiel ihm eine Haarsträhne, und Alma musste sich beherrschen, sie ihm nicht aus dem Gesicht zu streichen. Auf einem zweiten Tisch lag eine alte Frau, zur Hälfte mit einem Tuch bedeckt. Ein kräftiger junger Mann stand daneben, blickte neugierig zu ihnen und erwiderte Almas Gruß, indem er schweigend den Arm hob. Dabei blitzte eine großflächige Tätowierung unter dem Mantelärmel hervor. Der Gerichtsmediziner neben ihr machte eine Reihe seltsamer Hand- und Armbewegungen, gestikulierte, deutete mit dem Finger auf sie und den toten Langwieser, und der junge tätowierte Mann verließ schweigend den Raum.

Alma sah Klammer fragend an.

»Die alte Lady hier ist unter die Straßenbahn gekommen, jetzt wollen die Wiener Linien wissen, ob sie vielleicht vorher einen Schlaganfall hatte. Wär besser fürs Image. Aber sie läuft nicht mehr weg, die können wir morgen auch noch machen.«

»Und der wortkarge junge Mann, der uns gerade verlassen hat?«

»Das ist mein Obduktionsgehilfe. Goran. Er ist gehörlos. Mein liebster Sparringspartner bei der Arbeit, der quatscht einem wenigstens nicht die Ohren voll.«

»Und Sie können diese ...« Alma machte ein paar Gesten mit den Händen und fasste sich an die Ohren.

»Gebärdensprache? Na ja, können ist übertrieben. Sagen wir mal so, wir haben eine Form der Kommunikation gefunden. In unserem Job ist es ja zunächst wichtig, genau zu schauen, das Reden ist zweitrangig.«

»Verstehe. Und was haben Sie bei Langwieser gesehen?«

»Na ja, also wenn Sie mich fragen, ist er einfach dumm gestürzt. Das muss ein ziemlich massiver Tisch gewesen sein.«

»Ja, das war es. Die Glasplatte war so dick.« Alma zeigte mit ihren Fingern gute drei Zentimeter. »Aber mich würde halt interessieren, ob er selbst gefallen ist oder ob ihm dabei jemand geholfen hat. Oder ihn mit etwas anderem erschlagen und dann schön zwischen Sofa und Glastisch drapiert hat.«

»Na, Sie haben ja eine blühende Fantasie!« Klammer lachte. »Baseball- oder Golfschläger war es keiner, ist ja auch eher unüblich in Österreich. Nein, Scherz beiseite. Die Wunde stammt in jedem Fall von der Kante einer Glasplatte.«

»Aber könnte er vorher schon tot gewesen sein? Gibt es irgendwelche anderen Spuren an seinem Körper?«

»Nein. Nichts. Nada. Oder wie Goran sagen würde –«, er bewegte seinen Zeigefinger auf Brusthöhe von links nach rechts. »Also, wie wäre es jetzt mit dem versprochenen Kaffee?«

»Gerne.«

Der Gang, von dem die Büroräume abgingen, war hell und weitläufig, umso enger wirkte das Zimmer, in das Felix Klammer sie nun führte. Braune Bücherregale, ein brauner Schreibtisch und ein ebenso brauner Wandschrank, den der Arzt öffnete, um die Kaffeemaschine, die sich darin verbarg, in Betrieb zu nehmen.

»Nehmen Sie Platz. Milch? Zucker?«

»Bitte beides, wenn Sie haben. Fahren Sie mit dem Rad zur Arbeit?« Almas Blick fiel auf ein hellblaues Retrorad, das hoch oben auf dem Wandschrank stand.

»Bin ich mal. Aber seit ich eine Vespa habe, bin ich etwas faul geworden. Aber jetzt sagen Sie mal, Sie wünschen sich ja geradezu, dass bei Langwieser nachgeholfen wurde? Gibt es irgendwelche Hinweise? Drohungen? Vielleicht was Politisches?«

»Nein, eigentlich nicht. Und von wünschen kann keine Rede sein. Ich will nur sichergehen.«

Klammer rührte nachdenklich in seinem schwarzen Kaffee.
»Max Langwieser hat ein Subduralhämatom, das heißt, er hatte aufrechte Vitalfunktionen, als er auf die Glasplatte gestürzt ist. Niemand hat ihn vorher umgebracht und dann gegen den Tisch geschlagen.«

»Irgendwelche Spuren von Gewalt am Rest des Körpers? Arme? Rücken? Blaue Flecken?«

»Negativ. Also, er hat ein paar kleine Flecken am rechten Oberarm, die sind aber ein bisschen älter. Und, wie gesagt, klein.«

»Haben Sie Alkohol feststellen können?«

»0,1 Promille. Ich schätze, er hat knapp vor seinem Tod ein kleines Bier getrunken. Zu wenig, um besoffen gegen einen Tisch zu fallen.«

»Drogen?«

»Negativ. Also zumindest nicht in den letzten vierundzwanzig Stunden. Für eine genaue Untersuchung seiner Vergangenheit müssen wir eine Haaranalyse vornehmen. Das dauert ein bisschen länger.«

»Machen Sie das?«

»Sollen wir?«

»Ja, schon.«

»Aber was hat das mit seinem Tod zu tun, wenn er vor zwei Wochen ein bisschen Kokain konsumiert hat?«

»Wahrscheinlich nichts. Ich würde es trotzdem gerne wissen.«

»Gut! Stets zu Diensten. Kann ich sonst noch was tun?«

»Ja, die blutigen Taschentücher, die wir im Bad gefunden haben …«

»Waren nicht vom Langwieser, sondern von seiner Freundin.«

»Das wissen Sie schon mit Sicherheit?«

»Ja, wir haben ihre DNA, auch wenn alles sehr ordentlich und sauber war. Irgendwas finden wir immer. Und wo auch immer die junge Dame ist, ihre Zahnbürste hat sie jedenfalls nicht mitgenommen.«

»Sie können mir aber nicht sagen, wie alt das Blut ist?«

»Nein. Eher nicht. Eingetrocknetes Blut ist eingetrocknetes Blut.«

»Na gut, dann danke ich Ihnen für die Zeit. Und für den Kaffee. Hat mich gefreut.«

»Und mich erst. Sollten wir doch noch was finden, melde ich mich natürlich umgehend bei Ihnen. Ich wünsche ein schönes Wochenende.«

»Danke schön. Das wünsch ich Ihnen auch. Und fahren Sie vorsichtig mit Ihrer Vespa.«

»Das mach ich. Aber wie wir gerade gesehen haben, kann auch die eigene Wohnung ein wirklich gefährlicher Ort sein.«

Der freie Tag verging rasch mit Einkaufen und Kochen, und dann packten sie die Kisten aus, versuchten für alles einen Platz zu finden. Alma genoss das gemeinsame Arbeiten, sie redeten wenig, Antti hatte die kleine Lautsprecherbox aktiviert, und sie hörten eine Klassik-Playlist rauf und runter. Irgendwann saßen sie dann zwischen Schachteln am Boden und spielten sich ihre jeweiligen Lieblingsstücke vor.

»Wann fährst du zurück«, fragte sie, als sie spät im Bett lagen.

»Ich muss schon morgen Abend fahren. Hab am Montag um acht Uhr Meeting. Übrigens, die Kinder kommen in zwei Wochen. Osterferien. Glaubst du, es ist realistisch, dass du paar Tage freibekommst?«

»Na ja, ich hab noch keinen Urlaubsanspruch nach so kurzer Zeit. Aber ich vermute, der tote Minister wird mir noch ein paar Überstunden einbringen. Die könnte ich dann vielleicht einlösen. Wien oder Linz?«

»Das haben wir noch nicht gesprochen. Wien wäre besser, ich hab ja auch Urlaub. Und die beiden waren noch nie in Wien.

Wir müssen halt dann dieses … dieses … kleine Zimmer … Wie nennst du es? … einrichten. Die Kabine?«

»Das kleine Zimmer heißt Kabinett. Und das werden wir schon schaffen. Einmal zu Ikea und fertig.«

Anttis Töchter, Liisa und Aino, waren zwölf und vierzehn Jahre alt und lebten mit ihrer Mutter in Helsinki. Antti und seine Ex-Frau waren bereits seit fünf Jahren geschieden, sie hatten ein freundschaftliches Verhältnis, und als er die Professur in Linz annahm, gab es keine gröberen Schwierigkeiten. Natürlich litt Antti darunter, kein Alltags-Papa mehr zu sein, deswegen war es ihm wichtig, dass die beiden Mädchen fast die ganzen Ferien mit ihm verbrachten. Zu Weihnachten war er in Helsinki gewesen, um traditionell mit Familie inklusive Großeltern im Möcki, wie die kleine Hütte im Wald genannt wurde, zu feiern. Alma, damals frisch verliebt, mochte sich gar nicht vorstellen, wie Antti und seine Ex-Frau im Möcki auf engstem Raum ein paar Tage lebten beziehungsweise, noch schlimmer, übernachteten.

Letztes Jahr war Antti dann mit seinen Töchtern das erste Mal nach Linz gekommen, die Mädchen waren nett und unkompliziert, sprachen hervorragendes Englisch und lachten über Almas unbeholfene Versuche, finnische Worte in die Unterhaltung einzustreuen. Danach gab es ein paar Facetime-Anrufe, und zu Ainos Geburtstag schickte Alma ein Riesenpaket Manner-Schnitten nach Helsinki. Nun stand also der erste Besuch in der neuen Wohnung an, die definitiv zu klein für vier war, aber für ein paar Tage würde es schon gehen.

New York

Drei Tage vor Max Langwiesers Tod

Sie hatten keine Termine, ein freier Abend für beide, das kam nicht oft vor. Max öffnete eine Flasche Rotwein, und sie hatten beschlossen, einmal nicht über die Arbeit zu reden, sondern ihren gemeinsamen New-York-Urlaub zu planen. Jessica hatte zwei Reiseführer bestellt, und Max amüsierte sich darüber. Für ihn waren Bücher völlig unnötig. »Wozu gibt es das Internet«, lachte er und reservierte online einen Tisch in einem angesagten Restaurant. Ein Tipp von Freunden, teuer, aber großartig, wie er ihr erklärt hatte. Daran hatte sie sich längst gewöhnt: Max bezahlte. Max suchte aus. Für zwei Tage musste er nach Philadelphia, eine Konferenz zum Thema »Tourismus im Zeichen des Klimawandels«, auf der er zwar keinen Vortrag hielt, aber er war der Meinung, der österreichische Tourismusminister müsse seine Kontakte pflegen. Jessica hatte kurz überlegt mitzukommen, doch für genau diesen Abend hatte Max ihr eine Karte für *Cats* am Broadway gekauft. Sie hatten Spazierrouten für New York zusammengestellt, Restaurantbewertungen studiert und virtuell schon mal die wichtigsten Museen besucht. Aufgeregt waren sie beide, es fühlte sich fast an wie früher, als sie noch voller Ambitionen und Erwartungen waren und Jessica von einer gemeinsamen Zukunft mit Max träumte. Nun, die hatte sie, auch wenn sie sich das damals ein bisschen anders vorgestellt hatte. Und doch: eine ganze Woche New York! Obwohl sie nicht schlecht verdiente, hätte sie sich das nicht leisten können. Zumindest nicht dieses schicke Boutique-Hotel mitten in Manhattan. Überhaupt war Jessica in ihrem Leben nicht gerade viel auf Urlaub gewesen. Und nun also gleich New York. Max hatte kein Problem damit, sein Geld mit vollen Händen auszugeben, nicht nur für sich, er liebte es, andere einzuladen, Geschenke zu machen, und Jessica hatte sich schnell an seine Großzügigkeit gewöhnt, nahm sie an und betrachtete sie manchmal als Schmerzensgeld.

Sie waren spät und gut gelaunt ins Bett gegangen, Max drückte ihr einen Gutenachtkuss auf die Wange und sagte: »Das wird schön, ich freu mich schon.«

Am nächsten Morgen war Jessica bereits um kurz nach sechs aufgewacht, noch ein wenig im Bett geblieben und hatte an den schönen Abend gedacht.

Nach dem Duschen holte sie Semmeln und ein Salzstangerl vom Bäcker gegenüber und setzte sich mit einem Kaffee und ihrem Notebook aufs Sofa. Scrollte ein wenig durch verschiedene Social-Media-Seiten, rief die Profile einiger Bekannter auf, ihre Mutter war seit Neuestem da aktiv und teilte mit Begeisterung Kuchen- und Gartenfotos.

Auf ihrem privaten Account deutete Jessicas Profilbeschreibung nicht auf ihren Job im Ministerium hin, Freundschaftsanfragen nahm sie nur von Leuten an, die sie persönlich und privat kannte, sie postete wenig, meist harmlose Bilder von Sonnenuntergängen oder gelungenem Essen. Manchmal teilte sie auch Mamas Blumengarten, aber immer, ohne den Ort zu markieren. Auch den Facebook-Messenger öffnete sie selten, doch an diesem Morgen schaute sie rein und fand die Nachricht ihrer ehemaligen Kollegin Karin, die sie zur Geburtstagsparty einlud. Fast wollte sie zusagen, doch dann warf sie einen Blick in den Kalender. Wann war noch gleich der Abflug nach New York? Jessica hatte schon ein paar Tage vor der Reise »Urlaub« eingetragen, nun war sie, was den genauen Zeitpunkt der Abreise betraf, nicht mehr sicher. Die Buchungen hatte Max gemacht, er hatte sich um alles gekümmert, schließlich war er der Planungsfanatiker.

Auf dem Sofatisch lag noch sein Laptop, er hatte ihn am Abend nicht wie sonst ins Schlafzimmer mitgenommen. Sie würde einfach schnell nachschauen, für welchen Tag ihre Flüge gebucht waren, dann könnte sie Karin gleich zu- oder absagen.

Mädchennamen der Mutter in Kombination mit seinem eigenen Geburtsdatum, das Passwort hatte Max seit ihrer Zusammenarbeit im Burgenland nicht mehr geändert. Am Notebook waren alle Fenster geöffnet, auch ein privater Mailaccount, von dem Jessica bisher nichts wusste. Gerade wollte sie die Airline in die Suchfunktion eingeben, da blieb ihr Blick an dem Wort *Pfitztal* hängen.

Das Pfitztal beschäftigte das Tourismusministerium schon seit Monaten. Ein hoch gelegenes Tal in Osttirol, einer der wenigen fast noch unberührten Gebirgszüge Österreichs. Lediglich eine Forststraße führte auf eine der tiefer liegenden Almen; auf eine weiter oben liegende, im Sommer bewirtschaftete Hütte, kam man nur über ein paar Steige, auf die sich nur selten Wanderer verirrten. Seit mehr als einem Jahr gab es heftige Diskussionen um das Gebiet. Ein Baukonsortium wollte ein Luxusressort auf tausendachthundert Metern Höhe errichten und vor allem, und das wäre der wirkliche Eingriff, gab es Pläne, das Truxtal mit dem Pfitztal durch mehrere Seilbahn- und Liftanlagen zu verbinden. So sollte das größte Skigebiet des Landes entstehen.

Jessica stand dem Projekt sehr skeptisch gegenüber, aber Max war von der Realisierung völlig besessen. Sie hatten bereits heftige Diskussionen darüber geführt, und er, als Tourismusminister, schmetterte all ihre Argumente ab: Österreich müsse wettbewerbsfähig bleiben, man müsse den Skitourismus weiter nach oben in die schneesicheren Gebiete verlegen, und es würde ohnehin alles umweltverträglich gebaut werden.

Das Ministerium versuchte, den Ball flach zu halten und die Journalisten zu beruhigen, doch in den letzten Wochen war das Thema wieder verstärkt in die Medien gelangt. Quer durch die Bevölkerungsgruppen und politischen Parteien, ja sogar über die Bundesländergrenzen hinweg hatte sich eine Bürgerinitiative gebildet, die das Projekt mit allen Mitteln zu verhindern versuchte. Es gab Probebohrungen, und in einer Nacht-und-Nebel-Aktion wurde ein Teil des Gletschers weggesprengt, die Wogen gingen hoch. Und dann kam es zu einem verhängnisvollen Unfall: Eine kleine Gruppe radikaler Umweltschützer wollte den Baufahrzeugen die Zufahrt zum Berg versperren, wobei eine der Demonstrantinnen einen Steilhang hinabstürzte. Die Siebzehnjährige lag seit mehreren Wochen im Krankenhaus Lienz auf der Intensivstation, ihr Zustand verbesserte sich nicht.

Von: purtscher@tirol.gv.at
An: Max_la_wie@gmx.at
Betreff: Pfitztal

Du hast vollkommen recht, das mit dem Absturz kommt sehr ungelegen. Laut meinen Informationen ist es unwahrscheinlich, dass sie wieder aus dem Koma aufwacht. Und dann sieht diese Tussi auch noch so unfassbar gut aus, ein gefundenes Fressen für die Presse. ;-) Wir können ja nichts dafür, sie ist selber schuld, wenn sie so nah an die Geräte rangeht. Trotzdem gibt das keine gute Optik. Hast du Kontakte zum Krankenhaus Lienz? Wir haben einen IM in dieser sogenannten Umweltschützertruppe, momentan ist aber alles ruhig. Die stehen wohl unter Schock. Sag mir noch, wann und wo ich dir die nächste Rate übergeben soll, vielleicht treffen wir uns mal auf einen Drink?
Herzlich Anton

Von: max_la_wie@gmx.at
An: purtscher@tirol.gv.at
Betreff: AW: Pfitztal

Ja, es ist sehr bedauerlich, dass diese Emma abgestürzt ist. Wenn die wieder aufwacht, wird sie zur Heldin, weißt eh, eine neue Greta! Aber jetzt warten wir mal ab, du weißt, wie schnell die Leute sich aufregen und dann wieder vergessen. Sonst ist alles auf Schiene, und wir können uns gerne nächste Woche treffen. Bitte die nächste Rate aufteilen, es ist immer ein bisschen schwierig, so viel unterzubringen. 😜 Wenn wir weiterhin so erfolgreich zusammenarbeiten, muss ich mir vielleicht ein anderes Konstrukt überlegen.
LG
Max

Von: purtscher@tirol.gv.at
An: Max_la_wie@gmx.at
Betreff: AW: AW: Pfitztal

Passt. Und wegen der anderen Sache treffen wir uns am besten bald. Das Truxtal ist ja erst der Anfang!
LG
Toni

Von: max_la_wie@gmx.at
An: purtscher@tirol.gv.at
Betreff: AW: AW: AW: Pfitztal

Gerne! Aber erst muss ich mit J. nach New York. Hab ich ihr versprochen. Eine Woche Urlaub. 🤐
LG
Max

»Was machst du an meinem Laptop?«

Bevor sie auch nur ein Wort sagen konnte, lief Max durch das große Wohnzimmer, riss ihr das MacBook vom Schoß und klappte es zu.

»Ich wollte nur nachschauen, wann unser Flug geht ... die Karin hat mich auf ihre Geburtstagsparty eingeladen ...«

»Du hättest mich ja auch fragen können, oder?«, fuhr er sie an. »Ich lese ja auch nicht deine Mails.«

»Könntest du aber, jederzeit.«

Max verschwand mit dem Laptop in seinem Schlafzimmer, warf die Tür geräuschvoll hinter sich zu. Jessica saß wie erstarrt auf dem großen Sofa und versuchte einzuordnen, was sie da gerade gelesen hatte. Sie wusste nicht genau, was sie mehr empörte: dieser herablassende Tonfall, in dem die beiden über einen schwer verletzten Menschen schrieben; die Tatsache, dass Max Geld für das Vorantreiben eines Projektes kassierte, oder aber der Satz: »Muss erst mit J. nach New York«.

Sie hörte die Dusche in Max' Badezimmer, und kurz darauf kam er in dunkelgrauen Anzughosen und einem blauen Hemd, an dem er die Ärmel hochgekrempelt hatte, auf sie zu.

»Jessica. Entschuldige bitte, dass ich dich so angefahren habe. Ist ja okay. Ich mag es halt nicht, wenn jemand einfach mein Eigentum nimmt, das weißt du doch.«

»Die New-York-Flüge kannst du gleich stornieren! Du musst mit mir überhaupt nirgendwo hin!«

Jessica hörte, wie ihre Stimme kippte, sie holte tief Luft und stand vom Sofa auf. Jetzt bloß nicht weinen.

»Jess, beruhige dich doch. Was ist denn? Was hast du denn?«

»Glaubst du, ich bin ganz blöd? Und dieses ganze Geld? Na? Woher kommt das?«

»Ich weiß überhaupt nicht, wovon du sprichst!«

»Ich spreche davon, dass du von einem gewissen Anton Purtscher ziemlich viel Geld kassierst! Und ich frage mich, wofür!«

»Davon verstehst du nichts, Jess. Das sind ganz normale Geschäfte, da geht es halt manchmal um viel Geld.«

»Und diese Emma? Die im Koma liegt? Hat die jemand von euch runtergestoßen? Und glaubst du, ich bin zu blöd, um zu wissen, was ein IM ist? Davon versteh ich wohl auch nichts?« Jessica war so wütend wie noch nie in ihrem Leben, sie packte Max am Oberarm, drückte ganz fest zu, doch er schüttelte sie ab.

Und dann blieb er einfach stehen, ganz dicht vor ihr, seine Nasenflügel bebten, die Stimmung war von einer Sekunde auf die andere komplett umgeschlagen. Noch nie hatte Jessica ihn so wütend gesehen. »Du hältst jetzt ganz rasch deinen Mund, du ...!«

»Was? Wie möchtest du mich gerne nennen! Sag's doch! Sprich es einfach aus! Tussi? Oder schlimmer? Schlampe? Vielleicht hast du recht, ich bin echt eine Schlampe, weil ich mich mit dir eingelassen habe. Du bist das Letzte.« Jessica drehte sich um, sie musste dringend raus hier. Doch Max packte sie an den Oberarmen und hielt sie fest: »Wo willst du hin? Was hast du vor?«

»Lass mich sofort los!«

»Und dann? Was machst du dann?«

»Du sagst doch immer, dass ich so eine tolle Pressefrau bin, eine, die alles verkaufen kann und alle Leute kennt. Da würden sich einige freuen über so eine Geschichte. Und dann ruf ich deine Eltern an und erzähl ihnen, wie wir beide hier miteinander leben! Glaubst du, das würde sie interessieren? Oder ich geh zum Fercher und sag ihm alles! Da wird er schön schauen, der Herr Kanzler, wenn er erfährt, was sein treuer Freund hinter seinem Rücken so treibt.«

Der Schlag kam unvermittelt und traf sie mitten ins Gesicht. Ihr Kopf flog zur Seite, sie hörte ein Surren im linken Ohr, und als sie die Hand an ihre Nase legte, bemerkte sie das Blut an der

Handfläche. Noch nie hatte sie eine Ohrfeige bekommen, ihre Eltern hatten nie die Hand gegen sie erhoben, und etwas in ihrem Kopf sagte: *So fühlt sich das also an, wenn man geschlagen wird.* Jessica war plötzlich ganz ruhig, hielt sich die Hand vor die blutende Nase und starrte Max an, wie man ein seltenes Tier anstarrt, etwas, das man noch nie gesehen hat und das man nun ganz genau betrachten muss.

»Oh, mein Gott, Jessi! Es tut mir so leid!« Er holte eine Kleenex-Packung, wischte mit den Taschentüchern in ihrem Gesicht herum. Jessica stand da, als wäre sie am Geschehen nicht beteiligt. »Jessica! Sag doch was! Komm, setz dich. Ich wollte das nicht! Ich würde dir doch nie wehtun! Jessi? Das weißt du doch, oder? Bitte verzeih mir!«

Jessica ging ins Badezimmer, warf die blutigen Taschentücher in den Abfalleimer und wusch sich das Gesicht mit kaltem Wasser. Dann legte sie sorgfältig Make-up auf, suchte sich in ihrem Schrankraum ein Bürooutfit und zog sich an.

Obwohl ihr gerade jemand das erste Mal in ihrem Leben Gewalt angetan hatte, fühlte sie sich stark wie selten zuvor.

»Ich geb dir bis Freitag, um die Sache in Ordnung zu bringen. Egal wie.«

Dann zog sie leise die Wohnungstür von außen zu.

Wie geht's weiter?

»Guten Morgen.« Robert Kolonja und Alma Oberkofler betraten gleichzeitig das Haus und fuhren mit dem Lift nach oben.

»Schönes Wochenende gehabt?«, fragte der Kollege, und Alma nickte. »Und selbst?«

»Na ja, wie man's nimmt. Wir übersiedeln die Schwiegermutter ins Pensionistenheim, und sie will am liebsten ihren gesamten Krempel mitnehmen.«

»Na, dann ist es ja gut, dass die Woche wieder anfängt«, lachte Alma und betrat das Büro.

»Guten Morgen.« Obwohl Tarik Babic am Wochenende Bereitschaftsdienst gehabt hatte, war er wie immer der Erste im Büro und sah aus, als wäre er schon Stunden hier. »Also, ich habe die Nachricht von Jessica Pollauer jetzt zigmal durchgelesen, für mich klingt das nicht so, als hätte sie große Angst. Was sagen Sie?«

»Ich sag erst mal Guten Morgen. Lassen Sie mich mal ankommen!«

Kolonja sah die beiden fragend an. »Gibt es etwas, das ich wissen sollte?«

»Ja, Jessicas Mama hat eine SMS bekommen«, begann Alma, und Tarik Babic fuhr fort: »Am Samstag um 4:25 Uhr. Warte, ich les sie dir vor: ›Hallo Mama. Macht euch keine Sorgen, mir geht's gut. Ich muss nur ein bisschen nachdenken und brauch Zeit für mich. Melde mich bald wieder. Hab euch lieb. xxx Eure Jessi‹.«

»Und das Auto wurde gefunden«, sagte Alma und fuhr den Computer hoch.

»Ja, bei Innsbruck. Auf einem Parkplatz von einem Einkaufszentrum«, ergänzte Babic.

»Und es war eine Bluse drin.« Wieder Alma.

»Ja, und ein Rock«, übernahm Babic wieder.

»Und auf der Bluse war Blut«, sagte Alma abwesend und überflog ihre Mails.

»Sagt mal, habt ihr das Wochenende miteinander verbracht?«, grinste Kolonja. »So eine Harmonie plötzlich zwischen euch.«

Babic vergrub sich hinter seinem Bildschirm, und Alma lachte. »Ich weiß gar nicht, was du meinst. Herr Babic, wissen wir schon etwas über das Handy?«

»Es war natürlich ein Prepaidhandy. Nicht registriert. Die Abfrage muss jeden Moment kommen.«

»Na, hoffentlich brauchen wir da nicht wieder unseren Herrn vom DSN.«

»Ach ja, apropos DSN, der Kollege Althuber hat angerufen, schon zweimal. Sie mögen bitte sofort zurückrufen.« Tarik Babic blickte sie ein wenig vorwurfsvoll an, da war er wieder, dieser Besserwisserblick, und Alma wühlte in ihrem Rucksack, zog nach längerer Suche das Telefon raus. Zwei Anrufe in Abwesenheit, eine ungelesene Nachricht.

Wie geht's weiter? MfG W. A.

Sie drückte auf Rückruf, er meldete sich nach dem ersten Klingeln.

»Althuber. Guten Morgen! Na, ausgeschlafen?«

»Ja, und selber?«

»In meinem Alter braucht man nicht mehr so viel Schlaf. Aber zurück zu meiner Frage: Wie geht's weiter?«

»Na ja, die heißeste Spur ist nach wie vor unauffindbar. Dafür haben wir Pollauers Auto gefunden, aber wie ich Sie kenne, wissen Sie das bereits. Außerdem hat sie von einem Prepaidhandy aus ihre Mutter kontaktiert. Die ...«

»... Abfrage läuft bereits. Danke, ich bin im Bilde.«

»Gut. Ich fürchte, es bleibt uns erst mal nichts anderes übrig, als uns das ganze Büroumfeld von Langwieser vorzunehmen. Kabinettschef, Stellvertreter, Büroleiter, Referenten.«

»Klingt aufregend.«

»Sie können das gerne übernehmen!«

»Sie sind die Kriminalistin. Wir mischen uns da erst mal nicht ein, helfen aber gerne, Ihre Ergebnisse auszuwerten.«

»Das klingt nicht fair.«

»Was ist schon fair, Frau Kollegin?« Althuber lachte ins Telefon, und unwillkürlich musste Alma lächeln. Irgendwie mochte sie ihn, den Typen aus einem Schnitzler-Stück.

Der Brief

Drei Tage vor Max Langwiesers Tod

Jessica hatte die Sportschuhe angezogen. Sie hatte das dringende Bedürfnis, zu Fuß ins Ministerium zu gehen. Es war noch früh, sie würde ihre halbe Stunde allein im Büro haben, diese halbe Stunde, die sie dringend brauchte, bevor ihre Kollegin Hannah kam und Jessica so tun müsste, als wäre nichts geschehen. Jessica liebte den Weg durch die Stadt, vorbei an Rathaus und Burgtheater, und manchmal ging sie mit Max zusammen, dann tranken sie im *Schwarzen Kameel* noch einen Espresso im Stehen, und Max unterhielt sich launig mit dem Frühdienst. Heute nahm sie den direkten Weg.

Das neue Lieblingsprojekt von Magdalena Scherbaum hielt das ganze Ministerium auf Trab. Auf einem eigens gestalteten Internetportal sollten heimische Produkte von heimischen Verkäufern zu finden und zu bestellen sein, so wollten Wirtschaftsministerium und Wirtschaftskammer dem Abwandern der Kaufkraft zu multinationalen Konzernen entgegenwirken. In Kürze sollte das *Kaufhaus Österreich*, wie es genannt wurde, mit großem Pomp der Öffentlichkeit vorgestellt werden, und Jessica und Hannah bereiteten seit Tagen die Pressetexte vor.

Jessica musste wohl über zwanzig Minuten auf den schwarzen Bildschirm gestarrt haben, als Hannah das Büro betrat, ein »Guten Morgen« murmelte, zu ihrem Schreibtisch ging und Jessica dann einen Blick zuwarf. »Alles in Ordnung mit dir?«

»Jaja«, schreckte Jessica hoch und fuhr den PC hoch. »Hab nur schlecht geschlafen.« Dann ging sie auf die Toilette und kontrollierte im Spiegel, ob man den roten Fleck auf ihrer Wange noch sah.

Den ganzen Vormittag über arbeiteten sie nebeneinanderher, ohne viel zu reden. Hannah hatte sich von Anfang an über das neue Projekt lustig gemacht, sie war der Meinung, dass die Seite schlecht programmiert war, und witzelte, dass ihre siebzehnjährige computeraffine Cousine etwas Zeitgemäßeres zustande gebracht hätte. Jessica hatte beschlossen, ihre Kollegin so wenig wie möglich in die Sache zu involvieren. Hannah durfte die Hintergrundarbeit erledigen, und Jessica versuchte, sich nicht anmerken zu lassen, wie unprofessionell sie diese Haltung fand. *Sie* konnte alles verkaufen, auch Sachen, die sie nicht gut fand. Darauf war Jessica stolz.

»Hast du Lust auf ein kleines Mittagessen?« Jessica hatte sich ein wenig beruhigt und verspürte Hunger. Das Gebäck, das sie heute Morgen fürs Frühstück geholt hatte, lag immer noch unberührt auf dem Küchentisch.

»Warum nicht«, sagte Hannah und dehnte ihre Arme über dem Kopf. »Ich komm hier eh nicht weiter. Nirgendwo in Europa machen sie das, nur im ehemaligen Ostblock.«

In der Kantine fragte Jessica: »Hast du eigentlich von dieser Sache im Pfitztal gehört?«

»Meinst du das Tal in Tirol, wo sie dieses riesige Skigebiet planen?« Hannah sah sie abwartend an.

»Ja, da ist eine junge Aktivistin abgestürzt.«

»Hab ich gehört. Tragisch. Weiß man, wie es ihr geht?«

»Liegt im Koma.«

Hannah suchte die Paprikastücke aus ihrem Salat und murmelte: »Profit, Profit, Profit. Alles müssen sie zubetonieren und verbauen, nur damit ein paar reiche Geldsäcke noch mehr verdienen.«

Jessica lächelte sie ein wenig verlegen an. Hannah nahm zwar kein Blatt vor den Mund, eine politisch so klare Aussage war trotzdem untypisch für sie. »Na ja, aber wir müssen uns doch auch weiterentwickeln. Sonst werden wir von den anderen Tourismusländern abgehängt.«

»Das meinst du doch nicht ernst, oder? Was brauchen wir denn noch ein Skigebiet, in ein paar Jahren gibt's eh kein Fitzelchen Schnee mehr.« Hannah sah sie spöttisch an und stand auf, um ihr Tablett wegzuräumen. »Aber ich versteh schon. Du hast da wohl eine andere Sichtweise.«

Am Nachmittag kam endlich der Anruf, sie nahm das Gespräch sofort an.

»Kannst du sprechen?«

»Ich bin im Büro«, antwortete sie kühl.

»Bist du allein?« Max klang dumpf, als wäre er in einem sehr kleinen Raum. Rief er vom Klo an?

»Nein.«

»Hör zu, Jessi. Du musst mir vertrauen. Ich kann dir alles erklären! Aber du darfst niemandem etwas erzählen, hast du verstanden? Das ist wirklich wichtig, ich kann das wieder geradebiegen, aber nur, wenn du still bist!«

»Und wann erklärst du mir alles?« Jessica blickte zu ihrer Bürokollegin, die höchst konzentriert auf ihre Computertastatur hämmerte.

»Bald. Gib mir ein wenig Zeit, okay? Alles wird gut.«

Der Tag verging wie im Flug, und um sechs poppte auf ihrem Kalender eine Erinnerung auf. *Kiang mit Brunner + Zeiler.* Das Treffen mit Margarethe Brunner und Miriam Zeiler von ATV hatte sie komplett vergessen; wie viele ihrer Verabredungen war es halb privat, halb beruflich, man traf sich zum Afterwork-Drink, plauderte über Persönliches, ohne natürlich jemals die professionellen Themen zu vergessen.

Sie schrieb an beide eine Whatsapp: Sorry, ich komm hier nicht weg und bin total erledigt. 😟 Muss unser Treffen verschieben, ich melde mich nächste Woche.

Zu Hannah sagte sie: »Ich hab Brunner und Zeiler abgesagt, ich muss ins Bett, vielleicht bekomm ich eine Erkältung.«
»Das wäre blöd, so knapp vor dem Urlaub«, erwiderte die Kollegin, die auch gerade dabei war, ihre Sachen zusammenzupacken. »Alles Gute, erhol dich!«

Gerade als sie die Wohnungstür aufschloss – das Sicherheitsschloss war abgesperrt, also war Max noch nicht zu Hause –, klingelte das Telefon. Rufnummer unterdrückt.
»Jessica Pollauer?«, nahm sie das Gespräch entgegen.
Am anderen Ende war Schweigen. Es war nicht so, dass jemand sofort aufgelegt hätte oder die Verbindung unterbrochen gewesen wäre, es war einfach Schweigen. Kein Atmen war zu hören, trotzdem wusste sie, dass da jemand am anderen Ende der Leitung war.
»Hallo? Wer ist da?«
Dann wurde der Anruf beendet, sie schlüpfte aus den Schuhen, warf ihre Tasche auf den Boden und die Jacke gleich dazu. Wie Max das hasste, wenn sie einfach alles so verlor, dachte sie – und dass das jetzt alles egal wäre.
In der Küche befüllte sie den Wasserkocher und brühte sich Tee auf. Sie hatte gar keine Lust auf Tee, suchte lediglich etwas, mit dem sie sich beschäftigen konnte. Da überfiel sie eine ungeheure Sehnsucht nach ihren Eltern, am liebsten hätte sie sich ins Auto gesetzt und wäre nach Grafenbruck gefahren. Es war nicht weit, sie könnte noch am selben Abend wieder zurück sein, aber dann müsste sie erzählen, was heute Morgen vorgefallen war. Natürlich würde ihre Mutter ihr sofort anmerken, dass etwas nicht in Ordnung war. Also rief sie an. Jessica wählte wie

immer die Festnetznummer; es war die einzige Telefonnummer, die sie auswendig konnte, stellte sich vor, wie im Haus ihrer Kindheit der Apparat klingelte. Und wie immer ging ihre Mutter ans Telefon.

»Pollauer.«

»Mama, ich bin's. Wie geht es euch?«

»Jessi! Wie schön! Was gibt's denn? Ist alles in Ordnung?«

Ihre Mutter klang ein wenig verwundert, schließlich rief Jessica fast nie unter der Woche an, immer nur am Sonntag, aber die Eltern beschwerten sich nie. Sie waren so stolz auf ihre Tochter, die in der Hauptstadt im Ministerium arbeitete, wenn auch in ihren Augen die falsche Regierung an der Macht war.

»Jaja, ich hatte nur gerade an euch gedacht, da wollte ich mich mal melden. Wie geht's Papa? Alles gut?«

»Ja, natürlich, Kindchen! Der ist gerade noch schnell ins Gartencenter gefahren, die Regentonne ist undicht.«

»Gut. Du, sag mal, Mama, kann ich am Samstag zu euch kommen? Gleich am Vormittag?«

»Ja, natürlich, warum fragst du denn? Du kannst immer zu uns kommen! Kommt Max auch mit?

»Ich glaube nicht, aber ich melde mich noch. Kochst mir was Gutes?«

»Alles, was du willst, Jessi, alles, was du willst.«

Nach dem Telefonat ging Jessica unruhig in der Wohnung herum. Sie wusste nicht, was sie nun anfangen sollte, am liebsten hätte sie das Badezimmer oder die Küche geputzt, doch alles war makellos sauber. Max war der größte Ordnungsfanatiker, den sie kannte.

Ich komm heute nicht, muss was erledigen. mach dir keine Sorgen, ich bring alles in Ordnung xxx, lautete die Whatsapp.

Wo musst du hin? Was hast du vor?

Die beiden Häkchen blieben grau, es war, als hätte Max unmittelbar nach dem Abschicken seiner Nachricht das Mobiltelefon abgeschaltet.

Veronika war etwas verwundert, als Jessica anrief und vorschlug, etwas trinken zu gehen.

»Wie? Lebst du auch noch?«, fragte sie lachend. Jessica murmelte etwas von vollem Terminkalender und dass sie spontan heute Zeit hätte.

»Warum nicht«, hörte sie Veronika sagen. »Nur Trinken ist nicht, ich bin im sechsten Monat schwanger.«

Über eine Stunde hatte Jessica versucht, sich in der leeren Wohnung zu beschäftigen, hatte wahllos ein paar Bücher in die Hand genommen, sich durch sämtliche Fernsehkanäle geschaltet, Musikvideos auf Youtube geschaut und dann lange vor dem offenen Kühlschrank gestanden auf der Suche nach einer Mahlzeit, die sie zubereiten konnte. Nicht etwa, weil sie hungrig war, sie brauchte nur irgendetwas, was sie von ihren Grübeleien ablenkte. Das Telefon lag immer in Griffweite, und als die unterdrückte Nummer noch einmal anrief, beschloss Jessica, die Wohnung zu verlassen. Zum Glück war Veronika so spontan.

Sie trafen sich um acht in einem Lokal in der Neubaugasse, und Jessica war froh über Veronikas Schwangerschaft. So referierte die ehemalige Studienkollegin über Gewichtszunahme, Vor- und Nachteile einer Hausgeburt, Mädchen- und Bubennamen und Dauer der Karenz und kam gar nicht auf die Idee, Jessica nach ihrem Leben auszufragen. Es war schon spät, als Veronika fragte: »Und bei dir so? Wie läuft's mit deinem Minister? Plant ihr auch was?« Und als Jessica sagte, sie hätten vor, ein paar Tage nach New York zu fahren, lachte die Freundin und meinte: »Ich dachte eher, ob ihr auch Nachwuchs plant.«

»Ach, wir haben gerade so viel zu tun, das hat noch Zeit«, antwortete Jessica und fühlte so eine Traurigkeit und Leere in sich aufsteigen, dass sie hoffte, ihr Gegenüber würde es nicht merken.

Beim Verabschieden versicherten sie sich, dass sie sich bald wiedersehen würden, ganz sicher noch bevor das Baby kam, und Jessica dachte voller schlechtem Gewissen an Manu, ihre ehemals beste Freundin im Burgenland, die sie, seit sie Mutter war, erst ein einziges Mal besucht hatte. Am Samstag schau ich bei der Manu vorbei, nahm sie sich vor. Ganz sicher.

Es war kurz vor Mitternacht, als sie vor ihrer Wohnungstür den Haustürschlüssel in der Handtasche suchte, da leuchtete ihr das auf lautlos gestellte Handy entgegen. Wieder die unterdrückte Nummer, sie nahm das Gespräch nicht an und blickte sich um. Dieser schwarze Audi mit den getönten Scheiben, saß da jemand drin? War sie jetzt schon komplett hysterisch? Es war noch nicht einmal Mitternacht, sie stand in der Straße inmitten eines gutbürgerlichen Viertels und fürchtete sich wie ein kleines Kind vor dem bösen Wolf. Ihre Hand zitterte, sie steckte den Schlüssel ins Schloss und ging rasch auf den Aufzug zu. Als sich die Lifttüren von innen schlossen, lehnte sie ihre Stirn gegen die kühle Wand. Die Wohnungstür schloss sie hinter sich ab, ging durch die Zimmer und schaltete überall die Lichter ein. In Max' Schlafzimmer blieb sie stehen. Trotz der außergewöhnlichen Umstände heute Morgen hatte er sein Bett sorgfältig gemacht, fast musste sie lachen. Sollte sie noch einmal den Tresor hinter dem Bild öffnen? Nein, sie hatte ihm ein Ultimatum gestellt, das würde er erfüllen, sie würde jetzt einfach mal abwarten.

Und obwohl sie am Abend zwei Aperol Spritz getrunken hatte, beschloss Jessica, eine Schlaftablette zu nehmen, sie musste einfach mal ein paar Stunden abschalten, morgen brauchte sie einen klaren Kopf. Sie schloss die Schlafzimmertür, schaltete das Handy auf Flugmodus und fiel in einen tiefen, traumlosen Schlaf.

Kurz bevor der Wecker klingelte, wachte Jessica auf und fühlte sich ausgeschlafen und erholt. Bis ihr der letzte Tag wieder einfiel. Hatte sie diese Mailkorrespondenz in Max' Notebook wirklich gelesen? Und dann dieser Streit. Er hatte sie geschlagen. Na gut, geschlagen war vielleicht übertrieben, die Hand war ihm ausgerutscht, das konnte jedem passieren. Er hatte sich entschuldigt und gesagt, er werde es richten, und sie würde ihm vertrauen.

Die Morgensonne fiel durch das große Dachfenster direkt auf das Blatt Papier, das am Küchentisch lag. Ein weißer DIN-A4-Zettel, mittig zwei Zeilen in großer Schrift, Courier, dachte Jessica automatisch, wahrscheinlich 20 Punkt. Und dieses Blatt Papier lag gestern definitiv nicht da.

Ein bedauerlicher Unfall

»Also, die Jessica, die war leider sehr eifersüchtig.« Walter Pedure faltete seine Hände und nickte bedächtig mit dem Kopf.

»Was wollen Sie damit andeuten?« Alma saß ihm gegenüber, auf dem anthrazitgrauen Besprechungstisch vor ihnen stand eine Wasserkaraffe mit zwei Gläsern.

»Na ja, der Max war ein fescher Kerl und einem Flirt auch nicht immer abgeneigt. Und wie gesagt, Jessi war ein wenig … na, sagen wir … besitzergreifend.«

»Kannten Sie die Wohnung der beiden, Herr Pedure?«

»Natürlich kannte ich die Wohnung. Ich war zwei-, dreimal zum Essen eingeladen. Also mit mehreren Leuten. Warum fragen Sie?« Wenn Pedure nervös war, konnte er es gut verbergen, er zuckte nicht einmal mit einer Augenbraue.

»Ach, nur so. Weil ich die Anordnung der Wohnung etwas seltsam finde. Mehr so wie eine Wohngemeinschaft«, antwortete Alma.

Pedure goss beiden ein Glas Wasser ein und sagte: »Darüber weiß ich nichts. Ich war ja zum Essen eingeladen und bin natürlich nicht in ihrem Schlafzimmer gewesen.«

»In ihren Schlafzimmern«, sagte Alma, »aber egal. Wissen Sie, ob Max Langwieser eine Affäre gehabt hat?«

»Ich weiß nichts, aber Gerüchte gab es schon immer wieder.«

»Namen?«

»Bedaure. Soll ich uns einen Kaffee bringen lassen? Brauchen Sie sonst irgendetwas?«

»Nein, danke. Was können Sie mir über das Pfitztal sagen?«

»Warum interessieren Sie sich denn für das Pfitztal?« Jetzt klang Pedure doch etwas erstaunt.

»Ich habe gehört, das wäre ein wichtiges Projekt des Ministers gewesen?«

Der Kabinettschef stand auf und stellte sich hinter seinen Stuhl. Jetzt erst fiel Alma auf, wie groß er war.

»Das war nicht nur ein wichtiges Projekt des Ministers, das ist ein ganz wichtiges Projekt für die ganze Tourismusregion. In diesem Tal haben sie gehörig aufzuholen, wenn sie wettbewerbsfähig bleiben wollen.«

»Und diese Umweltschützer? Haben die das Ganze ernsthaft gefährdet?«

»Na ja, gefährdet würde ich vielleicht nicht sagen, aber verzögert. Aber auch das ist sehr ärgerlich. Jeder Tag kostet die Republik Österreich Geld.«

»Na ja, immerhin liegt eine junge Frau im Koma. Die Eltern oder der Freund dieser Emma …«

»Schlager«, half der Kabinettschef aus.

»Danke, Schlager, ja also, die Verwandten hätten doch jeden Grund, einen Hass auf den Minister zu haben.«

»Das glauben Sie doch selber nicht.« Er lachte trocken. »Dieses arme übereifrige Mädchen hatte einen bedauerlichen Unfall. Was soll Max Langwieser damit zu tun haben?«

Alma stand nun ebenfalls auf. »Ich hätte gerne alle Unterlagen zum Projekt Pfitztal. Gutachten, Rechnungen, Aufträge, Mails, und Sie haben sicher auch Beschwerdepost und Hassnachrichten gesammelt. Würden Sie uns ein Dossier zusammenstellen?«

»Ich weiß überhaupt nicht, was das bringen soll, das hat doch nichts mit Max' Tod zu tun.« Pedures Ton war eine Nuance schärfer geworden. »Und haben Sie eine Genehmigung des Staatsanwalts? Das sind immerhin vertrauliche Regierungsinformationen.«

»Die bekommen Sie, keine Angst«, antwortete Alma und hoffte, dass der Kabinettschef den Zweifel in ihrer Stimme nicht bemerkte. Sie war keineswegs sicher, dass Staatsanwalt Hutter ebenfalls die Notwendigkeit dieser Überprüfung sehen würde.

Zurück im Präsidium begegnete ihr am Gang zu ihrem Büro Manfred Maurer, der *Food-&-Bike*-Bote. Er schaute Alma mürrisch an, murmelte ein »Auf Wiedersehen« und ging an ihr vorbei.

»Was wollte der denn hier?«, begrüßte sie die Kollegen.

»Wir haben ihn noch mal vorgeladen.« In Kolonjas Stimme schwang Müdigkeit mit.

»Und?«

»Der ist harmlos. Der war auch früher nie besonders radikal, eher ein Mitläufertyp. Seit seiner Verhaftung vor fünf Jahren ist er nicht mehr auffällig geworden.«

»Habt ihr überprüft, ob es einen Zusammenhang zwischen ihm und dieser Umweltbewegung im Pfitztal gibt? Vielleicht sogar ein Naheverhältnis zu dieser Emma Schlager?«

»Machen wir. Aber ich glaube, er ist sauber.«

»Und ist ihm noch was eingefallen?«

»Leider nein. Er hat versucht, den Mann in dem SUV, der ihm aufgefallen war, genauer zu beschreiben.«

»Und? Brauchbar?«

»Na ja. Er war ziemlich vage. Eher klein, kurze dunkle Haare, Schnöselanzug. Also eher wenig für eine Fahndung.«

I Can Fix This

Zwei Tage vor Max Langwiesers Tod

Wie kam dieses Blatt Papier auf den Küchentisch?

Du magst doch dein Leben, oder Jessi? Setz es nicht aufs Spiel, dann kann alles so bleiben, wie es ist.

Versuchte Max, sie einzuschüchtern? Nein, das passte nicht zu ihm, er würde mit ihr reden. Hatte noch jemand einen Schlüssel zur Wohnung? Die Putzfrau! Aber das ergab doch keinen Sinn, warum sollte die Putzfrau ihr schreiben, sie solle ihr Leben nicht aufs Spiel setzen? Erneut kontrollierte Jessica, ob die Wohnungstür auch wirklich abgeschlossen war. War sie. Und auch das Sicherheitsschloss, für das man einen Extraschlüssel brauchte. Sie ging noch einmal alle Räume ab, schaute in die Putzkammer und in die begehbaren Schränke. Selbst auf die Terrasse warf sie einen Blick. Nichts. Niemand. Jessica ließ sich aufs Sofa fallen und wünschte sich eine Migräne. Wie schön wäre es, wenn sie jetzt einfach ein bisschen krank wäre, sie würde ein paar Tabletten einwerfen, ins Bett zurückgehen, und spätestens am nächsten Tag wäre alles wieder gut. Aber so lief es leider nicht. Gestern war ihre Welt auseinandergebrochen, diese Welt, die sie sich so schön zurechtgebastelt hatte. Und sie wusste, das war jetzt nicht wie bei einer Erkältung oder einer Magen-Darm-Grippe, es würde nicht einfach wieder gut werden.

»Hallo, Hannah, guten Morgen. Du, ich komm heute erst am Nachmittag, ich hab ganz furchtbare Kopfschmerzen.«

»Oje, du Arme. Was steht denn an bei dir am Vormittag?«
Auch wenn Hannah Smith ihr die Migräne nicht abkaufte, ließ sie sich zumindest nichts anmerken.

»Ich hab einen Termin mit einer Frau von der Industriellenvereinigung. Der Name steht im Onlinekalender. Verschieb ihn bitte, oder mach du ihn. Du kannst das auch!«

»Nein, tut mir leid, das schaff ich nicht. Wir sagen ihn ab.«

»Alles klar. Ich geh wieder ins Bett und melde mich zu Mittag, okay?«

»Passt. Gute Besserung.«

Nachdem sie noch einmal die Türschlösser kontrolliert hatte, ging sie unter die Dusche. Sie stand schon unter dem warmen Strahl, da schlüpfte sie noch mal aus der gemauerten Nische und versperrte auch noch die Badezimmertür von innen. Es war wie in einem Horrorfilm, eine subtile Angst hatte sich in ihr Nervensystem geschlichen.

Als Jessica sich in ein großes Badetuch wickelte, hörte sie das leise Klopfen an der Tür. Sie erstarrte, hielt die Luft an, blickte sich um. Zahnbürste oder Nagelschere würde man wohl kaum als Waffe verwenden können.

»Jessica? Bist du da drinnen? Komm, mach auf.«

Es war Max. Sie war so erleichtert, dass ihr die Tränen in die Augen schossen, sie drehte den Schlüssel um und stolperte ihm entgegen, dabei fiel das Badetuch zu Boden. Seit der misslungenen Nacht vor etlichen Jahren hatte sie sich ihm nicht mehr nackt gezeigt, aber nun war es ihr egal. Er hielt sie fest, sie versuchte, nicht daran zu denken, dass er es war, der ihr vor vierundzwanzig Stunden die Nase blutig geschlagen hatte.

»Du machst mich ganz nass, komm, zieh dir was an!« Max löste die Umarmung, bückte sich und legte Jessica das Badetuch um die Schultern. »Ich mach uns jetzt Kaffee, du ziehst dir was an, und dann reden wir, okay?«

In der Küche hantierte Max mit fahrigen Bewegungen an der

Espressomaschine. Sein Gesicht war grau, die sonst so perfekten Haare strähnig.

Jessica hatte sich angezogen und war ihm in die Küche gefolgt.

»Was ist das?« Sie nahm das Blatt Papier mit spitzen Fingern und hielt es vor sein Gesicht.

»Was ist das?« Er stutzte, sah sie fragend an.

»Das fragst du *mich*? Wieso fragst du das *mich*? Erklär *du* es mir.«

»Wenn du mir zeigen würdest, was es ist, könnte ich es dir vielleicht erklären.«

»Bitte schön.« Jessica ließ den Zettel zu Boden fallen, er segelte malerisch hinab und blieb dann mit der Schrift nach oben auf dem Parkett liegen. Max beugte sich darüber, studierte die beiden Sätze so lange, als wäre es ein ganzer Aufsatz, und richtete sich wieder auf, stützte sich auf die Stuhllehne.

»Du wirst das ja nicht geschrieben haben, oder?«, fauchte Jessica ihn an.

»Spinnst du jetzt komplett?«

»Du willst mir aber jetzt nicht einreden, dass der Brief gar nicht existiert und ich ihn mir einbilde?«

»Natürlich nicht.«

»Also. Wer hat noch einen Schlüssel für unsere Wohnung. Außer der Putzfrau?«

»Niemand.« Max wirkte, als wäre alles Leben aus ihm gewichen. Sein Gesicht wurde noch fahler, seine Augen glänzten fiebrig.

»Du lügst. Wer kann hier einfach so reinspazieren? In unsere Wohnung?«

»Ich weiß es nicht. Also, ich habe mal einen Schlüssel nachmachen lassen und ihn im Büro deponiert. Nur für den Fall, dass etwas passiert.«

»Was sagst du?! Dein ganzes Kabinett kann in unserer Wohnung ein und aus gehen?«

»Jetzt übertreib mal nicht, wer sollte denn da einfach reinkommen?«

»Das frag ich dich! Wem hast du denn von unserer Auseinandersetzung erzählt?«

»Niemandem.«

»Siehst du! Du lügst schon wieder. Wer will nicht, dass ich an die Presse gehe? Zur Polizei? Zu Stefan?«

»Jetzt beruhig dich doch mal.« Max stellte die Tassen auf den Tisch. »Nimm dir ein paar Tage frei und fahr zu deinen Eltern. Oder in eine Therme? Du wolltest doch immer schon in dieses Spa nach Aussee.«

»Sag mal, spinnst du?« Jessicas Angst war einer Wut gewichen, einer Wut, die sie kaum zurückhalten konnte. »Du wirst mir jetzt erzählen, in was du da verwickelt bist, und dann wirst du die Sache klären. Ich fahr doch jetzt nicht zum Wellnessen!«

»Jessica, bitte! Ich kläre das ja. Aber das ist nicht so einfach, wie du dir das vorstellst. Ich brauch ein wenig Zeit.«

»Was ist daran so kompliziert? Du nimmst einfach dieses Scheißgeld und zahlst es zurück, oder?«

»Ach Jess. Das Geld von diesem Purtscher, das ist doch das geringste Problem. Du hast ja keine Ahnung.«

»Dann erklär es mir bitte! Oder ist es so schwierig auszusprechen, dass du ein korruptes Arschloch bist? Dass du dich hast kaufen lassen?«

»Baby! Hör zu!« Max war einen Schritt auf sie zugetreten und hob beide Hände. Sie wich zurück: »Schlägst du mich jetzt noch mal? Na? Bist du jetzt auf den Geschmack gekommen?«

»Hör doch auf, du übertreibst maßlos. Ich hab mich doch auch entschuldigt. Baby, jetzt sei vernünftig!«

»Nenn mich nie wieder Baby! Nie wieder! Und du gehst keinen Schritt weiter, hörst du! Keinen Schritt, oder ich ruf die Polizei.«

»Die Polizei?« Er sah sie an, als hätte sie etwas völlig Absurdes von sich gegeben. »Du glaubst, die Polizei kann uns da helfen? Wie naiv bist du eigentlich.« Max setzte sich an den Küchentisch und legte sein Gesicht in die Hände und schluchzte auf.

Der coole, erfolgreiche, selbstbewusste Minister saß an seinem Designertisch und weinte wie ein kleiner Junge, und da fiel Jessicas Zorn wie ein Kartenhaus in sich zusammen. Er sah so fertig aus, so verletzlich, sie konnte sich gar nicht mehr vorstellen, dass er die Hand gegen sie erhoben hatte. »Max, du musst mir alles erzählen, hörst du? Alles wird gut, wir sind doch ein Team.« Sie legte ihm die Hand auf den Rücken.

»Ich kann dir nicht alles erzählen, noch nicht. Du musst mir vertrauen. I can fix this.« Er nahm die Hände vom Gesicht und lächelte sie an. *I can fix this*, das war ein Running Gag zwischen ihnen, ein Satz, den sie aus einer amerikanischen Serie übernommen und den sie in ihren Sprachgebrauch aufgenommen hatten. Max' Gesicht stand in krassem Widerspruch zu diesem Satz, er sah nicht aus, als könnte er irgendetwas »fixen«.

»Warum kannst du mir nicht alles erzählen, was gibt es denn noch? Hast du was mit diesem Mädchen im Koma zu tun?«

»Ich? Spinnst du? Glaubst du, ich fahr mal schnell nach Osttirol und schubse Kinder den Abgrund hinunter?«

»Du vielleicht nicht? Aber deine Freunde?«

»Jessica, jetzt hör mir mal gut zu. Du musst mir vertrauen, ich kann dir alles erklären. Aber noch nicht jetzt. Je weniger du weißt, desto weniger bist du gefährdet.«

In Jessicas Kopf schwirrten die Gedanken wie Hummeln, ihre Gefühle wechselten ständig zwischen Wut, Trauer, Verwirrung, Verständnis und Hass. »Was soll das denn jetzt wieder heißen? Gefährdet? Wieso bin ich gefährdet, wenn du dich schmieren lässt? Und du glaubst doch nicht, dass mir so ein Anton aus Tirol Angst einjagen kann?«

»Anton aus Tirol ist harmlos. Vergiss ihn.« Max stand auf,

putzte sich die Nase, spülte seine Kaffeetasse ordentlich ab, nahm sein Sakko und ging aus der Küche.

»Wo willst du jetzt hin?« Jessica verachtete sich für diesen Satz, für diese hysterische Stimme, sie klang wie eine eifersüchtige Ehefrau, die ihrem Gatten nachschreit, wenn er zur Geliebten geht.

»I will fix the problem«, sagte Max leise und lächelte sie zaghaft an. An der Tür drehte er sich noch einmal um: »Ich muss los, bitte Jessica, pack ein paar Sachen und fahr weg.«

»Ich kann nicht einfach so wegfahren, was glaubst du denn. Ich hab einen Job, Termine. Hast du es schon vergessen? Ich hab ein eigenes Leben.«

Als Jessica allein in der Wohnung zurückblieb, überlegte sie kurz, heute gar nicht mehr ins Büro zu gehen, sie könnte die Büroleiterin anrufen, um sich krankzumelden. Doch dann entschied sie sich dagegen. Was sollte sie zu Hause tun? Und was, wenn die Person, die diesen Zettel auf dem Küchentisch drapiert hatte, wiederkam. Die Gedankenspirale in ihrem Kopf zu stoppen ging wohl am besten mit Ablenkung durch Arbeit. Schließlich hatte sie Max ein Ultimatum gestellt, und diese Zeit musste sie ihm geben, bevor sie weitere Schritte unternahm. Welche Schritte würden das sein? Würde sie zum Kanzler gehen? Max' Familie anrufen? Ihn bei der Korruptionsstaatsanwaltschaft melden oder einfach alles jemandem von der Presse erzählen? Michael Lungitzer, der junge Nachrichtensprecher, mit dem sie mal einen kleinen Flirt hatte. Würde er ihr glauben?

Nein, sie würde jetzt erst einmal stillhalten und Max eine Chance geben, und plötzlich war sich Jessica sicher, dass er das alles wieder geradebiegen würde. Der Max Langwieser, den sie seit ihrem sechzehnten Lebensjahr kannte, war ein integrer, aufrechter Mensch. Einmal abgesehen von ihrer seltsamen Beziehungskonstruktion, aber das war etwas ganz anderes. Max war so etwas wie ihr *Lebensmensch*, der Mensch, mit dem sie gerne Dinge teilte, auf Augenhöhe diskutieren konnte, Spaß hatte. »Lebensmensch darfst du nicht sagen«, hatte Max einmal gelacht, »der Ausdruck ist in Österreich leider schon besetzt.« Sie konnte sich noch an den Tod des Politikers erinnern, an das völlig demolierte Auto und die weinenden Menschen in den Nachrichten. Und an diesen braun gebrannten Mann im Fernsehen, der immer wieder von seinem Lebensmenschen gesprochen hatte.

Inzwischen hatte sich Jessica gut eingerichtet in diesem Leben als Ministergattin in spe. Mit schöner Penthousewohnung und den Einladungen für Abendessen und Bälle. Es war ein gutes Leben und außerdem, was war schon dabei? Sie wohnte mit ihrem besten Freund, also mit ihrem *Lebensmenschen*, zusammen, quasi als Wohngemeinschaft, hin und wieder hatte sie eine kleine Affäre. Und vor ein paar Wochen, sie waren am Heimweg gemeinsam durch die Stadt geschlendert, hatte Max sogar angedeutet, dass er sich auch ein gemeinsames Kind vorstellen könnte. Auf ihre Nachfrage hatte er ihr den Arm um die Schulter gelegt und gesagt: »Da gibt es mehrere Möglichkeiten, das können wir dann besprechen. Du bist ja noch so jung!« Jessica hatte nicht weiter nachgefragt, doch oft über diese Möglichkeit nachgedacht. Ein Kind, ach, wie würde ihre Mama glücklich sein.

Und in einem war Jessica sich sicher: Max brannte für die Politik, lebte für dieses Land, glaubte wirklich an die Sache. Die Sache ... Was war die Sache? Eine neue Politik, transparent und ohne Freunderlwirtschaft, fernab alter, verkrusteter Strukturen, modern und weltoffen und dennoch unseren Traditionen verpflichtet. Was würde passieren, wenn Max sich selbst anzeigte? Er würde in jedem Fall seinen Ministerposten verlieren, da gab es keinen Zweifel, aber würde er verurteilt werden? Und was war mit ihr, würde ihr ganzes Konstrukt der glücklichen Beziehung auffliegen? Brauchte er sie dann überhaupt noch?

Im Büro erzählte sie Hannah etwas von neuen Kopfschmerztabletten und begann, die aufgestauten Mails abzuarbeiten.

Ein Anruf riss sie aus ihren Gedanken, es war Frau Schmidinger, die Vorzimmerdame des Kanzlers.

»Frau Pollauer? Der Herr Bundeskanzler würde Sie gerne sprechen. Könnten Sie es einrichten?«

»Jetzt? Ja, stellen Sie ihn bitte durch.« Jessicas Stimme zitterte ein wenig, und sie hoffte, dass Frau Schmidinger es nicht bemerkt hatte. Hannah vergrub sich hinter ihrem Bildschirm.

»Nein, er würde Sie gerne persönlich sprechen. Ich schicke Ihnen einen Wagen, der holt sie ab. Sagen wir, in zwanzig Minuten?«

Eine halbe Stunde später begrüßte sie Stefan Fercher mit einer Umarmung und Küsschen links und Küsschen rechts. »Jessica, wie schön. Wir haben uns viel zu lange nicht gesehen! Das müssen wir ändern. Lass und mal wieder zu viert essen gehen.«

Auch der Kanzler war inzwischen verlobt, die Boulevardpresse munkelte schon über eine Doppelhochzeit.

»Gerne, aber warum wolltest du mich so dringend sprechen. Wohl kaum, um einen Restaurantbesuch abzustimmen?«

»Nein, natürlich nicht. Kaffee?«

»Nein danke.«

»Aber ich brauch dringend einen. Setz dich doch!«

In der Mitte des Raumes befand sich ein Besprechungstisch mit sechs Stühlen, doch Fercher führte Jessica zu den beiden Sofas in der Ecke. Zweimal war sie bisher im Büro des Bundeskanzlers gewesen, und jedes Mal wirkten die Räumlichkeiten, als müsste Stefan Fercher erst hineinwachsen, als würde ein kleiner Junge großer Feldherr spielen. Die auf Hochglanz polierte Holzvertäfelung, in die alle Wappen der Bundesländer eingearbeitet waren, die schiefergrauen, völlig leeren Tischplatten, die in Reih und Glied aufgestellten Mineralwasserfläschchen – das alles wirkte wie aus einem Bildband mit dem Titel *Die Räume der Macht.* Ein riesiger Kristallluster tauchte alles in ein warmes Licht. Wie durch Zauberhand erschien Frau Schmidinger und brachte ein großes Glas Milchkaffee, der aussah wie aus einem Barista-Lehrbuch.

Und dann erzählte ihr der jüngste Kanzler, den Europa je hatte, von Visionen und Ideen, von Projekten und großen Veränderungen und dass man dafür auch manchmal ein paar Umwege gehen müsse. »Und weißt du, es gibt immer jemanden, der nicht zufrieden ist. Große Ideen haben es nie leicht, der Mensch an sich ist kleingeistig und will keine Veränderung. Aber wir, wir wurden gewählt, um eben genau diese Veränderung zu schaffen.«

»Stefan, was willst du mir eigentlich sagen?«

»Ich will dir sagen, dass du Max nicht verurteilen sollst. Du musst jetzt einen kühlen Kopf bewahren und uns einfach machen lassen.«

»Uns? Was hast du damit zu tun?«

»Womit?«

»Na mit dem, warum wir hier gerade dieses Gespräch führen.«

»Ich hab nichts damit zu tun, aber Max ist mein bester Freund und genießt mein vollstes Vertrauen.«

»Aber Stefan! Er hat sich bezahlen lassen! Und dieses Mädchen im Koma, das kannst du doch nicht einfach ignorieren?«

»Ach, Jessica, Max hat manchmal behauptet, du seist naiv. Jetzt beweis ihm doch das Gegenteil. Und wo gehobelt wird, da fallen Späne. In zehn Jahren wird die Welt dankbar sein für all die Projekte, die wir jetzt durchbringen. Wir denken nur an die Zukunft dieses Landes.«

Er zog aus einer kleinen Zwischenablage im niederen Tisch ein schmales Notebook und klappte es auf. »Schau mal, ich zeig dir was.«

Jessica wurde durch eine perfekt gestaltete Simulation geführt.

Es startete mit grünen Hügeln, auf denen braune Kühe grasten, gerahmt von hohen, schneebedeckten Bergen. Einen Klick weiter schmiegte sich ein Hotelkomplex aus Beton und Holz durchaus ästhetisch an den grünen Hang, die breite, sonnenbeschienene Terrasse war von Menschen bevölkert, die entspannt in Gruppen beisammensaßen oder versonnen die Gipfel betrachteten.

»Ich mein, da kann man doch nichts dagegen haben, oder? Das ist einfach perfekt. Natürlich absolut nachhaltig und ressourcenschonend. Sonnenpaneele, Erdwärme, ein eigenes kleines Windkraftwerk ...«

Stefan klickte durch die Präsentation, und Jessica konnte es nicht leugnen: Es sah toll aus, auch sie würde hier liebend gerne Urlaub machen.

»Aber die Bodenversiegelung, die Zerstörung der Artenvielfalt ... diese Umweltschutzgruppen haben doch irgendwie auch recht, oder?« Jessicas Einwand klang ein wenig zögerlich.

»Aber meine Liebe. Hier wird nichts versiegelt, im Gegenteil, wir werden rund um das Projekt aufforsten. Lass es mich so ausdrücken: Auch diese Umweltschützer sind irgendwie in der Vergangenheit stecken geblieben, wir bauen ja nicht mehr wie in den Siebzigerjahren. Wir sind moderner als die! Sie sind so verbissen, denen geht es doch längst nicht mehr um die Sache.«

»Und das Mädchen, das den Hang hinuntergestoßen wurde?«

»Pass ein bisschen auf, was du sagst, Jessi! Niemand wurde irgendwo hinuntergestoßen, sie hat einfach nicht aufgepasst und ist abgestürzt.«

»Woher weißt du das so genau? Warst du dabei?« Jessica bemühte sich, ihre Stimme ruhig klingen zu lassen, Stefan sollte nicht merken, wie aufgewühlt sie war.

»Nein, natürlich war ich nicht dabei. Aber es gab bereits eine unabhängige Untersuchung, die festgestellt hat, dass es ein tragischer Unfall war. Und obwohl uns diese Verzögerung Unsummen kostet, haben wir einen Fond eingerichtet, um den Genesungsprozess dieser Emma Schlager zu unterstützen. Aber warte, ich zeig dir noch was.« Er öffnete eine neue Datei, und wieder klickte er durch atemberaubende Landschaftsbilder, diesmal von dichtem Wald. »Erkennst du das?«

»Nein?«

»Das war Max' neueste Idee: Eine Freizeitanlage mitten im Wienerwald. Mit Hotel, Restaurants, Schwimmbad, aber auch genügend niederschwelligen Angeboten, nicht nur für die Reichen. Das würden sogar die Sozis gut finden!«

Jessica blickte kurz auf den Infofilm, in dem eine sympathisch aussehende Familie – Vater, Mutter, Sohn und Tochter – auf einen großen Gebäudekomplex aus Holz zuging, daneben glitzerte ein Pool, im Hintergrund konnte man Kahlenberg und Cobenzl erkennen.

»Könnte es sein, dass ihr ein wenig größenwahnsinnig geworden seid?«, fragte Jessica und stand auf.

»Könnte es sein, dass du ein wenig kleingeistig geworden bist?«, erwiderte der Kanzler und erhob sich ebenfalls. »Du verstehst hoffentlich, dass deine Meinung jetzt erst einmal nicht gefragt ist«, fuhr er fort. Sein Tonfall hatte sich merklich verändert. »Du lässt uns das jetzt machen und vergisst, was du illegalerweise in fremden Computern gelesen hast. Es würde dir ohnehin niemand glauben.«

»Du drohst mir jetzt aber nicht, oder?«, sagte sie und wandte sich zur Tür. »Eine Frage hab ich noch, mein lieber Herr Kanzler«, sagte sie, die Türschnalle schon in der Hand. »Hast du eigentlich einen Schlüssel zu unserer Wohnung?«

»Zu Max' Wohnung meinst du wohl, oder? Wie kommst du denn darauf? Natürlich nicht. Ich glaube, wir haben uns verstanden, nicht wahr, meine Liebe?«

Jessica zog die Tür von außen zu, straffte die Schultern und ging lächelnd an Frau Schmidinger vorbei. »Tschüss, schönen

Feierabend«, sagte sie, und erst am Gang fingen ihre Knie an zu zittern.

Den ganzen restlichen Tag verspürte Jessica eine heftige Wut. Eine Wut gegen Max, gegen Stefan, gegen Typen wie diesen Anton, den sie gar nicht kannte. Wie zynisch sie waren! Waren sie nicht angetreten, um etwas zu verändern? Eine neue Politik zu machen? Und je länger sie an das Gespräch mit Stefan Fercher dachte, desto überzeugter war sie, dass er ein Blender war. Es war wie eines dieser berühmten Umspringbilder, die sie in ihrer Kindheit so fasziniert hatten: Man sah ein paarmal hin, und plötzlich war da ein anderes Bild, eines, das man vorher nicht gesehen hatte, dafür konnte man das ursprüngliche nicht mehr erkennen, obwohl es doch dasselbe Bild war. So sah sie plötzlich in Stefan Fercher nicht mehr den feschen, jungen Mann mit der perfekten Frisur und dem charmanten Lächeln. Wenn sie sich an das heutige Gespräch erinnerte, sah sie ein ironisches Grinsen, falsche Augen und einstudierte Bewegungen.

Erst am Abend in der Wohnung kam die Angst zurück. Sie versuchte, Max zu erreichen, doch nach dem ersten Klingeln sprang die Mailbox an, und auch ihre Nachrichten blieben ungelesen. Inzwischen hatte sie bereits Routine im Durchsuchen der ganzen Wohnung; wie ein Kind beim Versteckspielen blickte sie unter die Betten und in jeden Schrank, erneut auf die Terrasse. Natürlich war niemand da. Jessica würde sich etwas zu essen bestellen, eine Flasche Wein aufmachen und eine Folge *Jane, The Virgin* auf Netflix schauen. Sie war hier sicher.

Die Pizza schaffte sie nicht mal zur Hälfte, und der Wein hinterließ einen schalen Geschmack. Auch *Jane*, die sie eigentlich zu jeder Tages- und Nachtzeit liebte, konnte Jessica diesmal nicht wirklich fesseln, und so scrollte sie nebenbei durch Facebook und Instagram. Karin hatte noch mal geschrieben, was denn nun sei, ob sie zu ihrer Feier komme und ob sie ihren schicken Minister auch mitbringen werde. Stimmt, das war ja der Anlass des ganzen Dramas, es war erst gestern gewesen und fühlte sich an, als wären seither Jahre vergangen. Und dann sah Jessica die Nachrichtenanfragen am Messenger, diesem Postfach, in das die Nachrichten jener Menschen, mit denen sie nicht befreundet war, abgelegt wurden. Ein paar Werbungen, eine Mitteilung, die mit »Hi Beauty« begann, und eine, in der stand: *Hallo Jessica*. Sie zögerte kurz, dann öffnete sie den Text.

> Hallo Jessica, wenn du jetzt alles richtigmachst, dann bleibt alles so schön, wie es gerade ist. Es wird nichts passieren. Weder Max noch dir und auch nicht deinen Eltern. Und es würde sogar für dich noch ein bisschen was rausspringen. Also mach keinen Unsinn und lass Max in Ruhe arbeiten. Er macht das großartig.

Sie klickte auf den Absender, natürlich war es ein Fake-Profil, das keinerlei Informationen preisgab. Jessica stellte ihren Facebook-Account auf *ruhend*, nachdem es ihr nicht gelang, sich von der Plattform abzumelden. Dann klemmte sie eine Stuhllehne unter die Türschnalle, und auch in ihrem Schlafzimmer versperrte sie die Tür. Dem Impuls, ihre Eltern anzurufen, gab sie nicht nach, es war nach elf, sie würden längst schlafen und sich zu Tode erschrecken. Jessica lag wach und lauschte auf jedes Geräusch, die Nachttischlampe hatte sie angelassen. War da eine Tür ins Schloss gefallen? Klopfte jemand? Hörte sie etwas aus der Küche? Irgendwann schlief sie ein und träumte, dass Max und Stefan sie mit einem roten Sportwagen von der Straße abzudrängen versuchten. Sie fuhren endlose Serpentinen bergauf, die beiden waren abwechselnd links und rechts neben ihr und winkten ihr fröhlich zu. Vom tiefen Abgrund trennte sie nur eine dünne Leitplanke.

Als Jessica aufwachte, lag sie schweißgebadet im zerwühlten

Bett, das Handy neben ihr klingelte. Unterdrückte Rufnummer. Sie wischte nach rechts und hörte ein leises Atmen. Oder war es ein Rauschen? Die Uhr zeigte drei Uhr fünfunddreißig.

Playa Cacao

Sie hatte den halben Flug über gedöst und dazwischen versucht, die letzten Tage zu rekapitulieren, als das Anschnallzeichen ertönte und die Stewardessen einen letzten Kontrollgang unternahmen. Das kleine Flugzeug am Bildschirm vor ihr hatte bereits das Meer überflogen und steuerte San José an. Jessica hatte jegliches Zeitgefühl verloren, inzwischen musste sie sogar nachrechnen, welcher Tag war.

Am Flughafen stellte sie sich in die lange Schlange, die sich unendlich langsam in Richtung der Einreiseschalter bewegte, und wurde mit jeder Minute nervöser. Ihren Pass hielt sie fest in der einen Hand, in der anderen den Reiseführer, den sie sich noch rasch in der Züricher Flughafenbuchhandlung gekauft hatte. Zum Glück gab es WLAN in der Halle, und sie googelte »Golfito«, »Regenwald der Österreicher«, »Tropenstation«. Man konnte sowohl mit dem Bus als auch mit einem Inlandsflug in den Süden reisen, doch wie auch immer sie sich entschied, sie musste erst eine Nacht in San José verbringen, am selben Tag ging gar nichts mehr.

Der Uniformierte sah aus wie ein Schuljunge, der Soldat spielte, die Haare akkurat gescheitelt, der winzige Flaum an der Oberlippe sollte ihn wohl älter aussehen lassen, bewirkte aber das Gegenteil. Jessicas Hand zitterte, als sie den Pass durch die Plastiktrennwand schob. Wurde sie bereits international gesucht?

»Jessica?«, fragte er mit hartem Akzent und sah sie freundlich an.

»Yes.«
»What is your profession?«
»I am a teacher.«
»For what reason are you in Costa Rica?«
»Tourist.«
»How long will you stay?«
»Two weeks.«
»Where are you going first?«
»To the south. Golfito. Esquinas Rainforest Lodge.«
»Ah, the Austrian project! Welcome! Enjoy our beautiful country!«

Der Beamte schob den Pass zurück, nachdem er ihn schwungvoll gestempelt hatte, und Jessica fiel ein Stein vom Herzen. Sie war drin, niemand suchte nach ihr, zumindest nicht auf dieser Seite der Welt.

Die problemlose Einreise hob Jessicas Stimmung, fast fühlte sie sich, als wäre sie auf Urlaub. Sie schloss sich im Klo ein und zählte ihr verbliebenes Geld, das Bündel hatte sie ganz tief im Rucksack verstaut, wahrscheinlich durfte man so viel Bargeld gar nicht einführen. Gut, dass sie jetzt erst daran dachte, und gut, dass niemand ihr Gepäck durchsucht hatte.

Mit ein paar Hundert Euro in der Hosentasche machte sie sich auf die Suche nach einer Möglichkeit zum Geldwechseln. Bei der Wechselstube war wenig Andrang, kaum jemand tauschte mehr Geld, wenn man es doch inzwischen fast überall aus dem Geldautomaten ziehen konnte. Jessica erhielt einen großen Stapel Colones. In der Warteschlange der Touristeninformation lief die junge Familie aus Zürich an ihr vorbei, der junge Mann hatte das größere Mädchen wie einen Sack über die Schulter gelegt, es schien fest zu schlafen. Das andere Kind saß im Buggy, es war festgeschnallt, und sein Kopf hing vorne über. Auch Jessica war inzwischen so müde, dass sie die Augen kaum offenhalten konnte. Kein Wunder, hier war es erst früher Abend, doch in Österreich ging in drei Stunden die Sonne auf. Wenn sie richtig gerechnet hatte.

»Hey, willst du mit ins Zentrum fahren? Wir können uns ein Taxi teilen.« Die junge Frau hatte den Kinderwagen mit dem kleineren Kind neben Jessica geschoben und lächelte sie freundlich an. »Ist das dein ganzes Gepäck?« Sie deutete auf Jessicas Rucksack.

»Ja, mehr hab ich nicht.« Jessica hörte sich diesen Satz sagen und fühlte sich irgendwie verwegen. So als wäre sie nicht diese Frau, die immer nur mit großem Hartschalenkoffer und viel zu vielen Klamotten reisen würde, sondern eine andere, eine coolere Version ihrer selbst.

»Ich weiß noch gar nicht, wie ich weiterfahre, deswegen wollte ich hier mal nachfragen.«

»Weißt du inzwischen, wo du hinwillst?«

Jessica zögerte kurz: Sollte sie riskieren, die junge Frau in ihre weiteren Pläne einzuweihen? Sie wollte so wenig Spuren wie möglich hinterlassen, doch diese Schweizer Hippiefamilie würde ihr wohl kaum zum Verhängnis werden.

»Nach Golfito«, sagte sie.

»Okay, da fährst du am besten mit dem Bus.«

Inzwischen war Jessica aus der Schlange getreten und schulterte ihren Rucksack. »Es gibt auch eine Fluglinie, oder?«

»Ja, es gibt zweimal am Tag ein kleines Flugzeug in den Süden. Das ist aber inzwischen teuer, und der Bus ist auch recht okay.«

»Wow, du kennst dich ja aus! Aber das ist alles eh erst morgen, oder?«

»Ja, heute passiert nichts mehr. Darum fahren wir jetzt ins Zentrum und suchen uns ein billiges Hotel.«

»Dann komm ich mit euch, und wir teilen uns das Taxi.«

Angie und Bernd, wie sie sich vorstellten, sprachen perfekt Spanisch und kannten sich auch sonst ziemlich gut aus. Angie war als siebzehnjährige Schülerin das erste Mal in Costa Rica gewesen, damals hatte sie auch Bernd kennengelernt, der ein paar Jahre älter war und ein freiwilliges soziales Jahr machte.

»Costa Rica ist unser Lebenstraum«, sagte Bernd, während er abwesend durch das verfilzte Haar seiner kleinen Tochter fuhr. »Wir haben eisern gespart, und nun sind wir auf unbestimmte Zeit da. Wer weiß, vielleicht bleiben wir für immer. Aber was treibt dich hierher?«

»Ach, eher Zufall. Ich steh gerade zwischen zwei Jobs, und da wollte ich eine kleine Auszeit nehmen. Ich bin übrigens Manuela. Manu.« Hörte sich gut an, ihre kleine Geschichte, fast glaubte sie sie selbst. Sie war eine unabhängige junge Frau, die es sich leisten konnte, zu reisen, und etwas von der Welt sehen wollte, bevor sie den nächsten lukrativen Job antrat. Das war eine ziemlich gute Story, fand sie.

Sie checkten in einem günstigen Hotel in der Nähe des Busbahnhofs ein und verabredeten sich für den nächsten Tag zum Frühstück.

»Spätestens um vier Uhr früh wirst du wieder aufwachen«, hatte Angie gesagt, bevor sie in ihren jeweiligen Zimmern verschwunden waren. »Da glaubt dir dein Körper dann nicht mehr, dass es immer noch Nacht ist.«

Und tatsächlich: Um 3:50 Uhr saß Jessica aufrecht im Bett, vor dem Fenster war es stockdunkel, und obwohl sie hellwach war, versuchte sie wieder in den Schlaf zu finden. Die nächsten Stunden döste sie vor sich hin, und als in der Morgendämmerung die Zikaden und Vögel zu lärmen anfingen, hätte sie fast den Wecker nicht gehört.

Sechs Uhr. Natürlich hatte sie nicht vor, Bernd und Angie noch mal zu treffen, vielleicht war es doch nicht klug gewesen, so enge Kontakte geknüpft zu haben. Wenigstens hatte sie nicht ihren richtigen Namen genannt, und beim Einchecken ins Hotel hatte sie vorgegeben, ihren Pass nicht zu finden, und endlos lange in ihrem Rucksack gekramt, bis die beiden auf dem Weg in ihr Zimmer waren. Wenn Angie und Bernd also nicht versuchten, an der Hotelrezeption ihren richtigen Namen zu erfragen, und *Manuela aus Österreich* in die Suchmaschinen eingaben, bestand nicht die Gefahr, dass sie auf den Seiten von Ministerium, Boulevardpresse oder Polizei landeten.

Am Busbahnhof dauerte es keine fünf Minuten, bis sie ein paar Einheimische ansprachen und ihr unter lautstarken Diskussionen halfen, den richtigen Bus zu finden. Ein moderner oranger Reisebus mit Klimaanlage. Der Fahrer kassierte 9150 Colones, das waren nicht mal fünfzehn Euro, wie Jessica erfreut ausrechnete. Sie packte ihren Rucksack auf die Ablage und setzte sich neben eine mollige junge Frau, die sie freundlich anlächelte. »Quieres cambiar de sitio?«, sagte sie, stand auf und schob Jessica auf den Fensterplatz. So genau hatte sie den Satz nicht verstanden, aber anscheinend wollte sie ihr, der Touristin, den Platz mit Aussicht überlassen. Nach zwei kurzen Pausen, eine, um aufs Klo zu gehen, die andere für einen Imbiss, hielt der Bus sieben Stunden später vor einem kleinen Supermarkt.

»Golfito«, rief der Fahrer ins Mikrofon, und sämtliche Blicke fielen auf Jessica. Anscheinend wussten inzwischen alle Fahrgäste, dass die einzige Touristin im Bus nach Golfito wollte. Der Plan, nicht aufzufallen, war wohl nicht so einfach in die Tat umzusetzen.

Ein paar Leute stiegen mit ihr aus und zerstreuten sich rasch in alle Himmelsrichtungen. Jessica stand alleine am Rand der staubigen Straße und blickte sich um. Rechts waren der kleine Supermarkt, eine Apotheke und ein Geschäft für Tierbedarf, links ein kleiner Kiosk und eine Tankstelle. Jessica stellte ihren Rucksack zwischen die Beine, zog sich die Baseballkappe ins Gesicht und nahm einen tiefen Atemzug. Und obwohl der Dieselgestank des abgefahrenen Busses noch in der Luft hing, konnte sie das Meer riechen. Es lag vor ihr, eine ruhige Bucht, tiefblaues Wasser, eine kleine Mole, an der ein paar Motorboote vor Anker lagen. Sie blickte auf die kleinen Wellen und fühlte sich augenblicklich ruhiger.

»Hola, cómo estás? Can I help you?« Die Frau, die sie ansprach, kam aus dem Supermarkt über die Straße und steuerte direkt auf Jessica zu. In beiden Händen hielt sie schwere Einkaufssäcke, auch sie trug eine Baseballkappe. Ihre Haut war noch eine Spur dunkler als die der Menschen, die Jessica bisher gesehen hatte, vorne fehlten ihr ein paar Zähne, und ihre Haare, die in einem dünnen Zopf aus der Kappe hingen, waren schlohweiß. Sie musste uralt sein.

»Yes, I need a room for the night.« Die spanischen Worte kamen nur langsam in ihr Gedächtnis. »Habitacion?«

»Si! Yo tengo una cabina!« Sie stellte die Einkauftüten ab und machte eine vage Handbewegung übers Meer. Auf der anderen Seite der Bucht konnte Jessica einen Strand mit Palmen und ein paar Häusern erkennen.

»How much?«, fragte sie, und die alte Frau hielt ihre Hand in die Luft und spreizte die Finger ab. »Cincuenta.«

»Dollars?«

»Si, señora. Beautiful room with toilet and shower! It's over there, at the Playa Cacao. Beautiful place.«

»Muy bien, gracias.« Jessica schulterte den Rucksack, den sie neben sich gestellt hatte, die Frau – sie stellte sich als Isabel vor – nahm ihre prall gefüllten Einkaufssäcke wieder auf und ging langsam in Richtung Mole, Jessica folgte ihr.

In einem kleinen blauen Motorboot lehnte ein Mann auf der Bank unter dem Dach und döste, doch als sich die beiden Frauen näherten, sprang er sofort auf. Er war mindestens so alt wie Isabel, sein Gesicht war von tiefen Falten durchzogen, und auch er zeigte ein zahnloses Grinsen. Trotz seines Alters kletterte er behände aus dem Boot auf den betonierten Kai, nahm der Frau die Einkäufe ab und reichte Jessica galant die Hand, um ihr aufs Boot zu helfen. Die beiden Alten wechselten ein paar Sätze, der

Mann schien daran gewöhnt, dass seine Frau mit Touristen im Schlepptau aus dem Supermarkt kam.

»Gerardo«, sagte er lachend und deutete mit einem schmutzigen Zeigefinger auf seinen nackten Oberkörper.

»Jessi«, sagte Jessica leise, legte den Rucksack auf eine der Bänke und nahm Platz.

Mein Gott, war das schön hier, das Meer tiefblau und ein wenig aufgewühlt, vor ihr eine Landzunge mit weißem Strand, kleinen bunten Hütten, dahinter bewaldete Hügel, es sah aus wie das Werbeplakat eines Reisebüros. Ich muss Max ein Foto schicken, dachte Jessica und hatte bereits ihr Handy in der Hand. Da fiel ihr wieder ein, warum sie hier war.

Die Fahrt über die Bucht dauerte nur ein paar Minuten, und nachdem Gerardo das Boot vertäut hatte, griff er sich Jessicas Rucksack. Sie folgte den beiden Alten den Strand hoch.

Die kleine Hütte war keine fünfzig Meter vom Meer entfernt. Ihr »Zimmer« entpuppte sich als Bretterverschlag, durch die Spalten der grob gezimmerten Planken schimmerte die Sonne, das Fenster war ein quadratisches Loch in der Holzwand, über die ein Moskitonetz gespannt war. Aber die Bettwäsche sah sauber aus, sie schien sogar gebügelt, und auch die Dusche, die sich im selben Raum befand, wirkte frisch geputzt. Isabel hatte den Riegel aufgeschoben, mit großer Geste die Tür geöffnet und Jessica angelacht. Diese *cabinas*, sie hatte vier nebeneinander, waren anscheinend ihr ganzer Stolz.

Jessicas innere Uhr war inzwischen komplett durcheinander, sie hatte keine Ahnung, wie spät es war, weder hier noch in Europa. Über dem Meer stand die Sonne tief, also musste es Abend sein. Sie packte ihre wenigen Kleidungsstücke in das einzige Regal und stellte sich unter die lauwarme Dusche. Danach legte sie sich nackt auf das kühle Laken, betrachtete den Ventilator, der sich langsam über ihr drehte, und ein paar Minuten später schlief sie ein.

Eiernockerl und Schnitzel

Sie hatten sich um 18 Uhr im *Café Prückel* verabredet. »Da haben Sie es nicht weit, und es ist mal was anderes. Sie sind ja Oberösterreicherin, da ist es ja geradezu meine Pflicht, sie in die Wiener Kaffeehauskultur einzuführen«, hatte Althuber gemeint, und als Alma eintrat und sich umblickte, saß er in einer der Fensternischen und telefonierte. Alma hängte ihre Jeansjacke auf den Garderobenständer, und er beendete das Gespräch, stand auf und rückte ihr, ganz Gentleman, den Stuhl zurecht.

»Uff«, stöhnte Alma, »heute bräucht ich auch einen Spritzer.«

»So schlimm?« Er sah sie mitleidig an.

»Jetzt tun Sie nicht so unschuldig, *Sie* verkehren doch in solchen Kreisen, Sie wissen doch, wie die sind. Ich sag's ehrlich, da sind mir die Messerstecher aus Favoriten lieber.«

»Erzählen Sie!« Althuber schob ihr die Speisekarte zu und nickte aufmunternd.

»Da gibt's nichts zu erzählen. Alles ist perfekt. Max Langwieser war der beste Politiker in ganz Österreich und der beste Mensch auf Erden. Sitzen alle in ihren Designerbüros mit blitzblanken Schreibtischen und erzählen Märchen. Bla bla bla.«

»Na, die regen Sie ja ordentlich auf! Was wird denn so erzählt über den Langwieser?«

»Nichts! Nichts wird erzählt, und genau das regt mich so auf. Max Langwieser hatte nur Freunde, keine Feinde, seine Liebe zu Jessica war rein und wahrhaftig, sein Umgang mit Mitarbeitern freundlich und wertschätzend. Wir haben recherchiert, einen ganzen Haufen Interviews und Artikel gelesen: Für alle war er der perfekte Landwirtschaftsminister. Für die Bauern, für die EU, für die Molkereibetriebe, für die Pharmafirmen, ja sogar für die Hühner und die Schweine. Da kann man sich doch nur ärgern!« Bei den letzten Sätzen war sie unwillkürlich laut geworden, und der Kellner, der bereits am Tisch stand und auf die Bestellung wartete, lachte und sagte: »Schnitzerl haben wir heute auf der Tageskarte. Also vom Schwein. Aber das tät doch passen, oder?«

»Perfekt! Ich nehm das Schnitzel«, sagte Althuber und sah Alma erwartungsvoll an. »Und Sie?«

»Ich nehm die Eiernockerl mit grünem Salat. Dann haben wir ein glückliches Schweinderl und zufriedene Hühner, oder?«

Nachdem sie die Bestellung aufgegeben hatten, sahen beide aus dem Fenster. Ein paar junge Frauen, allesamt schwarz gekleidet, betraten lachend das Kaffeehaus. »Studentinnen der Angewandten«, sagte Althuber, und Alma sagte: »Apropos junge Frauen, am Freitag hab ich eine interessante junge Frau kennengelernt, Kollegin von Frau Pollauer.«

»Und, war sie kooperativer als *Mister Perfect* Kabinettschef?«

»Nein, aber sie war eine der Letzten, die Jessica Pollauer gesehen haben.«

»Tja, und hat sie ein Motiv, ihn umzubringen und Jessica verschwinden zu lassen?«

Alma lachte. »Ich fürchte, nein, bei aller Fantasie kann ich mir das nicht vorstellen. Aber sie hat erzählt, dass unsere Jessica in den letzten Tagen ein wenig neben der Spur war. Und auch, dass sie ein Thema aus dem Ressort ihres Lebensgefährten sehr beschäftigt hat.«

»Was denn?«

»Eine abgestürzte Umweltschützerin in einem Tiroler Tal. Da soll es ein Tourismusprojekt geben, und der Herr Langwieser hat das wohl ein wenig – na, wie soll ich sagen – vorangetrieben.«

»Emma Schlager.« Althuber zog ein schwarzes Notizbuch aus der Innentasche seines Sakkos und schlug es auf. »Geboren 2005 in Lienz, engagiert sich für Umweltprojekte, seit sie zwölf ist, durchaus als radikal einzustufen.«

»Sauber, da hat jemand seine Hausaufgaben gemacht. Dann wissen Sie ja auch, dass sie im Koma liegt.«

»Ja. Und dass sie anscheinend wirklich nur blöd ausgerutscht ist. Ein tragischer Unfall.«

»Und Sie wissen natürlich auch schon, dass Jessicas Mama eine Nachricht von ihrer Tochter bekommen hat?«

»Ja, am Samstag um 4:25 Uhr von einem nicht registrierten Mobiltelefon.«

Alma schaute ihn scharf an. »Und wissen Sie auch, wo das Handy eingeloggt war?«

»Ich kann Sie beruhigen, das weiß ich noch nicht.«

»Aber ich, Moment.« Sie entsperrte ihr Handy und las die Nachricht vor, die Kolonja ihr ein paar Minuten zuvor geschickt hatte. »In Innsbruck!«

»Sieh mal einer an. Noch eine Spur nach Tirol. Zufall?«

»Wollte Jessica zu diesem Mädchen im Koma? Die liegt ja in Lienz im Krankenhaus.«

»Erstens müsste sie dann schon da sein, und zweitens fährt man von Wien nach Lienz nicht über Innsbruck.«

»Besserwisser«, sagte Alma und lachte. »Aber noch was, der Herr Staatsanwalt hat ganze Arbeit geleistet, und wir haben schon sämtliche Kontobewegungen.«

»Na?« Althuber nickte ihr aufmunternd zu.

»Jessica Pollauer hat in der Nacht von Donnerstag auf Freitag 9000 Euro abgehoben. Und zwar bei der Raiffeisenbank in Traiskirchen. Auf den Überwachungskameras ist sie eindeutig zu erkennen.«

Werner Althuber pfiff durch die Zähne. »Na, dann wissen wir wenigstens, dass sie noch lebt. Ist doch nicht schlecht, oder?«

»Ja, das ist gut. Und wir wissen, dass sie auf der Flucht ist. Und zwar nicht gerade kopflos. Geld abheben, nicht registriertes Handy besorgen, das ist alles ziemlich gut durchdacht.«

»Jessica Pollauer, eine eiskalte Killerin?« Werner Althuber spießte ein Stück von seinem Schnitzel auf die Gabel und sah es nachdenklich an.

»Sieht ein bisschen so aus, oder?«

»Tja.«

»Aber warum sie erst nach Traiskirchen fährt und dann in Innsbruck landet, ist mir nicht klar.«

Sie aßen, jeder hing seinen Gedanken nach, und Alma dachte, dass sie sich in der Gegenwart des schrulligen Herrn vom Verfassungsdienst wohlfühlte. Sie lächelte ihm zu, und er blickte sie fragend an. »Na? Was geht Ihnen gerade durch den Kopf?«

»Ich versuche, diese Frau zu verstehen. Was treibt sie an? Berechnung? Oder Angst? Und dann dachte ich noch, dass wir eigentlich ein ganz gutes Team sind, oder?«

»Das finde ich auch! Apropos Team, dürfte ich eines Ihrer Eiernockerl kosten? Wissen Sie, ich trau mich nie, welche zu bestellen, weil das war ja die Leibspeis vom Na-Sie-wissen-schon, das macht keine gute Optik, oder? Außerdem werden die Eiernockerl meiner Oma immer unerreichbar bleiben. Und so werde ich wenigstens nicht enttäuscht.«

»Das kenne ich gut! So geht es mir mit allen Arten von Knödeln. Bis auf die von meiner Oma sind sie alle eine herbe Enttäuschung. Aber bitte! Probieren Sie!« Alma schob ihm den Teller hin, und er nahm einen kleinen Bissen.

»Hm, nicht schlecht«, Althuber nahm noch eine zweite Gabel.

»Wollen Sie tauschen?«

»Gerne«, er schob ihr sein fast unberührtes Schnitzel zu. »Innsbruck. Da kann sie inzwischen überall sein. Italien, Deutschland, Schweiz.«

»Genau«, antwortete Alma und drückte großzügig Zitronensaft auf das Schnitzel. »Die internationale Fahndung ist bereits ausgeschrieben.«

Wut, Trauer und Orangenmarmelade

Die erste Zeit lebte Jessica ohne jeglichen Rhythmus, sie hatte aufgehört, auf die Uhr zu schauen. Manchmal war sie die halbe Nacht munter, um dann den ganzen Nachmittag in der Hitze zu dösen, dann wieder wachte sie erst zu Mittag auf, obwohl sie bereits um zehn ins Bett gegangen war. Am ersten Tag weckte sie irgendwann ein leises Klopfen, und als sie die Holztür öffnete, standen draußen ein abgedeckter Teller und eine Flasche Wasser. Obwohl sie keinen Hunger hatte, aß sie die Bohnen-Reis-Pampe. Von nun an stand jeden Morgen ein Teller vor ihrer Tür.

Erst am dritten Tag verließ Jessica für einen kurzen Spaziergang die Hütte. Barfuß ging sie an der Wasserlinie entlang, und endlich sah sie auch die Vögel, deren Krächzen sie in den letzten Tagen immer wieder geweckt hatte: Rote Aras, die in Gruppen auf den Bäumen saßen und zu ihr runtersahen. Es war, als würde sie mitten in einem Vogelpark wohnen.

Die Strandspaziergänge wurden bald zur Gewohnheit, jeden Tag blieb sie ein wenig länger draußen und fühlte sich immer besser. Handy und Tablet waren ganz unten im Rucksack vergraben, sie hatte noch immer keine SIM-Karte für ihr Handy, und obwohl sie sich die ersten Tage ohne Internet irgendwie unvollständig fühlte, dachte sie bald nicht mehr daran. Max' Laptop hatte sie unter ihrer Matratze versteckt, und manchmal, wenn sie im Bett lag, fühlte sie sich, als würde unter ihr eine Bombe ticken. Eines Nachts, irgendein lautes Geschrei in den

Palmen hinter der Hütte hatte sie geweckt, griff Jessica unter die Matratze und holte den Laptop hervor. Sie klappte ihn auf, der Akkustand war bei fünf Prozent, und tippte Max' Passwort ein, doch auf dem Bildschirm passierte nichts. Noch einmal ganz langsam, Mädchenname seiner Mutter, Max' Geburtsdatum. Wieder nichts. Er hatte also kurz vor seinem Tod das Passwort geändert. Sie schob das Notebook wieder zwischen Holzbrett und Matratze, und irgendwann gelang es ihr, wieder in den Schlaf zu finden.

Bald war Jessicas Körper in perfektem Einklang mit der Natur. Der Lärm der Vögel und Affen weckte sie im Morgengrauen, sie war schlagartig wach und blieb trotzdem immer noch ein paar Minuten liegen, um dem Frühkonzert zu lauschen, dann stand sie auf, ging die paar Schritte zum Strand und schwamm eine halbe Stunde in der Bucht.

Ihre Vermieterin hielt sich diskret zurück, doch eines Tages, Jessica trat nach der Dusche in den kleinen Innenhof, der zwischen den kleinen Gästehäusern und Isabels Haus lag, saß Isabel in einem Liegestuhl auf der schmutzigen Terrasse. Sie stand langsam auf, schlurfte in die Küche, drückte Jessica eine Tasse in die Hand und deutete auf einen zweiten Liegestuhl. Von nun an saßen die beiden jeden Morgen nebeneinander, tranken stark gezuckerten Kaffee und schauten schweigend aufs Meer.

Isabel fragte nicht, woher sie kam, was sie hier eigentlich wollte und wer sie war. Die alte Frau wollte lediglich wissen, wie lange sie denn vorhabe zu bleiben, und als Jessica antwortete: »No lo sé. Dos semanas? Maybe longer«, lächelte Isabel sie an und sagte nur: »Four weeks – thirty Dollars the night.« Sie verlangte nicht nach Jessicas Pass.

Jessica ließ sich von Gerardo mit dem Boot nach Golfito bringen, wechselte Euros in Dollar und zahlte zwei Wochen im Voraus. Sie rundete den Betrag ein wenig auf, dafür gab es jeden

Morgen Frühstück. Reis mit Bohnen, ein Spiegelei und drei Scheiben gebratene Kochbananen. Als sie das erste Mal den Teller vor sich hatte, in der Mitte ein Berg brauner Bohnenreis, dachte sie wehmütig an den gebutterten Toast mit Avocadoaufstrich und an die kleinen Gläschen mit Orangenmarmelade, die Max regelmäßig beim Meinl am Graben kaufte. Gekauft hatte. Ja, manchmal, wenn sie hier unter einer Palme saß und zusah, wie Gerardo den Anker seines alten Fischerboots lichtete, wenn die Sonne auf den Wellen glitzerte und sie dann sogar noch Delfine entdeckte, vergaß sie, warum sie hier war. Und dass Max keine Orangenmarmelade mehr kaufen konnte, weil er tot war, vielleicht sogar schon begraben oder immer noch in einem Kühlfach in der Gerichtsmedizin.

Irgendwann konnte sie auch die Trauer zulassen, Trauer um jemanden, der seit vielen Jahren einen wichtigen Platz in ihrem Leben eingenommen hatte, und sie bemühte sich, den Zorn und die Wut zu verdrängen. Erst einmal trauern, das war sie ihm schuldig. An die schönen Dinge denken, an ihr Kennenlernen, an die Zeiten, in denen sie es gut miteinander hatten. Max war ihr bester Freund, ihre große Liebe und gleichzeitig die größte Enttäuschung ihres Lebens.

Die Buberlpartie

Die Buchhandlung war schon geschlossen, schließlich war es bereits kurz nach sieben. Trotzdem schaute Alma durch das Glas der Eingangstür, und als sie bemerkte, dass im Büro Licht brannte, klopfte sie vorsichtig an die Scheibe. Sie rief Julia am Mobiltelefon an, hörte das Klingeln durch die Tür.

»Hallo? Alles gut bei dir?«

»Ja, ich steh vor dem Geschäft, aber du hast ja schon zu.«

»Natürlich hab ich zu. Es ist 19:10 Uhr.«

»Aber du bist da?«

»Wenn ich geschlossen hab, heißt das nicht, dass ich keine Arbeit habe.«

»Darf ich rein? Ich kann dir auch helfen.«

»Schon unterwegs.«

Julia schloss auf, und Alma schlüpfte durch den schmalen Türspalt ins dämmrige Geschäft.

»Na, du siehst aus, als hätte dich jemand ordentlich geärgert«, stellte Julia fest.

»Jawohl. Aber lass uns nicht darüber reden. Kann ich dir helfen?«

»Bist du sicher? Ich will nämlich gerne darüber reden. Und du ja wohl auch, sonst hättest du nicht an meine Tür geklopft, oder?«

Zehn Minuten später saßen sie in Julias Küche, vor sich einen Teller mit Käse, Salami, Speck und Oliven, und Julia hatte beiden, ohne zu fragen, ein Glas Weißwein eingeschenkt.

»Also, was ist los? Wer ärgert dich?«

»Diese Buberlpartie«, sagte Alma und steckte sich eine Olive in den Mund.

»Aha?«

»Ja. Vielleicht hab ich ja Vorurteile, aber irgendwie hab ich permanent das Gefühl, die verarschen mich nach Strich und Faden.«

»Ist das nicht normal bei Politikern?«

»Ja, vielleicht. War das schon immer so, oder war früher alles besser?«

»Du sprichst wie eine Achtzigjährige, die dem Kreisky nachweint.«

»Der hat auch nicht immer die Wahrheit gesagt. Aber trotzdem, damals war es anders. Für Langwiesers Mitarbeiter war der Fall eh von Anfang an klar«, sagte Alma nachdenklich.

»Und? Wer war es?«

»Die abgängige Verlobte und basta. Dieser Büroleiter hat ganz dezent angedeutet, dass Jessica notorisch eifersüchtig war, sogar cholerisch.«

»Und du? Glaubst du auch, dass sie es war?«

»Definitiv nicht. Obwohl sie sich wie eine Verbrecherin auf der Flucht verhält. Ich mein, Handy entsorgen, Geld abheben. Ich weiß auch nicht genau …« Alma zupfte nachdenklich am Weißbrot auf ihrem Teller.

»Na servus! Handy entsorgen, Geld abheben, das klingt aber alles ziemlich professionell.«

»Ja, und dann hat sie noch diese SMS an ihre Mutter geschrieben, von einem Prepaidhandy …« Alma hielt sich die Hand vor den Mund. »Das darfst du alles gar nicht wissen. Vergiss es wieder!«

»Was darf ich nicht wissen? Was soll ich vergessen? Beziehungsweise wann war das, was ich vergessen soll?«

»Ist schon eine Weile her.« Alma nahm einen Schluck vom

Wein und steckte sich eine Olive in den Mund. »Ist ja jetzt auch schon egal«, sagte sie und legte den Kern auf den Tellerrand. »Vor ein paar Tagen. Jessica hat ihrer Mama eine SMS geschickt. Da ging es ihr noch gut.«

»Und wenn sie die gar nicht selbst geschrieben hat?« Julia stand auf, schnitt noch Käse und Wurst auf.

»Ziemlich sicher hat sie sie selbst geschrieben, aber klar, es wäre eine Theorie. So, mehr kann ich jetzt echt nicht erzählen, das wäre Amtsmissbrauch.«

»Kein Wort wird jemals diese Küche verlassen, und eines sage ich dir klar und deutlich: Mir kannst du mehr vertrauen als dem Innenminister dieser unsäglichen Regierung.«

»Ja, das fürchte ich auch. Ich sag dir was, Max Langwieser war nicht sauber, und ich meine nicht nur diese seltsame Beziehungskonstruktion.«

»Inwiefern war er nicht sauber? Also, man braucht die Typen ja nur anschauen und weiß, dass sie nicht nur dem Wohl des Landes dienen beziehungsweise mit dem Wohl des Landes auch immer ein bisschen ihr eigenes Wohl mit meinen.«

»Schließlich sind sie ja ein Teil des Landes«, grinste Alma und steckte sich ein Stück Salami in den Mund.

»Jetzt lenk nicht ab, was wolltest du eigentlich sagen?«

»Da gibt es noch so eine Geschichte in Osttirol, da ist der irgendwie mit drinnen gehangen«, sagte Alma zögerlich.

»Jetzt lass dir doch nicht alles aus der Nase ziehen.« Julia lehnte sich erwartungsvoll zurück. »Ich will die ganze Geschichte.«

Und obwohl Alma wusste, dass sie das eigentlich nicht durfte, erzählte sie Julia vom Hotel- und Seilbahnprojekt, von der jungen Aktivistin im Koma und dass Max Langwieser als zuständiger Minister dieses umstrittene Bauvorhaben massiv vorangetrieben hatte. Immer wieder unterbrach sie ihren Redefluss, überlegte, ob ihre Indiskretion Konsequenzen haben könnte, schließlich kannte sie Julia nicht wirklich gut. »Aber was soll's«, meinte sie, »über dieses Projekt im Pfitztal kannst du ja auch alles in der Zeitung nachlesen.«

»Hast du gerade Pfitztal gesagt?« Julia legte das Stück Brot wieder zurück auf den Teller.

»Ja, ich habe Pfitztal gesagt. So heißt das Tal in Osttirol, wo sie einen halben Gletscher wegsprengen wollen. Wieso fragst du?«

»So ein Zufall, ich hatte vor einiger Zeit einen Kunden, der hat sämtliche Landkarten aus dieser Gegend bestellt.«

»Das hast du dir gemerkt? Wie lange ist das her?«

Julia überlegte kurz, dann sagte sie: »Ein paar Wochen. Und so etwas merkt man sich, es gibt nämlich für eine Buchhändlerin nichts Nervigeres, als Landkarten zu bestellen.«

»Wieso?«

»Mühsam halt, und es waren auch irgendwie ständig die falschen. Einmal war der Maßstab zu klein, dann hat wieder der richtige Anschluss gefehlt.«

»Wahrscheinlich hat der Kunde einen Wanderurlaub geplant«, sagte Alma und schenkte beiden noch ein wenig Wein nach. »Es soll ja sehr schön sein, dieses Tal.«

»Nein, der wollte keinen Wanderurlaub machen, das weiß ich fix. Als nämlich dann endlich die richtigen Karten eingetroffen sind, meinte er ganz zerknirscht, er bräuchte sie nicht mehr. Das Projekt Pfitztal habe sich zerschlagen, sagte er wörtlich.«

Jetzt horchte Alma auf: »Und wann war das?«

»Da müsste ich nachschauen. Ich hab ihn jedenfalls gleich angerufen, als die Karten da waren, und er kam dann am nächsten Samstag und wollte sie nicht mehr. Du kannst dir vorstellen, wie ich mich geärgert hab. Karten kann man nämlich nicht zurückschicken, und dass jetzt irgendjemand zufällig reinspaziert und geologische Karten von diesem fucking Tal will, wird wohl nicht passieren.«

»Ich glaub dir ja, dass du dich geärgert hast«, Almas Herz

schlug schneller, »aber jetzt versuch dich zu erinnern. Wann war das, und wie heißt der Mann?«

»Hm, das wäre jetzt eigentlich Datenschutz, aber du bist schließlich die Polizei, da muss man ja wohl eine Ausnahme machen«, sagte Julia und ging ins Wohnzimmer, um ihren Laptop zu holen. »Also, er heißt Reinhard Höfferer, und am Samstag, dem zehnten April, hat er mir mitgeteilt, dass ich mir die Karten sonst wohin stecken kann.«

»Sagtest du gerade zehnter April?« Alma starrte Julia an, die schob ihr den Laptop hin und sagte: »Ja, sieh selber, die zwei Karten mit dem Maßstab 1:50 000 wurden am Mittwoch, dem siebten April, geliefert. Ich hab ihn angerufen, und am Samstag kam er dann und wollte sie nicht mehr. Wieso ist das so wichtig?«

Alma verglich das Datum noch einmal mit ihren Aufzeichnungen. Konnte das einfach nur Zufall sein? Eine seltsame Koinzidenz? »Das war der Tag nach Langwiesers Tod«, sagte sie und schrieb den Namen Reinhard Höfferer in ihr Notizbuch.

»Von mir weißt du den Namen aber nicht!«, sagte Julia bestimmt, klappte den Laptop zu und sah Alma erwartungsvoll an. »Und was wirst du jetzt tun?«

»Keine Ahnung.« Alma stützte das Kinn in ihre Hände. »Was würde Anna Habel jetzt tun?«

»Wieso fragst du das?«

»Na, sie ist doch deine Freundin und eine super Kriminalistin.«

»Freundin ja, aber ob sie so eine gute Kriminalistin ist, wage ich zu bezweifeln.«

»Warum?«, fragte Alma.

»Na ja, sie lässt sich auch gerne von ihrem Bauchgefühl lenken. So wie du.«

»Das ist manchmal nicht das Schlechteste.«

»Wie hast du das früher gemacht? In Linz?«

»Ich hatte zwar noch nie einen toten Politiker, aber das mit dem Bauchgefühl, da ist schon was dran.«

»Warum bist du eigentlich weggegangen aus Linz. Wo da doch dein toller Finne ist?«

»Das ist eine längere Geschichte«, sagte Alma und ging zum Kühlschrank, um Weinnachschub zu holen.

»Der Abend ist jung, und du treibst dich morgen ja eh nur wieder in irgendwelchen Politikerbüros rum!«

»Sehr witzig. Also, dass ich aus Linz wegwollte, daran sind eine ermordete Prostituierte und ein Arschloch-Kollege schuld. Wobei die Prostituierte am allerwenigsten dafür kann.«

»Jetzt will ich es aber echt wissen.« Julia schenkte sich noch ein Glas ein und lehnte sich erwartungsvoll zurück.

Das Weinfest

Grafenbruck, Burgenland, Mai 2013

Niemals würde Jessica zugeben, dass sie sich auf das Weinfest freute. Früher, ja, als Kind, da hatte sie das kleine Autodrom geliebt, es gab Pommes und danach Zuckerwatte, und sie durfte ihr Sommerkleidchen mit den Schmetterlingen anziehen oder auch das Dirndl. Die Mama flocht ihr Zöpfe, und der Papa sagte stolz »mein hübsches kleines Mädchen« zu ihr.

Aber nun war sie groß, Kleider zog sie nur noch selten an, und seit sie aus dem letzten Dirndl obenrum rausgewachsen war, weigerte sie sich, ein neues anzuschaffen.

Nur noch ganz kurze Zeit, dann würde sie endlich mit der Schule fertig sein und könnte Grafenbruck verlassen. Dieses Kaff war für ein Kind groß genug, doch nun sah sie an allen Ecken nur noch die Provinzialität: die Nachbarn, für die es nichts Wichtigeres als frisch gewaschene Vorhänge gab; den Pfarrer, der aufpasste, dass man die Heiligenfiguren rechtzeitig zu Fronleichnam ins Fenster stellte; und den Besuch, der kommentierte, ob der Rasen frisch gemäht war. Am Samstag wusch man sein Auto, aber nicht die Wäsche, damit sie bloß nicht am Wochenende auf der Leine hing. Und am Sonntag ging man in die Kirche und danach zum Frühschoppen, natürlich ausschließlich die Männer, irgendjemand musste ja den Braten zubereiten.

Vor zwei Jahren am Weinfest war sie das erste Mal betrunken gewesen. Kevin aus der Parallelklasse hatte ihr immer und immer wieder nachgeschenkt, und während die Eltern am Nebentisch mit den Müllauers Urlaubsfotos angeschaut hatten, hatte sie ein paar Schnäpse geext. Sie erinnerte sich nur noch, dass Kevin versucht hatte, sie zu küssen, an seine feuchte Zunge in ihrem Mund. So schlecht, wie ihr dann wurde, war es ihr vorher nur einmal gewesen, damals hatte sie im Kroatien-Urlaub verdorbenen Fisch gegessen.

Im letzten Jahr hatte sie das Fest ausgelassen, ihre Eltern waren zwar verwundert und auch ein wenig enttäuscht, aber eigentlich waren sie stolz auf die kluge Tochter: Jessica verzichtete auf ein Highlight des Jahres, nur weil sie am Montag Mathe-Schularbeit hatte und der Stoff noch nicht hundertprozentig saß.

»Der Max ist wieder da«, sagte die Mutter beim Mittagessen am Sonntag, eine Woche vor dem Weinfest.

»Welcher Max«, brummte ihr Vater und nahm sich noch einen Semmelknödel. Und Jessicas Herz setzte kurz aus – sie wusste sofort, welchen Max die Mutter meinte.

»Na, der Langwieser Max. War studieren, und jetzt ist er wieder da. Wird wohl doch den Betrieb vom Vater übernehmen.«

»Ist der schon wieder fertig mit Studieren? Mein Gott, die Zeit vergeht. Wie alt ist der Bub denn?«

»Wart, lass mich nachrechnen, der war in der ersten Klasse, als die Jessi gekommen ist.«

»Nein«, murmelte Jessica. »Da war der höchstens im Kindergarten. Er ist genau drei Jahre älter als ich.«

Ihre Mutter blickte sie verwundert an. »Mein Gott, du hast ein Gedächtnis, Mädel. Was du dir alles merkst.«

»Na, das kann aber kein großes Studium gewesen sein, wenn der schon wieder fertig ist«, meinte der Vater verächtlich.

»Ich glaube, er hat einen Bachelor-Lehrgang auf einer Fachhochschule gemacht«, erklärte Jessica ungeduldig. »Das dauert nur drei Jahre.«

»Und jetzt wird er Weinbauer? Dafür hätt er aber auch nicht studieren müssen«, lachte der Vater.

Drei Tage später fuhr Jessica am späten Nachmittag mit ihrem nagelneuen Twingo zur Tankstelle an der Ortseinfahrt. Donnerstag hatte sie nachmittags Schule und danach noch Volleyball. Und weil dann kein Schulbus mehr fuhr, nahm sie an diesen Tagen das Auto. Wie fast alle ihre Mitschülerinnen hatte Jessica den L17 gemacht, Tausende Kilometer war sie mit ihrem Vater auf dem Beifahrersitz über österreichische Landstraßen und Autobahnen gefahren. Zunächst war es mühsam und enervierend, doch als sie sicherer wurde, entspannte sich auch ihr Vater zunehmend. So viel Zeit wie in diesen Monaten hatte sie während ihrer ganzen Kindheit nicht mit ihm verbracht, und eingesperrt in seinen VW-Passat fühlte sie sich ihm nahe und fremd zugleich. Die Fahrprüfung hatte sie auf den ersten Anhieb geschafft, und als sie vor zwei Monaten ihren achtzehnten Geburtstag feierte, stand das kleine rote Auto vor der Haustür, eingerahmt von den stolz lächelnden Eltern.

»Hey, Jess! Mein Gott, seit wann dürfen kleine Mädchen Autofahren?«

Sie erkannte ihn sofort, er hatte sich kaum verändert. Warum auch, es waren ja nur drei Jahre vergangen, er war ja bereits erwachsen gewesen, als er den Ort verlassen hatte, und war nun unwesentlich älter.

»Ich bin schon lang kein kleines Mädchen mehr, lieber Max.« Jessica lächelte ihn an und steckte den Zapfhahn mit einer routinierten, so hoffte sie zumindest, Bewegung in die Tanköffnung. Warum hatte sie nach dem Sport nicht noch schnell geduscht und sich umgezogen, nun stand sie hier mit verschwitzter Trainingshose und Tanktop vor diesem gut aussehenden Typen in seinen teuren Jeans. Die Ärmel von seinem hellblauen Hemd hatte er ein wenig hochgekrempelt, sie sah die kleinen Härchen auf den gebräunten Unterarmen überdeutlich und zwang sich wegzuschauen.

»Gut siehst aus, fast hätte ich dich nicht erkannt! Was treibst du so?«

»Ebenfalls«, antwortete Jessica und zupfte ein wenig an ihrem Pferdeschwanz. Wenigstens hatte sie am Morgen noch Haare gewaschen. »Was soll ich schon treiben? Matura, dann bin ich auch weg hier.«

»Tja, so kann es gehen, und ich bin wieder da.«

»Wolltest du nicht ins Ausland?«

»Ja, ich war nach dem Studium noch einen Monat in Südfrankreich, aber ich sag's dir, zu Hause ist es doch am schönsten.«

»Na, ich weiß nicht recht. Ich bin jedenfalls froh, wenn ich endlich fortkann.«

»Versteh ich eh, aber wenn du älter bist, wirst du es auch verstehen: Nirgendwo ist es so schön wie in der Heimat!«

»Sagte der alte, abgeklärte Mann, der die Welt gesehen hat.« Jessica lachte, und Max stimmte ein: »Paris, London, New York... Grafenbruck.«

»Mir reicht fürs Erste Wien... Du, ich muss heim! War nett, dich zu treffen.«

»Fand ich auch! Bis bald! Man sieht sich.«

Beim Abendessen erwähnte sie beiläufig, dass sie Max Langwieser an der Tankstelle getroffen habe und er wohl wirklich vorhabe, hierzubleiben. »Sagte irgendwas von Heimat und dass es hier doch am schönsten ist.«

»Siehst du? Du könntest auch hierbleiben und die Fremdenverkehrsschule machen. Dann könntest auch hier wohnen bleiben.«

»Mama, ich werde sicher keine Fremdenverkehrsschule machen, das kannst du dir abschminken. Ich geh nach Wien und werde studieren. Und wenn ihr mir kein Geld gebt, dann geh ich eben kellnern.«

»Keine Angst, Engelchen, du kannst eh in Wien studieren. Deine Mama hat nur Angst, dass sie dann mit mir allein ist.«

Ihr Vater tätschelte ihr beruhigend die Hand, und die Mutter begann den Tisch abzuräumen.

»Geht ihr dieses Jahr eigentlich zum Weinfest?«, fragte Jessica auf dem Weg in ihr Zimmer und bemühte sich um einen beiläufigen Ton.

»Sicher gehen wir aufs Weinfest! Ich hab mir extra ein neues Kleid gekauft!«, rief ihre Mutter aus der Küche.

»Ich glaub, ich komm auch mit«, sagte Jessica leise.

Ab der Oberstufe war Jessica Pollauer Klassensprecherin gewesen. Jedes Jahr stellte sie sich zur Wahl, und auch wenn es Gegenkandidatinnen gab, bekam sie immer einen Großteil der Stimmen. Zunächst dachte sie, es wäre Zufall, aber irgendwann bemerkte sie: Sie konnte das. Anscheinend war sie die perfekte Mischung aus vorlaut und angepasst, sie verstand sowohl die Sichtweise ihrer Mitschülerinnen als auch die der Lehrer. Na gut, die des alten Lateinlehrers nicht, aber das war egal, der war sowieso jenseits von Gut und Böse.

Max Langwieser ging damals in die vorletzte Klasse. Er war zwei Jahre zuvor Schulsprecher geworden, und es gab kein Mädchen in der gesamten Oberstufe, das nicht in ihn verknallt war. Er war zu allen freundlich, hatte immer ein offenes Ohr, und seine Idee war es damals auch gewesen, einmal im Monat ein Treffen aller Klassensprecher abzuhalten, um über allfällige Probleme und Wünsche zu reden. Die ersten Male war Jessica noch schüchtern und traute sich nicht, in der Runde zu sprechen, doch schon bald genoss sie die kleine Bühne, referierte über Missstände und ungerechte Lehrer, schlug vor, eine Schülerzeitung zu gründen, und auf ihre Initiative hin wurde die traurige Schulbibliothek etwas aufgepeppt.

Manchmal trafen sich Max und Jessica in den Pausen. Max besprach immer wieder ein paar Dinge ausschließlich mit ihr, fragte sie nach ihrer Meinung. Und jeden noch so kleinen Blick, jede unabsichtliche Berührung versuchte sie zu deuten, hoffte, sie würden irgendwann ein anderes Thema als diesen ganzen Schulkram finden, leider vergebens. Sie verstand ihn auch, Max hatte schließlich schon seit der Oberstufe etwas Weltmännisches und passte so gar nicht in ihr mittelmäßiges Gymnasium. Und sie war so viel jünger als er, ein bisschen pummelig, hatte schlimme Akne und einen unvorteilhaften Haarschnitt.

»Mama, wo ist eigentlich mein altes Dirndl?«, rief Jessica die Treppe runter in die Küche. Lange hatte sie am Vormittag vor dem Spiegel verschiedene Outfits probiert und war gar nicht unzufrieden mit dem, was sie da sah. Zum Glück war sie in den letzten zwei Jahren noch einmal ein Stück gewachsen, ihre Proportionen hatten sich verändert, das Ergebnis ihrer strengen Disziplin: gesunde Ernährung, dreimal die Woche laufen und zusätzlich zum regulären Schulsport das Volleyballtraining.

»Das hängt bei mir im Kasten ganz hinten, wieso?«, rief ihre Mutter zurück.

»Ich hab mich gerade gefragt, ob es mir noch passt«, sagte Jessica und legte die Hände um ihre Taille.

Die Mutter war schon auf dem Weg ins Schlafzimmer und kramte das Kleid aus ihrem Schrank. »Probier's! Es ist immer noch wunderschön.« Sie reichte ihr das Dirndl, das in einem durchsichtigen Plastiksack steckte, und sah erwartungsvoll dabei zu, wie Jessica es anprobierte.

»Obenrum ist es ein bisschen zu eng«, stellte sie fest, als Jessica sich um ihre eigene Achse drehte.

»Du hast immer gesagt, das muss so sein bei einem Dirndl«, widersprach Jessica, »hilf mir, es zuzuknöpfen.«

Ein bisschen schnürte es ihr die Luft ab, aber der Stoff würde sich schon noch dehnen.

»Wie fesch du bist, Jessi«, freute sich die Mutter, und Jessica fühlte sich ein wenig wie eine Prinzessin.

Die Männer trugen Trachtenanzüge, die Frauen flanierten mit ihren frisch gefärbten Dauerwellen stolz über den Hauptplatz. Blasmusik, Karussell für die Kleinen, Schießstand – alles war genau wie früher, und Jessica ließ sich mit ihrer besten Freundin Manu durch die Menge treiben.

»Gut schaust aus, Jessica!«

»Mein Gott, jetzt ist das Mädel auch schon erwachsen!«

»Super Kleid!«

Sie genoss die Aufmerksamkeit, vielleicht sollte sie sich doch öfter mal ein bisschen rausputzen, zumindest solange sie noch hier im Ort lebte. In Wien würde sie wohl kaum Gelegenheit haben, ein Dirndl anzuziehen.

Max saß an einem der ersten Tische, direkt vor der kleinen Bühne. Das war keine Überraschung, schließlich war sein Vater der größte Winzer weit und breit, und zwar keiner, der den billigen Wein für den Supermarkt herstellte. Das »Weingut Langwieser« erzeugte Spitzenweine für die gehobene Gastronomie. Und Max' Onkel Kurt war Bürgermeister.

Jessica tat, als bemerkte sie ihn nicht, wollte gerade vorbeigehen, da fasste Manu sie am Arm: »Du, da hinten, der Langwieser Max. Der winkt uns. Lass uns Hallo sagen!«

Max trug keinen Trachtenanzug, das hellblaue Hemd betonte seine Oberarme, und als er aufstand, um Jessica zuzuwinken, sah sie seine perfekt sitzende Jeans.

»Was sollen wir denn da? Der sitzt da mit seiner Familie.«

»Na und, er hat uns gewinkt, ist doch cool.«

Und gleich darauf war die Familie Langwieser auf den Bänken zusammengerückt, und die zwei jungen Frauen klemmten sich dazwischen. »Die engagierteste Klassensprecherin ever«, stellte Max Jessica vor, und sie grüßte in die Runde und sagte: »Seit letztem Jahr auch Schulsprecherin.«

»Echt? Das wusste ich gar nicht. Super! Solche Leute wie dich brauchen wir in der Politik!«

»Na geh, hör auf!« Jessica war verlegen und trank einen Schluck vom Rotwein, den jemand vor sie hingestellt hatte. »Magst die junge Dame nicht zum Tanzen auffordern?« Max' Vater hatte bereits ein wenig zu viel vom Wein intus, seine Nase glänzte rot, und er boxte seinen Sohn ziemlich robust gegen die Schulter.

»Vielleicht mag die junge Dame gar nicht tanzen.« Max rückte ein wenig ab, sein Vater war ihm sichtlich peinlich. »Oder magst du tanzen?«

»Warum nicht?« Jessica lachte ihn an und wunderte sich selbst über ihre Courage.

Freunderlwirtschaft

Obwohl Alma hier in Wien mit Julia am Küchentisch saß, war alles sofort wieder da. Die Erinnerung an den letzten großen Fall, bevor sie Linz verlassen hatte, verlassen musste, stieg auf wie eine dunkle Wolke, und sie spürte, wie die Wut in ihr aufflammte. Trotz der vorgerückten Stunde blickte sie Julia erwartungsvoll an, da gab Alma sich einen Ruck und begann zu erzählen.

»Haben Sie Ihre Jacke zu heiß gewaschen.« Hemetzberger starrte mit seinen wasserblauen Augen direkt auf Almas Brüste, und sie ließ die Schultern nach vorne fallen. »Oder haben Sie zugenommen? Obenrum?«

Sie hatte eine anstrengende Woche hinter sich. Ihr Kollege Hemetzberger war relativ unmotiviert aus dem Urlaub zurückgekommen, und Alma wünschte sich, er wäre für immer in Bibione geblieben, auch wenn sie dafür bis ans Ende ihrer Tage doppelt so viele Schichten hätte machen müssen. Sie murmelte ein »Guten Morgen« und wandte sich ihrem Computer zu.

»Also gut, gehen wir es an. Was haben wir denn Schönes?« Der Kollege war hinter sie getreten und blickte über sie auf ihren Bildschirm. Dabei lehnte er sich ein wenig gegen die Lehne ihres Drehstuhls, und Alma wurde gegen den Tisch geschoben. Sie versuchte dagegenzudrücken.

»Eine erwürgte Prostituierte. Angeblich achtzehn Jahre alt, ich würde sie auf sechzehn schätzen, höchstens. Rumänin.«

»Fesch«, kommentierte der Kollege die Bilder des toten Mädchens. »Schad drum. Was wissen wir?«

»Nicht viel. Angeblich ein Freier, ist aber geflüchtet. Das Mädchen wurde von einer Kollegin gefunden.«

»Personenbeschreibung?«

»Steht alles im Akt. Ich hol mir einen Kaffee.« Alma fühlte sich unbehaglich, das gestochen scharfe Foto des erwürgten Mädchens vor sich auf dem Bildschirm, der Kollege zu nah hinter ihr, sie musste raus aus dem stickigen Zimmer.

Als sie aus der Teeküche zurückkam, hatte Hemetzberger schon den Autoschlüssel in der Hand. »Auf geht's. Ich will mir das noch mal anschauen. Und mit dieser *Kollegin* sprechen.« Beim Aussprechen des Wortes Kollegin zog er eine Augenbraue nach oben, und ein Lächeln umspielte seinen Mund.

»Gut, dann fahren wir da hin. Frau Dana Kowalczyk bewohnt ein kleines Zimmer im Haus. Wir haben gesagt, dass sie sich zur Verfügung halten muss.«

Klaus Hemetzberger steuerte automatisch die Fahrerseite an, der Gedanke, dass er eine Frau ans Steuer lassen könnte, existierte in seiner Welt nicht. Alma ließ sich auf den Beifahrersitz fallen, schnallte sich an und versuchte, an schöne Dinge zu denken. An Antti, der nächstes Wochenende endlich mal wieder zu ihr kam, an sein Lächeln, wenn sie morgens neben ihm aufwachte, an den Kurzurlaub in Triest, den sie bald machen würden.

Sie war vor ein paar Tagen um drei Uhr morgens zum Einsatz in die *Goldmarie* gerufen worden. Obwohl die Blaulichter der Streifenwagen gespenstisch durch die Fenster geflackert hatten, hatte Alma den Eindruck gehabt, sich in einer normalen Bar zu befinden. Ein rustikaler Tresen, Nischen mit samtbezogenen Bänken, üppige Kronleuchter und goldumrahmte Spiegel, es wirkte abgewohnt und fast ein wenig bieder. Lediglich die leicht bekleideten Mädchen, die sich mit tränenzerlaufener Schminke in den Séparées zusammendrängten, passten nicht in das Bild von Gemütlichkeit.

Doch nun, tagsüber, war von diesem Eindruck nichts mehr übrig. Die helle Neonröhre über der Bar tauchte den Raum in ein kaltes Licht, das jeden Kratzer auf dem Boden, jeden Schmutzfleck auf den Bänken und den bröckelnden Putz an den Wänden unbarmherzig zum Vorschein brachte. Es roch nach abgestandenem Rauch, Alkohol und billigem Rasierwasser.

Der Besitzer, ein Kärntner, der eher an einen Skilehrer als an einen Bordellbetreiber erinnerte, empfing sie wie alte Bekannte. Alma schenkte er ein freundliches Lächeln, dem Kollegen Hemetzberger klopfte er jovial auf die Schulter.

»Na wunderbar, die Polizei, dein Freund und Helfer! Kommt's rein! Kaffee?«

Alma dachte nicht im Traum daran, in diesem Etablissement etwas zu sich zu nehmen, doch ihr Kollege steuerte geradewegs auf den Barhocker zu, als wäre er hier schon des Öfteren zu Besuch gewesen.

Stefan Buchacher, Alma erinnerte sich nun an den Namen des Clubbetreibers, hantierte an der Kaffeemaschine und stellte zwei Espressi auf die Theke. Hemetzberger rieb sich freudig die Hände. Es sah so aus, als müsste Alma die Befragung übernehmen.

Nein, er hatte immer noch nichts gesehen und auch von niemandem nachträglich etwas gehört, nein, bei ihm wurden keine Daten aufgenommen, wenn die Herren für ein halbes Stündchen mit den Damen in den Zimmern verschwanden – »Überwachungsstaat wollen wir doch alle nicht, oder?« –, und nein, er hat nur seriöses Publikum, und natürlich sind seine Mädchen alle über achtzehn und ganz legal und völlig freiwillig hier. Schließlich ginge es ihnen gut bei ihm!

»Können wir mit der jungen Frau noch mal sprechen? Dana Kowalczyk.« Alma blickte von ihrem Notizblock auf. »Sie wohnt doch noch hier, oder?«

»Natürlich! Was denken Sie? Dass ich meine Mädels rauswerfe? Nein, nein, sie kann hier wohnen, auch wenn sie natürlich gerade ein wenig durcheinander ist. Verdienen werd ich so schnell nichts mit ihr.«

»Herr Buchacher, jetzt reißen Sie sich mal ein bisschen zusammen.« Alma schaffte es nur mit Mühe, ihren Ekel vor diesem braun gebrannten, durchtrainierten Sunnyboy zu verbergen. »Bei Ihnen wurde gerade eine Frau ermordet. Sie können davon ausgehen, dass dieses Etablissement noch länger geschlossen haben wird.«

»Aber warum denn? Wenn Sie hier alle Spuren genommen haben, können wir doch wieder aufsperren, oder?« Er wandte sich mit seiner Frage an Hemetzberger, und der lächelte. Täuschte sich Alma, oder hatte der Kollege gerade mit einem Auge gezwinkert?

»Das werden wir sehen. Ich glaube, die Kollegen von der Sitte werden Ihnen auch noch mal einen Besuch abstatten.« Alma hatte sich von der Bar entfernt und steuerte auf die hintere Tür des Gastraums zu.

»Da braucht keiner mehr kommen, bei mir ist alles in Ordnung. Wo wollen Sie denn hin?«

»Nach oben. Ich will noch mal kurz in das Zimmer des Mordopfers. Und Frau Kowalczyk wohnt doch daneben, oder?«

»Ja, warten Sie. Ich begleite Sie rauf. Wir wollen ja nicht, dass das arme Mädel erschrickt.«

Alma löste das Polizeisiegel und betrat das kleine Zimmer, in dem die junge Rumänin erwürgt worden war. Obwohl die Leiche längst abtransportiert war, fand sie es beim zweiten Mal fast noch beklemmender. Im Tageslicht sah alles so schäbig und abgewohnt aus, da konnten auch dunkelrote Vorhänge und Rosen auf den Tapeten nichts ändern. Das Bett war abgezogen, die schmutzig-weiße Matratze voller Flecken wirkte grotesk nüchtern im ansonsten völlig überladenen Zimmer.

»Die Mädchen wohnen und arbeiten in den gleichen Räumen?« Alma trat ans Fenster und blickte direkt auf eine Feuermauer, nicht einmal drei Meter entfernt.

»Natürlich. Die Damen haben einen eigenen Schrank für ihre persönlichen Sachen, und die Putzfrau zahlt selbstverständlich die Firma. Das ist doch praktisch.«

»Warum denn nicht?« Hemetzberger war ihr gefolgt und sah sich ebenfalls im Zimmer um. »Ich glaube, hier finden wir nichts mehr. Wir gehen jetzt.«

Ich bestimme, wann wir gehen, dachte Alma und sagte: »Ich möchte vorher noch mit Frau Kowalczyk sprechen. Alleine.« Hemetzberger sah sie erstaunt an. »Was darf ich denn nicht hören?«

»Da geht es um Psychologie, Klaus. Das verstehst du nicht. Außerdem kenne ich sie ja schon. Und ich kann mir vorstellen, dass sie sich mit Frauen leichter tut.«

»Na, das wäre dann aber ein krasser Fall von Jobverfehlung!«, rief Hemetzberger und lachte schallend. Und plötzlich war Alma klar: Klaus Hemetzberger war nicht das erste Mal hier. Er kannte die Räumlichkeiten, er kannte den Besitzer, und wahrscheinlich kannte er auch das eine oder andere Mädchen, das hier arbeitete. Und das Schlimmste war: Er fand nicht mal etwas dabei. Er war der Typ Mann, für den ein Bordellbesuch nichts anderes war als ein Haarschnitt oder eine Fußpflege. Und eine junge Frau ein Konsumgut wie ein Bier oder ein Schnitzel. Alma spürte rasende Wut in sich aufsteigen und verließ das Zimmer. Natürlich ignorierte Hemetzberger ihren Wunsch und blieb dicht hinter ihr.

Dana Kowalczyk öffnete die Tür, unmittelbar nachdem Alma leise angeklopft hatte, wahrscheinlich hatte sie gelauscht.

»Guten Tag. Sie erinnern sich? Ich bin Alma Oberkofler, ich möchte gerne noch mal mit Ihnen über Ihre Freundin sprechen.« Alma hielt ihr den Dienstausweis hin, und die junge Frau blickte kurz drauf.

»Nie chcę z nim rozmawiać«, zischte sie, senkte den Blick und zog die Tür wieder ein Stück zu.

»Ich kann Sie leider nicht verstehen«, sagte Alma und steckte den Ausweis wieder ein. »Würden Sie bitte auf Deutsch wiederholen, was Sie gerade gesagt haben?«

»Nicht mit Mann sprechen.« Dana Kowalcyk hob den Kopf und sah Klaus Hemetzberger direkt ins Gesicht. Der wandte sich wortlos ab und verschwand nach unten in den Barbereich.

Das Zimmer war genauso groß wie das des Mordopfers, auch die gleichen Möbelstücke befanden sich darin. Allerdings bedeckte eine Tagesdecke aus kleinen bunten Stoffflicken das Bett, was irgendwie studentisch wirkte. Am Kopfende saß ein Teddybär neben einer großen Puppe, und dann erst fielen Alma die Vorhänge mit den rosaroten Luftballons auf und die Bilder an den Wänden, kleine Aquarelle mit lieblichen Zeichnungen in weißen Ikea-Rahmen. Das war nicht studentisch. Dana Kowalcyk bewohnte ein Kinderzimmer. Und das sicher nicht zufällig. Inzwischen war ihr so schlecht, dass sie sich am liebsten übergeben hätte.

Dana setzte sich aufs Bett, zog die Beine an die Brust und umschlang sie mit ihren Armen, das Kinn auf den Knien. Sie trug einen grauen Jogginganzug und dicke Wollsocken, die aussahen, als wären sie selbst gestrickt. Als Alma sie in der Nacht des Mordes das erste Mal gesehen hatte, war sie in einen schwarzen Seidenmorgenmantel gehüllt, und ihr Gesicht war stark geschminkt. Nun erst bemerkte Alma, wie jung die Frau aussah. Ein Teenager.

»Dana. Ich darf doch Dana sagen, oder?« In Ermangelung einer anderen Sitzgelegenheit hatte sie sich zu ihr aufs Bett gesetzt, und das Mädchen nickte.

»Ist Ihnen noch etwas eingefallen, seit Montag? Etwas, an das Sie sich noch erinnern können?«

»Habe alles gesagt, ich nicht mehr wissen.«

»Sie wissen nicht, wer bei Valea war?«

»Nein. Ich ganze Abend viel Kunden.«
»Wieso wollten Sie nicht mit meinem Kollegen sprechen?«
»Nie dobry człowiek …«
»Was heißt das?«
»Nichts guter Mann.«
»Woher wissen Sie das?«
Dana sagte nichts mehr und schaute gedankenverloren auf eines der Bilder an der Wand. Alma folgte ihrem Blick und sah einen blühenden Apfelbaum mit einem Lamm darunter, ein groteskes Bild, selbst in diesem Bordell.
»Kennen Sie ihn?«
»Ich möchte sagen nichts mehr.«
»Dana, wie alt sind Sie wirklich?«
»Ich neunzehn. Warum?«
»Das glaube ich Ihnen leider nicht.« Alma stand auf, ihre Beine fühlten sich an, als wären sie mit Blei gefüllt. Aus der Hosentasche nahm sie eine Visitenkarte, schrieb ihre private Handynummer auf die Rückseite und legte sie auf die Patchwork-Decke. »Wenn Ihnen doch noch etwas einfällt, dann rufen Sie mich an. Oder wenn Sie Hilfe brauchen oder hier wegwollen.«
Die junge Frau sagte nichts, starrte weiterhin auf das Bild an der Wand.
»Haben Sie mich verstanden? Dana? Es gibt in Österreich Stellen, die können dir helfen.« Ohne es zu merken, war sie ins Du gerutscht. Dana schaute sie endlich an, strich sich eine Haarsträhne, die sich aus ihrem Zopf gelöst hatte, hinters Ohr und lächelte. Die kleine Lücke zwischen ihren Schneidezähnen ließ sie noch jünger aussehen.
Als die Tür hinter ihr zufiel, lehnte sich Alma an die Wand und nahm einen tiefen Atemzug. Dieses Mädchen in seinem Kinderzimmer setzte ihr heftig zu. Gleich würde ihr Kreislauf verrückt spielen, sie bekam Panik, dass sie hier kollabieren würde, und setzte sich auf die schmalen Stiegen. Alma schloss die

Augen und sah Maria vor sich, ihre große Schwester, die sie lachend aus dem Zimmer warf. Wie alt war sie da gewesen? Diese Erinnerung war irgendwo in ihr vergraben gewesen, doch nun war sie deutlich wieder da: Sie hatte sich in Marias Zimmer geschlichen und probierte einen von Marias BHs. Da kam die große Schwester plötzlich rein, ertappte sie vor dem Spiegel. Alma sah Marias Gesicht nun deutlich vor sich, die großen Augen, den spöttisch lachenden Mund, die langen roten Haare, die sie zu einem unordentlichen Zopf gebunden hatte. Das eingefrorene Bild eines jungen Menschen, der nie alt würde. Und doch würde Maria immer ihre große Schwester bleiben. Alma schaffte es, ihre Übelkeit wegzuatmen, stand langsam auf und stieg die Treppe hinunter.

Im Erdgeschoss standen ihr Kollege und der Bordellbetreiber an der Theke, jeder hatte eine Espressotasse vor sich stehen, in der Mitte stand eine Schale mit Keksen. Zwei Herren beim gemütlichen Kaffeeplausch. Die Stimmung zwischen den beiden war gelöst, geradezu ausgelassen, der Ton freundschaftlich verschwörerisch. Das Gespräch verstummte, als Alma dazustieß.

»Ich wäre dann so weit. Aber wenn du noch hierbleiben willst in dem netten Etablissement, kannst ja gerne nachkommen. Vielleicht hast du ja noch was zu tun?«

»Was ist denn mit dir los? Ich komm ja schon.« Hemetzberger wuchtete seinen massigen Körper vom Barhocker, schüttelte Buchacher die Hand und folgte Alma zum Ausgang. Sie stellte sich direkt neben die Fahrertür und streckte die Hand aus, der Kollege sah sie fragend an.

»Ich fahre«, sagte sie, hielt die Hand auf, und er warf ihr, ohne ein Wort zu sagen, den Schlüssel entgegen.

Nach dem Besuch im Nachtclub hatte Alma zwei Tage lang über den Kollegen Hemetzberger nachgedacht. War sie zu empfindlich? Bildete sie sich das nur ein, oder verkehrte er wirklich in solchen Lokalen und drückte deswegen ein Auge zu? Kannte ihn die Zeugin wirklich und wollte deshalb nicht mit ihm sprechen? Nach zwei schlaflosen Nächten und einem angespannten gemeinsamen Dienst mit Hemetzberger wusste Alma: Sie musste mit jemandem darüber sprechen. Sie wollte nicht mehr mit dem Kollegen an diesem Fall arbeiten, eigentlich wollte sie gar nicht mehr mit ihm arbeiten, und deswegen musste sie etwas sagen. Ihr Vorgesetzter hörte ihr in aller Ruhe zu, faltete die Hände wie ein gütiger Pater und blickte sie lange an.

»Und was soll ich jetzt deiner Meinung nach tun? Ihn vom Dienst suspendieren, weil er in einem Bordell einen Espresso getrunken hat?«

»Nein, natürlich nicht. Weil er befangen ist?«

»Du hast doch keinerlei Beweise. Und außerdem, wer war denn noch nie in so einer Bar? Privat?«

»Ich?« Alma versuchte, seinem Blick standzuhalten.

»Das ist ja wohl logisch. Du bist ja auch eine Frau. Aber der Kollege Hemetzberger, der ist geschieden, und was er in seiner Freizeit macht, das interessiert uns nicht, also mich nicht.«

»Mich schon. Ich möchte, dass er von dem Fall abgezogen wird. Und ich habe den Kollegen von der Sitte bereits gesagt, dass sie den Laden auseinandernehmen sollen.«

»Wir haben uns das schon angeschaut. Die sind sauber. Das mit dem Mädchen ist sehr bedauerlich, aber das war sicher ein frustrierter Freier, der ausgerastet ist, weil sie etwas nicht geboten hat.«

Alma zog die Luft ein, sie brauchte ihre gesamte Selbstbeherrschung, um nicht laut aufzuschreien. »Das klingt so, als hättest du Verständnis für den Typen? Wie frustriert muss ein Mann sein, um eine Frau zu erwürgen? Und apropos sauber! Habt ihr die Mädchen überprüft? Ihr Alter? Ihre Ausweise? Ihre Aufenthaltsgenehmigungen?«

»Ja, natürlich.«

»Die eine, die junge Frau, die das Opfer gefunden hat ... die lebt in einem *Kinderzimmer*!«

»Jeder kann leben, wie er will, und jetzt beruhige dich und geh zurück an deine Arbeit. Hemetzberger wird nicht von dem Fall abgezogen, außerdem wird die Sache eh bald zu den Akten gelegt. Der Typ ist wahrscheinlich längst über irgendeine Grenze abgehauen. Wahrscheinlich Ungarn, Polen, Moldawien, den finden wir nicht mehr.«

»Ja, und weil die Tote eine ausländische Nutte ist, gehen wir dem auch nicht mehr nach. Mir kommt das Kotzen.«

Alma stürmte grußlos aus dem Büro ihres Vorgesetzten und wusch sich auf der Toilette das Gesicht mit kaltem Wasser. Danach sagte sie dem Journaldienst, sie habe eine Darmgrippe, und verließ das Präsidium.

Nach einer Woche weigerte sich ihre älteste Freundin, die auch ihre Hausärztin war, sie noch länger krankzuschreiben, also musste Alma wieder ins Büro. Sie würde einfach die Zähne zusammenbeißen, sich an die wenigen Kolleginnen halten und versuchen, Hemetzberger aus dem Weg zu gehen. Doch der hatte inzwischen ganze Arbeit geleistet. Mindestens ein Drittel der Kollegen, und zwar quer durch die Bank, schnitt Alma, und mehr als einmal verstummten die Gespräche, wenn sie einen Raum betrat. Sie war jetzt das Kollegenschwein, die, die sich über einen aus der Gruppe beschwert hatte, und hier war es egal, wer im Recht war, die Böse war immer die Petze.

Die Stellenausschreibung kam mit einem internen Rundbrief, und Alma überflog das Mail. Die Leiterin der Abteilung *Leib und Leben* der Landespolizeidirektion Wien verließ ihren Posten, die Stelle wurde nachbesetzt. Kurz überlegte sie, dann schickte sie ihre Bewerbung an die genannte Adresse, und bereits zwei Tage später erhielt sie die Einladung zu einem Gespräch.

»Ich habe mich für Wien beworben. Spontan. Und ich glaube, ich bin im Rennen«, erzählte sie Antti, als sie sich zum abendlichen Facetime-Call trafen. Sie auf ihrem Sofa in Linz, Antti am Küchentisch in Helsinki.

»Okay.«

Alma war es gewohnt, dass Antti nicht viel sprach, doch nun war sie doch ein wenig enttäuscht. Er zog sie oft auf und meinte, für einen Finnen sei er geradezu geschwätzig.

»Ein bisschen mehr Begeisterung«, sagte sie und prostete ihm mit dem Weinglas zu.

»Liebes, ich muss dir was sagen.«

»Ja?« Almas Herzschlag stolperte. Was kam jetzt? Würde er sie verlassen? Hatte er sich mit seiner Ex-Frau versöhnt? Eine andere gefunden? Eine jüngere Finnin? Sicher blond! Eine Studentin?

»Ich habe mich beworben für Linz, Universität. Institut für Algebra.«

»Du hast was?«

»Mich beworben. Es sollte eine Überraschung sein.«

»Ja. Die ist dir gelungen. Und?«

»Ich hab die Stelle. Ich fange im nächstes Monat schon an. Erst eine – wie heißt das, Karenz? –, was ist das für eine komische Wort? Aber mit Option auf lange.«

»Das heißt, du ziehst nach Linz? Von Helsinki nach Linz?«

»Joo. Das heißt das wohl.«

»Na, das ist ja praktisch. Dann kannst du gleich meine Wohnung übernehmen, falls ich nach Wien ziehe.« Alma trank ihr Weinglas in einem Zug leer. »Ich hasse Überraschungen«, sagte sie leise. »Lass uns morgen telefonieren.«

Bruno

Eigentlich unglaublich, wie schnell man neue Routinen entwickelte. Und auch, wie schnell man sich ans Nichtstun gewöhnen konnte. Sie, die noch vor zwei Wochen sechs Tage die Woche und manchmal vierzehn Stunden pro Tag gearbeitet hatte, schaffte es nun problemlos, ihre Tage mit Schwimmen, Vögelbeobachten, Liebesromane lesen und Nichtstun zu verbringen. Hin und wieder fuhr sie mit Isabel oder Gerardo mit dem Boot rüber nach Golfito und kaufte im kleinen Supermarkt ein wenig Obst, Brot und Käse, und an manchen Abenden ging sie in eines der kleinen illegalen Lokale am Strand und aß einfache Gerichte wie gegrillten Fisch, Bohnen, hin und wieder ein Stück Fleisch.

Die zwei Nachbarhütten wurden mit viel Gelächter und Ah- und Oh-Rufen bezogen. Jessica hielt sich zunächst in ihrer *cabina* versteckt, doch als sie durch die Bretterwände die neuen Gäste als zwei Pärchen aus den USA identifizierte, stufte sie sie als ungefährlich ein.

Sie waren etwa so alt wie sie, ein Frauenpaar, Courtney und Megan, und Courtneys Bruder Henry mit seiner Freundin Zoe. Am zweiten Abend ihres Einzugs stieß Jessica bei ihrem Rückweg vom Abendessen am Strand auf sie, und zwei der Frauen winkten ihr zu. »Hey, would you like to join us for a beer?« Die vier saßen am Boden, jeder eine Bierdose in der Hand, und erinnerten Jessica an die Bacardi-Werbung: sonnengebräunte Haut, kurze Hosen, die Frauen hatten die Haare in unordentlichen

Knoten nach oben gebunden. Vier gut aussehende, selbstbewusste junge Menschen.

Jessica tat zunächst, als würde sie nicht hören, doch dann sprang eine der Frauen auf und lief ihr entgegen. »Hi, I'm Megan. You want to join us? We are neighbors.«

Da überfiel sie plötzlich eine große Sehnsucht nach einem normalen Leben, nach Gesellschaft, nach Freundinnen, ja sogar ihre Kolleginnen fehlten ihr in diesem Augenblick. Wie schön wäre es, einfach irgendwo in der Abendsonne zu sitzen und unbeschwert einen Afterwork-Drink zu bestellen, wie lange schon hatte sie eigentlich mit niemandem gesprochen, abgesehen von den paar Wortfetzen, die sie mit Isabel oder Gerardo austauschte?

»Okay«, hörte sie sich sagen, da hatte sie auch schon ein Bier in der Hand und saß neben Courtney und Megan auf einer blauen Yogamatte. Sie waren aus Chicago, Henry und Zoe wollten im Sommer heiraten, sie alle brauchten eine kleine Auszeit und bereisten Mittelamerika. Natürlich fragten sie, woher sie komme und was sie denn ganz allein hier mache, und kurz überlegte Jessica, welche Geschichte sie erzählen sollte. Die vier würden wohl kaum österreichische Nachrichten sehen, also sagte sie: »I am from Vienna. And I am working for a newspaper.«

Nach einem weiteren Bier spürte sie, wie ihr der Alkohol in den Kopf stieg, und sie genoss das Gefühl der Leichtigkeit, das sich einstellte. Seit sie aus Wien überstürzt abgereist war, hatte sie nichts mehr getrunken, ja nicht einmal daran gedacht, und nun fühlte sich das richtig gut an. Die vier waren sympathisch, erzählten Anekdoten aus ihrem Berufsleben. Courtney war Notfallärztin in einem großen Krankenhaus, Megan bei der Feuerwehr. Die beiden hatten sich bei einem Unfalleinsatz kennengelernt, und Jessica war ganz berührt von ihrer Verliebtheit. »And I'm the boring IT Guy«, Henry lachte, »but I have really good weed.«

Er holte aus seinem Rucksack Zigarettenpapier und Tabak, zerbröselte darauf ein paar Kräuter und drehte kunstvoll einen Joint. Jessica hatte noch nie einen Joint geraucht, ja bisher nicht einmal einen gesehen, keiner aus ihrem Freundeskreis kiffte. Max und seine Freunde hatten sich immer lustig gemacht über die Hippies, die nichts auf die Reihe kriegten und durchs Kiffen noch gechillter wurden. »Marihuana rauch ich, wenn ich in Pension geh«, witzelte Max immer, und natürlich wusste Jessica, dass er andere Drogen konsumierte. Zumindest in den letzten Monaten. Niemals vor ihr, doch nach den Partys, die irgendwo in Döbling stattfanden, kam Max oft erst im Morgengrauen heim, um dann nach zwei Stunden Schlaf frisch und munter ins Büro zu fahren. Ohne Hilfsmittel wäre das kaum möglich, so viel wusste auch Jessica, obwohl sie nie etwas anderes als Wein, Bier oder Gin Tonic probiert hatte.

Kurz zögerte sie, als ihr Zoe den Joint reichte, doch dann nahm sie einen vorsichtigen Zug. Wider Erwarten mochte sie den Geschmack, und als sie das nächste Mal an der Reihe war, inhalierte sie tief und behielt den Rauch einige Momente in der Lunge. Henry lachte, als sie den Joint an ihn weitergab. »Not bad, hm? Relax and enjoy. Life is beautiful, isn't it? Pura vida!«

Fünf Minuten später hatte Jessica das Gefühl, in einer großen Wattewolke zu schweben. Trotz ihrer ziemlich guten Englischkenntnisse konnte sie den Gesprächen nicht mehr vollständig folgen, und alles, was sie verstand, brachte sie zum Lachen. Inzwischen lagen sie zu fünft auf den zwei gegenüberliegenden Yogamatten, Courtney und Megan ineinander verknotet, und Jessica legte ihren Kopf in Courtneys Schoß. Als diese begann, ihr mit den Fingern durchs Haar zu streichen und ihre Kopfhaut vorsichtig zu massieren, schloss sie die Augen und seufzte tief. Das erste Mal seit drei Wochen fühlte sie sich komplett entspannt.

Wie sie in ihr Bett gekommen war, wusste sie nicht genau. Sie war wohl aufgewacht, weil sie schrecklichen Durst hatte. Es war noch dunkel, sie schaltete die Taschenlampe an, suchte die Wasserflasche. Ein paar Geckos flitzten davon, längst hatte sie sich daran gewöhnt, mit den Tieren ihre Hütte zu teilen, ja, sie machte sich nahezu Sorgen, wenn sie am Abend nicht wie gewohnt unter der Lampe saßen. Jessica trank die halbe Flasche und ging aufs Klo. Sie fühlte sich hellwach, schlüpfte in T-Shirt und Shorts und ging leise an den anderen *cabinas* vorbei in Richtung Strand. Aus einer der Hütten drang leises Schnarchen, sie vermutete, dass es Henry war, und musste lächeln.

Das Meer lag spiegelglatt vor ihr, irgendwo am Horizont konnte man die Lichter eines Schiffes erahnen. Es war eine der wenigen Stunden der Nacht, in denen der Palmenwald hinter der schmalen Häuserzeile komplett still war. Jessica sammelte die liegen gelassenen Bierdosen ein und stellte sie in einer ordentlichen Reihe an eine kleine Steinmauer. Dann setzte sie sich in den warmen Sand.

Nun hatte sie also ihren ersten Joint geraucht. Wenn das die Mama wüsste, dachte sie, und dann trafen sie Sehnsucht und Schmerz wie ein Fausthieb. Inzwischen würden ihre Eltern vor Sorge umkommen. Wie lange war es her, dass sie die Nachricht geschickt hatte?

Und doch: Wenn die Umstände nicht so furchtbar gewesen wären, hätte Jessica ihr neues Leben eigentlich ganz schön gefunden. Einfach nichts tun, in den Tag hineinleben, immer nur von einem Augenblick zum nächsten. Und statt ständig aufs Handy zu starren, schaffte sie es inzwischen mühelos, lange Zeit den Wellen zuzusehen, das Wasser zu fixieren, um ja keinen Delfin zu verpassen, oder die Fregattvögel zu beobachten, die stundenlang über der Bucht segelten. Heute würde sie das erste Mal ins Internet gehen und schauen, ob es Neuigkeiten aus Österreich gab. Ihr Handy und das Tablet lagen noch immer ausgeschaltet im Wäscheschrank der Hütte, Max' Laptop immer noch unter ihrer Matratze begraben.

Letzte Nacht hatte sie sich unbeschwert gefühlt, völlig frei. Ihre neuen Bekannten schienen sich um keine Konventionen zu scheren, lagen hier auf Yogamatten im Sand, schliefen in diesen primitiven Hütten, tranken Bier am Strand und rauchten Gras. Dabei waren Courtney und Megan Ärztinnen, also wohl zielstrebig und erfolgreich, und auch Henry schien eine Menge Geld zu verdienen. Sie hingegen hatte bisher immer alles geplant und berechnet, und länger als eine Woche Urlaub hatte sie noch nie gemacht. Seit sie im Ministerium arbeitete, war sie nie mehr als vier Tage am Stück weg gewesen – ein verlängertes Wochenende in Venedig mit ihren Eltern und die paar Tage nach Weihnachten, die sie mehr oder weniger schlafend auf dem Sofa im burgenländischen Wohnzimmer verbracht hatte. Die Reise mit Max nach New York wäre ihr erster richtiger Urlaub gewesen.

Am Horizont konnte man bereits einen schmalen Streifen Tageslicht sehen, und die ersten Tiere begannen mit ihrem Morgenkonzert. Plötzlich tauchte ganz am Ende der Bucht, da, wo der Strand eine kleine Biegung machte, im diffusen Licht eine Gestalt auf, und Jessica erschrak. Jessica blieb im Sand sitzen und hoffte, die Person würde wieder umkehren, sie hatte keine Lust auf Small Talk, schon gar nicht um diese Uhrzeit. Doch sie kam näher, und Jessica erkannte eine Frau, die von zwei Hunden begleitet wurde. Ein kleiner Beagle jagte den auslaufenden Wellen hinterher, und dicht an ihren Fersen trottete ein zotteliger schwarzer Schäfermischling.

Die Frau war jetzt nur noch wenige Meter entfernt und schien sie nicht zu bemerken, sie stapfte nahe am Wasser und hielt den Kopf gesenkt. Da rannte der kleine Hund auf Jessica zu, stellte sich knapp vor sie und bellte wie verrückt.

»Bruno«, schrie die Frau und blickte auf. »Hör auf mit dem Krach! Bruno.«

Der Hund hörte augenblicklich auf zu bellen, blieb aber vor ihr stehen und schaute sie an. »Entschuldige bitte, wir wollten dich nicht stören«, rief die Frau und ging weiter.

Jessica erstarrte. Sie hatte Deutsch gesprochen. Und es war eindeutig ein österreichischer Akzent dabei.

Da kennt einer einen, der einen kennt ...

Hatte Julia recht mit dem Bauchgefühl? War es ein Fehler gewesen, dass sie überhaupt Polizistin geworden war? War sie zu impulsiv, irrational? Hätte sie den Linzer Kollegen einfach ignorieren sollen? Und wer sagte ihr, dass es in der neuen Dienststelle nicht auch solche Typen gab? Es gab sie sicher, solche Typen gab es immer und überall, wahrscheinlich konnte man ihnen auch nur bedingt aus dem Weg gehen. Es sei denn, man ging ganz. Aber bedeutete das nicht, dass man kapitulierte? Sich vertreiben ließ?

»Wie war sie so, die Habel? Warum ist die eigentlich weg?«

»Auch wegen einem Typen«, lachte Julia. »Aber nicht so wie du. Sie hatte beruflich immer wieder mit einem Kollegen aus Berlin zu tun, da hat es dann irgendwann gefunkt.«

»Arg.«

»Na ja, dein Antti ist ja auch wegen dir nach Linz gezogen. Das ist wirklich ein Opfer«, lachte Julia.

»Tja, manchmal kann man Dinge einfach nicht planen«, sagte Alma nachdenklich. »Also planen kann man alles, aber dann kommt alles meistens eh ganz anders.«

Die beiden Frauen saßen in dieser Nacht noch lange am Küchentisch. Die Buchhändlerin erzählte Alma aus ihrem Leben, das ebenfalls nicht geradlinig verlaufen war. »Aber jetzt sag mal, warum bist du Polizistin geworden?«

»Das erzähl ich dir ein anderes Mal«, sagte Alma und stellte die Gläser in die Spülmaschine. »Wir müssen morgen aufstehen, du musst Bücher verkaufen und ich Verbrecher jagen.«

Obwohl Alma müde und auch etwas angeheitert ins Bett fiel, gab sie den Namen Reinhard Höfferer noch in die Suchmaschine ein. Ing. Reinhard Höfferer, Büro für Umweltfragen, mit Sitz in der Grünangergasse. Auch das musste sie googeln, es war gleich hinter dem Stephansdom. Den würde sie morgen früh als Erstes anrufen.

Alma fand lange keinen Schlaf. In ihren Gedanken wälzte sie Max Langwieser und Jessica Pollauer hin und her. Wie konnte man rausfinden, was zwischen den beiden vorgefallen war? Konnte Sie sich den lebenden Max Langwieser ganz gut vorstellen – schließlich gab es genug Referenzobjekte für solche Männer –, war es umso schwieriger, sich ein Bild von Jessica zu machen. War sie das naive Mädel vom Land oder auf ihren Vorteil bedacht? War sie eine eiskalte Killerin, die genügend Geld zur Seite geschafft hatte und sich nun ein schönes Leben machen wollte, oder flüchtete sie vor einer Bedrohung? Und warum hatte sie in dieser seltsamen Beziehung mitgespielt, wie wichtig können Geld und eine schöne Wohnung sein? Welchen Preis ist man dafür bereit zu zahlen?

Und je mehr Alma über Max Langwieser und seine Parteikumpane rausfand, desto sicherer war sie: Die waren nicht sauber. Denen ging es nicht um das Wohl des Landes, das war höchstens der romantische Beginn ihrer politischen Karriere gewesen. Nun ging es um Geld, Macht und Privilegien, und auch wenn Frauen irgendwie mitspielen durften, war es ein Männerzirkel wie schon seit jeher. Verschlossen, kameradschaftlich und gnadenlos. Wo man hinsah, die Jungs hielten eisern zusammen, einfach weil es ein Prinzip war, aber auch weil jeder vom jeweils anderen etwas in der Hand hatte, etwas, mit dem man erpressbar war. Alma hatte keine Ahnung, welches Ding Max Langwieser gedreht hatte, aber mittlerweile war sie fast sicher, dass es ihn das Leben gekostet hatte. Oder es zumindest einen Zusammenhang mit seinem Tod gab. Das war nicht die Tat einer eifersüchtigen Verlobten, die ihn gegen den Tisch gestoßen hatte. Sie musste die Wahrheit herausfinden. Irgendwie hatte sie immer mehr das Gefühl, sie war es sich selbst schuldig. Und auch Jessica. Das Ganze roch nach einem gewaltigen Haufen Scheiße, über den jemand versuchte, einen schicken Teppich zu legen. Der Haufen stank trotzdem.

In dieser Nacht träumte Alma wieder einmal von Maria, und zwar nicht von der lustigen, frechen, coolen großen Schwester, sondern von einer Maria, die auf dem Beifahrersitz eines Autos saß und in Todesangst versuchte, sich gegen einen Angreifer zur Wehr zu setzen. In Almas Träumen war Maria Oberkofler nie ein wehrloses Opfer, immer verteidigte sie sich mit aller Kraft. Und wie schon oft in diesem Traum war die zweite Person im Auto ein gesichtsloses Wesen, das ihre Schwester niederdrückte, ihr Gewalt antat und sie schließlich erschlug. An dieser Stelle wachte Alma mit einem lauten Schrei auf. An Schlaf war nicht mehr zu denken, sie war schweißgebadet, stand auf, machte sich eine Tasse Tee und legte sich wieder ins Bett. Die kleine Nachttischlampe ließ sie an. Es würde nie aufhören. Und auch wenn es wie aus einem billigen Psychothriller klang, versuchte sie mit jedem Fall, den sie auf ihrem Schreibtisch hatte, den Mörder ihrer Schwester zu finden. Vielleicht musste sie das einfach so akzeptieren. Schließlich machte sie das nicht zu einer schlechten Kriminalistin.

Vor vielen Jahren, ziemlich am Anfang ihres Berufslebens, war Alma wild entschlossen gewesen, den Knoten in ihrer Brust aufzulösen, und hatte sich eine Psychotherapeutin empfehlen lassen. Zunächst fand sie es befreiend, jemanden zu bezahlen, der ihr zuhören musste, eine Frau, die sie, allein durch ihre Anwesenheit, zwang zu reden. Und sie erzählte alles Mögliche, über ihren Vater und dessen Herkunft aus einer Tiroler Nazifamilie – über die nicht gesprochen wurde –, über die Mutter, die als Kind miterleben musste, wie russische Besatzungssoldaten ihr Elternhaus überfielen, worüber natürlich ebenfalls nicht geredet wurde. Alma hatte keine Ahnung, woher sie die wenigen Dinge über ihre Familie wusste, vielleicht hatte ihr Maria davon erzählt. Und Maria, ihre tote Schwester, in ihrer Erinnerung eingefroren als ewige Achtzehnjährige, war nach Ansicht der Therapeutin auch der Schlüssel zu ihrem Innersten. »Sie müssen Ihre Schwester loslassen, sie begraben, mit ihr abschließen«, hatte die mütterliche Frau, deren Namen Alma längst vergessen hatte, zu ihr gesagt. Und obwohl sie zwei Monate im Voraus bezahlt hatte, ging Alma dann einfach irgendwann nicht mehr hin, so sinnlos kam ihr das alles vor. Niemals würde sie ihre Schwester loslassen oder begraben. Im Gegenteil: Kurz darauf hatte sie zu recherchieren begonnen, hatte endlich verstehen wollen, was damals passiert war. Alma dachte damals, dass es ein Leichtes wäre, an Informationen heranzukommen, jetzt, wo sie selbst Polizistin war.

Die Akten von damals waren noch nicht digitalisiert, und so suchte Alma im Archiv des Polizeipräsidiums nach den Aktenordnern von 1992. Und wurde fündig. Mit zittrigen Fingern schlug sie im Register nach und fand ein getipptes Protokoll, *Oberkofler, Maria*, Fotos von Maria, eines, auf dem sie in die Kamera lächelte, das war das Fahndungsfoto, und gleich dahinter mehrere Aufnahmen der toten jungen Frau, ihrer Schwester. Alma strich mit der Hand vorsichtig darüber, als könnte sie Marias Verletzungen damit wegwischen. Und als sie umblätterte, um endlich, über fünfzehn Jahre später, nachzulesen, was damals passiert war, da war der Akt auch schon zu Ende, und ein Registerblatt trennte die Seiten sorgfältig vom nächsten Fall: *Plasser*.

Sie blätterte wieder zurück und suchte den Namen der Einsatzleiterin. Susanne Kramer, und schon war die Erinnerung zurück an die nette blonde Frau, die damals auf ihrem Bett gesessen war und mit ihr geredet hatte. Diese Susanne Kramer war wohl auch der Grund dafür gewesen, dass Alma Polizistin geworden war. Wie alt die jetzt wohl war?

Damals nahm Alma ihren ganzen Mut zusammen und wählte die Nummer der Dienststelle, die den Tod ihrer Schwester untersucht hatte.

»Grüß Gott, Alma Oberkofler, Polizeiinspektion Bürgerstraße, sagen Sie, gibt es bei Ihnen eine Susanne Kramer?«

Die Beamtin am Telefon schien kurz zu überlegen und sagte dann: »Mir ist sie nicht bekannt, aber warten Sie, ich schau mal schnell im Verzeichnis nach. Vielleicht wurde sie versetzt.«

»Danke.«

»Ach ja, ich hab sie schon. Susanne Kramer, hier ist sie. Sie ist letztes Jahr pensioniert worden.«

»Okay. Vielen Dank. Eine aktuelle Telefonnummer haben Sie nicht zufällig?«

»Zufällig schon. Da bräucht ich aber eine schriftliche Anfrage von Ihnen, dann schick ich sie Ihnen.«

Susanne Kramers Stimme klang, als hätte sie tief geschlafen oder getrunken. Alma sagte deutlich ihren Namen und fragte, ob sich Kramer an den Fall erinnern könne.

»Ich bedaure. Ich kann mich nicht an alle meine Fälle erinnern. Ich war über dreißig Jahre in der Mordabteilung.«

»Aber es war damals ein besonders tragischer Fall, wissen Sie nicht mehr? Das tote Mädchen im Wald!«

»Bedaure.«

»Das kann nicht sein, Sie müssen sich erinnern. Ich bin die Schwester des Opfers.«

»Woher haben Sie meine Nummer?« Der Tonfall der Stimme änderte sich.

»Ich bin auch Polizistin geworden. Und wissen Sie, ich glaube, das war wegen Ihnen. Ich fand Sie großartig damals.«

»Ja, jetzt erinnere ich mich. Sie waren die Kleine, die zu mir auf die Wachstube gekommen ist, Anna, Anja …?«

»Alma. Ja, genau. Ich war damals zwölf.«

»Und Sie sind wirklich Polizistin geworden?« Susanne Kramer klang nun ein wenig wacher.

»Ja, und wissen Sie noch, Sie wollten mir damals nicht sagen, wer meine Schwester ermordet hat.«

»Ich kann mich nicht mehr erinnern.«

»Ich hab den Akt ausgehoben. Es fehlt die letzte Seite.«

»Hm.«

»Was sagen Sie dazu?«

»Nichts. Ich sage nichts dazu.«

»Aber Sie müssen doch wissen, was damals geschehen ist!«

»Es gab nur Vermutungen. Und ein paar Verdächtige, die wir aber aufgrund mangelnder Beweise laufen ließen.«

»Und damit haben Sie sich zufriedengegeben?«

»Na ja, zufriedengegeben ist ein falscher Ausdruck. Ich hatte damals einen Chef, der mir massiv Druck gemacht hat.«

»Inwiefern Druck? Druck, die Ermittlungen einzustellen? Wieso?«

»Ach, Frau Kollegin, jetzt stellen Sie sich doch nicht so dumm. Sie wissen doch, wie das ist am Land.«

»Wie ist es denn am Land?« Alma konnte ihre Wuttränen kaum mehr zurückhalten.

»Na ja, da kennt einer einen, der einen kennt, und der eine schuldet dem anderen noch etwas oder weiß irgendwas, was er nicht erzählen sollte, und dann …«

»Was dann?«

»Lassen wir das doch. Der Fall ist Jahre her. Und wenn ich Ihnen eins sagen darf: Sie können Ihre Schwester nicht wieder lebendig machen.«

»Was waren Sie eigentlich für eine Scheißpolizistin!« Almas Stimme brach. »Und wegen Ihnen hab ich meine Berufswahl getroffen! Unglaublich!«

»Jetzt beruhigen Sie sich doch. Sie haben ja keine Ahnung, wie das damals gelaufen ist!«

»Ich habe keine Ahnung?! Ich sag Ihnen, wie das damals gelaufen ist: Es war sicher der Sohn von irgendeinem Provinzkaiser! Stimmt's? Bürgermeister? Landtagsabgeordneter?«

Susanne Kramer schwieg.

»Sie geben es also zu?«

»Ich gebe gar nichts zu. Und nun lege ich auf, und Sie rufen mich nie wieder an.«

Alma hatte sie nie wieder angerufen, und wahrscheinlich war Susanne Kramer längst tot. An schlechtem Gewissen oder Alkoholmissbrauch oder einfach nur an Altersschwäche gestorben, es war ihr egal. Sie hatte auch nie wieder einen Versuch unternommen, weiter nach den Umständen des Mordes an ihrer Schwester zu forschen. Auch wenn damals nichts dabei rausgekommen war, sie hatte ihren Frieden damit geschlossen. Ihre Schwester war tot, und sie war ein Kind gewesen. Sie hatte es nicht verhindern können. Jetzt war sie erwachsen.

Erste Schritte auf der Politbühne

Sommer 2013

»Du warst doch früher bei den Pfadfindern, oder?« Max schnitt ein großes Stück von seiner Pizza ab und faltete es zusammen.
»Ich war sogar Leiterin der Wichtelgruppe«, sagte Jessica stolz.
»Warum?«
»Na ja, du könntest dich doch ein wenig engagieren bei uns in der Jungen ÖVP?«
»Was soll ich denn da?«
»Es sind ja bald Gemeinderatswahlen, und wir müssen doch schauen, dass was weitergeht in diesem Land.«

Jessica hatte freudig zugesagt, als Max ihr Mitte der Woche eine Nachricht geschrieben hatte: Samstagabend Pizza in Eisenstadt?

Seit dem Tanz beim Weinfest dachte sie ständig an ihn, spürte seine Hände, die sie festgehalten und seine sicheren Schritte, die sie über das kleine Podest geführt hatten. Es hatte Spaß gemacht, und sie hatte gewusst, wo es langging, obwohl sie die Tanzschule in der siebten Klasse eher halbherzig besucht hatte.

Inzwischen hatten sie sich schon mehrmals getroffen, leider war es nie ein Date zu zweit. Immer in der Gruppe, mit Leuten aus dem Ort, junge Männer, die sie nur flüchtig kannte, schließlich waren sie alle so alt wie Max, also ein paar Jahre älter als sie. Jessica mochte diese Runden nicht besonders, sie waren ihr zu laut, zu derb, es wurde zu viel getrunken, und es wurden zu viele dumme Sprüche geklopft. Sie ging ausschließlich wegen Max mit. Er war ganz anders als seine Freunde, ruhiger, gewählter in seiner Ausdrucksweise, trotzdem hatte man nie das Gefühl, er sähe auf die anderen herab. Er vergaß nie, dass sie da war, saß immer neben ihr, band sie in die Gespräche ein und brachte sie jedes Mal nach Hause, statt mit den Jungs hocken zu bleiben.

Es war das erste Mal, dass sie einen Abend allein verbrachten. Er hatte sie mit seinem schwarzen Land Rover abgeholt, und ihre Mama hatte zufrieden lächelnd am Fenster gestanden. Jessica war sehr aufgeregt, schließlich war es ihr erstes Date. Und nicht mit einem pickeligen Mitschüler, sondern mit dem coolen Max Langwieser, der nicht nur gut aussehend war. Er war erwachsen.

Der Abend in der Pizzeria *Bella Ciao* verlief dann nicht ganz so, wie sie sich das vorgestellt hatte. Max sprach kaum über Privates, erzählte ein wenig von seinem Studium und was er mit dem elterlichen Betrieb vorhatte und hörte aufmerksam zu, wenn sie über die Schule sprach und über ihre Pläne danach. Aber sein großes Thema war die Politik. Wie besessen war er davon, ereiferte sich mit leuchtenden Augen über das verkrustete System, die Packelei innerhalb der Gruppierungen, aber auch über die Parteigrenzen hinweg. Er wollte unbedingt in die große Politik.

»Weißt du, ich engagier mich jetzt im Gemeinderat. Das ist zwar ein altmodischer Haufen, der im vorigen Jahrhundert stecken geblieben ist, aber da kann ich viel lernen. Und du? Du gehst echt studieren?«

»Ja, aber ich weiß noch nicht, was«, antworte Jessica und nippte an ihrem weißen Spritzer. »Jus oder irgendwas mit Medien.«

»Das ist sicher super für dich«, pflichtete er ihr bei. »Du kannst gut mit Leuten, hast keine Angst vor der Öffentlichkeit. Du wärst eigentlich auch die geborene Politikerin!«

»Na, ich weiß nicht. Ich seh mich eher als Journalistin. Lieber darüber berichten, als selber mitmachen.«

»Aber wir müssen mitmachen! Solche Menschen wie uns braucht dieses Land. Schau dir doch an, wie verschlafen und rückständig alles ist. Es liegt an unserer Generation, das zu ändern.«

Auch wenn sie in der Schule immer engagiert gewesen war und gegen jede Ungerechtigkeit angekämpft hatte, interessierte sich Jessica kaum für echte Politik. Hin und wieder schaute sie am Abend Nachrichten, der Bürgerkrieg in Syrien machte sie betroffen, auch versuchte sie, die Eurokrise und den griechischen Schuldenberg zu verstehen, aber österreichische Innenpolitik fand sie langweilig. In ihrer Familie wurde immer SPÖ gewählt, damit waren sie im Ort allerdings Teil einer Minderheit, fast alle wählten ÖVP. Max' Onkel war Bürgermeister, und schließlich ging es Grafenbruck damit nicht schlecht. Der Fußballplatz hatte letztes Jahr einen neuen Rasen bekommen, der Kreisverkehr am Ortsausgang wurde mit Büschen und Blumen bepflanzt, und Bürgermeister Kurt Langwieser sorgte mit großzügigen Baugenehmigungen dafür, dass der Ort nicht ausstarb.

»Na, wirst sehen, wenn du bei uns mitarbeitest, das macht dir Spaß. Und im Herbst sind Wahlen, da brauchen wir jede helfende Hand und jeden klugen Kopf.« Er griff nach ihrer Hand, hielt sie kurz fest, und plötzlich rumorte die Pizza in Jessicas Bauch. Im Herbst bin ich schon weg, wollte sie sagen, meinte dann aber: »Na ja, ein bisschen mithelfen kann ich ja. Bis ich nach Wien ziehe halt.«

Die Mutter saß noch im Wohnzimmer, als Jessica um kurz nach elf nach Hause kam, und sah sie erwartungsvoll an: »Und? Wie war's?«

»Bist du extra aufgeblieben?« Jessica setzte sich zu ihr aufs Sofa.

»Na ja, ich war halt neugierig.« Die Mama ging normalerweise kurz vor zehn schlafen, sie arbeitete Teilzeit an der Supermarktkasse im Industriegebiet und musste jeden Tag um fünf Uhr dreißig aufstehen.

»Wir haben uns nett unterhalten, ich hab eine Thunfischpizza gegessen und ein Achtel Zweigelt getrunken. Bist jetzt zufrieden?«

»Jaja, ich geh schon schlafen. Gute Nacht, Prinzessin.« Die Mutter küsste sie auf die Stirn, und Jessica verschwand in ihr Zimmer. Einschlafen konnte sie nicht, sie spürte immer noch die Hand von Max auf ihrer Hand, und die Küsse auf ihren Wangen, die er ihr zur Verabschiedung gegeben hatte, wuchsen in ihrer Erinnerung zu einer zärtlichen Berührung.

Auch wenn Jessica die Bühne der Schulpolitik geliebt hatte, merkte sie rasch, dass sie beim Wahlkampf nicht gerne in der ersten Reihe stand. Im Direktorenzimmer oder in der Aula des Gymnasiums gab es etwas Konkretes, für das sie streiten oder kämpfen musste, es galt, einen Konsens zu finden oder jemanden von etwas zu überzeugen. Und sie war die gewählte Vertreterin, hatte also keinerlei Scheu, ihre Stimme zu erheben.

Bei den Infoständen, aber vor allem bei den Hausbesuchen fühlte sich Jessica dagegen mehr als unbehaglich. Es war ein wenig so, als müsste sie ein Produkt verkaufen, von dem sie nicht überzeugt war, oder schlimmer, dessen Nutzen sie nicht wirklich kannte. Sie hielt sich im Hintergrund, beobachtete in der letzten heißen Phase die Spitzenkandidaten der anderen Parteien. Die Grünen und diese neue Partei namens NEOS fand sie eigentlich interessanter, und Jessica hoffte, dass Max das nicht bemerken würde.

Trotzdem, die jungen Menschen, die Max um sich gesammelt hatte und die in Grafenbruck mit großem Engagement den Wahlkampf betrieben, hatten wenig gemeinsam mit der Politik, die Max' Bürgermeister-Onkel betrieb. Sie waren aufgeschlossen und voller Tatendrang, schimpften über die alten Strukturen und darüber, dass keiner der Alten sich traue, einmal etwas komplett zu verändern.

»Weißt du, Jess, man darf nicht mehr in diesen Lagern denken, rot oder schwarz, rechts oder links. Das ist so was von altmodisch, da werden wir dieses Land nicht weiterbringen«, sagte Max bei einer ihrer gemeinsamen Autofahrten in ein kleines Dorf etwas außerhalb. Sie sollten dort am samstäglichen Bauernmarkt ihre Infobroschüren und Kugelschreiber verteilen, und Jessica liebte die Fahrten zu diesen Dörfern. Diesmal allerdings war sie ein wenig verstimmt, denn als sie ins Auto einsteigen wollte, saß Markus, Max' bester Freund und gleichzeitig sein größter Fan, schon auf dem Beifahrersitz und sah sie missbilligend an. Es war ein glühend heißer Tag, und Jessica trug ein T-Shirt und kurz abgeschnittene Jeans.

»Kannst dich nicht ein bisschen herrichten?«, meinte er und schob seine Ray Ban in die Haare.

»Was meinst du?«, erwiderte Jessica von der Rückbank.

»Na ja, glaubst, die wollen so ein Hippiemädchen sehen? Du schaust doch super aus im Dirndl, warum ziehst du das nicht an?«

»Wenn's dir nicht gefällt, kann ich ja im Auto warten.« Jessica saß hinter dem Fahrersitz und lehnte sich ein wenig nach vorne. Warum reagierte Max nicht, wies Markus darauf hin, dass sein Statement unpassend sei. Doch Max stieg aufs Gaspedal und fuhr viel zu schnell durch die Dreißiger-Zone in ihrer Siedlung.

Auch wenn Max nicht so reagiert hatte, wie Jessica sich das gewünscht hätte, änderte sich für sie nach dieser Autofahrt und dem darauffolgenden Termin einiges. Sie stand mit den bunten Foldern am Infostand unter dem Sonnenschirm und versuchte, sich hinter den zwei aufgestellten Liegestühlen zu verstecken. Fand sie ihre Shorts am Tag davor noch cool, hatte sie nun das Gefühl, sie wären viel zu kurz, das T-Shirt kindisch und billig. Nach einiger Zeit fasste sie sich doch ein Herz, kam aus der Deckung und ging auf die Leute zu.

»Entschuldigen Sie, haben Sie kurz Zeit? Wissen Sie schon, was sie wählen werden?«

»Finden Sie nicht auch, dass sich was ändern muss in diesem Land?«

»Fressen Ihnen die hohen Steuern nicht auch Ihre ganzen Ersparnisse weg?«

Die meisten Leute eilten einfach vorbei, manche nahmen den Folder in die Hand und lächelten ihr zu, andere wiederum blieben stehen und wollten diskutieren. »Was wollt ihr denn ändern? Ihr seid doch seit Jahrzehnten in der Regierung, da hättet ihr doch genug ändern können«, sagte einer, und Jessica wusste darauf nichts zu erwidern. Hatte er nicht recht? Max sprang ihr zur Seite, redete freundlich mit den Menschen, auch mit jenen, die sich beschwerten.

Am Ende des langen Vormittags fasste Jessica sich ein Herz. »Kann ich mit dir reden«, sagte sie zu Max, und er legte seinen Arm um sie. »Immer kannst du mit mir reden. Komm, ich lade dich auf ein Eis ein.«

Er teilte den anderen mit, dass er und Jessi jetzt wegmüssten, um etwas Wichtiges zu besprechen. Für ihn schien es kein Problem zu sein, dass sie nicht beim Abbau halfen. Mit einer lässigen Handbewegung verabschiedete er sich, nur Markus fragte leise, wie er denn jetzt heimkommen solle. Ein Blick von Max ließ ihn verstummen, er würde wohl einfach warten müssen, bis Max fertig war, oder den Bus nehmen. Jessica spürte die warme Hand auf ihrem Rücken und war glücklich und ein wenig aufgeregt. Max war der geborene Chef, er war selbstsicher und gleichzeitig sympathisch, Jessica war so stolz darauf, dass er ihr Freund war. Also nicht richtig ihr Freund, im Sinne von »der Freund«, schließlich hatten sie sich nach wie vor noch nicht einmal geküsst. Doch sie spürte, dass da etwas Besonderes war zwischen ihnen, ein gewisser Gleichklang, ein tiefes Verständnis. In ihren Träumen war sie weit übers Küssen hinaus. Sie war sich sicher, dass Max lediglich auf ihr jugendliches Alter Rücksicht nahm und es deswegen nie über beiläufige Berührungen hinausging.

»Also, was magst? Such dir was aus, ich lade dich ein.« Er schob ihr die Plastikkarte zu, und sie betrachtete die schlecht fotografierten Eisbecher.

»Ich weiß auch nicht. Vielleicht einfach ein gemischtes Eis?«

»Jetzt sei nicht so bescheiden. Bestell dir was Ordentliches. Hast du dir verdient. Und auf deine Linie musst du auch nicht schauen, oder?«

Bei ihm klang diese Bemerkung nicht anrüchig und Jessica bestellte sich schließlich einen Pfirsich Melba mit Schlagobers. Max nahm einen Bananensplit und einen Espresso.

»Also, meine Liebe. Was willst du besprechen.«

»Ich ... ich wollte ... also, dieser Job da an den Infoständen, das ist nichts für mich.«

»Ja, das dachte ich mir schon«, sagte Max und rührte Zucker in seinen Espresso. »Du siehst nicht glücklich aus, und wenn Leute auf dich zukommen, wirkst du, als würdest du dich lieber verstecken, als mit ihnen zu reden.«

»Ja, ich weiß. Ich hasse das. Ich bin nicht so wie du. So eloquent und so, ach, ich weiß auch nicht. Du kannst das halt einfach.«

»Aber in der Schulpolitik, da kannst du es doch auch? Was ist der Unterschied?«

»Ich weiß es nicht genau. Die Themen da, die hatten mehr mit mir zu tun, da hab ich mich sicher gefühlt.«

»Das, was wir hier tun, hat auch viel mit dir zu tun. Wirst sehen, wenn wir die Alten vertrieben haben, dann hat das ganz viel mit dir zu tun.«

»Vielleicht. Aber jetzt nicht.« Jessica wurde fast ein bisschen trotzig. Sie wollte sich nicht überreden lassen, etwas zu tun, was sie nicht wollte.«

»Möchtest du aussteigen? Es sind nur mehr vier Wochen bis zur Wahl, wir sind ganz knapp dran.«

»Nicht aussteigen. Vielleicht kann ich etwas anderes machen?«

»Was denn?«

»Ich könnte die Wahlkampfauftritte koordinieren. Schauen, dass alles passt und alles vor Ort ist. Die richtigen Redner und so. Und wenn dann in drei Wochen die große Schlussveranstaltung in Eisenstadt ist, da brauchen die in Wien doch jemanden vor Ort, der den Überblick hat.«

»Und du glaubst, das kannst du?«

»Sicher kann ich das! Ich habe drei Jahre den Schulball auf die Beine gestellt, was glaubst, wie schwierig das war.«

»Vielleicht ist das gar keine schlechte Idee. Du machst von zu Hause aus die ganze Koordination, schaust, dass das Wahlkampfmaterial nicht ausgeht, meldest die Infotische an und so. Dann passiert vielleicht nicht mehr so was wie letzte Woche, dass zwei Trupps zur gleichen Zeit am selben Ort stehen.«

»Oder dass die Luftballons die falsche Farbe haben«, lachte Jessica.

Quellenschutz

Alma verspürte einen Anflug von Übelkeit, als sie unter der Dusche stand, der lange Abend mit Julia hatte seine Spuren hinterlassen. Hatte sie gestern am Küchentisch der Buchhändlerin wirklich diese ganze Geschichte erzählt? Die Ermittlungen im Linzer Bordell, die Schikanen der Kollegen, der Versuch, es auszusitzen, und vor allem dieses Gefühl, gegen eine Wand zu laufen, das alles war ihr plötzlich wieder sehr nahegekommen. Alma hielt den Kopf unter den Wasserstrahl und drehte den Hahn auf Kalt.

Nach der Dusche fühlte sie sich besser, am Weg ins Präsidium kaufte sie sich beim Bäcker eine Wurstsemmel und ging im Büro zielstrebig in die Kaffeeküche. Doch viel Zeit blieb nicht, sie wurden zu einem Einsatz am Praterstern gerufen.

Der junge Mann mit einer tödlichen Stichverletzung wurde von Almas Abteilung fast mit Freude aufgenommen. Ein Streit im Drogenmilieu oder ein kleiner Bandenkrieg, das war etwas Handfestes, Terrain, auf dem man sich in der Abteilung *Leib und Leben* sicher fühlte. Alle wussten, nach welchem Schema sie hier vorgehen würden.

Im Fall Max Langwieser hingegen kamen sie keinen Schritt weiter. Es gab keinerlei brauchbare Spuren in der Wohnung, keine Fingerabdrücke, die sie zuordnen konnten, keine Einbruchsspuren, keine Drohmails außer den üblichen Beschimpfungen auf den Social-Media-Seiten des Ministeriums, keine Hinweise auf

Erpressung. Alma blätterte zum x-ten Mal ihr Notizbuch durch, las sämtliche Namen, die ihr im Fall untergekommen waren, betrachtete die Zeichnung, die sie vom Grundriss der Wohnung angefertigt hatte, und stieß dann auf der letzten Seite auf den Namen Reinhard Höfferer.

Der Sucheintrag im Handy war noch offen, und sie drückte auf die angezeigte Nummer.

Nach dem zweiten Läuten wurde das Gespräch angenommen.

»Guten Tag, Herr Höfferer, mein Name ist Alma Oberkofler, ich bin Beamtin im Landeskriminalamt, und Ihr Name ist mir in einem laufenden Verfahren untergekommen.«

»Landeskriminalamt?« Er lachte jovial, seine Stimme klang nett und entspannt. »Sie müssen mich mit jemandem verwechseln.«

»Es geht um ein Projekt im Pfitztal. Ein Seilbahn- und Hotel-Projekt. Haben Sie etwas damit zu tun?«

»Wie kommen Sie denn da drauf?« Er machte eine kurze Pause, schien zu überlegen. »Ich weiß nicht, wovon Sie reden.« Nun klang seine Stimme nicht mehr so freundlich.

»Ich habe gehört, Sie waren beauftragt, ein Gutachten für die Region zu machen. Und dazu hätte ich gerne die Unterlagen. Anfragen, Vertrag, Rechnung, Zahlungsverkehr.«

»Ich glaube nicht, dass Sie das Recht haben, meine Firma zu durchleuchten.«

»Na ja, das kann ich mir aber ganz schnell beschaffen.« Alma bluffte und hoffte, Herr Höfferer würde es ihrer Stimme nicht anmerken. Sie glaubte nicht, dass der Staatsanwalt ihr eine Genehmigung geben würde, nur weil sie wusste, dass Reinhard Höfferer in einer Buchhandlung Karten bestellt hatte.

»Woher haben Sie diese Information?« Ihr Gesprächspartner klang inzwischen äußerst ungehalten.

»Sagen wir mal so: Ich muss meine Quelle nicht preisgeben,

aber Sie müssen mir sagen, ob das, was ich Ihnen sage, der Wahrheit entspricht.«

»Ich muss gar nichts. Hören Sie, Frau Oberhuber oder wie Sie heißen ...«

»Oberkofler.«

»Na gut, dann eben Oberkofler, ich bin nicht verpflichtet, Ihnen Auskunft über meine Aufträge zu geben.«

»Dann stimmt es also, dass das Pfitztal ein Auftrag war?«

»Das ist eine Frechheit! Ich werde mich über Sie beschweren. Wer ist Ihr Vorgesetzter?«

»Das können Sie sicher ganz leicht selbst rausfinden«, antwortete Alma. »Wir hören uns wieder.« Dann drückte sie das Gespräch weg.

Keine zwei Minuten später stürmte David Kling aus der IT-Abteilung ins Büro und reckte die linke Faust in die Luft. »Wir haben das iPad geknackt!«

Landflucht

Der Hund am Strand hatte ausgiebig an Jessicas Füßen geschnuppert und sie dann aus treuen Augen erwartungsvoll angeblickt. Erst nachdem seine Besitzerin mehrmals laut »Bruno! ... Bruno!« gerufen hatte, hatte er von ihr abgelassen. Bruno. Der Name erinnerte sie an ihren Opa, der immer mehr von der Vergangenheit träumte, je älter er wurde, und häufig von Bruno Kreisky sprach. Als Kind hatte Jessica geglaubt, ihr Opa und der Kanzler von Österreich wären richtige Freunde gewesen, doch irgendwann hatte ihr der Vater verraten, dass der Opa lediglich einmal seine Hand geschüttelt habe, diese Begegnung aber mit zunehmendem Alter immer mehr Raum in seinem Gedächtnis einnehme. Wenn der Opa wüsste, dass sie, seine kleine Enkelin, mit dem Bundeskanzler von Österreich per Du war, würde er ganz schön staunen. Aber wahrscheinlich wäre er sauer, denn Stefan Fercher war ja von der falschen Partei. »Nichts als privilegierte Kapitalisten!«, hatte ihr Opa immer über die christlich-soziale Partei geschimpft, und waren sie inzwischen nicht auch ziemlich weit weg von christlich und sozial?

Jessicas Vater sagte immer wieder, dass der Opa sich im Grab umdrehen würde und dass es ganz gut sei, dass er den Untergang des Landes nicht mehr habe miterleben müssen. Vor allem die Koalition mit den Freiheitlichen war immer wieder ein schwieriges Thema am burgenländischen Mittagstisch. Das war natürlich auch ein Grund, warum es Jessica nicht mehr so oft nach Grafenbruck zog, abgesehen von der mangelnden Zeit. Sie wollte nicht ständig mit ihrem Papa über Politik streiten.

Damals, Ende Oktober 2013, hatte ihr Vater noch triumphiert, trotz der Wählerverluste waren die Sozialdemokraten stimmenstärkste Partei geworden, und von Erneuerung und Verjüngung der ÖVP war wenig zu spüren.

Den Abend des Wahltages würde Jessica nie vergessen. Nichts hatten sie gewonnen, gar nichts, nein, sogar zwei Prozentpunkte verloren. Nichts würde sich verändern, im Gegenteil, auf ewige Zeiten würde in diesem Land eine große Koalition regieren, und nur Insider konnten die roten Funktionäre von den schwarzen unterscheiden. Alles alte Männer mit dem einzigen Ziel, dass alles blieb, wie es war.

Sie hatten dicht gedrängt in der Mehrzweckhalle von Oberwart gestanden, auf die große Leinwand gestarrt und auf die erste Hochrechnung gewartet. Jessica Schulter an Schulter mit Max. Als der schwarze Balken bei 23 Prozent stehen blieb, ballte Max seine Faust und stieß sie mit einem Fluch in die Luft, die Menschenmenge hinter ihnen schien wie ein einziger Körper den Atem anzuhalten. Jessica nahm seine Hand und drückte sie fest und hatte dabei ein schlechtes Gewissen, weil sie bei Weitem nicht so deprimiert war wie er. Wenn sie ehrlich war, war ihr das Wahlergebnis eigentlich ziemlich egal. Sie hätte es sich niemals anmerken lassen, aber im Kopf war sie schon ganz weit weg. Vor vier Wochen war sie nach Wien gezogen, hatte zwei große Koffer in ihren roten Twingo gepackt und ihren Eltern verboten, sie zu begleiten. Im Studentenwohnheim, das ziemlich zentral gelegen war, hatte sie zwar vorerst nur ein Doppelzimmer, das sie sich mit einer anderen Burgenländerin teilen musste, aber das machte ihr nichts aus, bald schon würde sie Geld verdienen und in eine eigene kleine Wohnung ziehen. Sie hatte der Clique, mit der sie in dieser hässlichen Halle stand und auf das Wahlergebnis starrte, natürlich nicht erzählt, dass sie im Burgenland-Haus des ÖJAB, der Österreichischen Jungarbeiterbewegung, wohnte, hatte zu Max nur vage von einem Studentenheim gesprochen. Er brauchte schließlich nicht wissen, dass ihr Vater als alter Sozialdemokrat ihr durch seine guten Kontakte dieses Zimmer organisiert hatte.

Ihr Studiengang *Marketing & Kommunikation* hatte bereits Anfang September begonnen, doch vor der Wahl war sie jedes Wochenende in den Heimatort gefahren, um auf den letzten Metern so gut sie konnte mitzuhelfen.

Damit wäre jetzt Schluss, schon morgen früh würde sie sich in ihr Auto setzen und das Burgenland ein für alle Mal hinter sich lassen. Ihr Elternhaus, ihr Kinderzimmer, die Volleyballgruppe, die Provinz-Pizzeria, die Heurigen, den burgenländischen Dialekt. Aber auch Max. Obwohl sich ihre Beziehung während des ganzen Sommers nicht verändert hatte, glaubte sie immer noch daran, dass er der Richtige wäre, doch sie traute sich nicht, den ersten Schritt zu machen. Er war so verständnisvoll und aufmerksam, ja, oft waren sie sich so nahe, wenn sie die Köpfe zusammensteckten und über die Zukunft sprachen. Die Zukunft des Landes, ihre Zukunft in Wien und was Max alles vorhatte, um den elterlichen Betrieb zu modernisieren. Noch nie hatten sie über eine gemeinsame Zukunft geredet, obwohl sie sich seit mehreren Monaten fast jeden zweiten Tag trafen. Ihr Papa hatte es längst aufgegeben, sich darüber lustig zu machen. »Was willst denn mit dem Bauernbundler?«, hatte er sie im Frühling angefahren, nachdem Max sie die ersten Male von zu Hause abgeholt hatte. Und je mehr ihre Mutter Max und seine wohlhabende Familie anhimmelte, desto massiver stellte der Vater seine Abneigung gegenüber den Langwiesers zur Schau. Schon als er damals mitbekommen hatte, dass sich seine einzige Tochter im Wahlkampf der verhassten ÖVP engagierte, war es zu einem lautstarken Streit im Hause Pollauer gekommen. Der Vater schäumte vor Wut, warf ihr Undankbarkeit und Naivität vor und sprach mehr als eine Woche kein Wort mit ihr. Für Jessica war das nicht leicht, sie liebte ihren Papa über alles, und einige Male dachte sie daran, ihm zu beichten, dass ihr diese Parteiensache und der Ausgang der Wahl gar nicht so wichtig seien, galt doch ihr Interesse eher der Person Max als dem Politiker. Doch das kam ihr lächerlich vor und hätte ihren Vater vermutlich noch mehr enttäuscht, darum sagte sie gar nichts und wartete einfach, bis er sich beruhigte.

Und das tat er schließlich auch. Er half Jessica beim Verschönern ihres Zimmers im Studentenwohnheim, kaufte ein neues Bett und baute es zusammen, strich mit ihr gemeinsam die Wand ihrer Zimmerhälfte und hängte ihr einen Vorhang auf, den die Mutter genäht hatte. Anfang September waren sie mit allem fertig, der Vater sah sich stolz um, dann blickte er aus dem Fenster in die enge Gasse und drehte sich mit feuchten Augen um. »Mein großes Mädchen«, sagte er und nahm sie unbeholfen in den Arm. »Jetzt geht die echt studieren. Wenn das der Opa sehen könnte, mein Gott, der wär stolz.«

Das war ein gängiger Spruch im Hause Pollauer, »Wenn das der Opa sehen könnte«. Der Opa hatte Eisenbahnschienen verlegt, und seine kleine Enkelin studierte nun. Was sie danach sein würde, könnte sie dem Opa wahrscheinlich nicht erklären. Und ehrlich gesagt wusste sie es selber auch noch nicht so genau, mit Worten wie Public Relations, Corporate Identity oder Social Skills konnte sie auch nicht viel anfangen, aber egal, sie würde sich Mühe geben, fleißig sein, sich um Praktika bewerben und das Nachtleben erkunden. Nie wieder wollte sie in der Disco von Oberwart sauren Spritzer trinken. Jetzt war es an der Zeit, das Leben zu genießen.

Die ersten drei Wochen in Wien waren neu und aufregend. Jessica saß in jeder Vorlesung in der ersten Reihe und versuchte, jeden Satz der Vortragenden mitzuschreiben. Auf dem kleinen Schreibtisch im Studentenwohnheim übertrug sie ihre hingekritzelten Notizen in ein Heft, unterstrich die Überschriften mit farbigen Stiften und bestellte sich alle empfohlenen Bücher. Am Abend machte sie lange Spaziergänge oder fuhr mit den Straßenbahnen in unbekannte Stadtviertel. Doch als der November anbrach und es zwei Wochen bei drei Grad durchregnete, schaffte Jessica es nicht mehr, sich ihr Leben schönzureden. Ihre Mitbewohnerin war eine langweilige Jusstudentin, die sich jeden Abend ein Fertiggericht in die Mikrowelle schob oder Chips in sich reinstopfte, während sie im Bett saß und Liebesromane las. Auf der Uni tat Jessica sich schwer, Leute kennenzulernen, ständig hatte sie das Gefühl, alle würden sich seit ewigen Zeiten kennen, fixe Gruppen bilden und sie definitiv nicht dabeihaben wollen. Nur das Lernen fiel ihr leicht, aber das war schon immer so gewesen, auch in der Schule hatte sie schließlich mit geringem Aufwand immer gute Noten gehabt. So vergaß sie bald ihren Vorsatz, höchstens einmal im Monat zu ihren Eltern zu fahren. Warum sollte sie die Wochenenden in Wien abhängen, wenn die Mama all ihre Lieblingsspeisen kochte und der Papa sich einfach nur freute, wenn sein »kleines Mädchen« wieder da war? Und es war ja auch nicht weit, am Freitag endete ihr letztes Seminar um sechzehn Uhr, da war sie pünktlich zum Abendessen in Grafenbruck, und natürlich vergaß sie auch, dass sie sich vorgenommen hatte, nie wieder sauren Spritzer in der Oberwarter Disco zu trinken. Im Gegenteil, sie freute sich auf die Samstagabende, traf ihre alte Clique, fühlte sich eigentlich noch besser als früher, denn nun war sie die Coole, die, die in der Stadt studierte, während ihre Schulkolleginnen Lehren als Bankkauffrauen oder Verkäuferinnen machten. Ihre beste Freundin Manu arbeitete überhaupt nur ein bisschen im Büro des elterlichen Transportunternehmens mit, schließlich würde sie fix den Roland heiraten und Kinder kriegen, da lohnte sich gar keine Ausbildung.

»Hey, Jessi! Wie geht es dir? Was machst du denn hier, ist es dir schon fad in der Hauptstadt?« Max sah immer noch umwerfend aus, er trug seine Haare etwas länger, mit dem Dreitagebart erinnerte er Jessica an irgendeinen berühmten Hollywoodschauspieler, Brad Pitt oder Ethan Hawke. Er sah älter aus, reifer als damals, als sie Grafenbruck verlassen hatte.

»Mir geht's super! Und mir ist überhaupt nicht fad in der Stadt, ich studiere brav, und manchmal muss ich heim und schauen, wie es euch Armen hier geht in der Provinz.«

»Haha, sehr nett von dir! Aber die Provinz ist nicht das Schlechteste, sag ich dir, ich bin auch gerne wieder zurückgekommen. Magst du was trinken? Ich lad dich ein, bist ja eine arme Studentin!«

Wenig später lehnten sie an der Bar, tranken Gin Tonic und redeten gegen die laute Musik an, als hätten sie sich nie aus den Augen verloren. Und irgendwann, die Nacht war fast vorbei, da legte Max seinen Arm um sie, und es fühlte sich vertraut an. Die Tanzfläche hatte sich schon ziemlich geleert, und Jessica fühlte den Alkohol in ihrem Kopf. Es war nicht unangenehm, eher schien alles leicht und luftig, sie war eine maßvolle Trinkerin. Auch Max wirkte komplett nüchtern, und als er zu ihr sagte: »Kommst du mit zu mir?«, da zögerte sie keine Sekunde, zu ihm ins Auto zu steigen.

Natürlich schlief Max nicht mehr in seinem ehemaligen Kinderzimmer, er hatte am elterlichen Hof eine eigene kleine Wohnung. Geschmackvoll eingerichtet, nichts daran erinnerte an den bäuerlich rustikalen Stil, der ihrer aller Kindheit bestimmt hatte. Im Schlafzimmer stand ein Doppelbett wie aus einem Luxushotel oder zumindest eines, wie Jessica sich ein Doppelbett in einem Luxushotel vorstellte: das Kopfteil aus hellem Holz, eine dicke Matratze, weiße Laken und eine makellos glatte beige Bettdecke. Vorsichtig setzte sie sich auf die Kante und sah Max erwartungsvoll an. Sie war nicht aufgeregt, es fühlte sich alles so natürlich an, als wäre sie endlich am Ziel einer langen Reise angekommen. Jessica zog sich das Top über den Kopf, stieg aus dem Rock und schlüpfte in Unterwäsche unter die Bettdecke. Max begann sich langsam und bedächtig auszuziehen, wobei er jedes Kleidungsstück sorgfältig faltete und über einen kleinen Ohrensessel legte. Er wandte Jessica den Rücken zu, und sie betrachtete in aller Ruhe seinen perfekten Körper. Jetzt endlich würde es also passieren, wie gut, dass sie so einen langen Atem gehabt hatte. Er legte sich zu ihr, nahm sie in die Arme und schaute sie lange ernst an, bevor er sie küsste. Wenn es nach Jessica gegangen wäre, hätte dieser Kuss endlos dauern können, es war alles perfekt. Max roch gut, hatte warme zärtliche Hände, die Bettdecke fühlte sich an wie Seide. Sie war bereit.

»Ich kann das nicht«, flüsterte Max und rollte sich von ihr runter. Zuvor hatte er ihr den Slip vorsichtig ausgezogen und mit der Hand ein paarmal über ihren Schamhügel gestrichen, dann hatte er sich auf sie gelegt, und Jessica hatte die Augen geschlossen. Sie traute sich nicht, hinzuschauen oder gar hinzufassen, wie Max sich da vorsichtig auf ihr auf- und abbewegte und mit der Hand zwischen ihren beiden Körpern herumnestelte. Und dann lag er seufzend neben ihr. »Sorry, nimm es nicht persönlich, du bist eine Superfrau, ich hab wohl doch zu viel getrunken«, sagte er und drehte sich von ihr weg.

Jessica zog die Decke über sich und lag wie gelähmt auf dem kühlen Laken. Sie wusste nicht, wohin mit ihrer Lust, ihre Brüste schmerzten, sie hatte das Gefühl, sie würde komplett zerfließen. Nachdem sie gefühlte Stunden in die Dunkelheit gestarrt hatte und Max neben ihr gleichmäßig zu atmen begonnen hatte, stieg sie leise aus dem Bett, suchte in der Morgendämmerung ihre Kleider zusammen und ging zu Fuß die paar Kilometer zu ihrem Elternhaus. Die Mutter machte sich gerade auf den Weg zur Arbeit und sah sie fragend an. Jessica schüttelte den Kopf, verschwand in ihrem alten Zimmer, kroch in das Jugendbett, das nie ausgetauscht worden war, und fiel in einen tiefen Schlaf.

Am Nachmittag wachte sie mit einer dicken Erkältung auf, packte ihre Sachen in das kleine Auto und fuhr zurück nach Wien. Mit der Gewissheit, von nun an nur noch zu besonderen Anlässen ins Burgenland zu fahren.

NSFW

David Kling legte das elegante Gerät auf Almas Schreibtisch und tippte eine vierstellige Zahlenkombination ein. »Bitteschön«, sagte er und trat einen Schritt zurück.

Alma spürte das Adrenalin durch ihren Körper strömen, endlich würde etwas passieren. Sie war sicher: auf diesem iPad waren wertvolle Informationen. »Wunderbar! Und? Habt ihr es schon mal durchgesehen?«

»Haben wir«, sagte Kling und grinste breit. »Ich glaube, es wird eher privat genutzt. Der Content ist jedenfalls NSFW.«

Alma sah ihn fragend an.

»*Not safe for work.*« Er legte das Tablet auf Almas Schreibtisch und ging zur Tür. »Viel Spaß. Wenn du was brauchst, ruf an.«

Keinerlei Ordner mit Dokumenten, nur wenige Apps und auch kein installiertes Mailprogramm. Dafür ein üppig gefüllter Fotospeicher und zahlreiche Videos. Alma öffnete das Album, und ihr sprangen Bilder männlicher Geschlechtsorgane entgegen, in sämtlichen Farben und allen möglichen Zuständen der Erregung. Die Videos überraschten sie dann schon nicht mehr: Männer, die sich in durchaus interessanten Variationen gegenseitig und selbst befriedigten. Alma schaltete den Ton aus und wischte sich durch Fotos und Videos. Es schienen eher Amateuraufnahmen zu sein, oder entsprach das der Ästhetik des Genres? Konnte man darauf jemanden erkennen, gab es strafbare Handlungen, gewaltsame Übergriffe?

Unwillkürlich legte Alma das iPad zur Seite, als Tarik Babic und Robert Kolonja aus der Mittagspause zurück ins Büro kamen.

»Was hast du denn da? Schaust du während der Arbeitszeit Katzenvideos?« Kolonja lachte.

»Viel schlimmer«, sagte Alma. »Pornos und Dickpics. Und zwar sehr, sehr viele.«

»Was sind denn Dickpics?« Ihr älterer Kollege sah sie fragend an.

»Fotos von Penissen«, sprang Tarik Babic ein.

»Na, wer's mag«, brummelte Kolonja und ließ sich auf seinen Drehstuhl fallen.

»Na ja, es ist das iPad vom Langwieser. *Mister Glücklich-Verlobt* sammelt Fotos von männlichen Genitalien auf seinem privaten iPad. Das müssen wir uns leider anschauen.«

»Du sagst jetzt aber nicht, dass wir uns ein paar Hundert Schwanzfotos anschauen müssen, in der Hoffnung, es ist der vom Mörder dabei?«, stöhnte Kolonja. »Und wie erkennen wir ihn?«

»Nein, ich fürchte, wir würden ihn nicht erkennen. Aber die Videos sollten wir uns schon anschauen, wer weiß, vielleicht hat ihn ja jemand damit erpresst.«

Hatte Alma bisher eher über Jessicas Rolle in dieser Beziehung nachgedacht, versuchte sie sich nun in Max Langwieser reinzuversetzen. Immer wieder dachte sie darüber nach, warum man als Politiker im 21. Jahrhundert nicht offen seine Sexualität leben konnte. Warum diese Scheinbeziehung inklusive Verlobung und gemeinsamer Wohnung? War es wirklich immer noch so schlimm? Hatte es etwas mit seiner Familie im Burgenland zu tun? Konnte die sexuelle Orientierung des Ministers am Ende sogar ein Mordmotiv sein?

Alma wühlte in den Papieren auf ihrem Schreibtisch, irgendwo musste doch noch die Karte dieser Journalistin sein. Vielleicht konnte die ihr erklären, was man über die Sache wusste. Carla Behammer ging nach dem zweiten Klingeln dran.

»Frau Chefinspektor! Das ist ja eine Überraschung! Gibt es Neuigkeiten?«

»Na ja, wie man's nimmt. Ich wollte Sie was fragen.«

»Nur zu.«

»Nicht am Telefon. Können wir uns treffen?«

»Jetzt machen Sie mich aber neugierig. Natürlich können wir uns treffen. Heute noch?«

Alma sah auf die Uhr, es war fast Abend, und der wenige Schlaf der letzten Nacht machte sich bemerkbar. »Gerne«, sagte sie, und sie verabredeten sich für halb acht im *Café de France* in der Nähe des Schottentors.

»Ist das jetzt ein offizieller Termin oder ein privater?«, begrüßte sie die Journalistin.

»Hm, ich würde sagen fünfzig-fünfzig. Was wollen Sie trinken? Ich lad Sie ein.«

»Das sind die privaten fünfzig, oder? Ich nehm einen Aperol.«

»Gute Idee, ich auch.«

»Also, was wollten Sie mich fragen?«

Kein Vorgeplänkel, kein Warm-up, Carla Behammer kam gleich zur Sache.

»Es geht um die Beziehung zwischen Max Langwieser und Jessica Pollauer«, begann Alma vorsichtig.

»Ja? Was ist mit ihnen?«

»Sie waren ja verlobt und haben auch zusammen gewohnt.«

»Ja?« Die Journalistin sah sie fragend an. »Das wissen Sie doch. Was ist die Frage?«

»Die Wohnung der beiden ist, na, wie soll ich sagen, nicht gerade das, was man unter einem romantischen Liebesnest versteht.«

»Was genau meinen Sie?«

Alma skizzierte auf der Tischplatte zwei Rechtecke. »Zwei getrennte Schlafzimmer, zwei getrennte Badezimmer. Eine weibliche und eine männliche Hemisphäre.«

»Cool!« Carla Behammer lachte: »Wer es sich leisten kann! Wie groß ist denn die Wohnung?«

»Groß genug. Aber darum geht es doch nicht!«

»Klar. Sie haben recht. Eine eher ungewöhnliche Wohnform für ein frisch verliebtes Paar.«

»Ja, und darum dachte ich …«, Alma nahm einen Schluck von ihrem Aperol, »also, ich dachte«, sie stellte das Glas ab und sagte leise: »Ob Langwieser vielleicht schwul war?«

Carla Behammer lachte. »Warum sagen Sie das so verschämt?«

»Ich weiß auch nicht. Weil es so logisch wäre, aber ich versteh's nicht.«

»Was verstehen Sie nicht? Das Schwulsein oder die Verlobung?«

»Also war er es? War das offiziell?«

»Wie meinen Sie das? Ob es offiziell war?«

»Na ja, offiziell war es wohl nicht, immerhin war er mit Jessica Pollauer verlobt und hat mit ihr zusammen gelebt. Nein, ich wollte wissen, ob man es wusste.«

»Klar wusste man das.« Carla Behammer fischte die Orangenscheibe aus ihrem Glas und biss genüsslich rein.

»Aber warum wurde das nie zum Thema gemacht? Keine Story der Boulevardpresse. Kein Aufdecker-Journalist, der daran interessiert war?«

»Weil man das nicht macht.«

»Echt jetzt?«

»Ja, ich weiß auch nicht. Irgendwann gab es da mal eine stillschweigende Übereinkunft, dass man darüber nicht schreibt. Aber es wussten alle. Und Langwieser ist nicht der Einzige.«

»Ja, aber ist das nicht total verlogen? Er gehört doch einer

Partei an, die nicht gerade dafür berühmt ist, die Rechte queerer Menschen zu vertreten.«

»Im Gegenteil. Sie streichen Förderungen für Beratungsstellen und Gelder für Pride-Paraden. Trotzdem.«

»Ich versteh es nicht. Das ist doch so ... so ...?«

»Altmodisch? Heuchlerisch? Ja, ich weiß. Aber so ist es eben. Jetzt darf ich aber auch ein paar Fragen stellen.«

»Was möchten Sie denn wissen?«

»Ob es irgendeine Spur gibt. Irgendwas, was Ihr Polizeisprecher uns nicht erzählt.«

»Leider nein. Wir finden nicht nur keinen Täter, wir finden auch kein Motiv.«

»Und wenn es doch eine politisch motivierte Tat ist?«

»Sie meinen die Tierschützer? Oder die vom Pfitztal?«

»Ja, da gab es schon ein paar, die ihn echt gehasst haben.«

»Aber das ist doch total unwahrscheinlich. Außerdem muss es jemand gewesen sein, den er kannte. Die Tür ist nicht aufgebrochen worden, es gab keinerlei Spuren von Gewalt.«

»Bis auf ein Loch in seinem Kopf«, sagte Carla Behammer. »Und wo ist Jessica?« Alma blickte sich im inzwischen gut gefüllten Lokal um und betrachtete die Grüppchen junger Leute, die in lebhafte Gespräche verwickelt waren. Hier saß wohl niemand vom Verfassungsschutz und belauschte ihr Gespräch.

»Jetzt ist es auch schon egal. Also«, sie beugte sich ein wenig über den Tisch, die Journalistin tat es ihr instinktiv nach. »Interpol hat rausgefunden, dass sie drei Tage nach der Tat in Costa Rica eingereist ist.«

»Costa Rica?« Carla Behammer stieß einen leisen Pfiff aus. »Das hätte ich ihr nicht zugetraut. Und?«

»Am Flughafen von San José verliert sich ihre Spur. Keine Handyaktivitäten. Keine Inlandsflugbuchung. Nichts. Und ich fürchte, die dortige Polizei sucht nicht mit dem größten Eifer nach ihr. Kennen Sie Jessica?«

»Klar. Sie ist Pressesprecherin im Wirtschaftsministerium, da sind wir uns immer mal wieder über den Weg gelaufen. Sie ist nett, politisch konnte man sie nicht so genau einordnen. Sehr korrekt, neutral, man wusste nie, ob sie den Schwachsinn, den ihre Ministerin verzapft, glaubt oder nicht.«

»Also, da gibt es so eine Mitarbeiterin in der Presseabteilung, die macht kein Geheimnis daraus, dass sie das meiste scheiße findet«, lachte Alma.

»Ach, Sie meinen Hannah Smith! Ja, die ist cool, oder? Aber ich glaube, sie und Jessica waren nicht gerade befreundet.« Carla Behammer rührte mit dem Strohhalm in den Resten ihres Drinks und blickte sich dann suchend nach dem Kellner um. »Vielleicht war es jemand aus der Vergangenheit? Jemand, der eine Rechnung mit ihm offen hatte? Familie? Nehmen wir noch einen?«

»Warum nicht.« Alma blickte verstohlen auf die Uhr. Sie wollte noch mit Antti telefonieren und musste morgen früh raus.

»Da gab es vor einem Jahr eine Bürgerinitiative in Langwiesers Heimatgemeinde«, sagte die Journalistin nachdenklich. »Langwieser hat sich damals kurz wichtig gemacht, das war, kurz bevor er Minister wurde.«

»Grafenbruck«, sagte Alma. »Was war denn da?«

»Ich hatte damals ein wenig recherchiert, weil mich ein paar Wochenendhausbesitzer kontaktiert hatten. Aber irgendwie war es zu klein für eine Geschichte. Beziehungsweise meinte mein Chef, dass es sich nicht auszahlen würde.«

Und dann erzählte Carla Behammer von einem Steinbruch zwischen den Weinbergen und einem Waldstück. In den Sechzigerjahren war es ein kleines Areal, doch im Laufe der Jahre wurde das Gelände immer mehr vergrößert, man baute dort Material ab, das für den Straßenbau wichtig war. Der Steinbruch gehörte dem Onkel von Max, und vor ein paar Jahren hatte er den Betrieb seinem Sohn Friedrich überschrieben. Also Max' Cousin.

Und mit dem dazugehörigen Transportunternehmen war Friedrich Langwieser natürlich der größte Arbeitgeber im Ort.

»Der Onkel Langwieser ist doch auch Bürgermeister, oder?«

»Ja, Kurt Langwieser. Größter Winzer und seit ewigen Zeiten Bürgermeister von Grafenbruck. Der Skandal damals war eigentlich, dass sie es mehr oder weniger unter dem Radar der Öffentlichkeit durchziehen wollten. Nur durch Zufall entdeckte ein Wiener Anwalt, der ein Wochenendhaus dort hat, einen Aushang auf dem Gemeindeamt, eigentlich suchte er die Ausgabestelle für die gelben Säcke und hatte sich in der Tür geirrt. Auf einem Schwarzen Brett im Gang hing ein unscheinbarer Zettel, auf dem eine öffentliche Verhandlung bezüglich einer Deponie angekündigt wurde. Das Problem war nur, dass die Verhandlung bereits vier Tage später stattfand.«

»Und was wurde verhandelt?«

»Die Langwiesers wollten auf dem Gelände des Steinbruchs eine Baurestmassendeponie errichten. Sie hatten bereits alle Gutachten und Genehmigungen, nur wusste eben die Bevölkerung nichts davon. Und die wenigen, die davon wussten, haben den Mund gehalten, weil sie natürlich irgendwie mitverdienen wollten. Das ist inzwischen ganz normal in Österreich, nicht einmal mehr eine Geschichte für die Medien. Und jetzt kommt der fesche Max ins Spiel. Die paar Leute, die davon erfahren hatten, organisierten eine Flugblattaktion, und es kamen zu dieser ›geheimen‹ Verhandlung über zweihundertfünfzig Menschen aus allen umliegenden Dörfern. Was die Leute so aufbrachte, war natürlich die Heimlichtuerei, aber auch die nicht ganz unerhebliche Tatsache, dass in der Deponie nicht nur Bauschutt endgelagert werden sollte, sondern Asbest.«

»Und wie ist das ausgegangen? Und was hat Max Langwieser damit zu tun?« Alma beugte sich gespannt vor.

»Die Bevölkerung konnte verzögern, aber nicht verhindern. Alle Gutachten waren korrekt, auch wenn ich sicher bin, dass sie gekauft waren. Aber ich konnte keine Beweise finden, und es war auch einfach alles viel zu spät.«

»Und Max?«

»Der ist bei der zweiten Informationsveranstaltung im Gasthaus aufgetreten. Es gab Freibier und Würstel und als Draufgabe den feschen Sohn des Ortes, der es zu was gebracht hatte und der beste Buddy vom neuen Parteivorsitzenden war. Max Langwieser *himself* hielt im Gasthaus eine Brandrede für den Fortschritt und über die große Verantwortung, die seine Familie mit dem Projekt auf sich lud. Das hat die Leute damals schon beeindruckt.«

»Kein schlechter Zug für einen angehenden Politiker.«

»Genau. Es wurde damals schon gemunkelt, dass er eine wichtige Stelle in der neuen Regierung bekommen würde, aber es war noch nichts offiziell. Sein Auftritt war geschickt. Sehr verbindlich und wertschätzend. Er hat die Leute beruhigt.«

Inzwischen war es spät geworden, und die beiden blickten sich wieder nach dem Kellner um.

»Jeder zahlt seines«, sagte Carla Behammer lachend, »im Sinne der Compliance.«

Landtagsdirektoren-Stellvertreter

2017

Zwei Monate, bevor Jessica ihren Mastertitel in der Tasche hatte, ging der Betrieb, in dem der Vater seit über zwanzig Jahren gearbeitet hatte, pleite, und es war nicht leicht, in der Region einen neuen Job zu finden. Die Pollauers hatten plötzlich ein Drittel weniger Einkommen, und wenn Jessica ihre eigentlich noch junge, aber abgearbeitete Mutter sah, die nach wie vor fünf Tage die Woche zur Frühschicht in den Supermarkt fuhr, bekam sie ein schlechtes Gewissen. Seit Neuestem ging ihre Mutter am Samstag auch noch putzen, allerdings drei Ortschaften weiter, die Nachbarn mussten ja nicht alles wissen.

Jessica hatte die Mindeststudiendauer um ein Semester überschritten, einfach weil sie es nicht geschafft hatte, sich für ein Pflichtseminar rechtzeitig anzumelden, und hatte ihren Eltern mehrmals angeboten, sich etwas dazuzuverdienen. Der Vater reagierte empört. »Meine Prinzessin studiert in Ruhe, die serviert sicher keinem Wiener Schnösel das Bier«, sagte ihr Vater, als sie vorschlug, doch ein bisschen zum Familieneinkommen beizutragen.

Und dann standen ihre Eltern bei der Abschlussfeier, der Vater im zu eng gewordenen Anzug, den er zu jeder Beerdigung trug, nur die Mutter hatte sich extra ein neues Kleid gekauft. Danach gingen sie zum *Plachutta*. Der Vater verglich die Größe seines Tafelspitzes mit jenen aus dem heimischen Gasthaus, die Mutter betrachtete Jessicas Zeugnis, und beim Nachtisch kam wieder mal die übliche Frage: »Magst dich nicht bald um einen

Mann umschauen? Ich will irgendwann schließlich Oma werden, bin ja auch nicht mehr die Jüngste.«

»Geh, Mama, jetzt such ich mir erst mal einen Job. Ich bin ja erst zweiundzwanzig, wer denkt denn da ans Kinderkriegen!«

»Ich war einundzwanzig, als du kamst. Und? Hat es mir geschadet?«

»Siehst du! Dann bist du ja immer noch jung und kannst dir Zeit lassen mit den Enkelkindern. Ich werde jetzt mal Geld verdienen, und dann lad ich euch nach Venedig ein.«

»Jaja, vorher sollten wir unser Garagendach reparieren«, warf der Vater ein, aber dann lachte er auf. »Und dann gehen wir Gondel fahren. Hast übrigens gehört, dass der Max wieder in die Politik gegangen ist?«

Die Mutter sah den Vater tadelnd an. Obwohl sie Jessica nie gefragt hatte, was denn damals zwischen ihr und dem Winzersohn vorgefallen war, hatte sie ihn niemals wieder erwähnt.

Jessica kratzte an ihrem Sorbet herum und fragte: »Und der elterliche Hof? Wollte er nicht einen Bio-Musterbetrieb daraus machen?«

»Ja, macht er eh. Er hat jetzt einen Verwalter und ist irgendwas im Landtag. Die können halt den Hals nicht vollkriegen, die Schwarzen.«

»Türkis sind die jetzt, Papa!«, erwiderte Jessica. »Nix mehr mit Schwarz, frisches Türkis ist das jetzt.«

»Auch nicht besser«, antwortete der Vater, »aber lass uns von was Schönerem sprechen.«

Als ihre Eltern sich auf den Heimweg gemacht hatten – an eine Übernachtung in der winzigen Dachwohnung im 17. Bezirk war nicht zu denken –, konnte Jessica der Versuchung nicht widerstehen und gab Max Langwieser in die Suchmaschine ein.

Auf dem Foto lächelte er ihr entgegen, sympathisch sah er aus, und obwohl sie immer seltener an ihn dachte, verspürte sie einen kleinen Stich im Magen. *Mag. Max Langwieser, Landtagsdirektoren-Stellvertreter* stand daneben, mit Mailadresse und Telefondurchwahl. Sie klickte sich noch ein bisschen durchs Netz auf der Suche nach privaten Informationen – war er inzwischen verheiratet oder gar Vater geworden? Ein paar Artikel in der Lokalpresse, einen über den hundertsten Geburtstag des Langwieser-Hofes samt Interview mit Max, in dem er wortreich erklärte, dass er sich sowohl als Bewahrer von Traditionen als auch als Erneuerer sehe und dass nur so das ländliche Brauchtum überleben könne.

Jessica überlegte einen kurzen Moment, ihm ein Mail zu schreiben, irgendwas Unverfängliches, ein *Hallo, wie geht es dir?* oder dass sie ihr Studium abgeschlossen habe, doch dann klappte sie das Notebook zu. Er hatte sich all die Jahre nicht bei ihr gemeldet, und wenn sie an diese Nacht zurückdachte, stieg die Scham immer noch heiß in ihr auf. Wahrscheinlich hatte sie damals den ganzen Abend falsch interpretiert, und Max hatte einfach den richtigen Zeitpunkt verpasst, ihr zu sagen, dass er nichts von ihr wollte, außer eben Freundschaft. Und die hatte sie ruiniert. Sie hatte alles falsch gemacht. Oder aber sie hätte die Initiative ergreifen müssen, aktiver werden, ihn verführen und nicht einfach auf seinem Bett liegen und warten, dass er mit ihr schlief. Sie war so unreif und kindisch gewesen damals, ein junges Ding mit Babyspeck auf den Hüften und einem Bäuchlein, kein Wunder, dass er nicht gewollt hatte.

Es war über vier Jahre her, trotzdem: Diese verunglückte Nacht mit Max hatte eine tiefe Wunde in ihr hinterlassen. Sie fühlte sich als Versagerin, als zu wenig sexy, unerfahren, und wahrscheinlich lag es an diesem unglücklichen »ersten Mal«, dass ihr bisheriges Beziehungs- oder Sexleben so verkorkst war. Die eine oder andere Affäre hatte sie zwar seitdem gehabt, doch immer war sie angespannt gewesen, und nie hatte sie sich fallen lassen können, was wiederum dazu geführt hatte, dass die zwei, drei Männer, die sie im Laufe der Jahre mit nach Hause gebracht hatte, rasch wieder verschwunden waren.

Bereits im August hatte Jessica die ersten Bewerbungsgespräche und entschied sich, für einen großen Getränkekonzern als Marketing- und Kommunikationsassistentin anzufangen. Sie war zwar nur ein kleines Licht in der großen Abteilung, hatte großen Respekt vor ihrer Vorgesetzten, bekam einen winzigen Schreibtisch im Großraumbüro und hatte jeden Morgen beim Betreten des Bürogebäudes Bauchweh. Aber sie war auch unendlich stolz, endlich ihr eigenes Geld zu verdienen. Nach dem Abzug von Miete und Lebenskosten blieb am Monatsende immer noch ein beachtlicher Betrag übrig, endlich konnte sie sich Kleider oder Schuhe kaufen, ohne dreimal darüber nachzudenken. Und jeden Monat legte sie etwas auf ein Sparbuch. Für Venedig. Oder zumindest fürs Garagendach.

Die Wahl

Oktober 2017

»Das gibt es nicht!« Ihr Vater sprang vom Sofa auf und stand ganz dicht vor dem Fernseher. »Schaut euch das an!«

Es war Nationalratswahl, und sie war bei ihren Eltern wie inzwischen fast jedes Wochenende. Die wenigen Freundinnen, die sie mittlerweile in Wien hatte, waren allesamt in Beziehungen und verbrachten ihre freie Zeit lieber mit ihren Partnern. Und die Eltern freuten sich, wenn sie heimkam, die Mutter kochte auf und Jessica hatte sich angewöhnt, mit ihrem Vater am Sonntagvormittag einen langen Spaziergang zu machen und über Gott und die Welt zu reden. Nun saßen sie vor dem Fernseher und warteten gespannt auf die erste Hochrechnung.

Die neue Volkspartei hatte über dreißig Prozent der Stimmen geholt, der Spitzenkandidat, auf den der gesamte Wahlkampf zugeschnitten gewesen war, lächelte in die Kameras, bereit für die ersten Interviews. Stefan Fercher wirkte staatsmännisch und seriös, fast so, als wäre er über Nacht gereift. Die Wahl sei ein Zeichen dafür, dass sich etwas ändern müsse in diesem Land, dafür, dass die Menschen neue Politik und frischen Wind brauchten. Aber zusammen mit seinem neuen, jungen Team würde er Österreich wieder an die Spitze bringen. Jessica fand ihn beeindruckend, ein wenig steif zwar, aber irgendwie auch cool, wie er da so stand, in seinem dunkelblauen Anzug ohne Krawatte, und ruhig die aufgeregten Fragen der Journalisten beantwortete. Er war nur ein paar Jahre älter als Jessica, und nun würde er Kanzler werden.

Der Anruf

Jänner 2018

Jessica hatte ein paar Tage frei und beschloss, mit einer Freundin in den Schnee zu fahren. Sie hatte nie richtig Skifahren gelernt, schließlich gab es im Burgenland nicht einmal Hügel, geschweige denn Berge, auch hatten ihre Eltern kein Geld, um sich Skiausrüstung und Winterurlaub zu leisten. Bettina, eine Studienkollegin, zu der sie noch regelmäßig Kontakt hatte, kam aus Tirol und überredete Jessica, gemeinsam ein paar Tage ins Ferienhaus ihrer Eltern zu fahren und mit einem Privatlehrer Skilaufen zu lernen. Und Jessica sagte zu. Nachdem sie die Weihnachtsfeiertage faul bei den Eltern auf dem Sofa verbracht hatte, stand sie nun in klirrender Kälte und strahlendem Sonnenschein auf einer Piste und versuchte, kleine Bögen zu fahren. Der Skilehrer war ein lebendig gewordenes Klischee – groß, attraktiv, lustig – und sein Dialekt bereitete Jessica einige Schwierigkeiten. Auch wenn sie bereits am zweiten Tag ahnte, dass aus ihr nie eine große Skiläuferin würde, genoss sie die Tage, hatte Spaß auf der Piste und schlief in den Nächten tief und traumlos. Und der kleine, harmlose Flirt mit Johannes, dem Skilehrer, fühlte sich gut an, zumindest so lange, bis er anfing, über Politik zu reden. Denn kurz vor Weihnachten hatte sich die neue Regierung gebildet, und wie viele erwartet und einige befürchtet hatten, bildete die runderneuerte konservative Partei des jugendlichen Leaders eine Koalition mit den Rechtspopulisten. In mehreren Interviews hatte sich Stefan Fercher auf den Willen der Wähler und Wählerinnen berufen und versichert, dass die Rechtsaußen-Partei nun endlich »erwachsen« geworden sei und es Zeit sei, sie mitbestimmen zu lassen.

»Mir taugt des voll mit der neichen Regierung«, grinste Johannes und löffelte seine Erbsensuppe. Wie jeden Tag machten sie auf einer der Skihütten Mittagspause, trafen Bettina, und Jessica stärkte sich für den Nachmittag. Schon lange hatte sie nicht mehr so einen Appetit gehabt wie in den letzten Tagen.

Sollte sie sich wirklich mit einem Tiroler Skilehrer auf eine Diskussion über Politik einlassen? Bettina grinste sie an, dachte wohl das Gleiche. Sie überlegte gerade, wie sie einen vorsichtigen Konter einleiten konnte, da vibrierte ihr Handy, das sie vor sich auf den Tisch gelegt hatte. Unbekannte Rufnummer.

»Magst nicht abheben?« Johannes deutete mit dem Kopf auf das Telefon.

»Ich weiß nicht, ich bin ja im Urlaub. Außerdem kann man hier drin eh nicht telefonieren, bei dem Lärm.«

Die Hütte war voll, alle Leute unterhielten sich lautstark, an der Selbstbedienungstheke rief ständig jemand: »Grillwürstel! Frittatensuppe! Gulasch! Germknödel!«, und zu allem Überfluss dröhnte aus den Lautsprechern neben der Tür laute Schlagermusik.

Nach einer kurzen Pause begann das Handy wieder zu klingeln, und da nahm Bettina es an sich und lachte. »Ich spiel deine Büromanagerin! Ich sag einfach, die Frau Pollauer ist nicht erreichbar.« Bevor Jessica es verhindern konnte, nahm Bettina den Anruf entgegen und sagte lachend ihren Spruch. Dann fror ihr Lächeln ein, und sie sagte geschäftsmäßig: »Ja, natürlich! Moment, ich geb Sie gleich weiter.« Ohne ein Wort schob sie Jessica das Handy zu, und die hielt es an ihr Ohr. »Ja, bitte? Wer ist da?«

Sie verstand kein Wort, aber die Stimme an ihrem Ohr hätte sie unter Tausenden erkannt. »Moment!«, schrie sie ins Handy. »Ich geh vor die Tür.«

Es war alles wieder da. Die Sehnsucht und die Verliebtheit,

aber auch die Enttäuschung und die Wut. Jessica stand auf der verschneiten Terrasse einer Skihütte mitten in Tirol und fühlte sich plötzlich wieder wie siebzehn.

»Hi, Jessi!« Max klang fröhlich, geradeso, als wären nicht vier Jahre vergangen, seit sie sich im Morgengrauen aus seinem Bett davongeschlichen hatte. »Wie geht es dir? Was ist das für schreckliche Musik? Du hörst jetzt nicht Gabalier, oder?«

»Hallo, Max, was für eine Überraschung! Nein, ich hör nicht Gabalier. Ich bin gerade in Tirol. Skifahren.«

»Es war gar nicht leicht, dich zu finden! Du hast eine neue Handynummer.«

»Ja, ich weiß, Diensthandy. Woher hast du die Nummer?«

»Ich war bei deiner Mama. Ich musste sie ein bisschen überreden, aber dann hat sie sie mir gegeben.«

»Ist eh okay. Du, mir ist kalt, hier hat's minus zehn Grad, und ich hab meinen Anorak drinnen. Und die Hände friert es mir auch gerade ab. Wollen wir am Abend telefonieren?« Warum sagte sie das? Hatte sie sich nicht vorgenommen, nie wieder mit Max Langwieser zu reden?

»Ja, gerne! Aber ich sag dir noch schnell, worum es geht! Hör zu! Ich soll Minister werden in der neuen Regierung. Landwirtschaftsminister.«

»Wow! Das ist ja cool. Ich gratuliere. Und machst du's?«

Jessica stellte die Frage rein rhetorisch. Natürlich machte er es. Einer wie Max wollte ganz nach oben, der dachte auch nicht darüber nach, ob er dieser Aufgabe gewachsen war, der traute sich einfach alles zu.

»Selbstverständlich mache ich das!« Max lachte ins Telefon. »Aber für dich hab ich auch eine Neuigkeit.«

»Und die wäre?«

»Du wirst Pressesprecherin. Im Wirtschaftsministerium. Der Job ist wie gemacht für dich, ich hab schon alles in die Wege geleitet.«

Die Hüttentür war aufgegangen, und eine Gruppe lärmender Jugendlicher wurde nach draußen gespült. Sie hielten alle Schnapsgläser in der Hand und zündeten sich Zigaretten an.

»Bist du noch da?«

»Ja, ich bin noch da. Ich weiß nicht, was ich sagen soll.«

»Ja sollst du sagen, Jessi. Das wird super! Du und ich, so wie früher. Aber jetzt geh rein zu deinem Gabalier, sonst verkühlst dich noch. Wir reden am Abend. Und brich dir nichts!«

Sie legte auf, nahm einen tiefen Atemzug und stieß die Tür zur Hütte auf. *Ein Stern, der deinen Namen trägt* brüllte ihr aus den Lautsprechern entgegen, und Johannes und Bettina sahen sie erwartungsvoll an. Doch sie lächelte nur und sagte: »Was ist los? Weiter geht's! Ich will schließlich Skifahren lernen, das lernt man nicht auf der Hütte.«

Noch am selben Abend rief sie Max zurück und sagte zu.

Willkommen im Team!

März 2018

Voller Ehrfurcht stand Jessica in ihrem neuen Büro am Stubenring, blickte aus den hohen Fenstern auf die Ringstraße und setzte sich dann an den ausladenden Schreibtisch, der direkt in der Fensternische stand. Ein zweiter Schreibtisch, ebenso leer wie ihrer, stand in der anderen Ecke des riesigen Zimmers. Regina Haslauer, die Kabinettschefin, hatte sie am Empfang abgeholt und sie durch die Räume des Ministeriums geführt, allen Mitarbeitenden vorgestellt und ihr mitgeteilt, dass eine Kollegin oder auch ein Kollege, mit der oder dem sie zusammenarbeiten werde, erst gefunden werden müsse.

»Wenn Sie noch etwas brauchen, Möbel oder Arbeitsmaterialien, dann sagen Sie einfach Bescheid, okay? Computerpasswörter, sämtliche Zugangsdaten und alles, was Sie brauchen, finden Sie hier.« Sie überreichte ihr einen farblosen Umschlag.

Jessica fühlte sich ein wenig wie ein Kind, das Büro spielt oder Kaufmannsladen mit Manuela in der Volksschule. »Danke«, sagte sie schüchtern, und Frau Haslauer lächelte sie freundlich an: »Willkommen im Team! Das wird toll, wir können wirklich was verändern.«

Da klopfte es, die Ministerin öffnete die Tür und lief auf Jessica zu, schüttelte ihr die Hand und sagte: »Willkommen an Bord! Schön, dass Sie dabei sind.«

Die Ministerin sah jünger aus als auf den Fotos, die Jessica vorher im Netz studiert hatte, die blonden Haare trug sie offen, ein rosa Tuch locker um den Hals geschlungen.

»Danke! Ich freu mich auch sehr.« Jessica versuchte, ihrer Stimme Festigkeit zu verleihen, sie wollte schließlich nicht wie ein schüchternes burgenländisches Schulmädchen wirken.

Ein paar Tage zuvor war sie zu einem Gespräch eingeladen worden und hatte all ihre Unterlagen, Zeugnisse und Empfehlungen mitgebracht, doch Magdalena Scherbaum hatte die Mappe kaum eines Blickes gewürdigt. »Max Langwieser hat in den höchsten Tönen von ihnen gesprochen, und was er empfiehlt, kann nur gut sein. Ich halte große Stücke auf ihn.« So einfach war es gewesen: das Bewerbungsgespräch für einen Job mit großer Verantwortung und ausgezeichneter Vergütung.

»Der Herr Minister Langwieser ist übrigens gerade bei mir und wollte Sie kurz besuchen. Passt es Ihnen?«

»Ja, natürlich passt es mir!«

»Frau Haslauer, würden Sie ihn holen?«

Die Büroleiterin empfahl sich mit einem Lächeln, und ein paar Minuten später stand Max vor ihr und strahlte sie an. »Schön, dich zu sehen, Jessi!« Max lief auf sie zu und umarmte sie kurz und küsste sie links und rechts auf die Wangen. »Du hast dich kein bisschen verändert!«, lachte er, schob sie ein wenig von sich und musterte sie.

Seit dieser schrecklichen Nacht, in der sie sich wie eine Diebin aus seiner Wohnung geschlichen hatte, hatten sie sich nicht mehr wirklich gesehen. Vor circa einem Jahr beim Begräbnis ihres ehemaligen Volksschullehrers war der ganze Ort am Friedhof gewesen, doch Jessica hatte darauf geachtet, sich so weit wie möglich von den Langwiesers entfernt zu halten. Und ein anderes Mal, als sie Max in der Heimat im Supermarkt bemerkt hatte, war sie auf dem Absatz umgedreht und zum Einkaufen in die nächste Kreisstadt gefahren.

»Warum sollten wir jemand anderen nehmen«, hatte Max sie gefragt, als sie ihn nach dem Skiurlaub angerufen hatte, um zu fragen, wie es denn nun weitergehe. »Ich weiß doch, was du kannst! Nein, es gibt sowieso keine Bessere als dich, also gibt es auch kein Hearing. Bring pro forma deine Unterlagen mit. Am ersten März geht's los.«

In diesem Telefonat hatte er ihr auch versichert, dass er sie natürlich am liebsten in seinem Ressort gehabt hätte, dass das aber keine *gute Optik* geben würde, eine Formulierung, die sie von Max und seinen Freunden noch häufiger hören sollte, aber das wusste sie damals noch nicht. »Du und ich, wir waren uns zu nahe«, hatte er gesagt, »aber immerhin sind die beiden Ministerien im gleichen Gebäude untergebracht.«

Und nun standen sie sich hier gegenüber, Max grinste sie an wie ein kleiner Junge, der sich sichtlich freute, sie zu sehen. Jessica bemühte sich, ihm fest in die Augen zu schauen, in diese schönen blauen Augen, und da waren sie wieder: die weichen Knie und die Schmetterlinge im Bauch. Es hatte sich nichts verändert. Doch sie war älter und reifer geworden. Dieses Mal würde sie alles richtigmachen.

Tausendmal berührt ...

August 2018

Es war eine dieser heißen Augustnächte, in denen das Thermometer auch um Mitternacht noch fast fünfundzwanzig Grad anzeigte. Tropennächte nannte man das. Jessica hatte sich mit zwei Studienkolleginnen verabredet, sie wollten in einem Restaurant an der Alten Donau am Wasser sitzen und Fisch essen. Endlich war es mal ein bisschen ruhiger im Ministerium, Jessica war so weit eingearbeitet, dass sie sich nicht mehr permanent überfordert fühlte, und freute sich auf den Abend. Teresa, sie arbeitete inzwischen für eine Werbeagentur, hatte sich gerade verlobt und wollte mit ihnen feiern, sie bestellten Aperol, und Jessica fühlte sich ein wenig wie ein Teenager am letzten Schultag vor den Sommerferien. Vor ihr lag ein langes Wochenende, sie würde heute einfach Party machen und morgen ausschlafen und danach irgendwohin schwimmen gehen.

»Und dein Minister?«, fragte Veronika und bestellte beim Kellner noch drei Aperol.

»Welcher Minister?«, fragte Jessica und lachte: »Die Scherbaum?« Die Wirtschaftsministerin war nicht gerade die Politikerin mit den höchsten Beliebtheitswerten, manche munkelten sogar, sie sei eine Hochstaplerin, die sich ihr Uni-Diplom gekauft habe. Jessica hielt zwar auch nicht viel von ihr, kam aber ganz gut mit ihr aus.

»Ich meine den Landwirtschaftsminister!« Veronika prostete ihr zu. »Seid ihr nicht zusammen aufgewachsen? Außerdem hab ich ein Foto von euch beiden im *News* gesehen, beim Heurigen.«

»Erstens sind wir nicht zusammen aufgewachsen, wir stammen nur aus dem gleichen Ort und kennen uns aus der Schule. Er ist um einiges älter als ich. Und zweitens war der Heurige ein Regierungsheuriger, wir saßen nur zufällig nebeneinander.«

»Zufällig, dafür schaust ihn aber recht lieb an. Und außerdem, er ist doch eh hot, oder?«

»Max? Hot? Na, ich weiß nicht. Aber nett ist er!«

»Nett ist die kleine Schwester von Scheiße.« Teresa lachte, und Veronika beugte sich ein wenig vor: »Geht da nichts? Ich mein, das ist doch ein fescher Typ, und du bist immer noch Single.«

Jessica hatte nie jemandem von ihrer kleinen »Affäre« erzählt, warum auch, es war ja nichts passiert. »Ach, weißt du, der Max und ich, wir kennen uns schon so lange, wir sind mehr wie Geschwister. Aber lass uns über was anderes reden, nicht über die Arbeit.«

»Wir wollen ja gar nicht über die Arbeit reden, sondern über deinen feschen Minister. Und wer weiß: *Tausendmal berührt ...*, stimmte sie leise das Lied an, und Jessica kniff sie in die Seite: »Bist du still! Ist ja voll peinlich!«

Es war nach elf, als sie aufbrachen und Teresa vorschlug, noch auf einen Drink in eines der Gürtellokale zu gehen. »Kommt Mädels, es ist so eine schöne Sommernacht, man kann doch eh nicht schlafen! Auf einen Gin Tonic. Und außerdem bin ich bald verheiratet, wer weiß, ob ich dann noch mit euch fortgehen will.«

Sie riefen ein Taxi und fuhren über die Donau zurück in Richtung Innenstadt. »Lassen Sie uns einfach irgendwo am Gürtel raus«, antwortete Teresa dem Taxifahrer auf sein launiges: »Wohin geht die Reise, meine Damen?«

Das Taxi parkte in einer Seitenstraße, Teresa bezahlte – »Ihr übernehmt die Drinks!« –, und sie kletterten aus dem Auto. Jessica ging ein kleines Stück voraus, wollte an der Ecke schauen, in welche der vielen Bars sie nun gehen würden, da sah sie aus den Augenwinkeln zwei Gestalten, von denen ihr eine seltsam vertraut schien. Die große Statur, der enge graue Anzug und vor allem die Körperhaltung kamen ihr sehr bekannt vor. Die beiden standen nah aneinandergedrückt vor dem schmalen Eingang eines Lokals, ihre Hände ineinander verschlungen. Da drehte sich die Gestalt um, blickte über die schmale Gasse direkt in ihr Gesicht. Max. Er trat einen Schritt zurück, die Hände lösten sich, und da war er auch schon durch die kleine Tür verschwunden. Der kleine, fast zarte Mann mit schwarzen Haaren sah zu ihr herüber, deutete ein Lächeln an und folgte ihm.

»Na, alles klar?« Teresa und Veronika hakten sich links und rechts bei Jessica unter und zogen sie in Richtung der Lokale im Gürtelbogen, die für Jessi alle gleich aussahen.

»Ja, alles klar. Geht schon mal rein, ich komm gleich nach.«

Die Freundinnen verschwanden im Lokal, und Jessica stand allein in der Nebenfahrbahn des Wiener Gürtels. Hatte sie sich geirrt? War das wirklich Max gewesen? Und hatte er wirklich die Hand dieses jungen Mannes gehalten? Sie und Manuela hatten auch immerzu Händchen gehalten, da war ja nichts dabei. Aber da waren sie fünfzehn. Machten Männer so etwas auch? Erwachsene Männer? Und plötzlich durchfuhr es sie wie ein Blitz.

In der Nacht, in der sie aus Max' Wohnung geschlichen war, hatte sie sich wie eine Versagerin gefühlt. Unattraktiv, uninteressant und dumm. Es lag an ihren zu kleinen Brüsten, an ihren zu breiten Hüften oder daran, dass sie einfach zu jung war. Wie lange hatten sie diese Gedanken verfolgt? Und nun stand sie vor diesem unscheinbaren Lokal, in dem Max mit einem Mann verschwunden war. Wie dumm konnte man eigentlich sein? Wie naiv, wie weltfremd?

»Jessi? Was ist los? Kommst du?« Teresa stand in der Nebenfahrbahn und winkte ihr zu.

»Jaja, ich komme schon.« Jessica schaute den grell erleuchteten Gürtel herunter, in den vorüberziehenden lärmenden Verkehr und dann hoch in den Himmel, an dem wegen der vielen Lichter hier unten kein Stern zu sehen war. Sie fühlte sich befreit.

Der Antrag

April 2019

Sie sahen sich nicht oft, das Gebäude, in dem sie beide arbeiteten, war riesig und hatte getrennte Eingänge. Umso erstaunter war Jessica, als eines Abends Max plötzlich unangekündigt in ihrem Büro stand. Sie hatte gerade das kleine Notebook in die Tasche gepackt und frischte ihr Make-up auf.

»Hallo! Hast du heute Abend was vor?«

»Ich wollte mich mit einer Freundin treffen, eine Kleinigkeit essen, ein wenig tratschen. Wieso?«

»Schade! Ich wollte dich zum Essen einladen.«

Jessica hielt kurz inne, dann fischte sie das Handy aus der Tasche und lachte Max an. »Kein Problem, ich sag ihr ab, ich freu mich.«

Im angesagten griechischen Restaurant wurde Max wie ein alter Freund begrüßt. »Ah, heute mit schöner Dame, wie geht es denn dem Herrn Kanzler? Den hab ich auch schon länger nicht gesehen. Was machen die Geschäfte? Der Tourismus hat in diesem Jahr ja wieder zugelegt …« Und bevor Jessica die Speisekarte auch nur in die Hand nehmen konnte, sagte Max zum Restaurantchef: »Dimitri, mach uns was Schönes, weißt eh. Vorspeise, ein bisschen Fisch und dazu einen guten Wein. Du suchst aus.«

In diesem Moment tauchte eine streng aussehende Kellnerin an ihrem Tisch auf und stellte zwei Gläser Cremant vor sie. Wann hatte Max die bestellt?

»Was feiern wir?«, fragte Jessica und nahm einen kleinen Schluck.

»Braucht man immer einen Anlass zum Feiern?« Max prostete ihr zu.

»Nein, eigentlich nicht, ich wundere mich nur.«

»Jaja, hast eh recht. Dir macht man immer noch nichts vor, oder? Eigentlich wollte ich etwas mit dir besprechen.« Eine dritte Kellnerin brachte mit großer Geste den Gruß aus der Küche. Wie viel Personal war in diesem Lokal beschäftigt?

»Du weißt ja, dass ich dir vertraue und dass es mir am liebsten wäre, du wärst meine Pressechefin«, eröffnete Max das Gespräch erneut und schob achtlos eines der kleinen, aufwendig dekorierten Häppchen in seinen Mund.

»Ja?«

»Aber das geht leider nicht, weil dann sofort einer von diesen lästigen Journalisten unser Naheverhältnis aufdecken würde.«

»Ja? Welches Naheverhältnis?« Jessica versuchte, ihrer Stimme etwas Heiteres zu geben, Max sollte nur nicht denken, sie weinte ihm immer noch nach.

»Ach, du weißt schon.« Hörte sie aus Max' nervösem Lachen ein wenig Unsicherheit heraus? »Unsere gemeinsamen ersten Schritte in der großen Politik des Burgenlandes.«

»Ach das meinst du. Aber was wolltest du denn mit mir besprechen?«

»Du hast sicher mitbekommen, dass unsere Umfragewerte gerade nicht so toll sind.«

Das stimmte. Die neue Regierung war mit großen Ankündigungen an die Arbeit gegangen, hatte einen völlig neuen Stil versprochen, doch zurzeit hatte sie bei der Bevölkerung keinen leichten Stand. Die Arbeitslosigkeit stieg, während gleichzeitig in vielen Branchen nicht genug Arbeitskräfte gefunden wurden, der Sommer war geprägt von großer Trockenheit im Norden und Osten des Landes, während die übrigen Bundesländer von massiven Stürmen und Hochwasserkatastrophen heimgesucht wurden. In Jessicas Ressort war das große Thema der Fachkräftemangel, es verging keine Woche, in der die Medien nicht über die fehlenden Programme zur Ausbildung von geschultem Personal berichteten.

»Du hast doch einen guten Draht zum Schulze, oder?«

»Ja, eigentlich schon, wieso?«

Rüdiger Schulze war der Chef der auflagenstärksten Tageszeitung im Land, jeder wusste, dass er maßgeblich an Wahlerfolgen und Niederlagen beteiligt war.

»Wir brauchen dringend positiven Wind, und Stefan und ich haben uns ein paar Dinge überlegt. Das würde ich gerne mit dir besprechen.«

»Aber warum nicht mit deiner Presseabteilung?«

»Ach, Doris ist so überkorrekt, mit der kann man über so etwas nicht reden. Und weißt du, dir vertrau ich einfach.«

Während eines fantastischen Essens erklärte Max ihr seinen ausgeklügelten Plan. Sie würden in Schulzes Zeitung eine beachtliche Menge an Anzeigen schalten, dafür würde er im Gegenzug ein paar gute Umfrageergebnisse veröffentlichen.

»Aber haben wir die denn? Die guten Umfrageergebnisse?« Jessica schob sich noch einen kleinen Bissen Fischfilet in den Mund. Obwohl das gesamte Essen aus winzigen Portionen bestand, war Jessica mehr als satt.

»Noch nicht«, lachte Max, »aber die bestellen wir uns einfach.«

»Ach, und wo? Und wieso brauchst du mich dazu?« Sie hatte auch ein wenig zu viel von dem schweren Wein getrunken und versuchte, Max' Argumentation zu folgen.

»Ja, weißt du, wir dachten, also ich dachte, die schönste Geschichte, die der *Express* bringen könnte, wäre eine private Feier. So etwas ganz Persönliches in der Sonntagsbeilage.«

»Was soll das sein? Der Stefan mit seiner Oma beim Kaffeetrinken? Eine Geburtstagsfeier für dich in Grafenbruck?« Jessica lachte.

»Nein, ich hatte da an uns beide gedacht«, sagte Max, beugte sich über den Tisch und strich Jessica eine Haarsträhne aus dem Gesicht. Dann griff er in seine Sakkotasche und legte ein Schmuckkästchen auf das weiße Tischtuch.

»Was wird das?« Jessica wurde heiß und kalt gleichzeitig, sie wagte kaum zu atmen und starrte auf die kleine Schatulle.

»Magst du es nicht aufmachen?« Max nickte ihr zu, trank einen Schluck aus seinem Champagnerglas.

Der Ring war einfach perfekt. Zart und doch präsent, nicht protzig, und doch sah man auf den ersten Blick, dass hier nicht gespart worden war.

»Aber Max ... Was soll das?«, murmelte Jessica, doch statt seine Antwort abzuwarten, nahm sie ihre Stoffserviette vom Schoß und floh auf die Toilette. Lange stand sie vor dem Spiegel, versuchte ihre Atmung in den Griff zu bekommen und ließ sich minutenlang kaltes Wasser über die Handgelenke laufen. Als sie wieder zum Tisch zurückkehrte, war Max gerade dabei, die Rechnung zu begleichen. Er unterschrieb den Kreditkartenbeleg und steckte die Quittung in seine Brusttasche, nachdem er sie sorgfältig gefaltet hatte.

»Komm, ich glaube, ein bisschen frische Luft wird dir guttun. Lass uns noch ein Stück zusammen gehen«, sagte er und half ihr in den Mantel.

Man konnte schon ein wenig den Frühling spüren, sie liefen durch die Innenstadt, und Jessica war so durcheinander, dass sie allein niemals auch nur bis zur nächsten U-Bahn-Station gefunden hätte. Irgendwann, sie hatten gerade den Stephansplatz überquert, nahm Max ihre Hand und hielt sie einfach fest. Jessica zog sie nicht zurück, es fühlte sich irgendwie alles richtig an. Und dann führte er sie in eine Bar, die von außen gar nicht als Bar erkennbar war. Aber Max schien auch hier ein gern gesehener Gast zu sein, sie wurden freundlich begrüßt. Sie saßen nebeneinander in einer kleinen, dunklen Nische, aber statt des Kusses, den Jessica trotz allem, was gewesen war, erwartete, begann Max behutsam zu erklären, wie er sich ihr gemeinsames Leben vorstellte.

Nach dem ersten Schock hatte sie entschieden, dass sie bei diesem Spiel nicht mitmachen würde. Sie hatten sich ein paar Tage später zu einem Spaziergang am Donaukanal getroffen, und Jessica hatte versucht, Max zu erklären, dass sie an die große Liebe glaubte. An einen Mann fürs Leben, ans Heiraten und Kinderkriegen, ans Gemeinsamaltwerden.

»Aber Jessica, da spricht doch nichts dagegen! Wir beide sind doch das perfekte Team … Ich mein, ich vertraue niemandem so wie dir. Du bist mein – wie sagte der Haider immer –, mein Lebensmensch.«

»Aber wir können doch befreundet sein! Und uns gegenseitig unterstützen. Ich mein, warum müssen wir zusammenwohnen? Und wie stellst du dir das vor?«

»Ich stelle mir das wunderschön vor. Wir machen das, was wir gut miteinander können. Wir sind beide zielstrebig, haben Humor, Ehrgeiz und einen großen Willen für Veränderung. Und für alles, was wir nicht miteinander machen können, suchen wir uns jemand anderen.«

»Aber Max«, Jessica blieb stehen und sah einem Mann nach, der seinem unsicher Fahrrad fahrenden Kind hinterherlief. »Ist das nicht die komplette Lüge?«

»Warum denn eine Lüge? Wir erzählen doch keine Unwahrheiten. Wir sind eng verbunden, und deswegen gehen wir diesen Schritt. Nicht mehr und nicht weniger.«

Und irgendwann, ein paar Tage später, war sie aufgewacht und hatte diesen Gedanken im Kopf. Warum nicht? Vielleicht hatte Max recht, und es ging um was anderes im Leben als um die romantische Liebe und den ewigen Sex. Und wer weiß, vielleicht würden sie irgendwann doch noch zueinanderfinden. Sie hatte nichts zu verlieren, konnte jederzeit aus dem Deal aussteigen. Und das würde sie sich schriftlich geben lassen.

Danach ging alles sehr schnell. Die Wohnung im 8. Bezirk hatte Max bereits gekauft, ja, sie war auch schon fast zur Gänze eingerichtet. Er war sich seiner Sache sehr sicher gewesen. Was er wohl getan hätte, wenn Jessica Nein gesagt hätte, überlegte sie, als Max sie durch die lichtdurchfluteten Räume führte. Hätte sie überhaupt im Ministerium bleiben dürfen? Schnell wischte sie den Gedanken beiseite.

Die Wohnung war wie der Ring, so als hätte Max sich in ihren Träumen umgeschaut. Luxuriös, aber nicht protzig, minimalistisch eingerichtet, aber nicht kalt. Im großen Wohnzimmer standen schicke, aber doch gemütliche Sofas und ein Designerglastisch, in dessen Scheibe sich der blaue Himmel vor den hohen Fenstern spiegelte. Die Küche war eingerichtet wie für ein mittelgroßes Restaurant. Schließlich betraten sie erst sein Schlafzimmer und dann, durch einen großzügigen begehbaren Kleiderschrank hindurch, ihres. Der einzige Raum, der komplett leer war.

»Ich dachte, dein Schlafzimmer möchtest du vielleicht selbst gestalten, ich geb dir die Nummer der Innenarchitektin, dann kannst du alles mit ihr besprechen«, sagte Max und ließ Jessica allein. Sie setzte sich in der Mitte des Zimmers auf den Boden und blickte sich um. Schimmernder Walnussholzboden, cremeweiße Wände, und durch die großen Fenster sah man die Wolken am Himmel vorbeiziehen. Das war also ihr neues Leben, dachte Jessica und wusste nicht, ob sie glücklich oder unglücklich war.

Fall gelöst

Alma saß über dem Endbericht der Messerstecherei am Praterstern, und obwohl eigentlich alles ganz eindeutig war, hatte sie Mühe, sich zu konzentrieren, fühlte sie sich müde und ausgelaugt. Der Täter war gefasst und sogar geständig. Und erfüllte natürlich jedes Klischee: ein Asylbewerber aus Afghanistan, der in eine Drogengeschichte verwickelt und mit einem Dealer in Streit geraten war, Alma sah die Schlagzeile der Boulevardpresse schon vor sich. Noch drei Tage, dann würde Antti kommen, und zwei Tage später die Mädchen aus Finnland. Zuvor mussten sie noch zu Ikea, um Betten für sie zu kaufen.

Sie hatte sich über die Osterfeiertage freigenommen, hoffte, ein wenig abschalten zu können, obwohl sie natürlich wusste, dass sie Max Langwieser, vor allem aber die verschwundene Jessica Pollauer nicht zur Gänze aus ihren Gedanken verbannen würde können. Vielleicht geschah ja ein Wunder, und die junge Frau tauchte bis dahin von selbst wieder auf.

Das Handy, das vor ihr auf dem Tisch lag, war wie immer auf lautlos gestellt, und der Name des Anrufers blinkte ihr entgegen: *Werner Althuber*. Erst würde sie diesen Bericht fertigstellen, dann zurückrufen. Da kam auch schon die Nachricht auf Whatsapp: *Termin beim Chef, 14 h.*

Eine halbe Stunde später rief sie zurück, und Althuber kam gleich zur Sache: »Haben Sie meine Nachricht gelesen?«

»Natürlich. Welchen Chef meinen Sie?«

»Na unseren, den Innenminister.«

»Gut. Wissen Sie, was er will?«

»Na ja, wahrscheinlich einen Bericht über den Stand der Ermittlungen. Viel Neues gibt's ja nicht, oder?«

»Weiß er von den Fotos auf dem iPad?«

»Wenn Sie es ihm nicht erzählt haben, weiß er es nur, wenn er auch etwas zur Sammlung beigesteuert hat.«

Hatte Althuber jetzt wirklich gekichert?

»Iiiih, das ist degoutant, wissen Sie das?«

»Na, Frau Kollegin, jetzt seien'S nicht so prüde.«

Nachdem sie die Fotos und Videos gesichtet und durch diverse Gesichtserkennungsprogramme laufen lassen hatten, beschlossen sie in einer kurzen Besprechung in kleinstem Kreis, mit dem Material nicht an die Öffentlichkeit zu gehen. Es waren keinerlei bekannte Personen darauf zu erkennen, warum also einen Toten gegen seinen Willen, zumindest war das anzunehmen, outen, wenn es keinerlei Relevanz für die Ermittlungen hatte. So hatte Alma argumentiert, und Werner Althuber hatte ihr recht gegeben.

Sie hatten sich kaum beim Empfang angemeldet, da kam ihnen ein großer, gut gebauter Mann entgegen und stellte sich mit einer angedeuteten Verbeugung vor. »Guten Tag, geschätzte Kollegen«, sagte er, »mein Name ist Karl-Heinz Sandgruber, ich bin der Kabinettschef.«

Reflexartig sagte Alma ihren Namen, und Sandgruber winkte mit einem kleinen Lächeln ab. Natürlich wusste er, wer sie war.

»Der Herr Minister Hackl erwartet sie schon. Wenn Sie mir bitte folgen mögen?«

Sie folgten dem Beamten über die breite Marmortreppe, auf der ein dicker roter Teppich lag, Almas Blick streifte die Ölbilder an den Wänden – so viele repräsentative Räume wie in den letzten zwei Wochen hatte sie in den letzten zwanzig Jahren nicht gesehen.

»Meine geschätzten Kollegen – Frauen sind natürlich mit gemeint –, nehmen Sie Platz, was kann ich Ihnen anbieten?« Albert Hackl schüttelte beiden die Hände, auch er tat das auf diese verbindliche, joviale Art mit zwei Händen, und führte sie zu einer kleinen Biedermeier-Sitzgruppe.

»Danke, gar nichts«, sagten beide wie aus einem Mund und schauten Hackl erwartungsvoll an.

»Und? Gibt es Neuigkeiten? Haben Sie irgendwelche bahnbrechenden Erkenntnisse gewonnen?«

»Leider nein.« Althuber hatte Alma das Wort überlassen.

»Na ja und Costa Rica ist natürlich ein Problem«, der Innenminister legte seine Stirn in Falten, »das kann dauern, ich fürchte, die Suche nach … wie heißt sie noch gleich?«

»Jessica Pollauer«, half Werner Althuber aus.

»Ja, also die Suche nach der jungen Dame hat wohl bei den Kollegen in Mittelamerika nicht gerade oberste Priorität. Das wäre schon echt ein Zufall, wenn die sie irgendwo aufgreifen würden. Wenn sie überhaupt noch in Costa Rica ist. Und damit können wir den Fall dann auch zu den Akten legen, oder? Was meinen Sie, werte Kollegen, sollen wir eine abschließende Pressekonferenz machen? Oder reicht eine APA-Meldung?«

»Äh, Herr Minister, ich verstehe nicht ganz«, sagte Alma und warf Althuber einen Blick zu. Der aber reagierte nicht, sah den Minister an und verzog keine Miene. Aus seinem Gesichtsausdruck konnte man rein gar nichts ablesen.

»Was gibt es da nicht zu verstehen? Mit der abgängigen Frau Pollauer ist der Fall doch gelöst: Die beiden hatten einen Streit, soll ja vorkommen unter Paaren, Frau Pollauer ist zornig geworden, hat Herrn Langwieser geschubst, der ist unglücklich gefallen und hat sich den Kopf am Glastisch gestoßen. Sie hat Panik bekommen und ist abgehauen. Voilà!«

»Ja, das ist natürlich eine Theorie. Wir müssen aber trotzdem weiterhin in alle Richtungen ermitteln«, warf Alma ein.

»Und die wären, Frau Kollegin? Für mich ist die Sache sonnenklar! Der Flurfunk drüben am Stubentor flüstert auch etwas von einer angeblichen Affäre des Ministers. Seine Verlobte soll übrigens ganz schön eifersüchtig gewesen sein.«

Althuber war inzwischen aufgestanden und ans Fenster getreten. Alma sah nur seinen Rücken, seine Schultern waren ein wenig hochgezogen, er stand einige lange Sekunden da und bewegte sich nicht.

»Die Fahndung nach Frau Pollauer läuft natürlich weiter, aber wir können ja schlecht nach Costa Rica reisen und sie im Regenwald suchen. Obwohl, das wäre ja mal eine angenehme Dienstreise, oder?« Albert Hackl lachte jovial und stand auf. »Meine Herrschaften, ich danke für die produktive Zusammenarbeit. Und Kompliment, Frau Kollegin Oberkofler, Sie haben sich tapfer geschlagen. Es war schließlich Ihr erster Fall in Wien, oder?«

»Ja, ich bin ja noch nicht lange da.«

»Ja, wie gesagt, Kompliment. Sie haben das gut gemacht. Da haben die Kollegen in Linz wohl übertrieben, als sie sagten, Sie wären ein wenig ... na ja ... schwierig.«

»So. Sagten sie das?« Almas Ton war schärfer geworden.

»Das heißt, wir schließen den Fall ab?«, fragte Althuber.

»Würde ich vorschlagen. Es war ein schrecklicher Unfall mit Todesfolge, und vielleicht kommt Frau Pollauer ja auch eines Tages von selbst zurück, wenn es ihr zu heiß wird da drüben. Am Ende wird man sie wegen fahrlässiger Tötung oder unterlassener Hilfeleistung anzeigen. Das war's dann.«

Am schmalen Gehweg in der Herrengasse zündete sich Althuber eine Zigarette an und sog den Rauch tief in seine Lunge. »So ein Arsch! So ein unfähiger, blöder, arroganter Arsch!«

Alma sah ihn verwundert an.

»Entschuldigen Sie bitte meine Ausdrucksweise. Aber ist ja

wahr! Wir werden natürlich weiterhin auch die anderen Spuren verfolgen. Ich meine, wenn Sie mir zustimmen, Frau Kollegin, schließlich leiten Sie die Ermittlungen.«

»Natürlich stimme ich Ihnen zu, es ist nur ...«

»Ja?« Sie standen immer noch vor dem Innenministerium, und er warf seine Zigarette in den Rinnstein. In Wien eine Ordnungswidrigkeit, die mit einem Strafmaß von hundert Euro berechnet wurde, dachte Alma und blickte sich unwillkürlich nach einem Kollegen von der Streife um.

»Was?«

»Es gibt keine anderen Spuren, oder?«

»Das werden wir schon noch sehen. So ein blasierter, aufgeblasener Wichtigtuer.«

»Das ist eine Tautologie.«

»Was?« Althuber sah sie irritiert an.

»Na ja, blasierter, aufgeblasener Wichtigtuer. So etwas wie weißer Schimmel, schwarzer Rappe.«

»Woher wissen Sie so etwas? Haben Sie Germanistik studiert?«

»Nein, aber ich bin in die Schule gegangen. War zwar nur in Linz, war aber nicht schlecht. Gehen wir noch ein Stück zusammen?«

»Gerne.«

Sie schlenderten die Herrengasse in Richtung Schottentor entlang, und Althuber fragte: »Und was war da noch in Linz?«

»Was meinen Sie? Kindergarten, Volksschule, Gymnasium, Polizeischule und dann das ganze Programm.«

»Wieso meinte Innenminister Hackl, der ein blasierter, aufgeblasener Wichtigtuer ist, Sie wären schwierig?«

»Tja, das müssen Sie ihn schon selber fragen.«

»Das werde ich wohl eher nicht. Ich dachte, Sie geben mir einen Hinweis, aber egal. Unser gemeinsamer Weg scheint hier vorerst zu Ende«, sagte Althuber und blieb vor dem Abgang, der zu Almas Straßenbahn führte, stehen. »Oder wollen wir noch etwas trinken gehen?«

»Heute nicht. Ich muss nach Hause«, antwortete Alma und stieg auf die Rolltreppe.

Inge

Courtney, Megan, Zoe und Henry beschlossen am nächsten Tag, ihre Zelte auf der Playa Cacao abzubrechen, sie wollten weiter in den Süden. Jessica hatte gehofft, die vier US-Amerikaner würden noch bleiben, sie hatten sie in den letzten Tagen abgelenkt, ihre Gedanken und Grübeleien unterbrochen. Und auch die Begegnung am Strand verunsicherte sie. Die alte Frau hatte Österreichisch gesprochen. Wer war die Alte? Konnte sie ihr gefährlich werden?

Sie verabschiedeten sich mit langen Umarmungen und zahlreichen Beteuerungen, sich irgendwann wiederzutreffen, und Jessica schrieb ihnen ihre neue GMX-Adresse auf.

Isabel war gerade dabei, die frei gewordenen *cabinas* zu putzen, sie hatte die Betten abgezogen und fegte den Bretterboden mit schwungvollen Bewegungen, als Jessica die Frage stellte. »There was a lady on the beach. An old lady with dogs. Do you know her?«

»Old lady with dogs?«, lachte Isabel und faltete die Handtücher zusammen. »This is Inge. Es una mujer loca.«

Mujer verstand Jessica, das hieß Frau, aber *loca*? Sie blickte Isabel fragend an, und die überlegte kurz, dann tippte sie sich an die Schläfe und sagte: »Crazy. Crazy old lady.«

»Do you know where she comes from?«

»Europe, somewhere. Many many years Costa Rica.«

Es dauerte lange, bis Isabel ihr in schlechtem Englisch erklärt hatte, dass die alte Frau irgendwas mit Tieren gemacht hatte und seit über zwanzig Jahren auf der Playa Cacao wohnte. Und zwar in genau jenem Haus, dass Jessica bereits am zweiten Tag entdeckt und in ihrem Kopf *Adlerhorst* genannt hatte. Es lag mitten in den Bäumen, ein wenig am Hang über der Bucht, von unten sah man nur die Terrasse, auf der Jessica manchmal einen weißen Sonnenschirm erkannt hatte. Aus welchem europäischen Land diese Inge kam, wollte Jessica wissen, doch Isabel hatte keine Ahnung.

Ein paar Tage später ließ sich Jessica von Gerardo mit dem Boot nach Golfito bringen. Sie wollte ein wenig einkaufen und dann im Restaurant *Marina* essen, seit Tagen hatte sie Lust auf ein Steak oder zumindest ein Stück Hähnchenbrust. Langsam hing ihr der ewige Reis mit Bohnen zum Hals raus. Außerdem hatte sie bei den Amerikanern aufgeschnappt, dass es im Restaurant am Hafen ein freies und starkes WLAN gab, Megan und Courtney hatten diskutiert, wo sie sich ein paar Filme runterladen könnten, bevor sie weiterreisten.

Jessica bestellte einen Ananas-Kokos-Drink und ein Steak mit Pommes, dann nahm sie das iPad aus der Tasche und meldete sich im WLAN an. Ihre erste Eingabe, *Max Langwieser*, spuckte unzählige Treffer aus, sie öffnete einen davon. Es war eine Fotostrecke, die das Begräbnis zeigte. In der ersten Reihe die Familie von Max, Mutter Erni sah noch kleiner und dünner aus, als Jessica sie in Erinnerung hatte, und Vater Ernst ragte neben ihr wie ein Riese auf, seine große Nase leuchtete rot. Max' Onkel, der Bürgermeister, und seine Frau, die Jessica kaum kannte. Und direkt daneben im schwarzen Anzug der Kanzler, die Hände andächtig gefaltet, den Blick gesenkt, dahinter seine Security, einen der Leibwächter kannte Jessica flüchtig, Philipp, oder so ähnlich hieß er, ein netter Typ. Direkt neben Stefan stand Walter Pedure, Max' Kabinettschef und sein treuester Gefolgsmann.

Max hatte große Stücke auf ihn gehalten, doch Jessica konnte ihn nicht ausstehen. Auf einem der nächsten Fotos sah sie ihre Eltern, der Fotograf musste ganz in ihrer Nähe gestanden haben; der Vater blickte grimmig direkt in die Kamera, und ihre Mutter starrte auf einen Fleck irgendwo in der Ferne. Sie sahen schrecklich alt aus, müde und alt.

Das Steak wurde serviert, und sie klappte das iPad zu. Doch die Bilder hatten ihr den Appetit verdorben, sie schaffte gerade mal die Hälfte des großen Fleischstücks und ein paar Pommes, dann öffnete sie erneut die Suchmaschine.

Der neuste Eintrag war ein Artikel aus dem *Express* mit der Headline:

Eifersuchtsdrama in Minister-Penthouse!
Ermittlungen in der Causa Max Langwieser
offiziell eingestellt.

Jessica hielt den Atem an, brauchte ein paar Sekunden, bis sie es schaffte, die Seite zu öffnen.

Das Landeskriminalamt Wien beendet die Ermittlungen im Todesfall des Ministers Max Langwieser (ÖVP). Der 29-jährige Landwirtschafts- und Tourismusminister wurde am 9. April mit einer tödlichen Kopfverletzung in seiner Wohnung im 8. Wiener Gemeindebezirk aufgefunden. Max Langwieser wohnte zusammen mit seiner Verlobten, Jessica Pollauer, die in der Presseabteilung des Wirtschaftsministeriums arbeitete. Die beiden waren im selben Ort aufgewachsen und feierten vor einem halben Jahr Verlobung. Doch Jessica Pollauer ist verschwunden! Von ihr fehlt jede Spur. Nachdem es keinerlei anderweitige Verdachtsmomente gibt, geht das Landeskriminalamt davon aus, dass es sich um einen Unfall mit Todesfolge handelt. Gerüchten zufolge hatte Max Langwieser eine Geliebte. Es gab einen heftigen Streit zwischen Max Langwieser und Jessica Pollauer, dabei kam es anscheinend zu Handgreiflichkeiten, in deren Folge der Minister unglücklich gegen einen Glastisch stürzte und sich tödlich am Kopf verletzte. Nach Pollauer wird international gefahndet, ihre Spur verliert sich laut Polizei in Innsbruck. Wer Angaben zu ihrem Aufenthalt machen kann, meldet sich bitte bei der nächsten Polizeidienststelle. Bundeskanzler Stefan Fercher (ÖVP) zeigte sich tief erschüttert, Langwieser war ein enger Freund und Vertrauter. Die Nachfolge für den vakanten Ministerposten wird in den nächsten Tagen geklärt werden.

Jessica trank einen großen Schluck vom Eiswasser, das ihr ein freundlicher Kellner hingestellt hatte, atmete tief durch und schloss das iPad.

»Hallo, bist du die Österreicherin?«

Sie riss den Kopf herum und stieß das Wasserglas um. Vor ihr stand die Verrückte vom Strand und lächelte sie freundlich an. Also, *lächeln* war vielleicht das falsche Wort, denn da, wo andere Menschen Schneidezähne hatten, klaffte eine große Lücke. Die Frau, die vor ihr stand, war alt, in Jessicas Augen uralt. Lange graue Haare fielen ihr in Strähnen über die Schultern, sie trug kurze Cargohosen und ein verwaschenes T-Shirt, durch das Jessica ihre BH-losen Brüste erkennen konnte.

»Jetzt schau mich nicht so erschrocken an, ich tu dir nichts!«

Der Kellner kam und wischte die Pfütze weg. Als Jessica sich entschuldigen wollte, winkte er ab und brachte mit einem verständnisvollen Lächeln ein frisch gefülltes Glas.

»Aber woher wissen Sie … Wer sind Sie?«

»Hier kennt jeder jeden. Wenn eine Österreicherin auf der Playa Cacao einzieht, dann wird das natürlich der anderen Österreicherin, die hier wohnt, erzählt. Und das bin ich. Darf ich?«

Ohne eine Antwort abzuwarten, setzte sie sich gegenüber auf den freien Stuhl und bestellte mit hartem Akzent, aber immerhin auf Spanisch Kaffee und Orangensaft. Jetzt erst sah Jessica die zwei Hunde, die sie im Schlepptau hatte, sie standen die ganze Zeit ein paar Meter hinter der Frau und ließen sich nun hechelnd in den Schatten einer Stechpalme fallen.

»Ich bin Inge«, sagte die Alte und streckte Jessica die rechte Hand entgegen. »Inge Horwath.«

»Freut mich, ich bin Jessica«, sagte Jessica und ergriff zögerlich die Hand.

»Ich wohne da drüben, am Ende der Bucht.« Inge Horwath zeigte vage in Richtung des Strands gegenüber. »In dem Haus ganz oben.«

»Im Adlerhorst«, sagte Jessica.

»Genau. *Adlerhorst* ist eine treffende Bezeichnung. Und ich bin der alte Adler.«

»Ich wohne bei Isabel und Gerardo.« Jessica knabberte an einer mittlerweile kalten Pommes, schließlich gab sie es auf und bestellte sich einen Espresso.

»Das weiß ich doch. Isabel, die alte Halsabschneiderin. Wie geht es ihr?«

»Gut. Ich glaube gut. Wir reden nicht so viel.«

»Ihre *cabinas* sind schrecklich.«

»Ich finde es schön da.«

»Na gut, Geschmäcker sind verschieden. Exotisch ist es allemal, wenn man aus Österreich kommt. *Ursprünglich* nennt man das wohl.«

»Ja, das stimmt.«

»Aber sie verlangt zu viel dafür. Sie ist geldgierig.«

»Ich weiß nicht, für mich ist es okay.«

»Was bringt dich nach Costa Rica? Woher kommst du? Wien?«

»Ja, ursprünglich aus dem Burgenland, aber ich lebe in Wien.« Jessica war so irritiert, hier mitten in Costa Rica eine Österreicherin zu treffen, dass ihr auf die Schnelle keine andere Geschichte einfiel. »Ich wollte einfach mal abschalten, hatte eine stressige Zeit.«

»Wie lange bleibst du?«

»Nichts geplant. Ich habe keinen Rückflug gebucht.«

»Ui, das ist gefährlich! Ich hab das auch so gemacht und bin immer noch da. Mittlerweile seit zwanzig Jahren. Hast du Pläne?«

»Nicht so richtig. Ich hab ein paar Amis kennengelernt, die sind in den Süden. Vielleicht fahr ich nach und treffe sie. Oder ich bleib einfach noch ein bisschen. Ist doch schön hier.« Jessica drehte sich um und schaute auf das glitzernde Wasser, auf der anderen Seite erkannte man die Palmen und Wellblechdächer der Playa. »Pura vida«, zitierte sie den Satz der Einheimischen, den sie bei jeder Gelegenheit von sich gaben.

»Wem sagst du das! Ich würde nicht mehr zurückwollen in diese Bananenrepublik.«

»Du meinst Österreich?« Jessica lachte. »Schon lustig, wenn das jemand sagt, der ins Land mit den höchsten Bananenexporten ausgewandert ist.«

»Stimmt nicht, Ecuador und die Philippinen haben noch mehr Bananen.«

Das ungleiche Paar saß noch lange am Tisch an der Mole, Inge hatte Cocktails für sie beide bestellt, und Jessica stieg der süße Alkohol mitten am Tag rasch in den Kopf. Es war schön, endlich mal wieder in ihrer Sprache sprechen zu können, den vertrauten Klang zu hören.

»Magst du morgen zu mir in den Adlerhorst kommen? Ich koch uns was. Vielleicht schaff ich sogar noch einen Kaiserschmarrn!«

Jessica zögerte, konnte ihr die Alte gefährlich werden? Verfolgte sie österreichische Nachrichten? Konnte man sie trotz der veränderten Frisur erkennen? Doch dann schob sie ihre Bedenken beiseite, zu groß war die Sehnsucht nach einem Stückchen Heimat.

»Okay«, hörte sie sich sagen. »Kann ich was mitbringen?«

»Nein, aber ich habe eine Bitte. Würdest du mit mir einkaufen und mir dann helfen, die Sachen hochzutragen. Ich bin ja nicht mehr die Jüngste, und das ganze Zeug da raufschleppen ist mittlerweile ganz schön anstrengend.«

»Aber gerne helfe ich dir. Hast du ein Boot da?«

»Klar, wir kaufen rasch ein, und dann fahren wir rüber. Ich übernehme dafür die Rechnung hier.«

»Nein, das kann ich nicht annehmen, ich hatte das teuerste Gericht auf der Karte.«

»Na Wahnsinn, das wird mich in die Armut stürzen!« Inge winkte dem Kellner und zückte ihre Kreditkarte.

Supermarkt, Baustoffhandel, Tierhandlung und Fischgeschäft – die Ladefläche des alten Toyota Pick-up war gut gefüllt, und Jessica half, alles auf das Boot zu bringen. Bei der Überfahrt standen die Hunde erwartungsvoll am Bug und streckten ihre Nasen in den Fahrtwind. Die kleine Bucht, in der Inge das Boot vertäute, lag etwas entfernt von Isabels Hütten und dem kleinen Café.

»Hundertdreiundzwanzig Stufen sind es«, lachte Inge und schulterte einen riesigen Sack mit Hundefutter. »Aber du bist ja jung.«

Sie gingen steil nach oben durch eine Schneise zwischen den Palmen, dann öffnete sich der Wald, und auf einer Lichtung stand ein großes Haus aus Holz. Massive Pfeiler aus Beton hoben es vom Boden ab, die Wände waren dunkel und verwittert und das Dach mit Palmblättern gedeckt. Laut bellend stürmten zwei Hunde auf sie zu, sie hatten wohl im Schatten unter der Hütte gelegen, und die beiden anderen fielen sofort ins Gebell ein. Inge schrie ein kurzes Kommando, und alle verstummten.

Jessica zögerte dennoch einen kurzen Moment, der Hund, der erwartungsvoll vor der Hütte stand, war riesig. »Das ist Mitzi, ein irischer Wolfshund. Sie ist völlig harmlos, sie sabbert dich höchstens voll«, beruhigte sie Inge und zerrte den Sack die letzten paar Stufen hoch.

Der Blick von der oberen Terrasse – es gab zwei – war atemberaubend. Doch nach getaner Arbeit setzten sich die beiden Frauen auf eine kleine Bank auf der unteren Terrasse, die im Schatten lag. Dreimal hatten sie die hundertdreiundzwanzig Stufen bewältigen müssen.

»Na, was sagst du?« Inge reichte Jessica eine Wasserflasche.

»Es ist unglaublich. Ein Paradies«, antwortete Jessica.

»Komm, ich zeig dir alles.« Inge sprang wieder auf. Sie war zwar sicher fünfzig Jahre älter als Jessica, dennoch schien sie die bessere Kondition zu haben.

Schon der üppige Garten war beeindruckend, doch das Haus wirkte wie eine verrückte Filmlocation. Das Erdgeschoss war ein einziger großer Raum – Küche, Wohnzimmer und Veranda in einem. An der einen Wand befanden sich ein paar einfache Küchenschränke mit Kühlschrank und Arbeitsplatte, an der anderen stand ein großes Regal, vollgestopft mit Büchern, die beiden anderen Seiten waren offen und vom Garten nur durch zwei Holzstufen getrennt. Jessica sah Thomas Mann, Musil und Stefan Zweig, daneben skandinavische Thriller und englische Liebesromane. Alles stand in einem abenteuerlichen Mix durcheinander, auch waren die meisten Bücher aufgequollen und voller Flecken, das feuchte Klima war nicht gerade ideal für Papier. Fenster gab es keine, also Fensteraussparungen in den Holzwänden schon, nur kein Glas dazwischen. Im oberen Stockwerk, direkt unter dem Dach, befand sich Inges Schlafzimmer und ein Zimmer, das Inge stolz präsentierte. »Und hier wäre noch ein Gästezimmer. Hier gibt's auch Moskitonetze. Wenn es dir bei Isabel zu blöd wird, kommst du zu mir.«

Lachend wehrte Jessica ab: »Nein, nein, das passt gut für mich da in meiner kleinen *cabina*. Obwohl die Aussicht hier natürlich um einiges besser ist, das muss ich zugeben.«

»Kannst es dir jederzeit überlegen. Du weißt ja jetzt, wo du mich findest. Aber morgen kommst erst mal zum Essen, sagen wir um sechs?«

Wäre ich jetzt in Wien, hätte ich Blumen besorgt und lange überlegt, was ich anziehen soll, dachte Jessica, als sie am nächsten Abend die hundertdreiundzwanzig Stufen hinaufstapfte. Blumen gab es hier nirgendwo zu kaufen, bunte Pflanzen wuchsen schließlich überall, und an ihre Garderobe hatte sie keinen Gedanken verschwendet. Immerhin war das T-Shirt frisch gewaschen, und die Shorts hatte Jessica gegen einen kurzen Rock getauscht.

Der Abend verging wie im Flug, Inge hatte mehrere Gänge zubereitet, zum Essen gab es Wein, und auch wenn im Kaiserschmarrn keine Rosinen waren, trieb er Jessica fast Tränen in die Augen, so gut schmeckte er.

Der Urwald hinter ihnen war schon verstummt, hin und wieder hörte man eine Kröte quaken, das Mondlicht glitzerte auf der Wasseroberfläche, und die beiden Frauen saßen eine Weile schweigend nebeneinander, schauten runter in die Bucht.

»Heute Nacht schläfst in meinem Gästezimmer«, sagte Inge und schwenkte eine Rumflasche. »Sonst stolperst du noch und wirst von einem Jaguar gefressen.«

»Gibt's hier Jaguare?«

»Hier gibt's alles. Wenn ich am Abend allein auf der Veranda sitze, kommen die Tiere ganz nahe. Man muss sie nur in Ruhe lassen, dann kommen sie. Ist wie bei den Menschen.«

Jessica schwieg, spürte den Alkohol angenehm in ihrem Kopf.

»Hör zu, du könntest wirklich bei mir einziehen. Ich hab genug Platz. Internet hab ich auch.«

Jessica schaute sie ungläubig an. »Ja, aber das geht doch nicht!«
»Warum soll das nicht gehen? Ich hab das Gästezimmer und genug Arbeit im Garten und mit meinen Tieren. Bei mir musst keine Miete bezahlen, und ich könnt Hilfe gebrauchen.« Sie drehte sich um und zeigte auf die Hunde, die müde mit den Schwänzen wedelten. »Diese Viecher und die Katzen. Der riesige Garten! Und ich sollte dringend mein Österreichisch aufpeppen, das ist ziemlich eingerostet.«

Jessica rührte nachdenklich in ihrem Kaffee und bekam plötzlich solche Sehnsucht nach ihrer Mutter, nach der Heimat, dass ihr die Tränen in die Augen traten. Vielleicht sollte sie das wirklich tun? Zu dieser seltsamen alten Frau ziehen, ihr im Garten helfen, die Hunde ausführen und sich ein bisschen umsorgen lassen.

»Außerdem siehst du aus, als könntest du ein wenig Zuspruch gebrauchen«, unterbrach Inge ihre Gedanken. »Und jetzt gehen wir schlafen.«

Von nun an trafen sich Jessica und Inge jeden Tag. Mal gingen sie mit den Hunden am Wasser spazieren, dann wieder tranken sie zusammen Kaffee und aßen Cheesecake oder Bananenschnitten oder fuhren mit dem Boot raus, um Delfinschwärme zu suchen. Jessica fühlte sich in Inges Nähe geborgen, die alte Frau war plötzlich so etwas wie Familie.

Und dann erklärte Jessica Isabel und Gerardo, dass sie ausziehen würde. »La mujer loca es austriaca«, erklärte sie, und Isabel sah sie verwundert an. Jessica beglich die Rechnung und legte noch ein ordentliches Trinkgeld drauf. Gerardo klopfte ihr auf die Schulter und kniff sie in die Wange, als wäre sie ein kleines Mädchen, das zum ersten Mal allein in die Schule ging. Isabel umarmte und drückte sie fest und murmelte ihr ins Ohr: »I will miss you, my girl. Take care of you.«

Ein toter Russe in der Donau

Die beiden Mädchen wollten unbedingt allein ins Kino, und so nutzten Antti und Alma die zwei Stunden am Nachmittag, um ein paar Möbel, die sie für das Gästezimmer gekauft hatten, zusammenzubauen. Sie studierten die Gebrauchsanweisung, suchten Schrauben zusammen und drehten die Bretter hin und her.

»Das muss so«, rief Antti und nahm ihr die Front der Schublade aus der Hand.

»Nein, so«, sagte Alma und hielt ihm die Bauanleitung vors Gesicht. Nach längerem Hin und Her stand eine kleine Kommode vor ihnen, sie sah zwar etwas schief aus, aber immerhin hatte sie vier Beine und drei Schubladen.

»Wir sind ein super Team!« Antti lachte und zog Alma an sich. »Und jetzt, wir haben Pause verdient, oder?«

»Sicher. Wir müssen ja auch nur noch ein Bücherregal, einen Schreibtisch und ein Badezimmerkästchen zusammenbauen, das haben wir im Handumdrehen!«

»Hand umdrehen? Sagt man so? Deutsch ist schon lustig.«

»Ja, weil Finnisch gar nicht lustig ist. Magst du was trinken?«

»Mittagsschläfchen? Es ist ja Feiertag, oder?« Antti dirigierte Alma ins Schlafzimmer, und sie legten sich aufs Bett. Tatsächlich war sie schon wieder todmüde, obwohl sie richtig ausgeschlafen hatten. Doch Antti dachte wohl eher nicht ans Schlafen, er nahm Alma in den Arm und küsste sie.

»Wann kommen denn die Kinder zurück?«, flüsterte sie und versuchte auf die Uhr zu sehen.

»Noch nicht. Der Film geht über zwei Stunden. Und sie dürfen nachher noch ein Eis essen gehen.« Antti hatte begonnen, sie sanft zu streicheln, Alma versuchte sich zu entspannen und an nichts zu denken, außer an die warme Hand auf ihrem Bauch und ihrer Brust, an das sanfte Ziehen zwischen ihren Beinen. Zuerst ein Nickerchen und dann Sex oder vielleicht doch besser umgekehrt? Alma war fast weggedämmert und hielt die Augen geschlossen, während Antti seine Hand in ihren Slip geschoben hatte und seine Finger langsam hin und her bewegte, da klingelte ihr Handy im Nebenraum. »Es ist Wochenende«, flüsterte Antti und übte ein bisschen mehr Druck aus, Alma zwang sich, die Augen geschlossen zu halten. Es klingelte zehn Mal hintereinander, dann eine kurze Pause, und ein paar Sekunden später begann es von Neuem.

»Sorry, ich muss da rangehen«, murmelte Alma und wand sich aus Anttis Armen. »Oberkofler?« Ihre Stimme klang rau, sie räusperte sich.

»Ja, entschuldigen Sie die Störung.«

»Herr Babic, was ist los? Schon wieder eine Messerstecherei?«

»Nein, zur Abwechslung Schusswaffe. Ein eifersüchtiger Ehemann in Floridsdorf.«

»Tragisch, aber warum rufen Sie mich an? Das können Sie doch auch allein.«

»Natürlich kann ich das allein.« Babic klang ein wenig beleidigt. »Es ist nur ... wir haben noch einen Toten.«

»Hat der Mann sich danach selbst erschossen? Ist ja nichts Ungewöhnliches. Jetzt lassen Sie sich doch nicht alles aus der Nase ziehen.« Alma schenkte sich mit einer Hand ein Glas Wasser ein.

»Nein, die Wasserpolizei hat einen toten Mann aus der Donau gefischt. In der Freudenau. Er liegt in der Gerichtsmedizin. Und da war ich mir nicht sicher, ob wir erst einmal das Obduktionsergebnis abwarten oder gleich tätig werden.«

»Verstehe. Verdacht auf Fremdverschulden?

»Nein, völlig unversehrt. Dürfte auch nicht sehr lange im Wasser gewesen sein.«

»Identitätsnachweis?«

»Ja, russischer Staatsbürger.«

»Soll ich kommen?« Alma angelte mit einem Fuß nach ihren Jeans.

»Nein, passt schon. Den rabiaten Ehemann haben wir in Gewahrsam, und der tote Russe liegt auf der Gerichtsmedizin. War ja vielleicht auch ein Unfall«, antwortete der junge Kollege. »Ich wollte Sie nur informieren.«

»Gut, Herr Kollege, alles gut. Sie können mich jederzeit anrufen, okay?«

Den letzten Tag des Wien-Urlaubs verbrachten sie im Prater. Sie fuhren zusammen Riesenrad, Liisa und Aino waren begeistert von der Wilden Maus und konnten gar nicht genug bekommen.

»Morgen muss ich wieder ins Büro«, sagte Alma und zupfte ein großes Stück von Liisas Zuckerwatte.

»Ich auch«, seufzte Antti.

»Ja, aber du hast keine wahnsinnigen Ehemänner, die glauben, wenn die Frau sie nicht mehr will, muss sie sterben. Keine Junkies, die sich gegenseitig in den Bauch stechen. Und auch keinen toten Minister, bei dem der Oberchef einfach bestimmt, wie er zu Tode gekommen ist.«

»Dann hättest du studieren müssen die Mathematik, dann müsstest du dich nicht beschäftigen mit so grausliche Dingen.« Antti lachte und legte den Arm um sie.

»Mathematik ist noch grauslicher«, erwiderte Alma. »Kommt, lasst uns noch in die Geisterbahn gehen.«

Nachdem sie die Mädchen zum Flughafen gebracht hatten und Antti den Zug nach Linz genommen hatte, war die Wohnung seltsam leer. Alma begann, das Chaos zu beseitigen. Eigentlich war es hier viel zu klein für vier Personen, trotzdem, sie hatte den Trubel genossen. Gestern war auch noch Julia mit ihrer sechzehnjährigen Nichte zum Abendessen da gewesen, sie hatten kaum alle Platz am Esstisch gefunden, und Julia hatte zwei Stühle aus ihrer Wohnung mitbringen müssen. Als endlich alle saßen und Nudeln auf ihre Teller gehäuft hatten, lehnte Alma sich zurück und betrachtete die Szenerie, die ein wenig wie aus einer kitschigen Familienkomödie wirkte. Julia, die mit großer Geste einen finnischen Kriminalroman erzählte, Antti, der konzentriert versuchte, dem Wortschwall zu folgen, und die drei Mädchen, die eine gigantische Menge Spaghetti verdrückten und in einem wilden Mix aus Englisch, Deutsch und Finnisch durcheinanderredeten.

Nun war alles still hier, die Teller stapelten sich in der Küche, die Waschmaschine war zu klein für die ganze Bettwäsche, und im Badezimmer lagen gebrauchte Abschminkpads auf dem Badewannenrand. Alma putzte die Zahnpastareste aus dem Waschbecken und blickte in den Spiegel. Sie sah nicht gerade frisch aus, und einen neuen Haarschnitt könnte sie auch mal wieder vertragen. Morgen musste sie wieder ins Büro, und bei dem Gedanken fühlte sie eine große Müdigkeit. Liisa und Aino hatten sie in den letzten Tagen viel über ihren Beruf ausgefragt, die beiden Teenager fanden ihren Job bei der Polizei faszinierend, in ihrer Fantasie jagte Alma die ganze Zeit Verbrecher, während ihre Eltern langweilige Wissenschaftsjobs hatten. Und Alma ertappte sich dabei, ihre Geschichten ein wenig auszuschmücken, erzählte spannende Episoden, ohne zu sehr ins Detail zu gehen, doch heute spürte sie rein gar nichts vom Spirit, der angeblich von ihrem Beruf ausging.

Sie würde noch die nächsten zwanzig Jahre ungeklärte Todesfälle untersuchen, und auch wenn sie manchmal daran zweifelte, ob es das war, was sie wirklich wollte, hatte sie keine Idee, was sie sonst tun könnte. Es war ihr immer als sinnvolle Arbeit erschienen, und auch wenn sie die Toten nicht mehr lebendig machen konnte, sorgte sie immerhin dafür, dass ihnen Gerechtigkeit widerfuhr, zumindest manchmal, und in seltenen Fällen hatte ihre Arbeit schon dazu geführt, dass weitere Opfer verhindert wurden. Es gab schlimmere Jobs, dachte sie und rieb den Spiegel ab. Auch dass sie nicht mehr so jung war wie diese Hannah Smith im Ministerium oder auch Jessica Pollauer, hatte nicht nur Nachteile. Sie erwartete nicht mehr so viel vom Leben, war froh darüber, dass es in halbwegs geordneten Bahnen verlief und sie eigentlich jetzt schon wusste, was sie in fünf Jahren machen würde. Nämlich genau das, was sie jetzt machte. Einen großen Karriereaufstieg gab es wohl auch nicht mehr, Alma dachte im Traum nicht daran, sich politisch in irgendeiner Richtung zu engagieren, und ohne Parteibuch wurde man wohl kaum Polizeipräsident. Außerdem war sie eine Frau, und dass sie das noch erleben würde, dass eine Frau diesen Posten bekam, wagte sie zu bezweifeln. Also würde alles so bleiben, wie es war, und das war eigentlich gar nicht so schlecht. Und dass sie mit vierzig jemanden kennengelernt und sich verliebt hatte, das war ja ohnehin fast ein Wunder.

Das Geständnis

Jeden Morgen trafen sich die beiden Frauen in der Küche, wo geschnittenes Obst am Tisch stand – Maracujas und Mangos, Sternfrüchte und Bananen aus dem Garten –, die Hunde waren gefüttert, und Inge stellte Jessica eine große Tasse Kaffee vor die Nase, wenn diese sich verschlafen an den Tisch setzte. Jessica spülte danach das Geschirr, fegte die Küche aus, und dann gingen sie gemeinsam durch den Garten.

Inge kannte nicht nur alle Pflanzen, sondern wusste auch, welche Samen und Pflanzenteile von welchen Tieren besonders gern gefressen wurden und welche Blüten Kolibris und Schmetterlinge mochten. Jessica half ihr, abgefallenes Laub zusammenzurechen, und erfuhr, wie wichtig es ist, dass in einem Garten, der am Rande eines Naturreservats liegt, nur einheimische Pflanzen wachsen, die das Ökosystem nicht gefährden.

Auch am Abend führten sie bereits nach ein paar Tagen ein Ritual ein. Nach dem gemeinsamen Essen, es gab hauptsächlich Reis mit Gemüse aus dem Garten, mixte Inge zwei Drinks, mit denen sie sich nebeneinander in die Hängematten legten, die zwischen den Holzpfosten der Veranda hingen. Inge erzählte aus ihrem Leben, darüber, wie sie Ende der Fünfzigerjahre in einem konservativen Haushalt durchgesetzt hatte, das Gymnasium zu besuchen, und wie sie schließlich als eine von wenigen Frauen in Österreich Biologie studierte; sie war noch älter, als Jessica sie geschätzt hatte, nämlich fast achtzig.

»Aber wie bist du hier gelandet?« Jessica nahm einen Schluck von ihrem Rum mit Grapefruitsaft und sah sich um.

»Ach, Zufall, wie das Leben halt so spielt. Ich war Ende der Neunzigerjahre in der Tropenstation der österreichischen Uni, da drüben in La Gamba, weißt eh. Und hab mich sofort in das Land verliebt. Grundstücke und Häuser waren hier damals billiger als ein Kleingarten an der Alten Donau. Und jetzt? Du siehst ja, ich brauch nicht viel, baue fast alles selbst an. Das meiste Geld geb ich für meine Hunde aus.«

»Danke, dass ich hier sein darf.« Jessica hatte ihren Rum fast ausgetrunken und stand auf, um Nachschub zu holen. »Ich kann auch was fürs Wohnen beisteuern.«

»Das ist nicht notwendig. Du bleibst, so lange du magst. Stellst dich gar nicht so blöd an im Garten und Kochen bring ich dir auch noch bei. Außerdem findet dich hier so schnell keiner.«

Die Eiswürfelschale fiel mit lautem Klappern zu Boden. Jessica stand da wie angewurzelt.

»Du brauchst keine Angst haben. Ich weiß natürlich, wer du bist.« Inge hatte sich nicht aus ihrer Hängematte bewegt und blickte in den Garten. »Verschütte bloß den Rum nicht!«

»Und wer soll ich sein?« Jessica wischte den Wasserfleck vom Fußboden. Dann goss sie vorsichtig Rum in die Gläser.

»Weißt du, ich bin zwar eine komische Alte, die am Rande des Regenwalds wohnt, aber seltsamerweise interessiere ich mich immer noch für meine alte Heimat. Es amüsiert mich, die Nachrichten zu lesen, diese eitlen Figuren zu sehen, die gar nicht mehr wissen, wie Politik eigentlich sein soll.«

Jessica drückte Inge das Glas in die Hand und kletterte wieder in ihre Hängematte.

»Und dein Minister«, fuhr Inge fort, »der war doch genau so eine eitle Figur. Ich mein, du hättest ihn ja nicht gleich killen müssen, aber sei doch mal ehrlich: Fehlt er dir denn? Fehlt er der Welt?«

Ihr Herz klopfte so laut, dass sie sicher war, auch Inge konnte es hören, und der Druck in ihrem Kopf ließ sie die Augen schließen. Und da waren sie wieder, die Bilder, die sie in den letzten Tagen so gut weggeschoben hatte: der tote Max in seiner Blutlache, die klaffende Wunde am Kopf. Die Anrufe und der Brief und die Panik. »Aber ich hab ihn doch nicht umgebracht! Wie kannst du das glauben!« Sie wollte den Satz entschieden und bestimmt sagen, doch mehr als ein Krächzen brachte sie nicht hervor.

»Chica, du bist jetzt hier bei mir, und was du drüben gemacht hast, ist mir eigentlich egal. Niemand wird hier nach dir suchen.«

»Ich bin heimgekommen ... Er lag da so ... und hat so tot ausgesehen. Ich bin zu ihm gerannt, aber er war schon tot. Ganz bestimmt. Seine Augen ... Du hättest seine Augen sehen sollen! Ich weiß nicht, was passiert ist!« Nun kamen die Tränen, Jessica schluchzte laut auf, nahm das Kissen, das unter ihrem Kopf gelegen hatte, umschlang es mit beiden Armen und vergrub das Gesicht darin.

»Jetzt beruhig dich doch, Kindchen.« Inge war aufgestanden, hockte sich neben Jessicas Hängematte und strich ihr über den Kopf.

»Warum hast du nicht die Polizei gerufen?«

»Für die bin ich doch die Hauptverdächtige, außerdem hatte ich eine Riesenangst! Ich hätte ja auch einen ›Unfall‹ haben können.«

»Wieso sagst du das so? Einen ›Unfall‹ haben?« Inge malte Gänsefüßchen in die Luft.

»Ich hab eine Flugbuchung in seinem Computer gesucht, und dann hab ich aus Versehen dieses Mail gelesen. Es war keine Absicht, ich wollte nicht schnüffeln.« Jessica begann, gedankenverloren an einem losen Faden der Stickerei zu zupfen.

»Welches Mail?« Reglos lag Inge da und schaute starr in den

Nachthimmel, als hätte sie Angst, Jessica würde bei der kleinsten Bewegung aufhören zu reden.

»Ein Mailverkehr zwischen einem gewissen Anton Irgendwie und Max. Es ging um ein Hotel- und Seilbahnprojekt in Osttirol.«

»Und was stand in diesen Mails?«

»Sie haben über eine junge Frau geschrieben, eigentlich noch eine Jugendliche, die bei einer Protestaktion abgestürzt war und im Koma liegt. Und über die nächste Rate, die bald fällig sei. Und ein paar Tage später war Max tot!«

Es war, als hätte jemand ein Ventil geöffnet. Jessica warf das Kissen von sich, kletterte aus der Hängematte, lehnte sich ans Geländer der Terrasse, und die Worte sprudelten nur so aus ihr heraus. Wie Max durchs Wohnzimmer gerannt war und ihr das MacBook aus der Hand gerissen und es in sein Schlafzimmer geworfen hatte. Und auch, wie er wieder zu ihr zurückgekommen war und sie ihn wütend angeschrien hatte.

»Und dann hat er mich geschlagen«, hörte sie sich sagen, und es war, als ob jemand anderes diesen Satz sagen würde. Bisher hatte sie das nicht ausgesprochen, dieses »Er hat mich geschlagen«, und es fühlte sich an, als hätten diese Worte nichts mit ihr zu tun. Sie war keine Frau, die man schlug. Und Max Langwieser war kein Mann, der Frauen schlug. Hatte sie immer gedacht.

»Aber warum ist er so ausgerastet? Na gut, du hast in seinen Mails gelesen. Aber was hat ihn so provoziert?«, hakte Inge nach.

»Du sagst jetzt nicht, dass ich schuld war? Dass die Frauen schuld sind, wenn sie geschlagen werden? Weil sie irgendwas Falsches gesagt haben?«

»Nein, das sag ich nicht. Ich will nur verstehen, was in deinem Max vorgegangen ist. Weißt du was?« Inge stand auf und streckte den Rücken durch. »Ich mach uns jetzt eine Kleinigkeit zu essen, und du erzählst mir noch mal alles. Von Anfang an.«

Während ihre Gastgeberin Käse und Gemüse aus dem Kühlschrank holte, Oliven in kleine Schüsseln füllte und eine Avocado schälte, begann Jessica zu erzählen. Inge drehte ihr den Rücken zu, tat, als hörte sie gar nicht richtig hin, während Jessica schilderte, dass sie Max ein Ultimatum gestellt hatte. Erzählte, wie sie ihm gedroht hatte, alles über ihr seltsames Beziehungskonstrukt zu verraten, den Eltern und der Presse. »Weißt du, für mich war es, als wäre ein Denkmal gestürzt! Ich kannte niemanden, der so integer war wie Max.«

»Na ja, immerhin ist eure Beziehung eine einzige Lüge gewesen, ist das integer?«, warf Inge ein.

»Das ist was anderes! Das kann man so nicht erklären. Ich meine politisch!«

»Ja. Und dann hat er dich geschlagen?« Inge drehte sich um, in ihrer Hand ein kleines Messer.

»Na ja, er hat mir eine Ohrfeige gegeben. Und es tat ihm nachher leid.«

»Mir kommen gleich die Tränen, der arme Mann.« Inge lachte bitter auf. »Und dann? Wie ging es weiter? Natürlich ist es schlimm, wenn der Verlobte dir eine runterhaut, aber deswegen gleich ans andere Ende der Welt fliehen?« Inge bearbeitete mit dem Messer den Käse, und Jessica sah ihr stirnrunzelnd dabei zu, dann fuhr sie fort: »Ich bin ins Büro gegangen und dachte, wir würden alles in Ruhe besprechen. Aber dann ging es richtig los.«

»Was ging los?«

»Die Anrufe.«

»Von Max?«

»Nein, der hat mich am Nachmittag nur noch einmal angerufen und mich angefleht, niemandem etwas zu sagen. Es waren Anrufe von einer unbekannten Nummer, es war aber nie jemand dran. Und noch ein paar Nachrichten am Messenger. Max kam am Abend nicht nach Hause, hat nur eine Nachricht geschickt, dass er kurz wegmüsste und sich am nächsten Tag melden würde. Ich hab dann eine Schlaftablette genommen und mein Telefon abgeschaltet. Und am nächsten Tag lag dieser Zettel auf dem Küchentisch.«

»Welcher Zettel?«

»DIN A4, ausgedruckt. Mitten am Tisch.«

»Was stand drauf?« Inge stand in der Küche, in jeder Hand einen Teller, und sah Jessica gespannt an.

»›Du magst doch dein Leben, oder Jessi? Setz es nicht aufs Spiel, dann kann alles so bleiben, wie es ist!‹, das stand drauf, und es war nicht Max, der das geschrieben hat.«

»Bist du sicher? Er hatte wahrscheinlich einfach Angst und wollte dir drohen.«

»Nein, als ich ihn damit konfrontiert habe, war er genauso erschrocken.«

»Aber wer könnte den Brief hingelegt haben?«

»Jemand aus dem Büro?«, sagte Jessica leise.

»War das eine Frage oder eine Feststellung?«

»Max hat zugegeben, dass sein Büroleiter einen Schlüssel zur Wohnung hat.«

»Ich weiß nicht, das kommt mir jetzt ein bisschen vor wie in einem schlechten Krimi. Hast du einen Hang zu Verschwörungstheorien? Ich bin sicher, dein integrer Max wollte dich einschüchtern.«

»Und die Anrufe? Und die Nachrichten auf Facebook? Nein, so etwas hätte er nie getan. Weißt du, er war kein böser Mensch. Er muss da in irgendwas reingeschlittert sein. Soll ich dir helfen?« Jessica nahm Inge einen Teller ab und stellte ihn auf den Tisch.

Die Alte begann, zwei Servietten zu falten, als würden sie gleich ein elegantes Dinner abhalten. »Reingeschlittert. Ja sicher. Das sagen sie alle. Und böse ist niemand von Anfang an. Es beginnt immer ganz klein, und dann ergibt eines das andere.«

»Und Stefan hat mir auch gedroht. Ich mein, er war freundlich und hat nichts Konkretes gesagt, aber ...«

»Moment, wer ist jetzt wieder Stefan?«

»Na, Stefan Fercher. Der Bundeskanzler.«

»Du bist mit dem Bundeskanzler der Republik Österreich per Stefan?« Inge lachte auf und warf ihren grauen Zopf über die Schulter.

»Ja sicher. Er war Max' bester Freund. Wir hatten oft privat mit ihm zu tun. Da sieze ich ihn doch nicht.«

»Und glaubst du, *Stefan* hängt da auch mit drinnen?«

»Ich weiß überhaupt nicht, was ich glauben soll, wer da mit drinhängt, wem ich trauen kann. Das war ja auch der Grund, warum ich abgehauen bin.«

»Gibt es denn jemanden, dem du vertraust?«, fragte Inge.

»Hm, na ja, meinen Eltern, aber was können die schon machen? Außerdem hab ich Angst, dass ihnen was passiert. Ich traue mich ja nicht mal so richtig, Max' Laptop aufzumachen.«

»Du hast den Laptop eines toten Ministers mit nach Costa Rica genommen?! Wer bist du eigentlich? 007?«

Der Club

Aleksander Sokolow war sechsundzwanzig Jahre alt und lebte seit seiner frühen Jugend in Wien. Als Schüler der Vienna International School wohnte er in einem russischen Nobelwohnheim, danach folgte ein BWL-Studium, das er allerdings mit dreiundzwanzig Jahren ohne Abschluss abbrach. Inzwischen war er Inhaber dreier Lokale in Wien: einem Haubenrestaurant in der Innenstadt, einer Diskothek im 2. Bezirk und einem Club im 19. Bezirk, fast schon im Wienerwald. In der Nähe dieses Clubs, zu dem es weder eine aussagekräftige Webseite noch eine Telefonnummer gab, lag auch Sokolows Wohnung, in der er allein gemeldet war. Tarik Babic hatte bereits ein umfassendes Dossier zusammengestellt und es Alma auf den Schreibtisch gelegt.

Diese googelte die Lokale, sah sich die Standorte näher an und die Gesellschaftsformen dahinter. Alles wirkte sauber.

»Wahrscheinlich ein Unfall. Haben wir den Obduktionsbericht schon?«

Alma konnte Kolonjas Frage nicht mehr beantworten, das Telefon klingelte, der Polizeipräsident.

»Frohe Ostern, Frau Oberkofler! Alles gut bei Ihnen?«

»Ja, so weit alles in Ordnung. Wir sitzen hier gerade über einer Wasserleiche. Ein russischer Staatsbürger, den man aus der Donau gefischt hat.«

»Das ist auch der Grund, warum ich anrufe. Sie können die Akte schließen, es war ein Unfall.«

»Da wissen Sie schon mehr als ich. Woher denn?«

»Spielt keine Rolle. Ich habe einen Anruf vom Innenminister bekommen, der wiederum einen Anruf des Außenministers bekommen hat, und der wiederum hat mit dem russischen Botschafter telefoniert.«

»Da werde ich ganz schwindlig. So viele Telefonate!«

»Egal. Am Ende der Telefonkette steht die Weisung, dass Aleksander Sokolow noch heute aus der Gerichtsmedizin geholt und in seine Heimat überführt wird. Das heißt, es gibt keinen Fall. Wir haben schon alles veranlasst.«

Tarik Babic und Robert Kolonja starrten Alma verwundert an, als diese den Telefonhörer auf die Tischplatte warf. »Das gibt's ja jetzt nicht, oder. Ich mein, wenn das so weitergeht, dann können wir gleich ganz zusammenpacken hier!«

Sie fasste den beiden Kollegen das Gespräch zusammen, und beide schwiegen lange. Kolonja schüttelte langsam den Kopf und begann, die Stifte auf seinem Schreibtisch ordentlich in eine Reihe zu legen. Tarik Babic war es, der als Erster die Sprache wiederfand. »Ich hab vorhin noch mit der Gerichtsmedizin telefoniert«, sagte er. »Felix Klammer ist überzeugt, dass Sokolow ertrunken ist. Und zwar in genau dem Donauwasser, in dem er getrieben ist. Keinerlei andere Verletzungen, auch keine Druckmale oder Hämatome. Allerdings war er vermutlich alkoholisiert, also vielleicht wirklich ein Unfall?«

»Ja, aber das sollten *wir* entscheiden«, erwiderte Alma schlecht gelaunt.

»Mir ist da noch was eingefallen«, Tarik Babic stand ein wenig unschlüssig im Raum. Manchmal erinnerte er Alma an einen Welpen, der unsicher auf den nächsten Befehl wartete.

»Na?«

»Der Club, der diesem Sokolow gehört hat, der ist mal irgendwo aufgetaucht.«

»Wo irgendwo?«

»Ich weiß nicht mehr genau. Irgendwer hat mir mal davon erzählt. Dass es da so einen Russenclub gibt, irgendwo im 19. Bezirk.«

»Ja und? Das ist ja noch keine Straftat.« Kolonja schüttelte den Kopf. »Und außerdem, was soll das heißen: irgendwer, irgendwo?«

»Jetzt lass ihn doch mal ausreden, den gut informierten Kollegen. Also, Herr Babic, was ist mit diesem Club?«

»Dass da auch Österreicher verkehren, heißt es. Und zwar aus höheren Kreisen.«

»*Höhere Kreise*, mein Gott, Babic, jetzt reden Sie mal Klartext, und lassen Sie sich nicht alles aus der Nase ziehen. Und von was für einer Art Club reden wir hier? Tanzclub? Saunaclub? Club der Freimaurer?«

»Nein, keine Freimaurer. Eher so ein ... äh ... Freizeitclub. Für Männer. Zum Entspannen. Und angeblich ist der Fercher da auch öfter gesehen worden.« Babic blickte sich um, als hätte er Angst, jemand würde das Gespräch belauschen.

»Ah, jetzt wird es endlich interessant.« Alma schlug mit der flachen Hand auf den Tisch, und die Kollegen zuckten zusammen. »Und Sie meinen, wo der Fercher war, war vielleicht auch der Langwieser?«

»Dachte ich. Vielleicht hat der Tod von Sokolow doch etwas mit dem Tod von Langwieser zu tun. Wir sollten dem zumindest nachgehen.«

»Das ist eine hervorragende Idee!« Alma spürte geradezu, wie das Adrenalin durch ihren Körper schoss. »Und wissen Sie noch, woher Sie diese Information haben?«

»Das ist ein wenig delikat«, antwortete Babic, »da muss ich noch mal telefonieren.«

»Aber hat der Klausberger nicht gesagt, es gibt keinen Fall mehr?«, warf Kolonja ein, und bevor Alma antworten konnte, brummte wieder das Telefon.

»Hallo, hier ist Carla Behammer. Na, bei euch ist ja ganz schön was los!«

»Was meinen Sie denn?«

»Na, tote Minister, tote Russen ...« Behammers Stimme klang amüsiert.

»Nichts für uns. Alles Unfälle.«

»Sind Sie sicher?«

»Das tut nichts zur Sache. Wir ermitteln jedenfalls nicht im Fall Aleksander Sokolow, falls Sie deswegen anrufen.«

»Tja, dann wissen Sie vielleicht noch nicht, was ich schon weiß.«

»Was wissen Sie?« Alma war aufgestanden und ans Fenster getreten.

»Ich weiß zum Beispiel, was der *Express* in einer Stunde freischaltet.«

»Woher wissen Sie, was der *Express* in einer Stunde freischaltet?«

»Mein Freund macht da den Sport.«

»Und? Darf Österreich mal wieder bei der Fußballweltmeisterschaft mitspielen?«

»Sehr witzig. Ich schick Ihnen den Text per Mail. Und dann reden wir noch mal.« Behammer legte grußlos auf.

Der Plan

Inge war irgendwann im Inneren des Hauses verschwunden und kam mit einem Päckchen Zigaretten zurück, das sie auf den Terrassentisch warf.

»Aber du kannst dich ja nicht den Rest deines Lebens hier verstecken«, meinte sie und zündete sich eine an. Jessica wusste darauf keine Antwort. Es war ein wenig, als hätte sie ihre gesamte Kraft verloren, jetzt wo sie sich jemandem anvertraut hatte. Sie fragte sich, wie sie es nur bis hierher geschafft hatte.

»Ich würde vorschlagen, du schreibst zuerst einmal deinen Eltern, die müssen ja umkommen vor Sorge.«

»Aber sie gehen mit dem Mail sicher zur Polizei, und die finden doch sofort raus, wo ich mich aufhalte.«

»Mir fällt schon was ein, jetzt gehen wir schlafen, und morgen überlegen wir, was wir tun.«

Am nächsten Tag wachte Jessica trotz des Lärms der Vögel, der sie sonst verlässlich aus dem Schlaf riss, nicht auf. Inge war bereits im Garten und grub weiter an einem Loch für den Kompost, das sie am vergangenen Tag begonnen hatten. Die Hunde lagen unter einem Baum und begrüßten Jessica mit einem müden Schwanzwedeln.

»Ich hab mir etwas überlegt«, rief Inge aus ihrer Grube und wischte sich eine Haarsträhne aus dem Gesicht. »Ich habe einen Freund, der lebt in Tansania. Dem schicken wir ein Mail, der kopiert den Text und schickt ihn dann an deine Mama weiter. Dann haben sie keinen Absender. Zumindest glauben sie dann, du wärst in Tansania. Und dann werden wir uns mal den Laptop deines Verlobten vornehmen.«

Von: savewildanimals@gmail.com
An: pollauer@webmail.at
Betreff: 1000 Küsse

Liebe Mami, lieber Papi,
es tut mir so leid, dass ich mich so lange nicht gemeldet habe, aber ich habe meine Gründe, und irgendwann werde ich euch das auch erklären. Aber noch nicht jetzt, ich muss noch ein paar Sachen herausfinden, bevor ich euch auch alles erzählen kann. Ihr wisst, dass ich Max nichts getan habe. Als ich ihn gefunden habe, war er schon tot. Ich hätte ihm nie etwas getan. Euch muss ich das ja nicht erzählen, aber ich hatte so eine Panik und bin einfach abgehauen. Und jetzt ist ja eh jeder von meiner Schuld überzeugt. Mir geht es so weit gut, ich bin in Sicherheit, und ich melde mich bald wieder. Ich hab euch lieb, schicke einen dicken Kuss an euch beide. Grüß mir den Sepperl und gebt ihm eine Extraportion Futter. Das mit dem Fisch, das mag er am liebsten.
Tausend Küsse!
Jessica

Das Mail war kurz, dennoch hatte Jessica lange dafür gebraucht. Sie schwankte zwischen dem Gefühl, dass sie mit dieser Flucht von Anfang an völlig übertrieben hatte, dann wiederum hatte sie Angst, dass das Mail in falsche Hände gelangen könnte und sie dadurch nicht nur sich, sondern auch ihre Eltern in Gefahr brachte.

Doch Inge ließ ihr keine Zeit zum Grübeln. »Und jetzt holst

du den Laptop von deinem Ex, und wir schauen gemeinsam, was wir darauf alles finden. Weißt du sein Passwort?«

»Leider hat er es geändert, nachdem ich seine Mails gelesen hab.« Jessica legte das schlanke MacBook auf den Küchentisch, klappte es auf und starrte es nachdenklich an.

»Tja, er war ja schließlich nicht ganz blöd. Hast du eine Idee? Was war denn sein letztes Passwort?«

»Mädchenname der Mutter plus sein eigenes Geburtsdatum.«

»Denk nach! Die meisten sind nicht sehr kreativ und ändern das Muster nicht. Also der Name von jemandem, der ihm wichtig ist, kombiniert mit einem Geburtsdatum.«

»Ich weiß es nicht. Lass mich nachdenken.« Jessicas Finger schwebten über der Tastatur.

»Seinen besten Freund?«, kicherte Inge. »Man gibt ja wohl nicht den Namen des Kanzlers ein, wenn man etwas verbergen will.«

»Nein, irgendetwas anderes, das ihm … ich weiß was!«, rief Jessica und tippte *Friedrich1993* in das Feld, und der Bildschirm erwachte mit einem leisen Ping zum Leben.

»Wow!«, rief Inge. »Was war denn das?«

»Friedrich war Max' Cousin. Er stand ihm sehr nahe, und er ist vor zwei Jahren ums Leben gekommen.«

»Danke, Friedrich«, murmelte Inge und beugte sich über den Laptop.

News

Die Überschrift des Artikels war so fett gedruckt, dass ihnen der Satz – oder besser gesagt die Frage – förmlich ins Gesicht geschrien wurde:

Hatte toter Donau-Russe Beziehungen zur Regierung?

Robert Kolonja, Tarik Babic und Alma Oberkofler saßen dicht nebeneinander vor dem Bildschirm und lasen den Artikel mit angehaltenem Atem.

Der junge Mann, der vor zwei Tagen tot aus der Donau geborgen wurde, war der russische Staatsbürger Alexander Sokolow. Wie ein Polizeisprecher versicherte, war der fünfundzwanzigjährige Geschäftsmann anscheinend alkoholisiert ins Wasser gefallen und dabei ertrunken. Aleksander »Sascha« Sokolow betrieb mehrere Lokale in Wien, unter anderem einen Club im 19. Bezirk. Wie unsere Recherche ergeben hat, verkehrten in diesem Etablissement regelmäßig die Spitzen der Regierung, so etwa Bundeskanzler Stefan Fercher (ÖVP), aber auch der Landwirtschafts- und Tourismusminister Max Langwieser (ÖVP), der vor einigen Wochen durch eine schwere Kopfverletzung ums Leben kam. In diesem Zusammenhang wird immer noch nach Max Langwiesers Verlobter, Jessica Pollauer, gefahndet, die seit dem Abend der Tat vermisst wird. Jüngsten Berichten zufolge ist sie in Mittelamerika untergetaucht.

Auf dem Foto konnte man einen jungen Mann mit schwarzem Haar und feinen Gesichtszügen erkennen, der freundlich und ein wenig schüchtern in die Kamera lächelte. Ein weiteres Bild von dreckig-braunem Donauwasser und dem Gestrüpp einer Uferböschung sollte das Ganze wohl noch etwas aufpeppen.

»Na servus, jetzt hamma den Scheiß beieinander«, brach Kolonja das Schweigen. »Und? Was mach ma jetzt?«

»Tja, ich weiß es auch nicht genau. Ich bin jedenfalls gespannt, was der Polizeipräsident dazu meint. Aber ich würde sagen, wir fangen schon mal an. Oder gibt es irgendwas Dringliches?«

Alma schloss die Seite und stand auf, Tarik Babic warf ihr einen besorgten Blick zu. »Auf eigene Faust?«

»Jetzt machen Sie sich mal nicht in die Hose, Herr Kollege. Ich hab ja nicht gesagt, dass Sie jemanden festnehmen sollen oder diesen Club stürmen, nur mal ein bisschen im Netz nachforschen. Eventuell den Reporter anrufen. Und Ihren geheimnisvollen Informanten vielleicht? Gucken, was wir sonst noch über den Club herausfinden können. Erst das kleine Programm.«

»Und was machen Sie?« Babic sah Alma unsicher an.

»Wir sollen ja nicht ermitteln, aber vielleicht sollte ich am Wochenende mal eine Runde spazieren gehen. Im 19. Bezirk, draußen bei den Weinbergen, da soll es ja recht schön sein.«

Als alle wieder an ihren Schreibtischen saßen, schrieb Alma eine Nachricht an Carla Behammer: *Zeit für Lunch heute?* Unmittelbar darauf rief sie zurück.

»Jederzeit. Wo soll ich hinkommen?«

»Kennen Sie die Pizzeria in der Berggasse? Dreizehn Uhr?«

Carla Behammer kam mit Schwung in das gut gefüllte Lokal und ließ sich auf den freien Stuhl an Almas Tisch fallen. »Mahlzeit! Wie geht's?«

»Danke, ganz gut. Hatte gerade ein paar Tage Urlaub und bin froh, wenn ich nicht den ganzen Tag im Büro sein muss.«

»Das versteh ich. Zumal es sein könnte, dass Sie heute noch einen hektischen Tag vor sich haben.«

»Wieso, haben Sie eine Leiche im Kofferraum?«

»Ich bin mit dem Fahrrad da«, lachte die Journalistin und bestellte ebenfalls eine Suppe.

»Da bin ich aber gespannt.«

»Immer noch nichts von Jessica Pollauer?«

»Nope.«

»Aber ich hab was für Sie, da werden Sie sich an Ihrer Suppe verschlucken.« Carla Behammer zog einen Umschlag aus der Tasche, öffnete ihn und legte den Inhalt vor Alma auf den Tisch. Es waren ein paar Fotos, vergrößert auf DIN A4, und als die Journalistin ihr aufmunternd zunickte, nahm Alma die Abzüge in die Hand und blätterte sie durch.

»Der Fall Langwieser ist abgeschlossen«, sagte Alma und legte die Bilder zurück auf den Tisch. Es waren Fotos der Verlobungsfeier von Max Langwieser und Jessica Pollauer. »Außerdem kenne ich die Bilder.«

»Ja, aber Sie kennen nicht alle. Nur die zwei, die damals für die Story verwendet wurden.«

Auf den Fotos waren gut aussehende, elegant gekleidete Menschen in einem großzügig angelegten Gastgarten zu sehen. Nussbäume, Holzbänke, Blumensträuße auf den Tischen, es sah aus wie das Werbe-Setting für Bio-Eier oder frische Milch. Eines zeigte Jessica Pollauer in Nahaufnahme, sie hatte ein blitzblaues Kleid an, die Locken fielen über ihre Schultern, und sie hörte aufmerksam ihrem Gegenüber zu. Wovor läufst du weg?, dachte Alma und strich mit dem Finger über das Bild. »Sie sieht nett aus«, sagte sie und blätterte weiter. Ein anderes Foto zeigte Langwieser und den Kanzler, augenscheinlich im vertrauten Gespräch, Stefan Fercher hatte die Hand locker auf die Schulter seines Freundes gelegt, beide hatten die Hemdsärmel hochgekrempelt. »Das könnte man eins zu eins als Wahlplakat einsetzen, oder?«, sagte Carla Behammer. »Aber jetzt wird es interessant. Schauen Sie mal!«

Sie nahm das nächste Foto und legte es vor Alma auf den Tisch. Wieder Jessica, diesmal im Tanz mit einem zierlichen jungen Mann in einem teuer aussehenden mitternachtsblauen Anzug. Er hielt sie im Arm, sie hatte ein wenig das Knie gebeugt, als würde sie einen Knicks andeuten, und lachte ihn herzlich an, ein schönes Paar. Alma blickte die Journalistin fragend an und nahm einen Schluck aus ihrer Kaffeetasse. »Aleksander Sokolow?«

»Korrekt. Aleksander Sokolow, von seinen Freunden Sascha genannt.«

»Er tanzt mit Jessica.« Alma drehte das Foto hin und her, als würde sie versuchen, die Szenen außerhalb des Bildrandes zu erkennen. Carla Behammer schaute ihr nachdenklich zu. »Ja, er tanzt mit Jessica. Und liegt nun wahrscheinlich bereits in russischer Heimaterde begraben. Sie können ihn also nicht mehr fragen, was er auf der Verlobungsfeier getan hat.«

»Wieso wissen Sie das schon wieder? Ich dachte, die Rückführung des Leichnams wurde diskret abgewickelt.«

»Tja, anscheinend nicht diskret genug.« Carla Behammer lächelte. »Und wir werden eine Geschichte darüber bringen, die ein bisschen mehr Substanz hat als die Spekulationen vom *Express*. Ich dachte, ich sag es Ihnen vorher.«

In Almas Kopf ging es zu wie in jener Achterbahn, mit der Liisa und Aino unlängst gefahren waren. Konnte es sein, dass Sokolow und Jessica …?

Ihre Gedanken wurden von einem Anruf unterbrochen, eine

Festnetznummer, und als Alma das Gespräch annahm, verstand sie erst mal kein Wort, die Stimme am anderen Ende überschlug sich, sie hörte nur ihren Namen und ein Schluchzen.

»Hallo? Wer ist da?«

»Frau Oberkofler? Ich bin's, Pollauer. Die Mama von Jessi.«

Alma entschuldigte sich mit einem kurzen Nicken bei der Journalistin und verließ das Lokal. Sie stand auf dem schmalen Gehsteig vor der Pizzeria. »Frau Pollauer, entschuldigen Sie, ich hab Sie zuerst nicht gut verstanden. Was ist passiert?« Unwillkürlich hielt Alma die Luft an und schloss die Augen. Bitte keine weitere Tote, dachte sie, bitte keine junge Frau, erstochen, erschossen, erwürgt.

»Jessi hat mir ein Mail geschickt. Gerade vorhin.«

Alma fiel ein Stein vom Herzen. »Oh, mein Gott! Und was schreibt sie? Wo ist sie?«

»Das weiß ich leider nicht. Sie schreibt, dass sie nichts mit dem Tod von Max zu tun hat und dass es ihr gut geht.«

»Das ist alles?«

»Ja, sie schreibt noch, dass sie mich und ihren Papa sehr lieb hat und dass wir ihr nicht böse sein sollen.« Nun brach ihre Stimme, und Alma hörte nur noch ein Schluchzen aus dem Telefon.

»Gut, Frau Pollauer. Das ist sehr gut, dass Sie mich sofort angerufen haben. Wissen Sie, wie man ein Mail weiterleitet?«

»Natürlich weiß ich das!«

Alma gab Gerti Pollauer die Mailadresse des Präsidiums durch. »Schicken Sie es sofort, ich melde mich bei Ihnen. Und Frau Pollauer, sind Sie sicher, dass es von Ihrer Tochter ist?«

»Natürlich!«

»Könnte es jemand unter ihrem Namen geschrieben haben? Hat sie irgendeine Formulierung verwendet, etwas, das nur ihre Tochter sagt, was sonst niemand wissen könnte?«

»Sie hat geschrieben, dass sie mich, ihren Papi und den Sepperl vermisst.«

»Wer ist Sepperl?«

»Unser alter Kater.«

Zurück in der Pizzeria sah ihr die Journalistin erwartungsvoll entgegen. »Und? News?«

»Ja, schon, aber das kann ich Ihnen nicht erzählen. Ich hab eh schon viel zu viel geplaudert. Ich muss jetzt auch los«, antwortete Alma und blickte sich nach dem Kellner um. »Kann ich die Fotos haben?«

»Was denken Sie?«, lachte Carla Behammer, schob die Fotos zurück in den Umschlag und steckte ihn in ihre Tasche.

Der Freund

Warum hatte Max nicht einfach alles gelöscht? Wie hatte er sich seiner Sache so sicher sein können? Hatte er wirklich geglaubt, das einfache Ändern des Passwortes würde ausreichen, um seine Dateien zu schützen? Nun lag alles vor ihr. Zögerlich begann Jessica, ein Dokument nach dem anderen zu öffnen.

»Verschaff dir mal einen Überblick, ich bin da, wenn du was brauchst.« Mit diesen Worten hatte sich Inge in die Küche verzogen. Eine halbe Stunde später wünschte Jessica bereits, sie hätte das Notebook einfach wieder zugeklappt und wäre ihr gefolgt. Dabei hatte sie gerade erst angefangen, sich »einen Überblick« zu verschaffen.

Max und Stefan tauschten sich in ihren Mails unverblümt über gefälschte Umfrageergebnisse, Presseförderungen via Anzeigen und diverse Zuwendungen für Lobbyisten aus, immerhin nicht von ihren offiziellen Mailadressen aus. Das ihr bereits bekannte Konto von Max mit dem Namen Max_la_wie@gmx.at war ohne eine weitere Passworteingabe einfach aufgepoppt.

»Jessica? Kommst du mal? Ich hab was gekocht.« Als Jessica in die Küche kam, trank sie gierig einen großen Schluck Eiswasser und ließ sich auf den Küchenstuhl fallen. Inge schob eine Schale mit Gemüsesuppe vor sie und hielt ihr aufmunternd einen Teller mit gebratenen Kochbananen hin. »Und? Was gefunden?«

»Hm«, machte Jessica und starrte in ihre Suppe.

Sie löffelten schweigend, und dann sagte Inge: »Deine Mama hat zurückgeschrieben.«

»Was?« Jessicas Löffel fiel in die Schüssel, Suppe spritzte auf den Tisch. »Das sagst du erst jetzt?«

»Ja, eh vorhin erst. Ich wollte, dass du ein bisschen was isst vorher, du bist ganz weiß um die Nase.«

»Geht es ihnen gut? Zeig sofort her, bitte.«

Von: pollauer@webmail.at
An: savewildanimals@gmail.com
Betreff: Re: 1000 Küsse

Hallo, mein Schatz,
ich kann dir gar nicht sagen, wie glücklich ich war, als ich dein Mail bekommen hab. Hauptsache, du lebst und du bist gesund, alles Weitere wird sich schon noch aufklären. Wo immer du auch bist, Vati und ich würden sofort zu dir kommen, auch ans andere Ende der Welt. Natürlich hast du Max nichts getan, wie kannst du nur glauben, wir würden das annehmen? Wahrscheinlich erreichen dich nicht alle Neuigkeiten aus Österreich, darum weißt du vielleicht auch nicht, dass es noch einen Toten gegeben hat, angeblich ein Freund von Max. Er ist in der Donau ertrunken. Hier ist ein Artikel aus dem Express, weißt du, wer das ist? Kennst du den Mann? Jessi, bitte melde dich wieder, und du weißt, du kannst uns alles erzählen!
Wir vermissen dich so sehr und lieben dich
Mutti und Vati

Inge stand hinter ihr, sie warteten ungeduldig, während die Internetseite sich langsam aufbaute, dann las Jessica vor.

»Aleksander Sokolow«, wiederholte Inge.

»Oh, mein Gott. Sascha«, flüsterte sie. »Auch tot?«

»Den kennst du auch?«

»Er war der Freund von Max.«

»Ein Freund, so wie der Kanzler, oder *der* Freund?«

»*Der* Freund.«

»Na bumm. Und nun ist er auch tot! Zufall?«

»Ich glaube nicht. Was machen wir jetzt?«

»Du durchsuchst weiter den Computer. Vielleicht müssen wir der Wiener Polizei ein bisschen helfen«, sagte Inge und räumte mit Schwung die schmutzigen Teller vom Tisch.

»Du klingst, als würde dir das Spaß machen«, erwiderte Jessica, und Inge lachte auf. »Tja, ich müsste lügen, wenn ich etwas anderes behaupten würde.«

Der große Bruder

Nach dem Mittagessen mit Carla Behammer ging Alma wieder ins Büro, wo sie auf einen grantigen Kolonja traf. Er blickte nur kurz auf, als sie zur Tür hereinkam.
»Wo ist der Babic?«
»Gegangen. Hatte einen Migräneanfall.« Kolonja begleitete das Wort *Migräneanfall* mit angedeuteten Anführungszeichen.
»Wohl kalte Füße bekommen«, sagte Alma und blickte dem Kollegen über die Schulter. »Ich versteh ihn. Hast was gefunden?«
»Nein. Nicht wirklich. Also, dieser ominöse Club im Neunzehnten, der hat nur so eine einfache Webseite mit einem Kontaktformular. Nicht mal eine Telefonnummer. Und in Sokolows anderem Restaurant könnte man gut essen, wenn man es sich leisten könnte. Unter dreihundert Euro pro Person steigst du da nicht aus.«
»Ich glaube, wir machen Schluss für heute«, schlug Alma vor. »Ich muss mal ein bisschen nachdenken, wie wir weitermachen. Beziehungsweise warten, ob es neue Anweisungen von oben gibt, irgendwann müssen die ja reagieren.«

»Kommst du am Abend mit ins Kunsthistorische?« Julia stand hinter einem hohen Stapel von Buchhandelswannen und hielt sich wie immer nicht mit Begrüßungsfloskeln auf.
»Was ist im Kunsthistorischen?«
Es kam nicht oft vor, dass Alma zu den Öffnungszeiten der Buchhandlung nach Hause kam, und so hatte sie die Gelegenheit

genutzt. Natürlich hatte sie etliche ungelesene Bücher daheim, ja, einige waren noch nicht mal ausgepackt, trotzdem hatte sie Lust auf etwas Neues. Außerdem wollte sie Julia sehen.

»Ganymed«, sagte Julia und wuchtete eine Kiste auf den Boden. »Ich erklär es dir nachher. Zieh dir bequeme Schuhe an und hol mich um sechs ab. Auspacken kann ich auch morgen.«

In der Straßenbahn erläuterte Julia das Konzept der Veranstaltung, und Alma versuchte, interessiert zu wirken. Drei Stunden Schauspielern zuzuhören, während sie vor irgendwelchen Gemälden Texte interpretierten – Almas Begeisterung hielt sich in Grenzen. »Du wirst sehen, es wird dir gefallen«, sagte Julia, als sie über den Platz zwischen den Museen liefen, direkt am großen Denkmal der Maria Theresia vorbei.

Und Julia hatte recht, bereits nach den ersten beiden Stationen war Alma wie gebannt. Eine Frau in einem eng anliegenden goldenen Anzug stand vor einem Bild mit dem Titel *Das Pelzchen* und sprach einen Text über Nacktheit und Begehren, dazu spielte eine junge Frau Harfe. Die nächste Station hieß *Die Entführung des Ganymed*, ein wohlgenährtes Kind wurde von einem Raubvogel in die Lüfte gehoben. Alma trat einen Schritt vor, um das kleine goldene Schild zu lesen. Sechzehntes Jahrhundert. Sie dachte an Jessica, ihr Verschwinden war fast, als wäre sie von so einem Vogel entführt worden. Gerade als sie versuchte, sich auf den Text zu konzentrieren, tippte ihr jemand von hinten auf die Schulter. Erschrocken drehte sie sich um.

»Na, auch ein bisschen Hunger auf Kunst und Kultur?«

Vor ihr stand Werner Althuber und freute sich sichtlich über das Zusammentreffen.

»Psst!« Eine ältere Dame sah die beiden vorwurfsvoll an, der Schauspieler stockte einen kurzen Moment in seinem Monolog.

»Wie geht's?«, flüsterte Althuber zwischen dem sechsten und siebten Bild. Alma hielt den Daumen hoch und zuckte mit den Schultern.

»Und Ihnen?« Schließlich stellten sie sich ein wenig abseits, und Julia warf ihnen einen neugierigen Blick zu.

»Ausgezeichnet. Bin im Urlaub«, flüsterte Althuber.

»Urlaub im Kunsthistorischen? Auch nicht schlecht.«

»Gehen wir danach noch etwas trinken?« Sie standen nebeneinander vor einem riesigen Bild, das anscheinend den Heiligen Stefan darstellte, am Podest in der Mitte des Saals stand ein Geiger.

»Ja, gehen Sie in Gottes Namen danach noch etwas trinken und erzählen sie sich Ihr Leben. Aber jetzt seien Sie bitte endlich still.« Die Dame flüsterte zwar, trotzdem konnte es die ganze Gruppe hören, und Alma wurde rot.

»Und? Wie hat es Ihnen gefallen?«

Nachdem sie sich von Julia vor dem Museum verabschiedet hatten, schlenderten sie durch das Heldentor in Richtung Innenstadt. Wenn sich die Buchhändlerin wunderte, dass Alma nun mit einem unbekannten Herrn mit Schnauzbart und Tweed-Sakko noch ausgehen wollte, ließ sie sich nichts anmerken. »Geht ihr nur, ich muss morgen früh raus, du hast ja gesehen, wie viel Ware heute angekommen ist«, sagte sie, als Althuber sie höflich fragte, ob sie nicht mitkommen wolle.

Sie redeten nur kurz über das Kunstprojekt, Althuber begeisterte sich für den Kopf der Medusa, und als Alma ihn fragte, wie lange er denn Urlaub habe, antwortete er: »Unbestimmt. Ich glaube, eher länger.«

»Was habt ihr bei der DSN für seltsame Arbeitsregeln? Unbestimmten Urlaub.«

Althuber lächelte sie vielsagend an und hielt vor dem *Alt Wien*. »Ist es hier okay?«

»Klar, das kenn ich noch gar nicht. Ich kenn ja nichts hier in Wien. Moment mal«, Alma sah ihn an. »Sie sind doch nicht etwa suspendiert.«

»Suspendiert ist ein sehr hartes Wort. Sagen wir mal so: Man hat mir nahegelegt, ein bisschen länger Urlaub zu machen. Ich hab aber auch verdammt viele Überstunden.«

»Hat das etwas mit unserem Fall zu tun?«

»Wie kommen Sie denn darauf? *Unser Fall*, wie Sie so schön sagen, ist doch abgeschlossen.«

»Ja eh.« Jessica verdrehte die Augen, und Werner Althuber lächelte sie an. »Sie suchen auch noch weiter, oder?«

»Suchen wäre jetzt übertrieben, aber ich halte die Augen offen. Und das mit dem toten Russen in der Donau ist ja schon auch ein seltsamer Zufall.«

»Na ja, tote Russen gibt es öfter.«

»Ja, aber keine, die mit toten Ministern befreundet waren.«

»Ah, haben Sie es aus dem *Express* erfahren?« Althuber blickte sich nach dem Kellner um.

»Sie wussten es natürlich vorher schon«, erwiderte Alma.

»Sagen wir so, es gab die eine oder andere Vermutung, dass die beiden Toten zusammenhängen. Wollen wir was bestellen? Die erste Runde geht auf mich.«

Die Geschichte, die Althuber nun erzählte, war so unglaublich, dass Alma immer nur den Kopf schüttelte und »Wirklich?« oder »Das ist jetzt aber nicht wahr« einwarf. Ein paar Tage, nachdem man Aleksander Sokolow aus der Donau gefischt hatte, hatte Werner Althuber sein Büro der Direktion Staatsschutz und Nachrichtendienst betreten und war auf unerwartete Gäste getroffen. Zwei Beamte in Zivil standen hinter seinem Schreibtisch, einer durchsuchte die Schubladen, der andere war damit beschäftigt, den PC von diversen Kabeln zu lösen, um ihn danach in einer mitgebrachten großen Reisetasche zu verstauen. Sie legten ihm einen Durchsuchungsbefehl vor, und auf seine Nachfrage murmelte der Jüngere etwas von »Verdacht auf Spionagetätigkeit durch ausländische Geheimdienste«, während der Ältere seinen

Kollegen unterbrach und mit zusammengepresstem Kiefer sagte: »Wir sind nicht verpflichtet, Ihnen Auskunft zu geben.«

Der Spuk hatte keine zehn Minuten gedauert, dann hatte sein Vorgesetzter Althuber ins Büro gerufen und ihm eröffnet, dass er unverzüglich seinen Resturlaub anzutreten hätte. »Fahr am besten ins Ausland, irgendwohin, wo es warm ist. Schau aufs Meer, und vergiss mal deinen Job«, hatte sein Chef gesagt und ihm jovial auf die Schulter geklopft.

»Ich hab ihn dann gefragt, ob er mit Ausland Russland meint«, lachte Althuber und warf einen Blick auf die Speisekarte. »Wollen wir was essen?«

»Ich will jetzt nichts essen, ich will, dass Sie mir erklären, was hier gespielt wird.«

»Na, die entziehen Ihnen den Fall und schicken mich auf Urlaub. Danach wird sich die Sache schon wieder beruhigen.« Althuber legte enttäuscht die Speisekarte zur Seite.

»Aber welche Sache?«, fragte Alma, die regungslos auf ihrem Stuhl im *Alt Wien* saß.

»Die Sache mit den Russen«, flüsterte Althuber.

»Wollen Sie mich verarschen? Welche Sache mit den Russen?«

»Na ja, es gibt ja in unserem schönen Land Gruppierungen, die es mit dem Verbotsgesetz nicht so genau nehmen. Und ein paar von denen sind recht gut vernetzt mit einer unserer Regierungsparteien. Und neben so Kleinigkeiten wie einem toten Minister hab ich mich in den letzten Monaten auch ein wenig mit diesen finsteren Gesellen beschäftigt. Und, das wird Sie jetzt vielleicht überraschen: Da gibt es welche, die haben erstaunlich gute Kontakte zu Gruppierungen in Russland.«

Althuber zog ein iPad aus der Tasche, wischte ein wenig darauf herum und präsentierte schließlich ein Foto, das Alma schon kannte. Es war vielleicht nicht dasselbe Bild, die Perspektive war ein klein wenig anders, aber das Motiv war das gleiche. Jessica Pollauer im Tanz mit Aleksander Sokolow, der Hintergrund unscharf, aber Max Langwieser und Stefan Fercher waren deutlich zu erkennen.

»So ein Ähnliches habe ich schon mal gesehen! Woher haben Sie das?« Alma zoomte das Bild größer und sah sich die Aufnahme genau an.

»Woher kennen Sie es?« Wenn Althuber überrascht war, ließ er es sich nicht anmerken.

»Carla Behammer vom *Konkret* hat es mir gezeigt.«

»Ja, eine sehr tüchtige Journalistin. Aber wir sind auch fleißig.« Althuber blickte sich im mittlerweile voll besetzten Lokal um und schirmte den kleinen runden Tisch mit seinem Körper ab. Dann wischte er wieder über das iPad und schob es näher zu Alma. Sie erkannte ein weiß gestrichenes Haus mit kleinen Fenstern und einer grünen Eingangstür, die einen Spalt offenstand. Jemand – man konnte einen dunklen Anzug erkennen – war im Begriff, das Haus zu betreten, Althuber wischte nach links, und am nächsten Foto stieg jemand aus einem Taxi, im Hintergrund wieder das weiße Haus.

»Ist das …?« Alma zoomte das Bild größer.

»Ja, genau. Das ist der Herr Bundeskanzler, und der Mann, der gerade ins Haus schlüpft, ist Walter Pedure, seines Zeichens Kabinettschef in …«

»Langwiesers Ministerium«, unterbrach ihn Alma. »Und in diesem Haus, lassen Sie mich raten, befindet sich der Club von Aleksander Sokolow.«

In Almas Kopf rasten die Gedanken. Also stimmte es, was Babic wusste und die Presse berichtete, die Spitzen der Regierung verkehrten in diesem Club. Aber wie hing das zusammen? Was hatte Stefan Fercher mit all dem zu tun? Und wenn der Landwirtschaftsminister und der Kanzler da in irgendwas verstrickt waren, wer noch? Der Innenminister? Der Polizeipräsident? Und warum hatte Werner Althuber, ein hoher Beamter des Verfassungsschutzes, Fotos vom Kanzler?

Althuber steckte das iPad wieder weg und lachte Alma freundlich an. »Sie sehen ja ganz verwirrt aus, ich glaube, wir beenden jetzt mal unsere konspirative Sitzung und gehen schlafen. Und Sie müssen ein bisschen aufpassen, sonst schickt man Sie auch noch in den Urlaub.«

»Und was haben Sie jetzt vor?« Alma trank den letzten Schluck Wein.

»Sie werden lachen, ich fahr jetzt wirklich weg. Süditalien, zwei Wochen. Ohne Computer.«

»Echt? Das halten Sie aus?«

»Na ja, ich würde meinen Job ganz gerne wiederhaben. Und wenn ich jetzt den Ball flachhalte, dann hab ich noch Chancen auf Rehabilitation. Und Sie halten hier einfach weiter die Augen offen.«

»Das sagen Sie so leicht. Der Fall Langwieser ist offiziell abgeheftet und Sokolow schon in Russland.«

»Ja, aber einen Tipp geb ich Ihnen noch mit, bevor ich meinen Koffer packe: Der kleine Sascha hatte auch noch einen großen Bruder. Sergej. Den sollten Sie sich mal anschauen.«

Ins Zentrum der Macht

Jessica verlagerte ihren Arbeitsplatz an den Küchentisch, nachdem sie sich gezwungen hatte, ein wenig von Inges Gemüsesuppe zu essen. Sie wollte nicht alleine sein, wenn sie in Max' Innenleben vordrang, wer weiß, was sie da noch alles zutage fördern würde.

Zunächst öffnete sie den Dateiordner mit dem Namen *Pfitztal*. Da gab es einen regen Mailaustausch mit einem Tiroler Landesrat, bei dem es um Umweltverträglichkeitsprüfungen und Gutachten ging und darum, wie viel Max dafür in Aussicht stellte, sollten die Ergebnisse positiv ausfallen. *Kein Problem, lieber Max*, schrieb Herbert Pircher, *bei der Summe, die dein Investor zahlt, könnten wir vielleicht sogar die radikalen Aktivisten ruhigstellen, oder?*

Die Nachrichten, die zwischen einem gewissen Reinhard Höfferer, Büro für Umweltplanung, und Max hin- und hergeschickt wurden, überraschten Jessica dann kaum mehr. Es ging ebenfalls um Geld, aber Max hatte diesem Höfferer wohl auch versprochen, seinen Sohn in der Diplomatischen Akademie unterzubringen, sollte das Gutachten für das Pfitztal positiv ausfallen.

Sie fand Mails zu Terminen und Treffpunkten zu Geldübergaben an Autobahnraststätten, Fotos einzelner Mitglieder der Protestbewegung von vorne und im Profil, nicht irgendwelche Aufnahmen, sondern Fotos der Polizei zur erkennungsdienstlichen Identifikation. Pläne, Gutachten über Bodenbeschaffenheit, Statik und Berechnungen, wie die tourismusschwache Region in den nächsten Jahrzehnten von der Erschließung profitieren würde. *Sie werden uns noch alle feiern*, schrieb Max. War es das? Wollte er sich feiern lassen? Glaubte er wirklich an die Sache? Glaubte er wirklich, dass das *Projekt Pfitztal*, wie es in der Korrespondenz hieß, wichtig war für die Zukunft des Tourismuslandes Tirol? Jessica wünschte sich, dass das sein Antrieb gewesen war, das wäre *der* Max gewesen, den sie kennengelernt hatte, vor so langer Zeit. Doch natürlich wusste sie, dass das nicht der Wahrheit entsprach. Max war einfach ein Gewinnertyp, einer, der an uneingeschränktes Wachstum und Fortschritt glaubte und irgendwo falsch abgebogen war.

Sie schloss die Datei und öffnete das Fotoalbum auf Max' MacBook. Auch hier hatte er Alben angelegt, sein ganzes Notebook sah so ordentlich aus wie seine Seite des begehbaren Kleiderschranks, der in Wien ihre Schlafzimmer teilte.

Sie öffnete zunächst das Album »privat« und klickte sich durch Max' Leben. Seine Eltern, Fotos des großen Gehöfts, auf dem er aufgewachsen war, Fotos von Freunden und ein paar von Friedrich, seinem verstorbenen Cousin, den sie nie kennengelernt hatte.

Mehrere von ihr selbst: eines, wie sie im Pyjama in der Küche stand und einen Smoothie mixte. Und eines, auf dem sie auf dem großen Sofa lag, umgeben von Büchern und Zeitungen. Damals war sie voller Zuversicht und Freude gewesen: Sie würde mit ihrer großen Liebe zusammenziehen, alles andere würde sich schon noch ergeben. Genau da, neben diesem Sofa, hatte sie ihn tot in seinem Blut gefunden, und plötzlich war alles wieder da. Der Schreck und die Angst und auch die Trauer. Das Gefühl, in einem bösen Traum gefangen zu sein. Sie klickte schnell weiter.

Noch eines, auf der Terrasse seiner Eltern, auf einer geblümten Hollywoodschaukel, Max hatte seinen Arm um ihre Schultern gelegt, beide lächelten ein wenig verkrampft in die Kamera. Jessica wusste nicht mehr, wer auf den Auslöser gedrückt hatte.

Eines der Fotoalben hieß »Sascha«. Sie zögerte. Wollte sie die Bilder wirklich anschauen? Fotos seines Lovers, womöglich in Stellungen, die sie nicht sehen wollte? Doch als sie draufklickte, merkte sie rasch, dass ihre Angst unbegründet war. Harmlose, nette Fotos waren es, Aleksander beim Essen, begeistert eine Austernschale hochhaltend, Aleksander mit einem Champagnerkelch in der Hand, Aleksander in knappen Shorts und T-Shirt auf einer Gartenliege.

»Na, das ist aber ein Hübscher.« Inge war unbemerkt hinter sie getreten und schaute ihr über die Schulter. »Ist das der Freund?«

»Ja, das ist Aleksander Sokolow. Und weißt du was? Ich hab ihn gemocht. Er war ein netter Kerl. Verurteilst du mich eigentlich?«

»Ich? Warum sollte ich dich verurteilen?« Inge stellte einen Teller mit geschälten Mangos auf den Tisch und setzte sich zu ihr.

»Na ja, weil ich diese seltsame Liaison eingegangen bin. Weil ich bei diesem ganzen Märchen mitgespielt habe und gerade selbst nicht genau weiß, warum eigentlich.«

»Ich verurteile niemanden, und zwar für gar nichts. Also zumindest nicht dafür, wie man leben will. Bei Menschen wie deinem Ex tu ich mich allerdings ein bisschen schwer. Er scheint ja wohl ein echtes Arschloch gewesen zu sein. Oder hast du etwas gefunden, dass das Gegenteil beweist?«

»Im Gegenteil, ich fürchte, es ist ziemlich offensichtlich, dass er an dieser Hotelsache in Tirol ordentlich abgecasht hat.«

Sie zeigte Inge die eindeutigsten Schriftstücke, und diese schnaubte vor Wut. »Unglaublich! Ich verstehe nicht, wie solche Menschen am Morgen noch in den Spiegel blicken können.«

»Tja, das versuche ich seit Wochen zu verstehen. Und auch

wenn du es jetzt nicht glaubst: Max war nicht immer so. Er ist eigentlich ein Guter.«
»Kann ich mir gerade nicht vorstellen, aber wenn du es sagst. Nur muss es heißen: Er war ein Guter. Und das bringt mich zu einer weiteren Frage. Wer hat ihm den Todesstoß gegeben und warum? Also, wenn wir jetzt mal davon ausgehen, dass du es nicht warst.«
»Ich weiß es doch nicht! Ich glaub, ich brauche eine Pause«, antwortete Jessica und kletterte in die Hängematte.
»Ich schnüffle noch ein wenig herum, wenn das okay ist.« Inge zog den Laptop näher zu sich.

Eine Stunde später fand Jessica ihre Gastgeberin noch immer mit gebeugtem Rücken über dem Notebook vor. »Und? Hast du noch mehr gefunden?«

»Das kannst du laut sagen! Ich weiß gar nicht, wo ich anfangen soll. Kennst du den?« Sie drehte den Bildschirm zu Jessica, und ihr blickten zwei Männer entgegen. Der entspannt in die Kamera lächelnde Stefan Fercher, ausnahmsweise nicht im Bundeskanzler-Businessoutfit, sondern mit einem babyrosa Polohemd. Und ein Mann an seiner Seite, der aussah wie sein genaues Gegenteil. Kurz geschorenes Haar, Dreitagebart, ein Military-T-Shirt, das seinen muskulösen Oberkörper betonte. Mit stechend blauen Augen blickte er ernst in die Kamera. Der Kanzler sah daneben aus wie ein Kind.

»Nie gesehen. Also, der eine ist natürlich Fercher. Aber der andere? Keine Ahnung.«

»Ich hab noch einen sehr aufschlussreichen Mailverkehr zwischen Max und Aleksander gefunden. Bist du stark genug?« Inge stand auf und drückte Jessica in den frei gewordenen Stuhl.

»Das fragst du? Bei allem, was ich durchgemacht habe, fragst du mich, ob ich stark bin?«

»Ich weiß, du bist eine Löwin, Baby. Aber jetzt lies.«

Von: aleksander.sokolow@gmx.at
An: max_la_wie@gmx.at
Betreff: Pfitztal

Liebster Max,
S. macht langsam ziemlichen Druck wegen der Sache in Tirol. Dieses abgestürzte Mädchen ergibt keine gute Optik, und er will, dass die Tiroler Zeitung noch mal einen Bericht darüber bringt. Weißt eh, wie wichtig und umweltfreundlich das Projekt ist und den ganzen Schmus. Kannst du dafür sorgen? Dafür bucht S. fixe Inseratenplätze für die Objekte Maria-Theresien-Straße und Lech. Für das ganze Jahr als Abo.
Dein Sascha

Von: max_la_wie@gmx.at
An: aleksander.sokolow@gmx.at
Betreff: Re: Pfitztal

Liebster Sascha,
das mit der Tiroler Zeitung ist kein Problem, ich hab schon mit dem Ressortleiter gesprochen. Wir werden vorher noch eine kleine Kampagne für die Milchbauern schalten, dann sind sie eh in unserer Schuld. Hast du deinen New-York-Flug schon gebucht? Ich habe Jessi schon angekündigt, dass ich zwei Tage anderwärtig beschäftigt bin, du musst mir nur noch sagen, für welches Hotel du dich entscheidest.
In Liebe und Vorfreude
Max

Jessica schaute auf Inge, sah ihr gedankenverloren dabei zu, wie sie Eiswürfel in ein Glas Rum schaufelte. »Ich dachte, wir gönnen uns ausnahmsweise schon heute Nachtmittag einen Schluck, was hältst du davon?«

Jessica nickte. Sie erinnerte sich an ihre New-York-Planung, es war wie eine Episode aus einem anderen Leben. Der Grund der Reise war eine Konferenz in Philadelphia, und Max hatte ihr im Zuge dessen diesen gemeinsamen New-York-Urlaub vorgeschlagen. Und erklärt, dass Philadelphia nur eineinhalb Tage dauere und es langweilig für sie wäre mitzukommen. Außerdem habe er bereits eine Musicalkarte für sie gekauft, und auch das Hotel in New York sei viel besser. Jessica nahm einen Schluck aus dem Glas, das Inge ihr reichte, und scrollte weiter.

Das nächste Mail von Sascha war aus jener Nacht, in der Jessica Max zur Rede gestellt hatte.

Von: aleksander.sokolow@gmx.at
An: max_la_wie@gmx.at
Betreff: Re: Re: Pfitztal

Max,
das ist eine Katastrophe! Glaubst du wirklich, J. würde an die Öffentlichkeit gehen? Traust du ihr das zu? Du musst sie daran hindern, das darf nicht passieren. Wir würden alles verlieren, das weißt du, oder? Liebes, du würdest nur deinen Job verlieren, aber S. wird mich nach Russland verfrachten oder Schlimmeres, wenn er dahinterkommt, dass du nicht einfach nur mein bester Freund bist! Tu was!
Sascha

Es gab keine vorangegangene Nachricht von Max, also hatten sie sich wohl getroffen oder telefoniert, seine Antwort hatte Max aber nur zehn Minuten später abgeschickt.

Von: max_la_wie@gmx.at
An: aleksander.sokolow@gmx.at
Betreff: Re: Re: Re: Pfitztal

Sascha,
beruhige dich. Jessi war im Schock, ich werde das wieder zurechtbiegen. Sie wird nichts sagen, glaub mir. Wir werden den Ball in der nächsten Zeit ein wenig flachhalten, mir wird etwas einfallen. Jessica wird mich nicht hinhängen, dazu kennen wir uns zu lange.
Ich umarme dich
Max

Von: aleksander.sokolow@gmx.at
An: max_la_wie@gmx.at
Betreff: Flucht

Geliebter Max,
du musst mit mir fliehen! Irgendwo ganz von vorne anfangen, ohne deine Familie und ohne deinen Einfluss? Würdest du deinen Ministerjob aufgeben, für mich? Ich könnte zumindest für den Anfang genug lockermachen, wir müssten nur ganz weit weg. Dahin, wo mein Bruder uns nicht finden kann. So einer wie du bekommt doch überall einen Spitzenjob! Du musst mit mir weggehen! Wir müssen reden, ich muss dich einfach sehen. Ich komm gleich vorbei!
Sascha

Von: max_la_wie@gmx.at
An: aleksander.sokolow@gmx.at
Betreff: Re: Flucht

Jetzt beruhige dich. Du kannst nicht vorbeikommen, ich hab mich mit Jessica für heute Abend verabredet. I can fix this, vertrau mir bitte. Alles wird gut.
Dein lieber Max

Und aus. Das war das Ende des Mailverkehrs, und Jessica las die letzten Nachrichten immer und immer wieder durch. Hätte Max es getan? Hätte er alles hingeschmissen? All das, wofür er so hart gearbeitet hatte? Seinen Ministerposten? Seine Freundschaft zu Stefan? Seine Freundschaft zu ihr? Jessica wusste es nicht, und sie würde es auch nie erfahren, schließlich hatte Max keine Möglichkeit mehr, sich zu entscheiden. Und was war nach diesem letzten Mail passiert? War Sascha vor ihr in der Wohnung gewesen? War er der Letzte, der Max lebend gesehen hatte? War es zu einem Streit gekommen, wie die Polizei mutmaßte? Nur eben nicht zwischen Max und ihr, sondern zwischen Max und Sascha?

Wienerwald Stroi-Invest

Bis zur IT-Abteilung hatte es sich anscheinend noch nicht rumgesprochen, dass es eigentlich keinen »Fall Langwieser« mehr gab, denn David Kling machte sich mit Feuereifer an die Arbeit, als ihm Alma am nächsten Morgen Jessicas Mail weiterleitete.

Rasch fand er heraus, dass das Mail gar nicht in Costa Rica abgeschickt worden war. Der Absender, savewildanimals@gmail.com, war in Tansania eingeloggt gewesen. Hinter der Adresse befand sich keine Institution, jedenfalls konnte man keine dazugehörige Webseite finden.

»Und jetzt?« Kolonja kratzte sich am Kopf. »Jetzt fahren wir nach Tansania und suchen Jessica Pollauer? Wo ist das überhaupt?«

»Tansania liegt in Zentralafrika, ein beliebtes Land für Safaris«, sprang Tarik Babic ein. »Suchen wir jetzt weiter? Eigentlich ja nicht, oder? Wir übergeben die Information an Interpol, und die werden Frau Pollauer finden.«

»Oder auch nicht«, meinte Alma. »Ich ruf jetzt mal den Klausberger an. Wir müssen den Fall neu aufrollen.«

»Warum? Nur weil Jessica Pollauer das Fernweh gepackt hat? Wir waren uns doch einig, dass Max Langwiesers Tod ein Unfall war.« Babics Sorge um seine Karriere war so offensichtlich, dass Alma lachen musste. »Wer war sich einig? Ich jedenfalls nicht. Und im Gegensatz zu euch hab ich heute Nacht wenig geschlafen und mich dafür im Internet rumgetrieben.«

Über den toten Aleksander Sokolow hatte sie nicht mehr als bei ihren ersten Recherchen gefunden, ein paar Klatschgeschichten, ein Schnappschuss während eines Ballbesuchs, auf dem er schüchtern in die Kamera lächelte. Die Suche nach seinem Bruder Sergej war ein wenig ergiebiger gewesen, allerdings nicht auf den Society-, sondern auf den Wirtschaftsseiten diverser Zeitungen, immer im Zusammenhang mit Immobilienentwicklung.

Sergej Sokolows Firma mit dem Namen Wienerwald Stroi-Invest war ein sogenannter Immobilienentwickler mit einem Büro im Goldenen Quartier, einem Nobelviertel in der Innenstadt. Stroi-Invest wiederum war die Tochter einer Firma mit Sitz in Obninsk, einer mittelgroßen Stadt südwestlich von Moskau, deren alleiniger Inhaber ebenfalls Sergej Sokolow war. Die Webseite der russischen Mutterfirma war ausschließlich in kyrillischer Schrift abrufbar.

Die Webseite des Wien-Ablegers der Firma war da schon ergiebiger. In einem spektakulären Drohnenflug ging es über die Stadt, dann über weitläufige Wiesen und Felder, und zum Schluss gab es noch ein paar idyllische Almen mit hohen Bergen im Hintergrund. Das Ganze wurde mit Beethoven-Klaviersonaten untermalt, und man konnte zwischen fünf Sprachen wählen. Ein kurzer Text schwärmte von der harmonischen Verbindung zwischen Mensch und Umwelt, vom perfekten Zusammenspiel der Bauprojekte und den Umgebungen, in denen sie errichtet wurden. Natürlich unter höchsten ökologischen Voraussetzungen.

Kleine Punkte zum Anklicken markierten auf einer Landkarte die jeweiligen Projekte, die in Planung oder bereits fertig waren und zum Verkauf standen. Große Wohnhäuser in Wien, sanierte Altbauten, ein Grandhotel in Salzburg, aber auch ein Krankenhausneubau in Niederösterreich, eine Autobahnraststätte und ein Schulgebäude in Kärnten. Die Markierungen waren auf ganz Österreich verteilt.

Weit nach Mitternacht hatten Almas Augen getränt, ein paar Minuten wollte sie noch suchen, dann endlich würde sie ins Bett gehen. Doch da stieß sie auf die Webseite einer Klimaprotestbewegung, auf der die Firma Wienerwald Stroi-Invest mit einem großen Hotelprojekt im Wienerwald in Verbindung gebracht wurde. Eine Karte zeigte das geplante Bauvorhaben nahe der Wienerwaldseen, einem Naturschutzgebiet, in dem sogar Schwimmen und Eislaufen verboten waren. Von geheimen Absprachen und Bodenvermessungen berichtete die Seite, und als sie weitergelesen hatte und auf das Wort Pfitztal gestoßen war, war Alma das Adrenalin durch den müden Körper geschossen. Pfitztal! Das war doch Langwiesers Lieblingsprojekt, das konnte kein Zufall sein. Wienerwald Stroi-Invest war also der Betreiber des Projekts im Pfitztal, das wiederum von Tourismusminister Langwieser vorangetrieben wurde, der wiederum mit Aleksander Sokolow verbandelt war, der wiederum der Bruder von Sergej Sokolow war, dem Besitzer der Firma. So schloss sich also der Kreis.

Alma zögerte, die Recherchen der vergangenen Nacht im Polizeipräsidium auszuwälzen, obwohl sie beileibe nicht zu Verschwörungstheorien tendierte, aber irgendwie ... Man konnte ja nicht wissen. Also behielt sie die Zusammenhänge erst mal für sich und fragte Babic nach dem Namen des Lienzer Krankenhauses, in dem die Umweltaktivistin untergebracht war. Tarik Babic legte ihr einen Zettel mit der Telefonnummer hin.

»Grüß Gott, mein Name ist Alma Oberkofler, LKA Wien, ich möchte mich über den Zustand einer Patientin informieren. Einer gewissen Emma Schlager. Könnten Sie mich mit dem zuständigen Arzt verbinden?«

»Der ist gerade bei der Morgenvisite, kann er Sie zurückrufen?« Obwohl Almas Großvater Tiroler war, hatte sie Mühe, den Dialekt zu verstehen.

»Ja, bitte. Es ist dringend.«

Auch Polizeipräsident Klausberger war nicht zu erreichen, und als Kolonja ihr zurief, dass der Kollege bei Interpol von einer Suche in Tansania nicht gerade begeistert war, legte Alma den Kopf in die Hände und seufzte: »Dann gehen wir doch am besten gleich alle in den Urlaub, oder?«

»Gute Idee«, lachte Kolonja, und dann klingelte ihr Telefon, und sie erkannte die Vorwahl von Lienz.

»Oberkofler?«

»Dr. Lesacher, was kann ich für Sie tun?«

»Danke für den Rückruf, ich arbeite für die Wiener Kriminalpolizei und wollte mich erkundigen, wie es Ihrer Patientin Emma Schlager geht.«

»Hm«, die Stimme klang zögerlich, »Sie sind nicht verwandt mit der Patientin, oder?«

»Nein, aber ich arbeite gerade an einem Fall, und dabei ist die junge Frau in meinen Ermittlungen aufgetaucht.«

»Vor zwei Tagen hatte ich schon einen Kollegen von Ihnen am Telefon.« Dr. Lesacher klang nicht unfreundlich, wenn auch etwas gestresst.

»Ein Kollege? Welcher Kollege?«, fragte Alma verwundert.

»Na, das müssen Sie doch wissen! Redet ihr nicht miteinander?«, lachte der Arzt. »Ich habe mir keinen Namen notiert, aber es war jemand vom Innenministerium. Sandauer oder so ähnlich.«

Alma dachte nach. Dann fiel ihr Innenminister Hackls Kabinettschef ein. Wie hatte der geheißen? Das Handy zwischen Schulter und Kopf eingeklemmt, öffnete sie die Webseite des Innenministeriums.

»Sind Sie noch dran?«, erkundigte sich der Arzt, da hatte Alma ihn schon gefunden.

»Sandgruber? Hieß der Mann Sandgruber?«

»Ja, jetzt wo Sie es sagen. Karl-Heinz Sandgruber.«

»Entschuldigen Sie bitte, da hatten wir wohl ein kleines Kommunikationsproblem. Aber würden Sie mir trotzdem sagen, wie der Zustand von Frau Schlager ist?«

»Leider unverändert, wie ich auch Herrn Sandgruber schon gesagt habe. Es gibt wenig Hoffnung, dass sie bald aufwacht.«

»Ich danke Ihnen, Herr Doktor.« Alma wollte sich schon verabschieden, da hob Lesacher noch mal an: »Sagen Sie, inwiefern ermitteln Sie eigentlich? Es war doch ein Unfall, oder? Und wenn nicht, wäre das doch auch kein Fall für das Landeskriminalamt in Wien, oder?«

»Ich danke Ihnen sehr für Ihre Auskunft, aber mehr kann ich Ihnen leider nicht sagen. Aber eines noch, Herr Doktor.«

»Na?«

»Würden Sie mich bitte sofort anrufen, wenn Emma Schlager aufwachen sollte?«

»Ha«, lachte es ihr aus dem Telefon entgegen, »in welcher Reihenfolge? Das hat nämlich Sandgruber auch gesagt.«

»Ermitteln wir nun in Tansania oder Osttirol?«, fragte Kolonja, nachdem Alma das Gespräch beendet hatte. Auch Babic sah sie mit großen Augen an.

»Was haltet ihr von einem Mittagessen? Ich lad euch ein und erzähl euch alles, was ich weiß.«

Zehn Minuten später saßen sie im *Braunen Bären* und bestellten jeder das Mittagsmenü. Und Alma begann zu erzählen. Von Sergej Sokolow, dem großen Bruder des toten Aleksander und seiner Immobilienfirma Wienerwald Stroi-Invest. Von den Projekten, an denen diese Firma beteiligt war, und dass die Auftraggeber anscheinend nicht nur private waren.

»Aber was hat das jetzt mit dieser armen Emma zu tun?« Tarik Babic klang ein wenig ungeduldig.

»Also, dieses höchst umstrittene Projekt. Hast du davon gelesen?«

Babic nickte.

»Dann hast du vielleicht auch gelesen, dass sie dafür einen Teil des Gletschers wegsprengen müssen? Was sie übrigens schon mal vorab ausprobiert haben, ohne Genehmigung, versteht sich, war ja eh nur ganz wenig, aber das ist eine andere Geschichte. Die eigentliche Geschichte ist, dass Wienerwald Stroi-Invest der Entwickler dieser ganzen Sache ist. Hotel und Seilbahn, inklusive Stationen mit Gastronomie. Übrigens gibt es von derselben Firma angeblich auch Pläne für ein Hotel im Wienerwald.«

»Jetzt verstehe ich«, Kolonja kratzte die Reste seines Sauerkrauts zusammen. »Max Langwieser war ja nicht nur der Minister für die Bauern, sondern auch Tourismusminister. Deswegen hat er also auch ein Wörtchen mitzureden, wenn irgendwo in Österreich Hotels oder Seilbahnen entstehen.«

»Bingo. Und Tourismus ist die heilige Kuh dieses Landes, das wissen wir. Ist es ein Zufall, dass der Bruder seines Lovers eine Firma besitzt, die da überall mit drinhängt?«

»Na ja, könnte schon sein«, murmelte Kolonja.

»Aber das würde doch die Theorie des Unfalls erhärten! Jessica und Max hatten einen Streit darüber, und der ist eskaliert!«, rief Babic.

»Guter Gedanke, Herr Kollege, das dachte ich auch. Sie hat sich moralisch entrüstet, sie haben sich angeschrien, vielleicht ist er handgreiflich geworden – ihr erinnert euch an die blutigen Taschentücher im Bad –, und es ist aus dem Ruder gelaufen. Sie schubst ihn, er knallt gegen den Tisch und aus. Nur dass diese Taschentücher ein paar Tage alt sind, passt leider nicht ins Bild.«

»Und dass Aleksander Sokolow ebenfalls einen Unfall hatte. Oder glaubt ihr, Jessica führt uns alle an der Nase rum, versteckt sich in Wien und wirft Leute nicht nur gegen Glastische, sondern auch in die Donau?«, warf Kolonja ein.

»Unwahrscheinlich. Und außerdem, warum den kleinen Bruder? Aus Eifersucht? Come on, warum *jetzt*? Und mit der ganzen Immobiliensache scheint er nichts zu tun zu haben ... wenn da nicht auch noch sein Club wäre.« Alma legte Messer und Gabel auf den halb vollen Teller.

»Über den wir so gut wie nichts rausgefunden haben.« Babic zuckte bedauernd mit den Schultern. »Also, mein Informant hat alles ein wenig abgeschwächt und gemeint, es gebe keine Beweise.«

»Es gibt Beweise«, antwortete Alma.

»Wo? Was?«

»Ich habe auch meine Quellen«, sagte Alma und lächelte geheimnisvoll.

»Apropos Club. Könnt ihr euch noch an den *Club 45* erinnern?«, fragte Kolonja mit vollem Mund.

Alma Oberkofler und Tarik Babic schüttelten die Köpfe, Alma meinte, dass sie den Namen schon mal gehört hatte.

»Ihr seid zu jung. Freunderlwirtschaft und Nepotismus sind nämlich nichts Neues und haben auch keine Parteifarbe. Das war ein mehr oder weniger geheimer Club in den Siebzigerjahren, dem damals fast die gesamte Regierung angehört hat. Die männlichen Mitglieder, versteht sich. Übrigens allesamt Sozialdemokraten.«

»Und was ist aus dem Club geworden?«

»Ist im wahrsten Sinne des Wortes untergegangen. Ein Schiff wurde gesprengt, Versicherungsbetrug im großen Stil, sechs Menschen kamen ums Leben. Aber das könnt ihr alles bei Wikipedia nachlesen.«

»War da mit dem Allgemeinen Krankhaus nicht auch irgend so ein Skandal?«, fragte Alma.

»Genau, ein riesiger Skandal beim Bau des AKHs rund um die Stadt und den Finanzminister. Und der ist heute ein angesehener alter Herr.«

Tarik Babic schüttelte den Kopf. »Mir wird das alles ein bisschen zu viel. Können wir nicht wieder einen einfachen Eifersuchtsmord haben?«

Im selben Augenblick klingelte das Handy, und Alma hielt es so, dass die anderen den Anrufer sehen konnten. »Mein neuer Freund, der Gerichtsmediziner«, erklärte sie und nahm das Gespräch an. »Herr Klammer! Was verschafft mir die Ehre?«

Das Gespräch dauerte nicht lange, Alma stellte nur wenige kurze Fragen, dann legte sie das Handy zurück auf den Tisch, schaute ihre Kollegen triumphierend an und sagte: »So, meine Lieben. Nun wissen wir, dass Sascha nicht betrunken in die Donau gefallen ist. Felix Klammer hatte vor der Auslieferung des Leichnams routinemäßig bereits ein paar Körperflüssigkeiten des armen Sascha ins Labor geschickt und jetzt die Ergebnisse bekommen. Jemand hat Aleksander Sokolow K.-o.-Tropfen verabreicht.«

Babic warf seine Serviette ins Essen und schob den Teller von sich. Er sah nicht glücklich aus.

Bekommst eh alles, was du willst

Die junge und die alte Frau saßen den Nachmittag über und fast die ganze Nacht am Küchentisch und wühlten sich durch die Dateien. Während draußen wie immer die Zikaden, Vögel und Brüllaffen lärmten, waren sie beide tief eingetaucht in die österreichische Politik, lasen Mails diverser Parteikollegen, Sitzungsprotokolle und Berichte, Gutachten von Behörden. Der Unterordner »Wienerwald« hatte Jessica irritiert. In der Zeit ihres Zusammenlebens waren ihr an Max weder eine Wanderlust noch eine besondere Liebe zur Natur aufgefallen. Zunächst fand sie Bilder von dichtem Wald, einige von einer sonnendurchfluteten Lichtung und ein Foto, das einen großen See von oben zeigte, es war wohl mithilfe einer Drohne gemacht worden. Neben dem See war ein großes Areal mit schwarzem Stift markiert, daneben, quer über dem See, hatte jemand in Großbuchstaben HOTEL WIENERWALD geschrieben.

Schnell fanden sie den passenden Schriftverkehr. »Max_la_wie@gmx.at kennen wir schon, aber wer ist grazstef84@gmail.com?«, fragte Inge.

»Ich weiß es«, sagte Jessica leise. Stefan ist in Graz geboren, Jahrgang 1984.«

»Der Bundeskanzler.« Inge pfiff durch ihre Zahnlücke und begann vorzulesen.

Von: grazstef84@gmail.com
An: max_la_wie@gmx.at
Betreff: Wienerwald

Wenn das Ding erst einmal in Betrieb ist, werden es alle super finden. Das ist so wie damals bei der UNO-City, das wollte auch niemand, und danach haben sie den Kreisky gefeiert, dass er das gebaut hat.
LG
Stef

Von: max_la_wie@gmx.at
An: grazstef84@gmail.com
Betreff: Re: Wienerwald

Ja, eh, nur das mit Zwentendorf, das ist ihm nicht gelungen. Und die Zeiten haben sich geändert.
Nur blöd, dass die Kinder von dieser Last Generation etwas mitbekommen haben, die können wir gerade nicht brauchen. Es wird nicht mehr lange dauern, dann schnüffelt der Rank vom Falter da herum. Der wohnt doch auch irgendwo da draußen.
LG Max

Von: grazstef84@gmail.com
An: max_la_wie@gmx.at
Betreff: Re: Re: Wienerwald

Ja, erst damit rausgehen, wenn wir alle Gutachten haben. Das kann nicht mehr lange dauern, wir waren ja bisher nicht gerade knausrig. Sokolow hat übrigens das Konto noch einmal aufgestockt, du kannst dich jederzeit bedienen, wenn du was brauchst. Ich fürchte, der Rank ist unbestechlich.

Von: max_la_wie@gmx.at
An: grazstef84@gmail.com
Betreff: Re: Re: Re: Wienerwald

😊 Ein Konto, bei dem ich mich bedienen kann, das wollte ich immer schon. Mit dem Rank hast du wahrscheinlich recht, da haben wir zwar auch schon Inserate geschaltet, das war aber damals das Wirtschaftsministerium. Ich fürchte, auf die Artikel kann man keinen Einfluss nehmen. Wenn das Hotel dann steht, will ich aber eine fixe Suite mit Blick auf den See.
LG
Max

Von: grazstef84@gmail.com
An: max_la_wie@gmx.at
Betreff: Re: Re: Re: Re: Wienerwald

Klar, mein Lieber. Bekommst eh alles, was du willst. 😉

»Aber das versteh ich nicht. Aleksander hat Lokale in Wien. Warum sollte er ein Konto für Max und Stefan einrichten?« Jessica schüttelte den Kopf. »Ich kann nicht mehr, ich kann nichts mehr lesen, geschweige denn verstehen. Wir machen jetzt Schluss, und morgen überlegen wir, was wir weiter tun, okay?«

Als Jessica in ihrem Bett lag und nicht einschlafen konnte, klopfte es leise an die Tür. Inge wollte noch mal nach ihr schauen, setzte sich kurz an den Bettrand und zog Jessica das dünne Leintuch über die Schulter. »Wir müssen mit der Polizei Kontakt aufnehmen. Das ist die einzige Möglichkeit, wie du hier wieder wegkommst.«

»Ach, Inge, das ist alles viel zu groß für mich. Und außerdem weiß ich gar nicht, ob ich hier überhaupt wegwill.«

»Du bist doch eine Löwin, oder? Und du sollst selbst entscheiden können, ob du hier wegwillst oder nicht. Und jetzt versuch zu schlafen.«

Die Kontaktaufnahme

Alma hatte das Gefühl, sie stünde vor einem riesigen Puzzle, das man bis auf wenige Teile fast fertiggestellt hatte, und immer noch war kein Motiv zu erkennen. Wie hing das bloß alles zusammen?

»Ich geh mal eine Runde, ich muss nachdenken«, sagte sie zu den Kollegen und verließ das Präsidium.

Auf der Brücke über den Donaukanal blickte sie auf den zäh dahinfließenden grauen Fluss hinunter. Was sollte sie als Nächstes tun? Es war sonnenklar, dass der Tod von Max Langwieser und der von Aleksander Sokolow zusammenhingen, und es war auch klar, dass beide nicht einfach nur dumm gestolpert waren. Dass es irgendwie mit dieser Immobilienfirma zu tun hatte, war auch logisch, die Frage war nur, wie? Und die nächste Frage: Wen sollte sie jetzt anrufen? Den Staatsanwalt? Den Polizeipräsidenten? Den Innenminister? Würde einer von ihnen entscheiden, die beiden Fälle wieder aufzurollen? Eine junge Frau war verschwunden, eine andere lag im Koma, zwei Leichen waren unter der Erde, und eine Firma namens Wienerwald Stroi-Invest hatte ganz schön viel Geld verdient. Dass der saubere Max Langwieser da seine Finger im Spiel hatte, war so was von offensichtlich, nur wie hing das alles zusammen? Und warum war er tot? War er zu gierig geworden? Oder wollte er aussteigen, die anderen aber nicht? Was wäre, wenn selbst der Innenminister …? Nein, das klang jetzt doch sehr nach Verschwörungstheorie. Aber es musste ja keiner wissen, dass sie noch ein wenig weitersuchte.

Was sie in ihrer Freizeit machte, ging weder den Innenminister noch den Polizeipräsidenten was an.

Unter der Brücke fuhr der erste Twin City Liner in Richtung Bratislava, und Alma suchte in ihrem Handy die Nummer von Carla Behammer. Diese ging sofort ran: »Guten Morgen.«

»Guten Morgen. Was gibt es Neues?«

»Das fragen Sie mich?« Die Journalistin lachte. »Sie haben angerufen. Und Sie sind die Polizei!«

»Ja, aber offiziell hab ich gar keinen Fall mehr.«

»Und inoffiziell?«

»Na ja, es ist schon alles sehr dubios. Wann bringen Sie denn endlich Ihre Society-Geschichte?«

»Dauert noch. Der Chefredakteur hat mich zurückgepfiffen. Zu dünn, zu wenig Beweise, noch keine Geschichte, meint er. Und er ist zwar ein präpotenter Arsch, aber oft hat er dann doch recht. Im Journalismus muss man manchmal Geduld haben, dann biegt vielleicht die noch größere Geschichte um die Ecke.«

»Tja, dazu kann ich vielleicht etwas beitragen. Jessica hat sich gemeldet.« Über die Brücke fuhr ein knatterndes Motorrad in Richtung 2. Bezirk, und Alma schlenderte langsam zurück in Richtung Büro.

»Das hab ich mir schon gedacht, wie Sie letztens bei unserem Mittagessen rausgegangen sind.«

»Na ja, also nicht direkt bei uns. Sie hat ihren Eltern ein Mail geschrieben.«

Carla Behammer schwieg, und Alma sagte: »Ich weiß genau, was Sie jetzt vorhaben.«

Keine Antwort.

»Wir machen einen Deal. Sie rufen *nicht* bei der Mama im Burgenland an und versuchen *nicht*, an das Mail heranzukommen.«

»Zu einem echten Deal fehlt da aber noch was«, lachte Behammer.

»Da haben Sie recht. Ich verspreche Ihnen dafür, dass das Nächste, was ich rausbekomme, sofort an Sie geht. Vor allen anderen. Ich hab allerdings eine Bitte.«

»Na?«

»Würden Sie mir jetzt dieses Foto von der tanzenden Jessica mit Aleksander Sokolow zukommen lassen? Als Kopie?«

»Na, Sie sind aber ganz schön fordernd. Ich hab die Fotos exklusiv. Die lass ich mir nicht klauen.«

»Ich klau sie Ihnen nicht. Glauben Sie, ich verkauf sie dem Höchstbietenden? Nein, ich will sie mir noch mal in Ruhe anschauen. Bitte.«

»Na gut, ich vertraue Ihnen. Da stehen Sie jetzt aber ganz schön in meiner Schuld, vergessen Sie das bloß nicht.«

»Niemals. Sie haben mein Wort. Vielleicht haben Sie Ihre große Geschichte schneller, als Sie denken.«

Zurück im Büro war das Bild bereits in ihrem Posteingang, Alma öffnete es und betrachtete es noch einmal genau. Jessica Pollauer im blauen Kleid und Aleksander Sokolow im perfekt sitzenden Anzug. Die beiden sahen süß aus, so als würden sie sich mögen, allerdings auch zurückhaltend. Alma konnte es nicht genau festmachen, aber an ihrer Körperhaltung konnte man ablesen, dass sie sich nicht sehr gut kannten. Ein netter, aber distanzierter Tanz.

Sie speicherte das Foto ab und öffnete ein neues Mail mit ihrer privaten GMX-Adresse.

Von: alma-oberkofler@gmx.net
An: savewildanimals@gmail.com
Betreff:

Liebe Jessica Pollauer,
obwohl wir uns noch nicht begegnet sind, habe ich das Gefühl, ich kenne Sie schon ganz gut. Mein Name ist Alma

Oberkofler, ich bin die leitende Beamte im Fall Max Langwieser. Ich weiß nicht, ob Sie die österreichische Berichterstattung verfolgt haben und ob Sie daher wissen, dass der Fall ja eigentlich abgeschlossen ist. Ich persönlich glaube aber nicht, dass Sie für den Tod von Herrn Langwieser verantwortlich sind, und würde diesem Gefühl gerne nachgehen. Im Anhang schicke ich Ihnen ein Foto, Sie werden es vermutlich kennen, es ist von Ihrer eigenen Verlobungsfeier. Können Sie mir etwas über dieses Bild erzählen?
Wie ist es zustande gekommen? Was wissen Sie über den jungen Mann, mit dem Sie tanzen? War er der Partner von Max?
Mit lieben Grüßen nach Tansania oder wo immer Sie auch sein mögen.
Alma Oberkofler

»Ist noch was heute?«

Kolonja schaute sie verwundert an, als sie mit Jacke und Tasche vor seinem Schreibtisch stand. »Was hast du denn vor?«

»Ich hab noch einen Außentermin und mach dann früher Schluss. Überstunden hab ich mehr als genug.«

»Ja, aber was ist mit den Russen? Mit dem Toten und mit seinem Bruder? Da muss man doch schauen, wie das alles zusammenhängt!«

»Wir warten jetzt mal ab. Dieser Aleksander läuft uns nicht mehr davon, der ist ja schon weg, Jessica ebenfalls, und der Bruder ... hm, ich weiß auch nicht. Wir sehen uns morgen.«

Kolonja schüttelte den Kopf, und Alma winkte ihm zu.

Die Antwort kam spät, kurz bevor Alma schlafen gehen wollte, checkte sie noch einmal ihre Mails.

Von: savewildanimals@gmail.com
An: alma-oberkofler@gmx.net
Betreff: Re:

Liebe Frau Oberkofler,
auch wenn es nur die Polizei ist – ich freu mich sehr über eine Nachricht aus der Heimat. Das ist schön, dass Ihr Gefühl Ihnen sagt, dass ich unschuldig bin, und ich versichere Ihnen: Ihr Gefühl hat recht. Trotzdem kann ich nicht zurückkommen, glauben Sie mir, ich bin ja nicht grundlos verschwunden, in Österreich wäre mein Leben in Gefahr. Ja, Aleksander war der aktuelle Partner meines Verlobten Max Langwieser, zumindest der, von dem ich wusste. Wahrscheinlich wissen Sie längst, dass Max und ich zwar schon lange befreundet waren, wir aber wie Bruder und Schwester zusammengelebt haben. Als dieses Foto entstanden ist, wusste ich nicht, dass Sascha Max' Freund ist, für mich hat er einfach irgendwie dazugehört zur Clique rund um Max, Stefan und die anderen. Nun musste ich lesen, dass Aleksander auch tot ist. Ein Unfall in der Donau? Wirklich? Ich glaube, er war vor mir in unserer Wohnung. Als ich gekommen bin, war Max tot.
Ich habe noch eine Bitte an Sie: Ich schicke Ihnen auch ein Foto, über das ich gestolpert bin. Die Möglichkeiten der Recherche an meinem Aufenthaltsort sind bescheiden. Würden Sie rausfinden, wer der Mann auf dem Foto neben dem Bundeskanzler ist, und mir das mitteilen? Damit würden Sie mir einen großen Gefallen tun.
Mit freundlichen Grüßen
Jessica Pollauer

Der Mann auf dem Foto erinnerte Alma an einen russischen Söldner. Die geschorenen Haare, das kurzärmelige schlammfarbige T-Shirt, das den Blick auf muskulöse Oberarme freigab. Und bevor Alma es überprüfte, wusste sie: Der Mann auf dem Foto war Sergej Sokolow, Aleksanders großer Bruder.

Und wieder verbrachte sie die halbe Nacht am Computer, doch etwas Neues über die Firma Stroi-Invest fand sie nicht heraus. Import-Export, Stahlhandel, Immobilienentwicklung, offizielle Verbindungen zur österreichischen Regierung gab es keine. Und doch existierte dieses Foto von Sergej Sokolow mit dem österreichischen Kanzler. Woher hatte Jessica dieses Foto?

Obwohl es bereits nach elf war, versuchte sie Althuber anzurufen, erreichte aber nur seine Mailbox. »Guten Tag, Sie sprechen mit Werner Althuber. Ich befinde mich zurzeit im Urlaub und werde Ihre Nachricht nicht abhören. Bitte wenden Sie sich an mein Büro.«

»Althuber? Wenn Sie das doch abhören, dann melden Sie sich bitte. Ich bräuchte Sie hier.«

Alma war inzwischen so aufgewühlt, dass an Schlaf nicht mehr zu denken war. Irgendetwas stank hier gewaltig, und es ärgerte sie so, dass sie nicht dahinterkam, was genau es war. Und dieser Althuber, der sicher helfen könnte, tauchte einfach so unter.

So nah dran

Von: alma-oberkofler@gmx.net
An: savewildanimals@gmail.com
Betreff: Re: Re:

Liebe Jessica,
vielen Dank für Ihre Erklärungen und Ihr Vertrauen. Woher haben Sie denn dieses Foto? Sind Sie im Besitz von Herrn Langwiesers Notebook? War es da drauf? Befinden sich auf dem Laptop noch weitere Fotos und Dokumente, die für die Ermittlungen von Belang sein könnten?
Der Mann auf dem Foto ist Sergej Sokolow, der Bruder von Aleksander. Kannten Sie ihn wirklich nicht? Noch nie gesehen? Sergej besitzt unter anderem eine Immobilienentwicklungsfirma, die auch in Österreich tätig ist.
Erklären Sie mir doch, warum Ihr Leben in Gefahr sein sollte? Was ist denn passiert am Abend von Max' Tod? Haben Sie den Tathergang gesehen? Warum glauben Sie, dass Aleksander vor Ihnen in der Wohnung war? Haben Sie ihn gesehen? Wenn Sie zurückkommen, können wir sicher alles aufklären. Wir können Sie beschützen.
Bitte melden Sie sich wieder!
Alles Liebe!
Alma

»Inge, wir haben Nachricht aus Wien!« Jessicas Stimme schallte aufgeregt durchs Haus, auf der Terrasse flatterte ein Vogel erschrocken auf, und Mitzi, die große Hündin, begann lautstark zu bellen.

»Ich komme schon! Warte auf mich!« Inge kam vom oberen Stockwerk die Stiegen runter und warf sich zu Jessica aufs Sofa. »Lass sehen! Abgeschickt um 1:06 Uhr in Wien, da kann wohl jemand nicht schlafen. Was schreibt sie?«

»Dass ich zurückkommen soll, dass sie mich beschützen werden. Und woher ich das Foto hab, wollen sie wissen. Aber jetzt kommt's: Der finstere Typ neben Stefan Fercher ist Saschas großer Bruder.«

»Bingo. Das ist der Sokolow, der das Konto zum Bedienen eingerichtet hat, nicht der kleine Aleksander.«

»Anscheinend. Sergej Sokolow. Und wetten wir, dass es auch die Firma Wienerwald Stroi-Invest ist, die im Pfitztal und im Wienerwald dahintersteckt?«

»Da wette ich nicht, meine Liebe, da kann ich ja nur verlieren. Das ist ja so was von klar. Mit deiner Drohung, die Geschäfte deines Verlobten an die Presse zu bringen, hast du anscheinend in ein Wespennest gestochen.«

»Meinst du, ich bin schuld an seinem Tod?« Jessica war aufgestanden und blickte in den Garten.

»Inwiefern?«

»Na ja, wenn ich nicht so einen Druck gemacht hätte, dann würde er noch leben.«

»Papperlapapp.« Inge trat hinter Jessica und legte ihr eine Hand auf den Rücken. »Du hast alles richtig gemacht.«

»Aber was tun wir jetzt?«

»Na ja, diese Frau Inspektor scheint ja eine ganz Vernünftige zu sein. Was hältst du davon, wenn wir ihr ein kleines Dossier zusammenstellen? Ein paar Dokumente, Gutachten, Mails? Material gibt es ja genug.«

»Aber wenn da sogar Stefan mit drinhängt, dann hab ich doch keine Chance! Die glauben mir nie.«

»Aber diese Alma Oberkofler wird dir glauben. Sie ist schon so nah dran.« Inge zeigte einen Zentimeter zwischen Daumen und Zeigefinger.

Mission Impossible

Irgendwann war Alma dann doch noch ins Bett gegangen, und als sie das Klingeln ihres Telefons aus dem Schlaf riss, konnte sie das Geräusch zunächst nicht zuordnen. Am Weg zum Schreibtisch stolperte sie über ihre Hose, die sie in der Nacht einfach liegen gelassen hatte, stieß sich das Knie und stöhnte laut auf. »Oberkofler?«

»Guten Morgen, mein Schatz. Was ist los?«

»Ach, du bist das! Nichts, ich hatte das Handy nicht am Bett und bin gestolpert. Aber nichts passiert. Wie spät ist es?«

»Acht. Musst du nicht arbeiten?«

»Mist, ich hab verschlafen. Doch, natürlich muss ich arbeiten.«

»Geht's dir gut?«

»Na ja, geht so. Weißt du, mein toter Minister beschäftigt mich immer noch. Ich schreib jetzt mit seiner Verlobten Mails.«

»Mit der Verschwundenen? Die ihn umgebracht hat?«

»Hat sie doch nicht. Und den Russen auch nicht.«

»Welchen Russen?«

»Na, den Russen aus der Donau.«

»Du sprichst in Rätseln, meine Liebe.«

»Und dein Deutsch wird immer besser. Ich muss mich jetzt fertig machen, okay? Wir telefonieren am Abend.« Während des Gesprächs hatte Alma den Laptop aufgeklappt und öffnete ihr GMX-Konto. »What the fuck!«

»Was hast du gerade gesagt?« Antti lachte. »Macht man so in Österreich Dirty Talk?«

»Du, ich habe gerade einen Haufen Unterlagen bekommen. Ich muss mir das in Ruhe durchsehen. Ich melde mich. Love you.« Alma beendete den Anruf und ließ langsam das Handy sinken.

Eine Stunde später saß sie noch immer in T-Shirt und Pyjamahose vor dem kleinen Schreibtisch und überflog die Dokumente, die sie vom Absender savewildanimals@gmail.com um drei Uhr zweiundvierzig erhalten hatte. Was für ein Pulverfass hatte ihr Jessica Pollauer da geschickt!

Inzwischen hatte Kolonja schon dreimal angerufen, sie hatte es nebenbei registriert, die Anrufe aber nicht entgegengenommen. Beim vierten Mal ließ er es endlos klingeln.

»Ja. Was ist los?« Almas Stimme war belegt, sie musste sich räuspern.

»Was los ist? Das frag ich dich! Wo steckst du? Bist du krank? Warum bist du nicht im Büro? Warum gehst du nicht ans Telefon?«

»Entschuldige. Homeoffice nennt man das.« Alma betrachtete ihre zerschlissene Schlafanzughose und musste grinsen.

»Ja, aber normalerweise kündigt man das an. Und man ist erreichbar. Kommst du dann vielleicht mal? Klausberger will dich sprechen.«

»Das trifft sich ausgezeichnet, den muss ich nämlich auch dringend sprechen. Bin in zwanzig Minuten da. Oder sagen wir dreißig.«

Alma duschte und schlüpfte in Jeans und Sweater, die von gestern noch auf dem Boden vor dem Bett lagen. Sie fuhr das Notebook noch einmal hoch, suchte in den Tiefen der Schreibtischschublade nach einem USB-Stick und zog sämtliche Dokumente darauf, die sie in der Nacht erhalten hatte. Den Stick steckte sie in einen Umschlag, den sie zuklebte.

In der Krimiecke der Buchhandlung stand eine Dame mit perfekter Dauerwelle und ließ sich von Julia ausführlich beraten. »Keinen Politkram«, hörte Alma die Frau sagen, »das kann man eh alles in der Zeitung lesen, ich will von diesen korrupten Typen nichts mehr wissen. Lieber einen echten Psychokrimi, was richtig Grausliches.«

Alma blieb in der Tür stehen und versuchte, Julia auf sich aufmerksam zu machen.

»Entschuldigen Sie, ich leg Ihnen den Stapel da jetzt einmal hin, und Sie schauen, ob was dabei ist. Ich komm gleich wieder.« Und leise zu Alma: »Was ist denn los? Was machst du denn hier um diese Zeit? Musst du nichts hackeln bei der Polizei?«

»Ich war heute mal im Homeoffice, und jetzt hab ich's total eilig. Ich wollte dir nur schnell etwas geben.«

»Was denn?«

»Diesen Umschlag. Kannst du ihn bitte aufbewahren? Vergrab ihn irgendwo, wo ihn niemand findet.«

»Und was ist da drin?« Julia nahm das Kuvert und tastete prüfend nach dem Inhalt.

»Das erklär ich dir ein anderes Mal. Du versprichst mir jetzt, dass du ihn nicht öffnest.«

»Ui, James Bond oder Mission Impossible? Was spielen wir hier?«

»Ja, so was Ähnliches. Nur ohne schnelle Autos und Maschinengewehre. Nein, Spaß beiseite, versprich es mir!«

»Klar, kein Problem, ich verstau das Ding. Das kostet dich eine Flasche Rotwein, aber eine von den teuren.«

Als sie an der Rossauer Lände ankam, lief ihr Tarik Babic schon entgegen. »Sie sollen bitte gleich zum Klausberger kommen, er hat schon mehrmals nach Ihnen gefragt.«

»Bin auf dem Weg.«

Der Polizeipräsident saß hinter seinem blitzblanken Schreibtisch und wirkte, als wäre seine einzige Tätigkeit, auf Alma Oberkofler zu warten. »Guten Morgen, Frau Kollegin. Schön, dass Sie es heute doch noch zu uns geschafft haben. Bitte nehmen Sie Platz. Kaffee?«

»Ja, gerne. Es könnte eventuell länger dauern, ich habe auch etwas zu erzählen.«

»Wunderbar. Dann würde ich vorschlagen, ich beginne.«

Und dann erklärte ihr der Polizeipräsident mit umständlichen Worten, aber unmissverständlich, dass der Fall Langwieser endgültig abgeschlossen sei. Ebenso der Fall Sokolow, der ja nie ein Fall gewesen sei, nachdem es sich ja ebenfalls um einen Unfall mit Todesfolge gehandelt habe.

»Und von den K.-o.-Tropfen wissen Sie aber schon?«, warf Alma ein.

»Ja, wir wissen aber auch, dass Aleksander Sokolow ein Partylöwe war und diversen giftigen Substanzen nicht abgeneigt. Da kann schon mal was aus dem Ruder laufen.«

»Tja, ich hab allerdings auch etwas für Sie, was definitiv aus dem Ruder gelaufen ist.«

»Na, dann schießen Sie los.«

Und dann versuchte Alma, dem Polizeipräsidenten so einfach wie möglich zu erklären, womit sie die vergangenen Stunden verbracht hatte. Sie berichtete über die Absprachen zwischen Minister Langwieser und Kanzler Fercher, von der Firma Wienerwald Stroi-Invest und davon, dass Aleksander Sokolow und Max Langwieser ein Paar waren.

»Und Jessica Pollauer?« Klausberger faltete die Hände und sah Alma nachdenklich an.

»Die hat damit nichts zu tun. Also doch, denn sie hat einen kompromittierenden Schriftverkehr in Langwiesers Laptop gelesen und ihn zur Rede gestellt. Danach ist wohl im Hause des Ministers auch einiges aus dem Ruder gelaufen.«

»Also doch ein Streit zwischen dem Paar, und er ist unglücklich gestürzt!«

»Nein, eben nicht. Frau Pollauer wurde massiv bedroht und ist deswegen geflohen.«

»Sagt sie.«

»Genau.«

»Und von wem wurde sie bedroht, wenn ich fragen darf?«

»Tja, wenn ich das wüsste. Von Sergej Sokolow? Von jemandem aus dem Kanzleramt? Vom Kanzler selbst?«

»Ach, Frau Kollegin, jetzt hören Sie aber auf!« Klausberger war aufgestanden, stand mitten im Raum und wirkte ein wenig, als hätte er die Orientierung verloren. »Jetzt geht aber Ihre Fantasie mit Ihnen durch. Sie wollen doch nicht andeuten, dass Stefan Fercher den Minister und nebenbei seinen besten Freund erschlägt und dessen Freundin bedroht?«

»Ich will gar nichts andeuten, ich erzähle Ihnen nur, was ich weiß. Und das wirft kein gutes Licht auf unsere Regierung.«

»Können Sie das auch alles beweisen?«

»Ja natürlich, ich habe alle Dokumente.«

»Na ja, aber diese Dokumente sind eher etwas für die Korruptionsstaatsanwaltschaft und nicht für die Mordkommission, oder?«

»In weiterer Folge schon, aber zunächst wollen wir doch wissen, wer Langwieser aus dem Weg geräumt hat.« Alma war so zornig über die Kalmierungsversuche des Polizeipräsidenten, dass sie kaum mehr ruhig sitzen konnte. »Sie müssen doch zugeben, es gab schon kleinere Motive, jemanden zu beseitigen.«

»Trotzdem. Niemand weiß, was an diesem Abend in Langwiesers Wohnung wirklich passiert ist. Das sind doch alles nur Spekulationen. Sorgen Sie dafür, dass Jessica Pollauer zurückkommt und sich stellt. Wenn es ein Unfall war, passiert ihr nicht viel, und wenn an Ihrer Geschichte was dran ist, dann muss sie eh aussagen.«

»Und wer garantiert, dass sie nicht auch einen Unfall hat, sobald sie österreichischen Boden betritt?«

»Frau Kollegin, ich glaube, Sie haben zu viel Spionageromane gelesen. Ich mein, wir befinden uns hier in Österreich, das wissen Sie schon, oder? Und jetzt gehen Sie zurück an die Arbeit, ich werde mich mit dem Innenminister beraten.«

»Mit dem Innenminister? Und Sie glauben, dem liegt lediglich das Wohl unseres Landes am Herzen?«

»So, das reicht, Frau Chefinspektor! Sie haben sich schon einmal wegen massiver Disziplinarprobleme versetzen lassen, das möchten Sie doch nicht wiederholen? Es gibt sicher auch in Graz oder Innsbruck ein Tätigkeitsfeld für Sie. Oder Sie regeln einfach wieder den Verkehr? Ist ja auch recht schön, die Arbeit an der frischen Luft.«

»Die brauch ich jetzt auch, die frische Luft«, erwiderte Alma und stand auf. »Man sieht sich.«

Eine halbe Stunde später hatte Alma Oberkofler das Ergebnis des Gesprächs zwischen Polizeipräsident und Innenminister in ihrer Mailbox. Aber nicht ganz so, wie sie es erwartet hatte. Es wurde bestätigt, dass der Fall Max Langwieser abgeschlossen war, nach Jessica Pollauer nicht mehr als Tatverdächtiger gefahndet wurde und der russische Staatsbürger Aleksander Sokolow Opfer eines tragischen Unfalls geworden war. Außerdem wurde Alma für zwei Wochen in die Sicherheits- und Verwaltungspolizeiliche Abteilung versetzt.

Von: sabine.tuchmann@polizei.gv.at
An: alma.oberkofler@polizei.gv.at
Betreff: Öffentlichkeitskampagne häusliche Gewalt

Die SVA bereitet eine Studie mit anschließender Öffentlichkeitskampagne bezüglich Gefährdungseinschätzung bei

zielgerichteter Gewalt, besonders gegen Frauen und in der Familie, vor. Als leitende Beamtin des LKA können Sie Ihr Know-how und Ihre Expertise einbringen. Wir freuen uns, dass Sie unserer Abteilung in den nächsten zwei Wochen zur Verfügung stehen. Laut Dienstanweisung haben Sie jetzt noch drei Tage Sonderurlaub und melden sich bitte am 5. Mai um 9 Uhr in Ihrer vorübergehenden Dienststelle.
Herzlich
Sabine Tuchmann

»Ihr müsst jetzt einige Zeit auf mich verzichten«, sagte Alma, als sie ins Büro kam und beide Mitarbeiter sie neugierig ansahen.

»Urlaub? Jetzt schon? Du hast doch gerade erst bei uns angefangen.« Kolonja schüttelte den Kopf.

»Nein, eine kurzzeitige Versetzung in die Verwaltung. Öffentlichkeitsarbeit gegen Gewalt an Frauen.« Almas Stimme bebte, ihre Wut war so groß, dass ihr Tränen in die Augen stiegen und sie sich abwenden musste.

»Das ist ja auch wirklich wichtig«, meinte Tarik Babic. »Und Sie sind da auch sicher sehr kompetent.«

»Aber so was von kompetent, Herr Kollege! Es gibt quasi keine Kompetentere als mich für so ein Abstellgleis!«

Die beiden Herren schwiegen, Alma wischte sich die Tränen weg und schlüpfte in ihren Mantel.

»Ich hab vorher noch drei Tage Sonderurlaub. Ich bin raus.«

Alma ging langsam die Berggasse rauf in Richtung Straßenbahn, schließlich hatte sie es nicht mehr eilig. Sie holte ihr Handy aus der Jackentasche, drückte die Nummer von Althuber, erwartete nicht, dass er rangehen würde, und probierte es dennoch.

»Guten Tag, Sie sprechen mit Werner Althuber. Ich befinde mich zurzeit im Urlaub und werde Ihre Nachricht nicht abhören. Bitte wenden Sie sich an mein Büro.«

Alma zögerte kurz, dann sagte sie: »Herr Althuber? Wenn Sie Zeit haben, dann rufen Sie mich doch mal zurück, ich hab jetzt auch viel Zeit. Quasi Urlaub. Tschüss.« Dann drückte sie das Gespräch weg und steckte das Handy wieder ein.

Konnte man Werner Althuber eigentlich vertrauen? Schließlich arbeitete er für den Staatsschutz, kam an geheime Informationen, hatte sie mehr als einmal mit Dingen überrascht, die er bereits vor ihr wusste. Erst jetzt bemerkte sie, dass sie an der Straßenbahnstation vorbeigelaufen und auf dem Weg in Richtung Innenstadt war. Warum nicht, sie hatte Urlaub, es war ein warmer Frühlingstag, und zu Hause wartete niemand auf sie. Also konnte sie auch ein wenig spazieren gehen.

»Passen'S doch auf, Depperte! Was bleim'S denn mitten am Trottoir stehen?« Alma war so überrascht, dass sie gar nichts erwidern konnte, sie murmelte eine Entschuldigung und trat einen Schritt zur Seite. Der alte Mann schlurfte kopfschüttelnd an ihr vorbei. Nein, Althuber steckte da sicher nicht mit drin, die Razzia in seinem Büro, anders konnte man es nicht nennen, war überdeutlich gewesen.

Im *Café Bräunerhof* war eine der begehrten Fensternischen frei, und Alma bestellte sich Melange und Apfelstrudel. Was war das nur für eine Wahnsinnsgeschichte, auf so etwas wurde man in der Ausbildung nicht vorbereitet. Sie war doch die Polizei und die war Teil des Staates, sie beschützte die Guten und verfolgte die Bösen. Und plötzlich war der Staat böse oder zumindest Teile davon. Keiner hatte ihr gesagt, was in so einem Fall zu tun wäre.

Und irgendwann nahm sie das Mobiltelefon doch wieder aus der Tasche und überprüfte ihre Whatsapps. Antti, Althuber, eine Nachricht von Tarik Babic und ein Anruf ihrer Mutter. Antti erkundigte sich besorgt, wie es ihr gehe, Althuber war offline, er hatte zuletzt ein paar Strandfotos und ein Smiley mit Sonnenbrille geschickt, und Kollege Babic schrieb: Ich bitte um einen Rückruf. Vorher kurz Nachricht schicken.

Jetzt?, schrieb Alma zurück.

Okay. 5 Minuten, war die Antwort.

Er nahm das Gespräch sofort an und hielt sich erst gar nicht mit einer Begrüßung auf. »Wenn Sie uns nicht vertrauen, dann können wir auch in Zukunft nicht zusammenarbeiten«, sagte er schroff. Alma hörte im Hintergrund Straßenverkehr, Babic war anscheinend irgendwo auf der Rossauer Lände.

»Was meinen Sie?«

»Na ja, es ist doch kein Zufall, dass Sie zum Chef bestellt werden, in seinem Zimmer verschwinden, und eine halbe Stunde später werden Sie strafversetzt.«

»Wer redet denn von strafversetzt? Das ist eine sehr wichtige Arbeit, die die SVA da leistet. Und ich werde sie tatkräftig unterstützen.«

»Ja sicher.«

»Sonst noch was?«

»Na gut, wenn Sie mir nicht vertrauen, dann erzähle ich Ihnen auch nicht, was ich über Sergej Sokolow rausgefunden habe.«

»Vielleicht interessiert es mich gar nicht«, erwiderte Alma und bemerkte den grantigen Blick des Kellners. »Warten Sie mal, ich geh raus.«

In der Stallburggasse stellte Alma sich auf den schmalen Gehsteig und betrachtete die gegenüberliegende Fassade, ohne sie wahrzunehmen. »Es interessiert mich natürlich doch, schießen Sie los«, sagte sie, während sie einer japanischen Reisegruppe auswich.

»Nicht am Telefon. Können wir uns treffen?«

»Ja, okay. Wie immer beim *Bären*?«, schlug Alma vor.

»Besser nicht. Zu viele Kollegen. Vielleicht am Würstelstand auf der Währinger Straße?«

»Echt jetzt? Würstelstand? Sind Sie ein Fan vom Kölner *Tatort*?«

»Warum?«

»Vergessen Sie's.«

»War die Idee von Kolonja.«

»Aha, der steckt auch mit drin? Jetzt bin ich aber wirklich gespannt.«

»Eine Burenwurst mit Scharfem, einmal Debreziner mit Süßem und einmal Frankfurter mit Ketchup«, bestellten sie und verzogen sich dann mit ihren Papptellern an den Seitentresen der Imbissbude. Keiner von ihnen hatte so richtig Appetit, sie aßen trotzdem, es wirkte ein wenig, als würden sie das Gespräch gerne noch aufschieben.

Dann gab Alma sich einen Ruck und sah Tarik Babic direkt an: »So, bevor wir uns jetzt gegenseitig irgendwelche Geheimnisse anvertrauen, müssen wir noch etwas längst Überfälliges klären. Ich bin die Alma«, sagte sie und streckte Tarik Babic ihre Hand entgegen. Der junge Kollege wischte überrascht seine Hand an der Hose ab, dann griff er beherzt zu. »Freut mich. Tarik. Freut mich sehr.«

»So, genug Freundlichkeiten ausgetauscht«, murmelte Kolonja, »jetzt schieß mal los, Alma. Warum haben sie dich versetzt? In welches Wespennest hast du gestochen?«

»Na gut, ich fasse zusammen: Dass Max Langwieser mit Jessica Pollauer eine Scheinbeziehung geführt hat, wissen wir ja. Und wir wissen auch, dass Max und Aleksander Sokolow eine echte Beziehung geführt haben. So weit ist noch alles klar?«

Die beiden Kollegen nickten und starrten sie an.

»Und *ich* weiß auch, dass Max Langwieser nicht der Saubermann war, für den er sich ausgab, der hatte ganz schön Dreck am Stecken. Er war korrupt und hat bei diversen Bauprojekten ordentlich abkassiert.«

»Pfitztal«, sagte Babic.

»Jawohl. Pfitztal. Aber nicht nur. Sie hatten noch Großes vor, zum Beispiel ein Kongresszentrum inklusive Wellnesshotel im Wienerwald.«

»Und Sergej Sokolows Firma ist der Bauträger.«

»Bingo. Aber jetzt bin ich im Besitz von Schriftstücken, die beweisen, dass die Firma Wienerwald Stroi-Invest deswegen alle Aufträge bekommen hat, weil Saschas großer Bruder unsere Regierung schmiert. Die wiederum hat, na sagen wir, investiert in wohlwollende Berichterstattung und positive Gutachten.«

»Warum sagst du ›unsere Regierung‹? Schließlich war Langwieser ja nicht die ganze Regierung.« Kolonja biss von seiner Wurst ab und sah Alma erwartungsvoll an.

»Da muss ich dich leider enttäuschen. Der Fisch beginnt immer am Kopf zu stinken. Es gibt einen regen Mailverkehr zwischen unserem Kanzler, *Mr. Perfect*, und Langwieser. Und der belegt glasklar, dass Stefan Fercher in alles eingeweiht war und ebenfalls mitgeschnitten hat. Sie haben Gutachter bestochen, Bürgermeister mit kleinen Zuwendungen zum Wegschauen gebracht und die Presseförderung für diverse Medien ordentlich aufgestockt.«

Beide Kollegen hatten die Hälfte ihres Imbisses liegen gelassen und schauten sie mit großen Augen an.

»Inserate gegen Berichterstattung. Geht anscheinend ganz einfach«, antwortete Alma, und nun, wo ihre Kollegen so verdutzt vor ihr standen, hatte sie richtig Spaß an der Sache. »Kohle und Karrieresprünge gegen positive Umweltgutachten.«

Kolonja hatte als Erster die Sprache wiedergefunden. »Und was sagt der Chef dazu?«

Alma antwortete: »Der hat sich alles in Ruhe angehört, um sich dann mit dem Innenminister zu beraten.«

»Tja, und was dabei rausgekommen ist, wissen wir schon«, sagte Tarik Babic. »Der Fall wird zu den Akten gelegt, und Sie …

äh … du … wirst kurzfristig in die Sicherheits- und Verwaltungspolizeiliche Abteilung versetzt.«

»Ich frage mich trotzdem, welche Rolle Jessica bei all dem spielt?«, fragte Robert Kolonja.

»Sie hat einen Teil der Geschichte aufgedeckt und ist ihrem Verlobten ordentlich auf die Füße getreten. Die Frau hat nämlich Haltung.«

»Dürfte ich jetzt auch mal?« Tarik Babic hob den Zeigefinger und sah einmal mehr wie ein Musterschüler aus.

»Stimmt, eigentlich wolltest du uns ja auch etwas erzählen«, sagte Alma, »und ich lass dich gar nicht zu Wort kommen. Los, jetzt bist du dran.«

»Ich habe auch recherchiert, aber das muss unter uns bleiben.«

»Na, jetzt sind wir aber gespannt«, sagte Alma. »Wollen wir ein Stück gehen?«

Das fehlende Puzzleteil

Sie überquerten die Währinger Straße in Richtung Votivpark, und Tarik Babic begann zu erzählen. »Also, dieser Sergej Sokolow, der hatte nicht nur in Österreich seine Geschäfte laufen, der ist auch in Russland recht aktiv, aber mehr in der Politik. Ich habe mich in meinem Netzwerk ein wenig umgehört und dabei …«

»Welches Netzwerk?« Kolonja blieb stehen und sah den jungen Kollegen misstrauisch an.

»Jetzt lass ihn doch ausreden«, sagte Alma und nickte Babic aufmunternd zu.

»Ja, also in den Netzwerken der LGBTQ-Community«, sprach Babic weiter, und Kolonja starrte verlegen auf den Weg vor sich.

»Und da wurde mir von einer ultrarechten Kleinpartei berichtet, die in Russland aktiv ist und sich eines wachsenden Zuspruchs erfreut. Und zwar in rasender Geschwindigkeit. Dreimal dürft ihr raten, wer der große Geldgeber hinter dieser Partei ist.«

Kolonja hatte die Fassung wiedergefunden. »Sergej Sokolow?«

»Jawohl. Und die Jungs sind nicht nur offen antisemitisch und xenophob, nein, sie haben massive Probleme mit Homosexualität. Es gibt immer wieder Übergriffe, Prügelattacken und Vergewaltigungen, ich habe da Berichte gefunden … Die Details erspare ich euch. Die Bezeichnung dafür ist eindeutig Folter. Natürlich wurde niemand je für seine Taten belangt.«

»Oje, da hatte der hübsche Aleksander ja einen netten großen Bruder. Wie unpraktisch«, meinte Kolonja nachdenklich.

»Ja. Und es wäre nicht das erste Mal, dass der Hass auf Schwule eine Schneise durch die eigene Familie schlägt.«

»Das ist das fehlende Puzzleteil!«, rief Alma. »Tarik, du bist nicht schlecht.«

»Das freut mich zu hören, aber warum?« Babic sah sie fragend an. »Hat Sergej die beiden auf dem Gewissen?«

»Na ja, sagen wir mal so. Es ist für Sergej nicht von Nachteil, dass sein kleiner Bruder nichts mehr erzählen kann. Und für einige andere Leute auch. Was Max' Tod betrifft, glaube aber auch ich inzwischen an einen tragischen Unfall. In den aber nicht Jessica verwickelt war, denn vor ihr hatte Max noch Besuch von Aleksander. Apropos Jessica, wie spät ist es jetzt in Costa Rica? Ich will euch was zeigen.«

»Acht Stunden vor uns, also circa sieben Uhr«, sagte Babic nach einem Blick auf sein Handy.

»Na, dann hoffen wir mal, dass unsere Jessi schon wach ist und regelmäßig ihre Mails checkt.« Alma tippte schon.

»Ich glaube, ich versteh es jetzt.« Tarik Babic sprang auf eine Parkbank und hockte sich auf die Lehne, Alma und Kolonja setzten sich links und rechts zu seinen Füßen. »Max hat Aleksander erzählt, dass Jessica irgendwas rausgefunden hat und ihm damit droht, alles auffliegen zu lassen. Und für den armen Sascha waren nicht nur diese ganzen Schmiergeldgeschichten das Problem, sondern seine Liebe zu Max. Also nicht die Liebe, sondern sein Bruder. Denn wenn dieser draufgekommen wäre, hätte er ihn wahrscheinlich ganz weit weggeschickt. Nach Sibirien. Sagt man das eigentlich noch?«

»Genau«, Alma nickte. »Er ist an dem Abend panisch zu Max gefahren, es kam zu einer Auseinandersetzung, vielleicht hat er ihn geschubst, oder Langwieser ist gestolpert und auf den Glastisch gestürzt.«

»Was hast du Jessica geschrieben?« Kolonja hatte sich eine Zigarette angezündet und nahm einen tiefen Zug.

»Ich hab sie gebeten, mir noch mal das letzte Mail zu schicken, das Aleksander an Max geschickt hat. Bitte schön!« Alma hielt das Handy zwischen Babic und Kolonja.

Geliebter Max,
du musst mit mir fliehen! Irgendwo ganz von vorne anfangen, ohne deine Familie und ohne deinen Einfluss? Würdest du deinen Ministerjob aufgeben, für mich? Ich könnte zumindest für den Anfang genug lockermachen, wir müssten nur ganz weit weg. Dahin, wo mein Bruder uns nicht finden kann. So einer wie du bekommt doch überall einen Spitzenjob! Du musst mit mir weggehen! Wir müssen reden, ich muss dich einfach sehen. Ich komm gleich vorbei!
Sascha

Alma steckte das Mobiltelefon wieder in die Tasche und stand auf. »Das Mail ist von 18:43 Uhr, wurde also eine Stunde vor Max' Tod abgeschickt: Sascha war der Letzte, der Max lebend gesehen hat.«

»Und vermutlich auch der Erste, der ihn tot gesehen hat«, murmelte Kolonja, und Alma lachte. »Du hast es mal wieder auf den Punkt gebracht.«

»Aber wenn Langwieser tot war und Jessica verschwunden, wieso musste Aleksander auch sterben?«, fragte Babic.

»Tja, denk mal scharf nach! Ich sage euch, was ich denke: Sascha, komplett in Panik, hat seine große Liebe erschlagen. Wahrscheinlich unabsichtlich. Nun steht er in einer Dachwohnung mitten im 8. Bezirk, vor ihm liegt ein toter Minister. Er kann schlecht die Polizei anrufen. Aber er hat ja Freunde, die kein Interesse an einem Skandal haben und ihn schützen können. Denkt er zumindest. Der gesamte Boys Club, der sich da in seiner Bar getroffen hat. Inklusive Stefan Fercher.«

Babic zuckte bei der Erwähnung des Kanzlers zusammen.

»Keine Angst, Tarik«, fuhr Alma fort. »Wenn es so war, wie ich denke, wird dir nichts passieren. Und leider auch niemandem sonst. Passt auf: Sascha ruft in seiner Panik jemanden aus der Regierung an, Fercher oder irgendjemanden sonst, und fleht um Hilfe. Aber er verrechnet sich, denn er weiß zu viel und ist offensichtlich ein Risiko. Wer in Panik einen Minister totschlägt, wäre vielleicht auch in der Lage, in Panik auszupacken.« Sie machte eine kurze Pause. Babic und Kolonja sahen sie mit großen Augen an. »Natürlich wusste Stefan von der Beziehung zwischen den beiden, Stefan und Max waren schließlich beste Freunde«, fuhr sie fort. »Und er wusste sicher auch, wozu Sergej in der Lage wäre, wenn er von der Sexualität seines Bruders erfahren würde.«

»Langsam, Alma«, rief Kolonja und hob die Hände. »Hast du gerade angedeutet, dass Stefan Fercher – unser Kanzler, falls du dich erinnerst – einen ultranationalen Russen beauftragt hat, seinen eigenen Bruder zu ermorden?«

»Fercher oder wer auch immer. Kannst du mir erklären, warum es keine Ermittlungen hierzulande gab? Warum Saschas Leiche mit dem ersten Flieger nach Russland gebracht wurde?«

»Das klingt nach einem schlechten Thriller, wenn ich ehrlich bin.« Kolonja war aufgestanden, hatte die kurzen Arme in die breiten Hüften gestemmt und schüttelte den Kopf.

»Es ist aber keiner. Und weißt du, warum?« Traurig sah sie ihre Kollegen an. »Ich sage es euch: weil die Guten die Bösen in einem schlechten Thriller am Ende drankriegen.«

»Aber was machen wir jetzt?« Tarik Babic stand mitten auf dem Parkweg und sah nicht glücklich aus.

»Ihr geht jetzt wieder zurück ins Büro und arbeitet noch ein oder zwei Stunden. Ein paar Akten, die ihr hin- und herschieben könnt, werdet ihr schon finden.«

»Und du?«

»Ich fahr übers Wochenende nach Linz. Ich brauch Luftveränderung.«

»Ja, aber …«

»Lieber Tarik, lass mich nur machen. Wir wollen doch nicht alle unsere Jobs verlieren, oder?«

»Nein, bitte nicht«, sagte Babic, und die drei trennten sich.

Sind Sie noch in der Redaktion?, textete Alma an Carla Behammer, und die Antwort kam unmittelbar darauf: Sicher.

Danach schrieb Alma an Antti: Ich komme heute noch. Fahre jetzt zum Bahnhof. Freu mich.

Die Straßenbahn zum Hauptbahnhof war voller Touristen, die mit Ahs und Ohs Fotos von Burgtheater, Rathaus und Parlament schossen. Wenn die wüssten, wie es hinter den hübschen Fassaden zugeht, dachte Alma, und dann rief sie Julia in der Buchhandlung an. »Ich habe eine Bitte. Kannst du den Umschlag, den ich dir heute gegeben habe, an den *Konkret* schicken. Zu Händen einer gewissen Carla Behammer? Mit einem Botendienst oder Taxi. Ich zahl dir das nächste Woche.«

»Wow! Natürlich kann ich das! Also doch Mission Impossible?«

»So ähnlich. Bitte mach es gleich!«

»Jawohl, ich bin gespannt.«

»Das kannst du sein, meine Liebe, das kannst du sein«, antwortete Alma, schaltete das Handy auf Flugmodus und stieg in den Railjet nach Linz.

Schöne Welt, böse Leut

»Wie lange kannst du bleiben?« Antti stand in der Bahnhofshalle und umarmte sie.

»Vier Tage, Mittwochmorgen muss ich zurück«, antwortete Alma und erwiderte die Umarmung. Wie zurückhaltend und vorsichtig dieser Mann sein konnte, es war, als würde er spüren, dass Alma Abstand brauchte. Er fragte nicht nach, warum sie plötzlich so spontan wegfahren und das Wochenende verlängern konnte, ja, er kommentierte nicht einmal, dass Alma außer ihrem kleinen Stadtrucksack kein Gepäck mit sich trug. Auch wenn es kindisch war, aber mit Antti an ihrer Seite kam ihr diese ganze Geschichte ein wenig erträglicher vor. In der Straßenbahn strahlte er sie an und verkündete, dass er sich für das Wochenende etwas ausgedacht habe.

»Na?« Alma stand der Sinn nicht nach großen Unternehmungen, am liebsten wollte sie sich im Bett verkriechen, Serien schauen, ungesundes Zeug essen und viel schlafen. Ein bisschen gemütlichen Sex haben.

»Wir gehen wandern!« Antti verkündete es so stolz, als würde er ihr eine dreiwöchige Luxuskreuzfahrt in Aussicht stellen.

Und tatsächlich, auf dem Küchentisch lag eine ausgebreitete Wanderkarte, am Stuhl daneben standen zwei gepackte Rucksäcke.

»Ich hab überhaupt keine Kondition«, sagte Alma und beugte sich über die Karte, versuchte, eine Tour zu erkennen. »Außerdem hab ich keine Bergschuhe, und mit den Sportschuhen komm ich wohl nicht da rauf, oder?« Sie tippte mit dem Finger auf eines der eingezeichneten Kreuze.

»Das ist nicht so hoch, das schaffst du! Wir jetzt noch kaufen Bergschuhe, dann fahren wir. Brauchst du sonst noch was?«

»Was ist denn mit dir los? So voller Tatendrang, ich erkenn dich ja gar nicht wieder«, lächelte Alma etwas verunsichert.

»Dann wirst du mich noch kennenlernen. Da gibt noch viel, und Tatendrang ist ein schönes deutsches Wort.« Antti küsste sie kurz, ließ es aber nicht zu, dass Alma den Kuss ausdehnte.

Bereits eine halbe Stunde später saßen sie im Mietauto, auf der Rückbank die gepackten Rucksäcke, Alma hatte ihre neuen Bergschuhe gleich angelassen. Antti stellte das Navi auf Bad Goisern ein, da hatte er in einem Hotel ein Zimmer reserviert.

»Wenn wir ankommen, sollten wir noch kleine Runde machen. Du musst die Schuhe – wie sagt man – vorgehen?«

»Eingehen. Es ist eh ein Irrsinn, mit neuen Wanderschuhen gleich eine Tour zu machen«, antwortete Alma und bewegte ein wenig die Zehen.

Die Autofahrt verging wie im Flug, sie erzählte Antti von den Wandererlebnissen mit ihrem Tiroler Opa, der sie und ihre Schwester auf anstrengende Bergtouren mitgenommen hatte, und wie stolz sie immer war, wenn sie *Alma Oberkofler* in ein Gipfelbuch eintragen durfte. In Finnland gab es keine Berge, die höchste Erhebung sei 1300 Meter hoch, erzählte Antti, er war fasziniert von schneebedeckten Gipfeln und steilen Pfaden, die an Felswänden entlangführten.

Erst als sie im rustikalen Doppelbett des kleinen Hotels in Bad Goisern lagen, über ihnen das Stickbild eines röhrenden Hirsches, vor ihnen ein großes Kruzifix, fragte Antti: »Und warum hast du Urlaub?«

»Es ist mehr ein Überstundenabbau. Und ab Mittwoch bin ich für zwei Wochen in einer anderen Abteilung.« Alma knipste die Nachttischlampe aus.

»Versetzt? Jetzt schon? Du hast doch gerade angefangen.«

»Ich dachte, wir müssen morgen um fünf Uhr aufstehen«, sagte Alma, drehte sich zur Seite und zog die Decke über ihre Schulter.

Fünf schafften sie nicht, der Wecker klingelte zwar pünktlich, doch beide konnten sich nicht aus der Umarmung lösen. Wieder einmal war Alma erstaunt, wie sie es schafften, eine ganze Nacht eng aneinander zu liegen und dennoch tief und fest durchzuschlafen.

Der Weg führte gleich vom Parkplatz weg steil nach oben. Alma schritt vorsichtig aus und konzentrierte sich auf mögliche Druckstellen an Fersen oder Zehen. Nichts. Sie schien einen guten Kauf getan zu haben, und nachdem sich ihre Herzfrequenz auf die ungewohnte Bewegung eingestellt hatte, setzte sie die Schritte auf dem schmalen Steig nahezu automatisch. Sie spürte, wie ihr Kopf frei wurde, ihre Gedanken ruhiger. Nichts war mehr von Bedeutung. Was zählte, war immer nur der nächste Schritt, und dann noch einer und noch einer. Antti hielt mühelos mit, er kannte zwar keine Bergtouren, war aber ein passionierter Läufer und demnach gut in Form.

Nach ungefähr zwei Stunden machten sie Rast, Antti packte die Brote aus, die sie sich im Hotel hatten einpacken lassen. Schulter an Schulter saßen sie in der Morgensonne und blickten auf den glitzernden See unter ihnen.

»Schöne Welt, böse Leut«, sagte Alma und nahm einen großen Schluck aus der Wasserflasche.

»Wie meinst du?«

»Das ist von einem Journalisten aus Südtirol, der hat ein Buch geschrieben, das so heißt: *Schöne Welt, böse Leut.* An das muss ich denken, wenn ich da runterschau.«

»Sehr schön, aber Leut auch nicht böser als in anderes Land, oder?«

»Ich bin nicht sicher, wahrscheinlich hast du recht.«

Sechs Stunden später erreichten sie die Hütte, in der Antti zwei Betten für die Nacht reserviert hatte, und bei einer großen Pfanne Eiernockerl dachte Alma an den Kollegen von der DSN und ihre gemeinsamen Kaffeehausbesuche. Ob er immer noch in Italien war? Sie konnte sich Werner Althuber definitiv nicht in Badebekleidung vorstellen, wahrscheinlich saß er mit seinem Trenchcoat am Strand, lockerte lediglich seine Krawatte. Aus einem Impuls heraus nahm sie ihr Handy aus dem Rucksack und entsperrte es. Nichts. Kein Anruf in Abwesenheit, keine SMS, keine Whatsapp-Nachricht. Sie hatte kein Netz.

»Tja, musst du aushalten«, sagte Antti und sah ihr amüsiert dabei zu, wie sie den Arm mit dem Handy hochhielt, aufstand, ein paar Schritte hin und her ging und es in Richtung Fenster hielt.

»Ich probier's mal draußen, ich komm gleich wieder.«

Auf der schmalen Holzterrasse vor der Hütte hatte sie natürlich genauso wenig Empfang wie in der Stube, also steckte sie das Handy in die Hosentasche, lehnte sich ans Geländer und sah in den Sternenhimmel. Es war gewaltig. Millionen funkelnder Lichter waren über ihr, und Alma versuchte, Sternbilder zu erkennen. Sie erinnerte sich an eine Nacht, es musste der Sommer vor ihrer Einschulung gewesen sein, den sie mit ihrer Schwester wie immer bei den Großeltern in Tirol verbracht hatte. Maria und sie saßen in Decken eingewickelt auf der Bank vor dem Haus, und Opa erklärte ihnen die Sternbilder. Maria sagte immer: »Ja, jetzt seh ich es!« und »Wow, das sieht man gut!«, und Alma ärgerte sich, weil sie rein gar nichts erkennen konnte. Nichts außer Millionen funkelnder Lichter, aber keinen großen oder kleinen Wagen, keinen Bären und auch keine Schlange. Und bis heute war sie nicht sicher, ob Maria die Bilder wirklich gesehen hatte oder ob sie lediglich dem Großvater eine Freude machen wollte. Sie würde es nie erfahren, und plötzlich vermisste sie ihre große Schwester wie schon lange nicht mehr.

Zurück in der Hütte blickte ihr Antti erwartungsvoll entgegen. »Und?«

»Nichts. Gar nichts. Kein Problem, ich bin im Urlaub«, sagte Alma, schaltete das Telefon aus und stopfte es ganz nach unten in den Rucksack.

Den Abend verbrachten sie in einer launigen Runde mit Kartenspielen und Würfelpoker, und Alma gelang es fast die ganze Zeit, weder an den toten Langwieser noch an Jessica zu denken, lediglich den Innenminister konnte sie nicht gänzlich aus ihren Gedanken vertreiben; immer wieder sah sie sein präpotentes Lächeln vor sich, seine bräsige Art, seine Überheblichkeit. Sie trank gemeinsam mit Antti eine halbe Flasche Wein, und dank der Silikonohrstöpsel schlief sie danach schnell ein. Doch irgendwann in der Nacht schreckte sie aus dem Schlaf und erinnerte sich an Traumfetzen, in denen Stefan Fercher in einer steilen Bergwand hing und ihr eine Hand entgegenstreckte.

Sie waren beide hundemüde, als sie am Sonntagabend nach Linz zurückkehrten.

»Ich bringe das Auto zurück«, sagte Antti, nachdem sie die Rucksäcke in die Wohnung gebracht hatten. »Und du kannst dir ja ein Bad einlassen. Übrigens, ich bin stolz wegen dich.«

»Stolz auf dich heißt das«, erwiderte Alma, »aber warum?«

»Weil du geschafft hast, dein Mobiltelefon in Rucksack zu lassen. Die ganze Fahrt«, lachte Antti und nahm sie in den Arm.

»Ich bin auch stolz auf dich«, antwortete Alma, »weißt du, warum?«

»Nein, warum?«

»Weil du die Idee mit dem Berg hattest und es geschafft hast. Obwohl du im Flachland aufgewachsen bist. Danke für das wunderschöne Wochenende.«

»Gerne! Jederzeit wieder, ich liebe dein schönes Land ... trotz der – wie heißt das – bösen Menschen?«

»Böse Leut. Aber Menschen stimmt auch.«

Nun war Antti kurz weg, und sie konnte ihre Neugier nicht mehr bezwingen. Sie wühlte im Rucksack nach dem Handy und schaltete es an. Es machte viermal »Pling«, drei verpasste Anrufe von Carla Behammer und eine grußlose Nachricht von ihr:

Ruf mich zurück!

Das Tonband

»Und es ist alles drauf?« Alma saß inmitten der schmutzigen Wäsche am Teppich und konnte es nicht glauben.

»Na ja, was heißt schon alles, aber zusammen mit den Informationen von einem USB-Stick, der mir gestern zugespielt wurde, sollte es für ein kleines Erdbeben wohl reichen.«

»Kannst du es mir nicht vorspielen?«

»Doch nicht am Telefon. Aber du kannst es Mittwoch sowieso nachlesen. Wie alle anderen auch.«

»Auch wir hatten die Theorie, dass Aleksander jemanden aus der Regierung um Hilfe bitten wollte nach Langwiesers Tod.«

»Tja«, lachte die Journalistin, »und nun haben wir eben jemanden, der blöd genug war, sich aufnehmen zu lassen, wie er Sergej Sokolow im Auftrag der Regierung indirekt verspricht, dass ein toter Russe nicht Bestand der österreichischen Ermittlungen wird.«

»Und es reicht echt nicht für eine Anklage?«

»Nein, die Aufnahme hält niemals vor Gericht, aber jeder kann sich denken, dass es um den Donau-Russen ging.«

Alma seufzte. »Danke, dass du das machst.«

»Was denn? Meine Arbeit?«

»Ja.«

»Meine Liebe, du und ich wissen beide, dass nächste Woche niemand verhaftet werden wird. Und auch nicht übernächste. Aber so wissen die Jungs, dass wir ein Auge auf sie haben.«

»Hier bist du!« Alma war nach ihrem Telefonat mit Carla einfach am Boden sitzen geblieben. Sie hatte Antti nicht wiederkommen hören, und nun stand er im Türrahmen, die Hände in den Taschen seiner Jeans vergraben. »Meintest du nicht, du wärst müde wie Hunde?«

»Hundemüde«, sagte Alma. »Ja, ich bin müde, aber eins muss ich noch erledigen. Ich muss mit Jessica sprechen. Ich erklär's dir morgen.«

»Okay, aber ... magst du nicht vorher duschen?« Antti war zu ihr gekommen und schnüffelte mit gespieltem Entsetzen an ihrem Kopf.

»Gibt ja noch keine Geruchsübertragung beim Facetimen«, lachte Alma und strich sich die strähnigen Haare aus dem Gesicht.

Facetime

Das Bild, das sich nach dreimaligem Tuten auf ihrem Bildschirm aufbaute, zeigte eine junge Frau mit verstrubbelter dunkler Kurzhaarfrisur und großen blauen Augen. Ihr Gesicht war schmal, sie hatte kaum Ähnlichkeit mit der Frau, die Alma von den Fotos kannte.

»Guten Morgen, schön, dass Sie sich gleich gemeldet haben«, eröffnete Alma das Gespräch.

»Hallo«, sagte Jessica und lächelte unsicher. »Ich hab hier ja nicht so viel zu tun.«

»Klingt doch nicht schlecht. Wie warm ist es bei Ihnen?«

»So warm«, lachte Jessica und kippte die Kamera so, dass man ihre gebräunten Schultern unter dem Tanktop sah.

»Sieht gut aus. Wie geht es ... Ihnen?« Alma war ein wenig gestockt im Satz, fast hätte sie die junge Frau geduzt, so vertraut kam sie ihr vor.

»Mir geht es gut. Hier ist es schön, und es sind andere Dinge wichtig.«

»Das versteh ich. Ich wollte Ihnen nur erzählen, dass am Mittwoch alles in der Zeitung stehen wird.«

»Alles?«

»So ziemlich alles. Das wird wohl ein kleines Erdbeben in unserem schönen Land auslösen.«

»Soll es hier auch ständig geben«, antwortete Jessica und lächelte schüchtern in die Kamera.

»Sie sind eine starke Frau, darf ich Ihnen das sagen?«

»Ach, meinen Sie? Ich weiß nicht. Schließlich bin ich einfach weggelaufen.«

»Ja, das war aber auch ziemlich schlau, ich hätte nichts anderes gemacht an Ihrer Stelle. Allerdings weiß ich nicht, ob ich es so gut gemacht hätte.«

»Es war ein Instinkt, ich hatte plötzlich solche Angst, da lief alles irgendwie automatisch ab. Und wenn man einmal anfängt mit dem Weglaufen, dann kann man nicht mehr stoppen.«

»Sagen Sie mir noch, was Ihnen so Angst gemacht hat? Also, außer Ihr toter ... äh ... Mitbewohner?«

Und dann schilderte Jessica die Drohanrufe, die Nachrichten auf diversen Kanälen. Schließlich sagte sie mit leiser Stimme: »Der Brief auf dem Küchentisch, der hat das Fass zum Überlaufen gebracht. Da wusste ich, die meinen es ernst.«

»Welcher Brief? Haben Sie ihn noch? Wer hat ihn geschrieben? Wer hat ihn hingelegt? Max?« Alma war wieder hellwach und versuchte erst gar nicht, ruhig zu bleiben.

»Nein, ich hab ihn nicht mehr. Und Max war genauso schockiert wie ich, er hat ihn sicher nicht geschrieben.«

»Was stand in diesem Brief?«

»Na ja, dass ich vernünftig sein soll, dass ich mein schönes Leben nicht aufs Spiel setzen soll und so.«

»Aber wer hatte ihn da hingelegt?«

»Das hab ich ihn auch gefragt, und da hat er mir gestanden, dass er einen Wohnungsschlüssel im Büro hinterlegt hatte ...« Jessica wollte noch etwas sagen, hielt jedoch mitten im Satz inne.

»Also konnte sich jeder aus der Regierung den Schlüssel holen«, vollendete Alma den Satz, und Jessica wiederholte. »Jeder. Zum Beispiel Walter Pedure, den haben Sie sicher schon kennengelernt, oder?«

»Ja, Herrn Kabinettschef Pedure«, sagte Alma, und Jessica fuhr fort: »Oder Peter Freudenschuss, das ist die rechte Hand des Kanzlers. Beide sind ihren Chefs treu ergeben, vor allem dem

Stefan. Aber die sind doch einer wie der andere. Was macht es da für einen Unterschied? Frau Oberkofler, was passiert jetzt?«

»Das weiß ich auch nicht so genau. Und anscheinend war Max' Tod ja wirklich ein schrecklicher Unfall, das wissen aber eigentlich nur wir beide. Zumindest bis morgen der Artikel erscheint.«

»Warum nur hatte Aleksander so große Angst vor seinem Bruder?« Jessica klang nachdenklich.

»Ich glaube, diese Angst war berechtigt. Aleksander und Sergej hatten wohl eher eine geschäftliche Beziehung, da war nichts mit großer Bruderliebe. Und Sergej war extrem homophob. Was mein Kollege über Sergej und seine russische Partei rausgefunden hat, ist echt gruselig.«

»Und deswegen wollte Sascha mit Max fliehen, aber der hat wohl die Dringlichkeit nicht gesehen.« Jessica hatte Tränen in den Augen. »Es kam zu einer Auseinandersetzung, und dann war da dieser Glastisch. Armer Max.«

»Wahrscheinlich war es so. Aber was genau passiert ist, werden wir wohl nie erfahren.« Alma fühlte sich fast schuldig: Warum konnte sie der jungen Frau auf der anderen Seite des Erdballs nicht mehr sagen?

»Und Sascha? Weshalb musste auch er sterben?« Jessicas Stimme war leise geworden, Alma konnte sie kaum verstehen.

»Ich fürchte, das werden wir nicht aufklären können. Oder sagen wir es so: Ich glaube, es gibt einige Leute hier im Land, die kein Interesse haben, das aufzuklären. Er wusste einfach zu viel.«

»Sie meinen, jemand aus der Regierung könnte ... aber dann wäre ja auch ich nach wie vor in Gefahr?!«

»Ich glaube, da hat sich keiner selbst die Hände schmutzig gemacht. Aber Sie haben recht: Vielleicht sollten Sie noch ein wenig in Mittelamerika bleiben. Es scheint Ihnen da ja ganz gut zu gehen.«

»Ich glaube auch. Es ist wirklich ein Paradies hier. Und wissen Sie was? Ich wollte mit meinen Eltern immer nach Venedig, jetzt kommen sie einfach nach Costa Rica.«

Im Bildrand des Laptops erschien eine alte Frau und winkte Alma freundlich zu: »Hallo, Frau Polizistin! Wir haben schon ein Gästezimmer vorbereitet.« Zu Almas Erstaunen sprach sie einen österreichischen Dialekt. »Und wenn Sie mal eine Auszeit brauchen: Wir haben hier Platz genug!«

Der Aufmacher

Immer am Mittwoch erschien der *Konkret,* und bevor Alma sich in Linz auf den Weg zum Bahnhof machte, betrat sie die Trafik gegenüber Anttis Wohnung. Die Schlagzeile sprang ihr förmlich ins Gesicht:

Kanzler und toter Minister in illegale Baugeschäfte verwickelt, brisantes Tonband weist auf Spur nach Russland hin!

Alma steckte das Magazin in die Handtasche, stieg in den Waggon und suchte sich einen freien Platz, da zeigte ihr Handy das Eintreffen einer Nachricht an.

Es war Werner Althuber, und Alma musste grinsen.

Ganz schön was los in Österreich ;-) Ich bleib noch ein bisschen im Süden und freu mich auf ein Wiedersehen.

Alma lächelte den Schaffner freundlich an und zeigte ihm ihr Ticket. Dann nahm sie das Magazin aus der Tasche und begann zu lesen.

Dank

Mein Dank gilt Oliver, der sich Geschichten ausdenkt, ohne sie selbst niederschreiben zu wollen.

Dem Team von Hartliebs Bücher, das verständnisvoll mit aufregenden Autorinnenmomenten und Abgabeterminen umgeht.

Dem DuMont Buchverlag, allen voran Sabine Cramer, die mit großer Geduld anscheinend immer an dieses Projekt geglaubt hat, und meinem Lektor Julius Hendricks, der freundlich, aber gnadenlos den Finger auf jede Schwachstelle legt.

Der Literar Mechana für das zweiwöchige ungestörte Arbeiten an einem Küchentisch in Venedig.

Judith Taschler für den Namen Alma.

Michael und Suse Schnitzler für Costa Rica.

Ines Häufler für die dramaturgische Beratung im letzten Augenblick.

Und natürlich all jenen Personen, die mich mit Informationen versorgt haben, hier aber nicht namentlich genannt werden sollen.

Und nicht zuletzt bedanke ich mich bei allen kritischen Journalistinnen und Journalisten – danke, dass ihr genau hinschaut.

»›Meine wundervolle Buchhandlung‹ ist eine Liebeserklärung – an die Literatur, deren Autoren und an alle begeisterten Leser.«
SZ-WOHLFÜHLEN

208 Seiten / Auch als E-Book

Petra Hartlieb erzählt ihre eigene Geschichte und die ihrer Buchhandlung. Einer Buchhandlung, die zum Wohnzimmer für die eigene Familie wird und zum Treffpunkt für die Nachbarschaft. Mit Stammkunden, die zu Freunden werden, und Freunden, die Stammkunden sind. Ein vergnügliches Abenteuer und eine Liebeserklärung an die Welt der Bücher.

www.dumont-buchverlag.de